U0442500

本书获国家社科基金一般项目"欧美汉学界中国文学史书写话语建构研究"资助,项目号为 19BWW017。

北美汉学界的宋诗研究

万燚 著

中国社会科学出版社

图书在版编目（CIP）数据

北美汉学界的宋诗研究／万燚著 .—北京：中国社会科学出版社，2023.2

ISBN 978-7-5227-1473-8

Ⅰ.①北… Ⅱ.①万… Ⅲ.①宋诗—诗歌研究 Ⅳ.①I207.227.44

中国国家版本馆 CIP 数据核字（2023）第 031499 号

出 版 人	赵剑英
责任编辑	宫京蕾
责任校对	郝阳洋
责任印制	郝美娜

出　　版	中国社会科学出版社
社　　址	北京鼓楼西大街甲 158 号
邮　　编	100720
网　　址	http：//www.csspw.cn
发 行 部	010-84083685
门 市 部	010-84029450
经　　销	新华书店及其他书店

印　　刷	北京君升印刷有限公司
装　　订	廊坊市广阳区广增装订厂
版　　次	2023 年 2 月第 1 版
印　　次	2023 年 2 月第 1 次印刷

开　　本	710×1000　1/16
印　　张	15.5
插　　页	2
字　　数	264 千字
定　　价	98.00 元

凡购买中国社会科学出版社图书，如有质量问题请与本社营销中心联系调换
电话：010-84083683
版权所有　侵权必究

目 录

绪论 …………………………………………………………………（1）
  一 国内外研究现状 ……………………………………………（2）
  二 选题价值 ……………………………………………………（4）
  三 研究内容 ……………………………………………………（4）
  四 研究目标、研究思路与研究方法 …………………………（6）
  五 创新之处 ……………………………………………………（6）

第一章 北美汉学界宋诗研究的发展历程 …………………………（8）
  第一节 北美汉学界宋诗研究萌芽期 …………………………（8）
  第二节 北美汉学界宋诗研究发展期 ………………………（10）
    一 欧阳修诗歌研究 ………………………………………（10）
    二 苏轼诗歌研究 …………………………………………（11）
    三 黄庭坚诗歌研究 ………………………………………（16）
    四 王安石诗歌研究 ………………………………………（17）
    五 范成大诗歌研究 ………………………………………（18）
    六 杨万里诗歌研究 ………………………………………（19）
    七 陈与义诗歌研究 ………………………………………（19）
    八 梅尧臣诗歌研究 ………………………………………（19）
    九 陆游诗歌研究 …………………………………………（20）
    十 综合研究 ………………………………………………（20）
  第三节 北美汉学界宋诗研究深化期 ………………………（23）
    一 欧阳修诗歌研究 ………………………………………（23）
    二 苏轼诗歌研究 …………………………………………（24）
    三 王安石诗歌研究 ………………………………………（28）

四　黄庭坚诗歌研究 ………………………………………… (29)
　　五　贺铸诗歌研究 …………………………………………… (30)
　　六　范成大诗歌研究 ………………………………………… (31)
　　七　宋代女性诗歌研究 ……………………………………… (31)
　　八　西昆体研究 ……………………………………………… (32)
　　九　综合研究 ………………………………………………… (32)
第二章　北美汉学界论宋诗类别 ………………………………… (41)
　第一节　艾朗诺论欧阳修诗歌 ………………………………… (41)
　　一　宁静闲适诗 ……………………………………………… (41)
　　二　奇特怪诞诗 ……………………………………………… (45)
　第二节　齐皎瀚论梅尧臣诗歌 ………………………………… (47)
　　一　描写日常生活 …………………………………………… (47)
　　二　抒泄个人情感 …………………………………………… (50)
　　三　开展社会评论 …………………………………………… (53)
　　四　动物寓言 ………………………………………………… (55)
　　五　评价文物及艺术品 ……………………………………… (58)
　第三节　杜迈可论陆游诗歌 …………………………………… (59)
　　一　爱国诗 …………………………………………………… (59)
　　二　哲理诗 …………………………………………………… (62)
　　三　饮酒诗 …………………………………………………… (65)
　　四　自然诗 …………………………………………………… (71)
　　五　记梦诗 …………………………………………………… (75)
　第四节　施吉瑞论范成大诗歌 ………………………………… (77)
　　一　山水诗 …………………………………………………… (77)
　　二　田园诗 …………………………………………………… (80)
　　三　爱国诗 …………………………………………………… (86)
第三章　北美汉学界论宋诗中的"自我" ………………………… (89)
　第一节　艾朗诺、杨立宇论苏诗如"镜" ……………………… (89)
　第二节　杜迈可论陆游诗歌与人格矛盾 ……………………… (103)
　第三节　傅君劢论陆游的"体验诗学" ………………………… (108)
第四章　北美汉学界论宋诗"因革" ……………………………… (113)
　第一节　宋人学唐前诗歌 ……………………………………… (113)

第二节　宋诗对唐诗的继承与超越 …………………………（119）
　　第三节　宋人学同代诗人 ……………………………………（149）
第五章　北美汉学界论宋诗与政治 …………………………………（165）
　　第一节　以诗论政作为宋诗特质 ……………………………（165）
　　第二节　宋代诗歌的贬谪书写 ………………………………（176）
　　第三节　得罪于诗：拨开"乌台诗案"的政治迷雾 …………（188）
第六章　北美汉学界论宋诗与佛禅、道学 …………………………（198）
　　第一节　管佩达论苏诗与佛禅 ………………………………（199）
　　第二节　傅君劢、施吉瑞论宋诗与佛禅 ……………………（210）
　　第三节　傅君劢论宋诗与道学 ………………………………（215）
余论 ……………………………………………………………………（219）
附录 ……………………………………………………………………（225）
参考文献 ………………………………………………………………（227）
后记 ……………………………………………………………………（239）

绪　　论

唐诗是国内古典文学研究的重镇，也是多年来欧美汉学界中国诗歌研究的热点，尤其是以宇文所安为代表的唐诗研究在域外汉学界有着重要地位与影响，这很可能使不少海外读者产生"唐后无诗"的误解。与此同时，在"一代有一代之文学"观念的影响下，宋词也常被不少人视为宋代文学之代表，这使得宋诗被"有意"忽视。部分西方汉学家也注意到宋诗研究相对薄弱，如美国汉学家傅君劢（Michael A. Fuller）在《哥伦比亚中国文学史》中指出，"在某种意义上，相比于唐诗，学者们对宋诗的知识是相当不足的"；[①] 另一位美国汉学家何瞻（James M. Hargett）更是直言，除了苏轼、陆游等著名诗人之外，"宋代诗人的辉煌成就依然被严重忽视，在西方世界尤其如此"[②]；加拿大汉学家施吉瑞（J. D. Schmidt）也极力反对"唐后无诗"说，试图为唐后诗（包括宋诗）正名[③]，并竭力"发掘"唐诗之外的中国诗歌。正是由于洞察到海外对宋诗的认识与理解相对不足，为弥补这一缺憾，近百年来，在欧美汉学界已有相当数量的汉学家潜心钻研、勤耕不辍，努力向欧美读者引介和传播宋诗。作为继唐诗之后中国诗歌又一座高峰的宋诗，以与"唐音"相异的"宋调"，在中国文学史上自成一格，独具魅力。正如美国汉学家刘子健（James T. C. Liu）在《中国转向内在：两宋之际的文化内向》（*China Turning Inward: Intellectual-Political Changes in the Early Twelfth Century*）

[①] ［美］梅维恒主编：《哥伦比亚中国文学史》，马小悟等译，新星出版社2016年版，第370页。

[②] James M. Hargett, "Book Review of Stone Lake: The Poetry of Fan Chengda (1126-1193)", *Chinese Literature: Essays, Articles, Reviews (CLEAR)*, Vol. 16 (1994), p. 152.

[③] 参见王立《与古人为友——施吉瑞教授的中国古典诗歌研究》，《天中学刊》2016年第6期。

一书中所指出的："唐诗是公认的黄金时代的完美结晶，而 11 世纪的宋诗则是唐诗当之无愧的继承者。宋诗的形式和内容都臻于成熟，其风格与唐诗多有不同而二者同样杰出，双峰并峙"。[①] 也正是基于此，近百年来，宋诗逐渐成为海外汉学的观照对象，海外学界的宋诗研究在中外文学关系史及世界诗学史上具有典范意义，尤其是北美汉学界在此领域耕耘逾百载，成果丰硕。本书拟对北美汉学界的宋诗研究予以全面系统的引介与较为深入的分析，为国内研究者提供"他者"的镜鉴。

一 国内外研究现状

（一）国内研究现状

国内学界主要从以下维度进行探究：

一是接受史考察。如黄鸣奋《英语世界中国古典文学之传播》[②]，刘洪涛、黄承元主编《新世纪国外中国文学译介与研究文情报告》（北美卷）[③]，张西平《西方汉学十六讲》[④]，顾伟列《20 世纪中国古代文学国外传播与研究》[⑤]，宋柏年《中国古典文学在国外》[⑥]，何培忠《当代国外中国学研究》[⑦]，熊文华《美国汉学史》[⑧] 等，上述论著均从接受史角度论及宋诗在北美汉学界的传播与研究，但受体系或篇幅限制，未能展开深入探索，多系简单勾勒或简略提及。

二是对汉学家研究成果的个案分析。如詹杭伦《刘若愚及其比较诗学体系》、[⑨] 杨乃乔《路径与窗口——论刘若愚及在美国学界崛起的华裔比较诗学研究族群》[⑩]、徐志啸《北美学者中国古代诗学研究》[⑪]、方笑一

---

① ［美］刘子健：《中国转向内在：两宋之际的文化内向》，赵冬梅译，江苏人民出版社 2002 年版，第 19 页。
② 黄鸣奋：《英语世界中国古典文学之传播》，学林出版社 1997 年版。
③ 刘洪涛、黄承元主编：《新世纪国外中国文学译介与研究文情报告》（北美卷），中国社会科学出版社 2012 年版。
④ 张西平：《西方汉学十六讲》，外语教学与研究出版社 2011 年版。
⑤ 顾伟列：《20 世纪中国古代文学国外传播与研究》，华东师范大学出版社 2011 年版。
⑥ 宋柏年：《中国古典文学在国外》，北京语言学院出版社 1994 年版。
⑦ 何培忠：《当代国外中国学研究》，商务印书馆 2006 年版。
⑧ 熊文华：《美国汉学史》，学苑出版社 2015 年版。
⑨ 詹杭伦：《刘若愚及其比较诗学体系》，《文艺研究》2005 年第 2 期。
⑩ 杨乃乔：《路径与窗口——论刘若愚及在美国学界崛起的华裔比较诗学研究族群》，《北京大学学报》（哲学社会科学版）2008 年第 5 期。
⑪ 徐志啸：《北美学者中国古代诗学研究》，上海古籍出版社 2011 年版。

《书籍史视域中的诗学阐释——读王宇根〈万卷：黄庭坚和北宋晚期诗学中的阅读与写作〉》[①]（以下简称方文）等，除方文系对王宇根的黄庭坚及北宋晚期诗歌研究的专门探索外，其他均偶有提及宋诗在北美学界的接受。

三是论宋诗名家在海外学界的接受。如王丽娜《欧阳修诗文在国外》[②]、饶学刚《苏东坡在国外》[③]等，两文均从时间维度梳理欧诗或苏诗在国外的接受状况，总体上看仍较为简略，且尚无专文讨论其他诗人在北美学界的接受。

（二）国外研究现状

海外对北美汉学界宋诗研究的探索主要是书评，如李德瑞（Dore J. Levy）、何瞻（James M. Hargett）、孙康宜（Kang-I Sun Chang）、萨进德（Stuart H. Sargent）、傅君劢（Michael A. Fuller）、白安妮（Anne M. Birrell）、卢庆滨（Andrew Lo）等人，均针对艾朗诺（Ronald C. Egan）《欧阳修的文学创作》[The Literary Works of Ou-yang Hsiu（1007-1072）]一书在《亚洲研究》（The Journal of Asian Studies）、《哈佛亚洲研究学刊》（Harvard Journal of Asian Studies）、《今日世界文学》（World Literature Today）、《中国文学》（Chinese Literature: Essays, Articles, Reviews）、《亚非学院院刊》（Bulletin of the School of Oriental and African Studies）、《宋元研究通报》（Bulletin of Sung and Yüan Studies）等著名期刊发文，对其主要特征及优缺点进行评议。同时，如齐皎瀚（Jonathan Chaves）的《梅尧臣与宋初诗歌发展》[Mei Yao-ch'en（1002-1060）and the Development of Early Sung Poetry]、傅君劢的《通向东坡之路：苏轼"诗人之声"的发展》（The Road to East Slope: The Development of Su Shi's Poetic Voice）、柯霖（Colin S. C. Hawes）的《北宋中期诗歌的社会流通——气与文人的修身》（The Social Circulation of Poetry in the Mid-Northern Song: Emotional Energy and Literati Self-Cultivation）、萨进德的《贺铸诗：文类、语境与创造》[The Poetry of He Zhu（1052-1125）: Genres, Contexts, and Creativity]、

---

① 方笑一：《书籍史视域中的诗学阐释——读王宇根〈万卷：黄庭坚和北宋晚期诗学中的阅读与写作〉》，《中国比较文学》2016年第2期。
② 王丽娜：《欧阳修诗文在国外》，《河北师范大学学报》（哲学社会科学版）2003年第3期。
③ 饶学刚：《苏东坡在国外》，《黄冈师范学院学报》2005年第2期。

王宇根（Yugen Wang）的《万卷：黄庭坚和北宋晚期诗学中的阅读与写作》(Ten Thousand Scrolls: Reading and Writing in the Poetics of Huang Tingjian and the Late Northern Song)、杨晓山（Xiaoshan Yang）的《私人领域的变形：唐宋诗歌中的园林与玩好》(Metamorphosis of the Private Sphere: Gardens and Objects in Tang-Song Poetry) 等涉及宋代诗歌研究的著作都受到了极高关注，并有大量书评问世。此外，唐凯琳（Kathleen M. Tomlonovic）撰有《海外苏轼研究简介》及《宋代文化的代表人物苏轼：美国汉学界近年来研究简介》，系较为系统介绍北美苏轼（包括苏诗）研究的论文，而论其他宋代诗人、诗作的专文则未见。

如前所述，国内外学界对北美汉学界的宋诗研究已经有不同程度的涉及，但若纳入本书研究范围考察，则在以下维度可继续深入挖掘。一方面，已有成果多为简略勾勒或个案分析，较为零散，因此，系统分析与深入挖掘北美汉学界的宋诗研究亟待展开，无论是更为全面的宋诗研究史梳理，还是精深的个案探究都有待进一步推进。另一方面，对国内学界而言，北美汉学界的宋诗研究最具借鉴价值的是研究方法层面，即其研究范式与方法对国内相关研究的启示。

二 选题价值

对北美汉学界的宋诗研究进行全面引介与系统论析，具有较高学术价值。

一方面，开展北美汉学界的宋诗研究，可以拓展宋诗研究领域，创新研究方法，作为"他山之石"为国内学界的宋诗及中国文学研究注入活力、扩展视野，推动相关研究进一步发展，如王宇根从书籍史视角关注北宋晚期诗歌便颇有新意，国内学者于此较少留意。

另一方面，通过对北美学界宋诗研究文献的搜集、整理与爬梳，可以为国内宋代诗歌研究提供大量文献资料，具有较高的文献价值。本书既较为全面搜集、整理大量第一手资料，同时，又对其中价值较高的成果进行介绍与分析。

三 研究内容

本书以北美汉学界的宋诗研究为考察对象，以学术史梳理、话语分析为基本视角，以北美汉学界的宋诗研究成果之发展史、研究领域、主要特征、研究方法为论域，通过对大量散见于专著、期刊中的文献进行搜罗、整理与研究，深入全面呈现北美汉学界宋代诗歌研究的基本概况、传播规律、研究范式、名家名著，并揭示其对当下中国相关领域学术研究的借鉴意义。

其一，梳理北美汉学界宋诗研究的学术史。北美汉学有逾百年的发展史，在不同历史阶段，其历史语境、研究视野、观照维度与方法路径均不尽相同，本人经过大量的数据统计与文献阅读后，暂将其接受史划分为三个时期：一是20世纪30年代以前的萌芽期，这一时期主要是传教士汉学，流于简单引介；二是20世纪30年代至冷战结束的发展期，进入专业汉学阶段，成果颇丰，但受国际政治影响较大；三是冷战结束至今的深化期，学者们多出于自身学术兴趣研究，视角独特，剖析深入。本书试图归纳各个时期的研究特点，且对代表性著述进行重点介绍。

其二，归纳总结北美汉学界研究宋诗的研究视角与范式，主要讨论其对宋诗"自我"的分析、对宋诗"因革"的梳理、对宋诗的分类研究、对宋诗与政治关系的考察、对宋诗与佛禅、道学关联的阐明。

其三，引介与研究名家、名著。国内学界对北美汉学界宋诗研究相关著述虽已有少量介绍或翻译，但仍有大量著述尚未引入或深入探究。本书拟对颇具代表性和影响力的名家名著进行引介与研究。如艾朗诺《欧阳修的文学创作》及《苏轼人生中的言、象、行》（*Word, Image, and Deed in the Life of Su Shi*）是海外汉学界欧阳修、苏轼研究的标志性成果；傅君劢《漂泊江湖：南宋诗歌与文学史问题》（*Drifting among Rivers and Lakes: Southern Song Dynasty Poetry and the Problem of Literary History*）一书作为探究宋诗与道学关系的最新成果，亦尚未被引入国内学界，同时其《通向东坡之路：苏轼"诗人之声"的发展》作为探究苏轼诗歌变化历程的名著也有相当影响；柯霖的《北宋中期诗歌的社会流通——气与文人的修身》分析了北宋中期诗歌的六大功能，也颇具代表性。此外，施吉瑞《石湖：范成大诗歌研究》[*Stone Lake: The Poetry of Fan Chengda (1126-1193)*]、杜迈可《陆游》（*Lu You*）、管佩达《佛道思想对苏轼诗的影响》[*Buddhism and Taoism in the Poetry of Su Shi (1036-1101)*]、莲达《士大夫、乡绅、诗人：10—11世纪中国诗歌在士人文化中的角色》[*Bureaucrats, Gentlemen, Poets: The Role of Poetry in the Literati Culture of*

Tenth-Eleventh Century China (960-1022)] 也颇具代表性。

四 研究目标、研究思路与研究方法

(一) 主要目标

本书的主要目标在于系统梳理北美汉学界宋诗研究的学术史，并试图对之进行学术分期，突破已有细部研究的局限；揭橥北美汉学界宋诗研究的突出特征、研究范式、方法路径；引介尚未被国内学界重视的名家名著，重点介绍与评价艾朗诺、傅君劢、施吉瑞、管佩达、何瞻等人的相关研究著述。

(二) 研究思路

一是史论结合。本书既试图勾勒北美汉学界宋诗研究的发展史，分析不同时期的研究概貌，同时又注意与时代环境、学术潮流之间的密切关联。

二是个案解读与系统分析相结合。本书既注重总体探究北美汉学界宋诗研究的基本特征、方法范式与发展规律，同时又注重名家、名著的专题研讨。

(三) 研究方法

第一是文献释读与分析。本书涉及的英文文献达数百种，主要文献也超过五十种，尤其是早期美国汉学文献，阅读与分析均较为困难，因此，对这些英文文献进行释读、梳理与阐发是本书展开研究的基础与前提。

第二是跨学科研究。本书涉及面较广，北美学界广泛使用美学、教育、历史、法律、哲学、文化、政治等视角阐释宋诗，因此，本书也需要综合运用这些学科的知识与理论来进行分析。

第三是定量与定性相结合。尤其在梳理北美汉学界宋诗研究学术史时，既要考虑到研究成果数量的多寡，同时又要注意研究成果的质量以及对后来研究的影响。

五 创新之处

本书试图在以下几个方面突出其创新性：

第一是首次较为全面系统梳理北美汉学界宋诗研究的学术史。国内学界对北美汉学界宋诗研究的成果的引介极为零散，无法全面客观反映北美汉学界在此领域的研究成果，本书将全面系统搜集整理相关资料，试图梳理其发展脉络，勾勒其演进史。

第二是较为深入探讨北美汉学界宋诗研究的主要特征与范式方法。诸多相关成果尚停留在简单的转述阶段，对其内在机制、话语模式、考察范式与研究方法缺少观照，而这正是海外汉学最具价值所在，本书试图对此开展行之有效的探索。

第三是引进、介绍与考察一些尚未引起学界充分关注的汉学成果。如《欧阳修的文学创作》《苏轼人生中的言、象、行》《漂泊江湖：南宋诗歌与文学史问题》《北宋中期诗歌的社会流通——气与文人的修身》《石湖：范成大诗歌研究》《士大夫、乡绅、诗人：10—11世纪中国诗歌在士人文化中的角色》，等等。

第一章

北美汉学界宋诗研究的发展历程

北美汉学界的宋诗研究有逾百年的发展史，且至今方兴未艾，在不同历史阶段，其历史语境、研究视野、观照维度与方法路径均不尽相同。笔者经过大量的数据统计与文献阅读，并参照了学界认可度较高的北美汉学发展分期标准，认为北美汉学界的宋诗研究不是孤立的文化现象，而是有其自身的发展规律，同时也受外在因素的影响与制约。从某种意义上说，北美汉学界宋诗研究反映出西方汉学发展演变的轨迹。据此，笔者将其接受史划分为三个时期：萌芽期（20世纪30年代以前），主要是传教士汉学；发展期（20世纪30年代至冷战结束），进入专业汉学阶段，成果颇丰，且受国际政治影响较大；深化期（冷战结束至今），学者们大多出于自身学术兴趣从事宋诗研究，视角独特，剖析深入，方法多样。

第一节 北美汉学界宋诗研究萌芽期

在20世纪30年代以前，西方世界对中国的了解主要通过传教士介绍，译介中国文化典籍是重要方式，其中，也涉及中国诗歌（包括宋诗）的介绍，但总体来看，比较零散，也不够准确。比如最早来华美国传教士之一的卫三畏（Samuel Wells Williams，1812-1884），其在1848年出版的《中国总论》（*The Middle Kingdom*）一书里提及了宋诗：

> 唐代，即9—10世纪，是诗和文学的全盛时期，中国文明最辉煌之日，却是欧洲文明最黑暗之时。任一欧洲语言都还没有翻译全唐诗，大约不会有完整的翻译。李太白的诗有30册，苏东坡的有115

册。叙事诗所占比例较抒情诗为小。①

《总目》的第四部分"集部",意即杂集,提及的著作主要是诗集,占总数近三分之一。分为五类:楚辞,别集,总集,诗文评,词曲。最早的诗人是屈原,具有天赋的楚国大臣,生活年代早于孟子,他的作品《离骚》,意即"驱散忧愁",已译成德文和法文。由于他的不幸,至今人们仍在五月初五的龙舟节加以纪念。中国更著名的诗人是唐代的李太白、杜甫和宋代的苏东坡,三人构成了诗人的基本特征,他们爱花,爱酒,爱歌唱,同时出色地为政府效劳。②

由此观之,卫三畏仅简略提及作为大诗人的苏轼及其诗歌数量与基本特征,并未进行较为详细的介绍与分析。卫三畏对中国诗歌的介绍依据《四库全书总目》,这无疑缺少新意与突破。但卫三畏之后另一位美国北长老会派至中国的传教士丁韪良(William Martin,1827-1916)则对宋诗缺少关注,这位"中国通"在其名著《汉学菁华:中国人的精神世界及其影响力》(*The Lore of Cathay*,1901)之"中国文学"章却没有论及宋诗,在他所编《中国传说与抒情诗》(*Chinese Legends and Lyrics*,1912)中也未翻译宋诗。

1917年,美国汉学家保罗·卡鲁斯(Paul Carus)发表《一个中国诗人的人生沉思》(A Chinese Poet's Contemplation of Life)③,面对当时西方世界对中国文学的轻视,卡鲁斯为中国文学辩护,他对苏轼推崇备至,尤其赞同理雅各视苏轼为"无与伦比的大师"(unrivalled master)。当然,他对苏轼的赞誉在某种程度上有"误读"成分,即当时译者将《赤壁赋》以诗体英译,作者将《赤壁赋》视为一首诗歌,因此,以今日之学术眼光看,这虽然不能视为北美学界真正意义上对宋诗的接受,但或许可以视为欧美学界开始正视包括宋诗在内的中国文学的重要里程碑。

由此可见,萌芽期的北美汉学界的宋诗研究较零星、散漫,尚处于起步阶段,甚至存在某种误读。

---

① [美]卫三畏:《中国总论》,陈俱译,陈绛校,上海古籍出版社2005年版,第489页。
② [美]卫三畏:《中国总论》,陈俱译,陈绛校,上海古籍出版社2005年版,第484页。
③ Paul Carus, "A Chinese Poet's Contemplation of Life", *The Monist*, Vol. 27, No. 1 (1917), pp. 128-136.

第二节 北美汉学界宋诗研究发展期

20世纪30年代以后，西方汉学逐步进入"体制化阶段"，"以系统收集有关资料、建立学科体系、教授中国语言文化、出版研究成果、开展学术交流为基本特征"①。尤其是第二次世界大战后，美国成为国际政治、军事、经济的超级强国，为了更全面了解中国，美国从1958年至1970年投入巨资研究中国，在研究机构的创建、人员的培养、著作的出版等方面都取得了跃进式发展。北美汉学界对宋诗的考察也步入快车道，研究视角多样，论析细致深入，成果颇丰。当然，最为突出的特点是一些著名宋代诗人的诗作受到普遍关注，我们拟对此进行简略梳理。

一 欧阳修诗歌研究

1963年，著名宋史研究专家刘子健《欧阳修的治学与从政》一书论及欧阳修的诗歌成就，他注意到"至于古诗，欧阳修更确有承先启后之功"，并"将诗体从排偶雕琢中解放出来"②，换言之，在诗歌方面，欧阳修也堪称革新者。

1984年，艾朗诺（Ronald C. Egan）出版《欧阳修的文学创作》[The Literary Works of Ou-yang Hsiu（1007-1072）]③，该书"向我们生动地展示了一个文学天才"（何瞻语）④，或曰"一个大师级的文学巨匠"（白安妮语）⑤。在诗歌方面，艾朗诺认为"欧阳修是一个非常重要的诗人，无论从其诗歌数量，还是其对宋代诗歌的影响均是如此"⑥，孙康宜（Kang-i Sun Chang）指出，该书首次为西方读者呈现了一个完整的欧阳修形象。孙康宜还认为："艾朗诺此著的突出优点"，在于"他将欧阳修诗歌宁静、

---

① 王晓路：《西方汉学界的中国文论研究》，巴蜀书社2003年版，第140页。
② ［美］刘子健：《欧阳修的治学与从政》，新文丰出版公司1963年版，第79页。
③ Ronald C. Egan, *The Literary Works of Ou-yang Hsiu（1007-1072）*, Cambridge University Press, 1984, Paperback edition, 2009.
④ James M. Hargett, "Book Review of The Literary Works of Ou-yang Hsiu（1007-1072）", *World Literature Today*, Vol. 60, No. 1 (1986), p. 176.
⑤ Anne M. Birrell, "Book Review of The Literary Works of Ou-yang Hsiu（1007-1072）", *Journal of the Royal Asiatic Society of Great Britain and Ireland*, No. 2 (1985), p. 238.
⑥ Ronald C. Egan, *The Literary Works of Ou-yang Hsiu（1007-1072）*, Cambridge University Press, 1984, Paperback edition, 1984, p. 78.

愉悦的风格与新儒家思想相联系，这也是欧阳修对中国诗歌最为独特与重要的贡献"。① 白安妮（Anne M. Birrell）在对该书的评论中，注意到艾朗诺非常重视欧阳修诗歌的散文化特点及平淡风格，这意味着中国诗歌的一大转向，但她认为艾朗诺的译诗存在修辞技巧、诗行、句法、字法等方面的变异或误译，还有不少信息在翻译过程中被遗漏；② 萨进德（Stuart Sargent）则认为，该书研究范围广泛、讨论细致，合理运用了比较法讨论欧阳修的诗歌风格，但部分译文的准确度欠佳。③

二 苏轼诗歌研究

苏轼，作为中国文学史上罕见的大文豪，即便放入整个人类文化史来看，也属于不可多得的百科全书式的文化伟人。他有"凌步百代""旷世而不一遇"之美誉，其诗歌成就也极为突出。北美学者在此时期也对苏诗进行了重点观照，有相当数量的博士学位论文、学术专著与学术论文在这一时期面世。

1964年，安德鲁·李·马奇（Andrew Lee March）在华盛顿大学（University of Washington）完成博士学位论文《山水与苏轼思想》[Landscape in the Thought of Su Shi（1036-1101）]④，马奇从四个方面探讨了苏轼诗歌创作中山水的意义，具体为："自我"与山水；时空与山水；山水、艺术与行为；社会与山水。作者认为苏诗中对自然山水的描摹是苏轼"自我"意识的投射。在此基础上，马奇于1966年发表《苏轼的自我与山水》（Self and Landscape in Su Shih）⑤一文，他所谓"landscape"属于自然的一部分，较少社会化的因子，如岩石、树林、山峰、溪流，通过分析大量苏诗，得出结论，即苏诗以山水为媒介充分体现了苏轼的超然与自然（detachment and spontaneity）。

---

① Kang-i Sun Chang, "Book Review of The Literary Works of Ou-yang Hsiu (1007-1072)", *Harvard Journal of Asiatic Studies*, Vol. 46, No. 1 (1986), p. 277.

② Anne M. Birrell, "Book Review of The Literary Works of Ou-yang Hsiu (1007-1072)", *Journal of the Royal Asiatic Society of Great Britain and Ireland*, No. 2 (1985), p. 238.

③ Stuart Sargent, "Book Review of The Literary Works of Ou-yang Hsiu (1007-1072)", *Chinese Literature: Essays, Articles, Reviews (CLEAR)*, Vol. 7, No. 1/2 (1985), pp. 174-179.

④ Andrew Lee March, "Landscape in the Thought of Su Shi (1036-1101)", diss., The University of Washington, 1964.

⑤ Andrew Lee March, "Self and Landscape in Su Shih", *Journal of the American Oriental Society*, Vol. 86, No. 4 (1966), pp. 377-396.

1974年,斯坦利·金斯伯格(Stanley Ginsberg)在威斯康星大学(University of Wisconsin)完成博士学位论文《中国诗人之"疏离"与"和解":苏轼的黄州贬放》(Alienation and Reconciliation of a Chinese Poet: the Huang-Chou Exile of Su Shih)[1],该文以苏轼诗歌为切入点,深入、细致探究了苏轼贬谪黄州时期内在心灵自我调适的历程,尤其是如何从冲突走向和谐、从"人臣"走向"宇宙天地之人"的定位转变。金斯伯格尤其侧重探索苏轼如何在诗歌中展露出"乌台诗案"对其心灵世界的巨大冲击,体现出作者对苏诗与苏轼政治遭际、情感历程、思想变迁之关联的准确把握。

1983年,傅君劢在耶鲁大学(Yale University)完成了博士学位论文《东坡诗》[The Poetry of Su Shih (1037-1101)]。[2]他深入、细致分析了一百多首苏轼诗歌,试图探寻苏轼诗歌潜在之"理"。他认为,苏轼诸多诗作里流淌着潜在之"理",只要寻绎"理"的存在,就能穿透所有诗篇的语言,深入理解其本质。这一理路在1990年出版的《通向东坡之路:苏轼"诗人之声"的发展》(The Road to East Slope: The Development of Su Shi's Poetic Voice)[3]一书中得以延续,只是在研究视角和方法上更具理论自觉性。此书在欧美苏学史上具有重要地位。唐凯琳认为,它是"继中国、日本近十几年持续高度关注苏轼且出版高水平论著后,在英语世界诞生的第一部颇具学术研究性质的专著"[4]。知名汉学家艾朗诺也指出,该书有利于增进西方读者对苏轼及其诗歌的了解与认识,是英语世界第一部全面探讨苏轼诗歌的论著,具有开创性意义,尤其是对于那些想要了解天才诗人苏轼发展历程的读者来说极有价值。[5] 作者运用阐释学的"对话"理论与语言学、修辞学理论来观照苏轼诗歌,尝试通过精细分析诗歌捕捉苏轼对"万物即理"这一命题的思索,并由此揭示出苏轼诗歌的本质。为此,

---

[1] Stanley Ginsberg, "Alienation and Reconciliation of a Chinese Poet: the Huang-Chou Exile of Su Shih", Ph. D. diss., University of Wisconsin, 1974.

[2] Michael Anthony Fuller, "The Poetry of Su Shi (1037-1101)", Ph. D. diss., Yale University, 1983.

[3] Michael A. Fuller, The Road to East Slope: The Development of Su Shi's Poetic Voice, Stanford: Stanford University Press, 1990.

[4] Kathleen M. Tomlonovic, "The Road to East Slope—The Development of Su Shi's Poetic Voice", Chinese Literature: Essays, Articles, Reviews, Vol. 13, Dec. 1991, p. 146.

[5] Ronald C. Egan, "The Road to East Slope—The Development of Su Shi's Poetic Voice", Harvard Journal of Asiatic Studies, Vol. 52, May. 1, 1992, p. 313.

傅君劢翻译了上百首苏轼诗歌，译文语言文雅，并对诗歌形式与主题都有阐明，深得学界好评：

> 该著对苏轼青年时期至贬谪黄州期间的 100 多首代表性诗作进行了译介和阐释，其间包含大量诗歌创作的历史文化语境与作者生平背景介绍，还对诗歌的措辞、结构、风格、修辞等予以了细致的解析，试图还原诗歌文本所蕴藏的"诗人之声"。①

> 该著对苏轼创作与 1059 年至 1085 年之间的二十首诗歌的翻译极为审慎、细致，除了详细的注解，还对原诗的修辞特征作了精细的说明。虽然是出于学术研究目的而译，追求精准，有时也难免散文化，但同时也具有高度的可读性。②

与此同时，唐凯琳也公允评价傅君劢论著的缺憾之处，认为傅君劢虽然对苏诗富有理趣这一特质的认识较为准确，也即对以苏轼诗歌为代表的宋诗擅长议论说理予以精准把捉，但囿于其对苏轼哲学以及理学思想认识的局限，傅君劢对"万物即理"之"理"的论析尚欠透辟。除此之外，亦有论者对所谓"诗人之声"存有疑问，如纽约州立大学奥尔巴尼分校（State University of New York at Albany）的何瞻指出，运用西方批评理论如"诗人之声"来分析中国古诗时应该特别慎重；③ 波特兰州立大学（Portland State University）的彭深川（Jonathan Pease）也认为，傅君劢对苏诗"诗人之声"的剖析难以令人信服。④

1987 年，管佩达（Beata Grant）在斯坦福大学（Stanford Universtiy）完成了博士学位论文《佛道思想对苏轼诗的影响》［Buddhism and Taoism in the Poetry of Su Shi（1036-1101）］，⑤ 该文着力于分析佛道两家思想是

---

① Kathleen M. Tomlonovic, "The Road to East Slope—The Development of Su Shi's Poetic Voice", *Chinese Literature: Essays, Articles, Reviews*, Vol.13, Dec.1991, p.146.

② Kathleen M. Tomlonovic, "The Road to East Slope—The Development of Su Shi's Poetic Voice", *Chinese Literature: Essays, Articles, Reviews*, Vol.13, Dec.1991, p.146.

③ James M. Hargett, "The Road to East Slope—The Development of Su Shi's Poetic Voice", *The Journal of Asian Studies*, Vol.51, No.2, May 1, 1991, pp.380-381.

④ Jonathan Pease, "Contour Plowing on East Slope: A New Reading of Su Shi", *Journal of the American Oriental Society*, Vol.112, No.3, Jul.-Sep., 1992, pp.470-477.

⑤ Beata Grant, "Buddhism and Taoism in the Poetry of Su Shi（1036-1101）", Ph.D. diss., Stanford Universtiy, 1987.

如何影响苏轼诗歌创作的语言、意象、思想等,正是由于深受佛道思想的影响,苏轼诗歌呈现出了特有的深刻和复杂。该博士学位论文此后被修订出版为《重游庐山:苏轼人生与创作中的"佛教"》(Mount Lu Revisited: Buddhism in the Life and Writings of Sushih)一书。

1989年,唐凯琳在华盛顿大学完成了博士学位论文《"贬"与"归":苏轼贬谪诗研究》[Poetry of Exile and Return: A Study of Su Shi (1037-1101)][1]。她在文中提出,苏轼诗歌中的"贬"与"归",究其实质是苏轼"入世"与"出世"矛盾的体现,苏轼在贬谪时期如何看待自身所处困境充分显示出他特有的伟大,也奠定了他在中国文学史上的地位。作者梳理了中国贬谪文化传统对文人的影响,在此基础上,重点揭示了苏轼三次被贬的政治原因,以及由此导致的苏诗在思想内容与美学风格上的相应变化。唐凯琳进而归纳苏轼之"归"的三重蕴意:归位、归乡、归自然。

同年,杨立宇(Vincent Yang)出版了《自然与自我:苏东坡与华兹华斯诗歌比较研究》(Nature and Self: A Study of the Poetry of Su Dongpo with Comparison to the Poetry of William Wordsworth)[2]一书,他运用对比研究模式着力于分析苏轼与华兹华斯以"自我""自然"为主题的诗歌(包括苏词),并从文化传统的层面挖掘了差异根源。彭深川(Jonathan Pease)对研究对象(苏诗与华兹华斯诗)的可比性提出质疑,还指出作者未能明晰区别"诗人"和"诗人之声"(Poetic Voice),研究方法(平行研究)的选择也存在不足,甚至有误导读者之嫌;[3] 唐凯琳也认为杨立宇的比较模式颇为陈旧,研究方法也缺乏新意,并且未充分运用学界已有成果,观点较为浅显、平面化。[4]

1990年,美国纽约州立大学奥尔巴尼分校东亚系的蔡涵墨(Charles Hartman)发表了《1079年的诗歌与政治:乌台诗案》(Poetry and Politics

---

[1] Kathleen M. Tomlonovic, "Poetry of Exile and Return: A Study of Su Shi (1037-1101)", Ph. D. diss., University of Washington, 1989.

[2] Vincent Yang, *Nature and Self: A Study of the Poetry of Su Dongpo with Comparison to the Poetry of William Wordsworth*, New York: Peter Lang, 1989.

[3] Jonathan Pease, "Book Review of Nature and Self: A Study of the Poetry of Su Dongpo with Comparison to the Poetry of William Wordsworth", *Journal of the American Oriental Society*, Vol. 112, No. 3 (1992), pp. 517-518.

[4] Kathleen Tomlonovic, "Book Review of Nature and Self: A Study of the Poetry of Su Dongpo with Comparison to the Poetry of William Wordsworth", *Chinese Literature: Essays, Articles, Reviews* (CLEAR), Vol. 13 (1991), pp. 150-151.

in 1079：The Crow Terrace Poetry Case of Su Shih）[①]一文，该文从文学与政治的关系入手分析了苏轼的诗歌创作，阐明政治作为重要外部因素对苏诗创作的直接影响。同时，针对学界关于苏轼在乌台诗案前后思想的评价，作者也表达了自己的观点。这是北美学界比较清晰探究苏诗与政治密切关系的学术论文，其对苏轼所处时代的社会政治环境的分析极其精当。

1991年，郑文君（Alice Wen-Chuen Cheang）在哈佛大学（Harvard University）完成博士学位论文《苏轼诗歌中的"道"与"自我"》[The Way and the Self in the Poetry of Su Shih（1037—1101）][②]。作者认为，苏轼诗歌体现出独特之"道"，"道"是苏轼诗歌不可分割的一部分，主要表现在"为人"与"为文"两个维度。贬谪时期的创作是苏轼之"道"的最佳阐释，尤其是写于黄州、惠州、岭南、琼州等地的诗篇深刻表现了苏轼之"道"，究其实质乃儒家思想的另一种诗意表达。如苏轼拟古和陶一方面源于对陶诗的尊崇，另一方面则源于对陶渊明"为人""实有感焉"（《苏辙子瞻和陶渊明诗集引》）。在此基础上，"苏轼寄'托'个人意图于对过去诗人的追和之中，'借'陶潜之声抒发一己之情"。[③]

同年，华盛顿大学的唐凯琳发表了《苏轼诗歌中的"归"——宋代士大夫贬谪心态之探索》一文，该文收入孙钦善等主编的《国际宋代文化研讨会论文集》（四川大学出版社1991年版）。作者认为，苏轼诗歌中频繁出现的"归"字蕴含三重意思：一是归位，即渴望回归朝廷，被委以重任；二是归乡，希冀脱离官场，回归故里，躬耕田园；三是归隐，即退隐山林，回归自然，返璞归真。这三重意思相互交织，既矛盾又统一。唐凯琳与北美其他研究苏轼的学者不同，她于20世纪90年代亲赴苏轼故乡四川访学，跟从四川大学苏轼研究学者们潜心研习苏轼诗歌，多次参与相关会议，故对苏轼的探讨颇能从苏轼所属士阶层切入，发掘苏轼诗歌所蕴含的儒释道三家思想，揭示苏轼对儒释道思想的汇通吸纳，并指出苏轼在人生困厄之境能够随缘自适、保持生命本真、与天地为一。这一时期的研究著述关注点各异，考察范围亦不尽相同，涉及苏轼诗歌的诸多面向，

---

① Charles Hartman, "Poetry and Politics in 1079: The Crow Terrace Poetry Case of Su Shih", *Chinese Literature: Essays, Articles, Reviews*, Vol. 12, Dec., 1990, pp. 15-44.

② Alice Wen-Chuen Cheang, "The Way and the Self in the Poetry of Su Shih (1037-1101)", diss., Harvard University, 1991.

③ Alice Wen-Chuen Cheang, "The Way and the Self in the Poetry of Su Shih (1037-1101)", diss., Harvard University, 1991. p. 154.

苏诗与宗教、政治、哲学及人生遭际之关系均在考察范围内，可以说在相当程度上代表其时北美苏诗的研究水平，而诸如傅君劢、管佩达、唐凯琳等也成为北美宋代文学与文化研究名家。

三 黄庭坚诗歌研究

在诗歌方面，黄庭坚与苏轼并称"苏黄"，也堪称有宋一代具有代表性的诗人，北美学人于其诗作也较多关注。

1976年，唐盛勇（Seng-yong Tiang）在华盛顿大学完成博士学位论文《黄庭坚及其对传统的运用》[Huang T'ing-chien（1045-1105）and the Use of Tradition]，① 作者追溯了中国诗学传统中的模仿论，并考察了黄庭坚在中国模仿诗学中的地位，尤其是分析了作为江西诗派开山祖师（the "founder" of the Chiang-hsi School of Poetry）的黄庭坚如何运用传统及在诗歌创作中如何运用模仿技巧。该文主要分为四章：第一章介绍了黄庭坚与江西诗派的关系及其诗学原则；第二章探讨了黄庭坚的前贤对传统的运用及黄庭坚的传统观；第三章分析了黄庭坚的诗学观念"点铁成金"与"夺胎换骨"；第四章梳理了宋金元明清对黄庭坚理论和实践的评价；第五章讨论了黄庭坚个人才能的得失：一是"得"，即点"铁"成"金"（Achievement：Turning "Iron" into "Gold"）；二是"失"，即点"金"成"铁"（Failure：Turning "Gold" into "Iron"）。

1982年，迈克尔·爱德华兹·沃克曼（Michael Edwards Workman）在印第安纳大学（Indiana University）完成博士学位论文《黄庭坚的创作及其他宋代作品中关于黄氏家族与山谷家庭背景的记载》（Huang T'ing-chien：His Ancestry and Family Background as Documented in His Writing and Other Sung Works），② 作者运用传记学与系谱学理论，详细介绍了黄庭坚的家族世系及其成长背景，其中言及家族、家庭对黄庭坚诗歌创作的影响，如黄庭坚的叔辈对其诗歌水平的夸赞。

1988年，刘大卫（David Jason Palumbo-Liu）在加州大学伯克利分校（The University of California，Berkeley）完成博士学位论文《签署羊皮书：

---

① Seng-yong Tiang, "Huang T'ing-chien（1045-1105）and the Use of Tradition", diss., The University of Washington, 1976.

② Michael Edwards Workman, "Huang T'ing-chien：His Ancestry and Family Background as Documented in his Writing and Other Sung Works", diss., Indiana University, 1982.

黄庭坚（1045—1105）与"化用诗学"》[Signing the Palimpsest: Huang Tingjian (1045-1105) and the Poetics of Appropriation]，[1] 在该文基础上，刘大卫于1993年出版学术专著《"化用诗学"：黄庭坚的文学理论与诗歌创作》(The Poetics of Appropriation: The Literary Theory and Practice of Huang Tingjian)[2]，他先对欧美学界关于技巧、模仿、创新等理论进行历时性梳理，再将其与中国文论之相关概念进行对比分析。在此基础上，归纳总结了北宋时期关于传统的三种态度，指出黄庭坚置身于传统之中，从前人经典中汲取营养，并以传统的继承者面貌示人，以之建立起黄庭坚的文化身份。白安妮指出，该著堪称"西方世界第一部对黄庭坚进行全面研究的著作"，但其研究方法、文本翻译及中西比较阐释方面均有不够恰切之处[3]；萨进德也认为，该书存在概念界定不清与过度阐释的缺陷，且有不少诗歌被误译（如《晓起临汝》）[4]；但苏源熙（Haun Saussy）却指出，刘大卫"令人信服地呈现了黄庭坚极富历史意识的诗学理论的价值"[5]，为后人重新评价黄庭坚在经典传统中的地位指出新路，但由于其无视中西传统的差异，在中西对照阐释上则有龃龉之处。此外，艾朗诺《苏轼和黄庭坚的题画诗》(Poems on Paintins: Su Shih and Huang T'ing-chien) 一文试图细致比较苏轼与黄庭坚题画诗的风格差异，[6] 还分析了二者对前人的超越。

四　王安石诗歌研究

1986年，彭深川（Jonathan Otis Pease）在华盛顿大学完成博士学位论文《从功成名就到一叶扁舟：王安石的人生与诗歌创作》[From the

---

[1] David Jason Palumbo-Liu, "Signing the Palimpsest: Huang Tingjian (1045-1105) and the Poetics of Appropriation", diss., The University of California, Berkeley, 1988.

[2] David Palumbo-Liu, The Poetics of Appropriation: The Literary Theory and Practice of Huang Tingjian, Stanford Calif.: Stanford University Press, 1993.

[3] Anne Birrell, "Book Review of The Poetics of Appropriation: The Literary Theory and Practice of Huang Tingjian", Journal of the Royal Asiatic Society, Third Series, Vol. 4, No. 3 (1994), pp. 456-457

[4] Stuart H. Sargent, "Book Review of The Poetics of Appropriation: The Literary Theory and Practice of Huang Tingjian", Harvard Journal of Asiatic Studies, Vol. 55, No. 2 (1995), pp. 568-588.

[5] Haun Saussy, "Book Review of The Poetics of Appropriation: The Literary Theory and Practice of Huang Tingjian", Chinese Literature: Essays, Articles, Reviews (CLEAR), Vol. 17 (1995), p. 153.

[6] Ronald C. Egan, "Poems on Paintins: Su Shih and Huang T'ing-chien", Harvard Journal of Asiatic Studies, Vol. 43, No. 2 (1982), pp. 413-451.

Wellsweep to the Shallow Skiff: Life and Poetry of Wang Anshi (1021–1086)]①，作者着力分析了王安石退居金陵时期的诗歌创作，即1076年至1086年王安石的诗歌创作与其人生经历、思想动态等之关系。他提出，作为诗人的王安石晚年热爱自然，且深受佛教思想影响，其心境也从早年激愤逐渐转向乐观，在诗风上则渐渐趋向恬淡与率直，注重锤炼语言。彭深川认为，尽管在王安石看来，诗歌的主要功能是娱宾遣兴，政治功能受到忽视，但在远离政治之后却诗兴大发，创作颇丰，而且题材广泛，特征独具。"作为一名诗人，王安石逐渐趋向宁静与真诚的创作风格"，而且王安石晚年诗歌在"技法的纯熟与精工方面堪称极致"。② 总之，在彭深川看来，王安石诗歌可谓"包罗广泛，代表了北宋诗歌的最高水平及此时诗风特性"③，并直接影响了黄庭坚的创作。此外，彭深川还翻译了107首荆公诗。

五 范成大诗歌研究

1988年，何瞻（James M. Hargett）发表《论范成大的石湖诗》[Boulder Lake Poems: Fan Chengda's (1126–1193) Rural Year in Suzhou Revisited]④ 一文，试图从新视角理解范成大诗歌的语言与意象特点。他认为，想象是范成大诗歌独特魅力之重要成因，因此，他侧重论述范成大诗歌中丰富的想象及其内蕴。此外，何瞻还极力发掘范成大对"田园诗"传统的背离与革新，这常被文学批评家和文学史学者所忽视。作者还细致分析了范成大的"四季诗"（Seasonal Poems）所具备的动态（Dynamic）特征，并将其与陶潜、王维、储光羲田园诗进行比较，认为范成大诗歌增强了田园诗的现实主义意味，"理性"多于"理想"，相较此前田园诗注重表现理想化一面，范成大则淡化了理想化色彩，更真实可信。

---

① Jonathan Otis Pease, "From the Wellsweep to the Shallow Skiff: Life and Poetry of Wang Anshi (1021–1086)", diss., University of Washington, 1986.

② Jonathan Otis Pease, "From the Wellsweep to the Shallow Skiff: Life and Poetry of Wang Anshi (1021–1086)", diss., University of Washington, 1986. Abstract.

③ Jonathan Otis Pease, "From the Wellsweep to the Shallow Skiff: Life and Poetry of Wang Anshi (1021–1086)", diss., University of Washington, 1986. Abstract.

④ James M. Hargett, "Boulder Lake Poems: Fan Chengda's (1126–1193) Rural Year in Suzhou Revisited", Chinese Literature: Essay, Articles, Reviews (CLEAR), Vol. 10, No. 1/2 (Jul., 1988), pp. 109–131.

六 杨万里诗歌研究

1974 年，加拿大英属哥伦比亚大学（University of British Columbia）施吉瑞教授（J. D. Schmidt）发表了《杨万里诗歌中的禅、幻象与顿悟》（Ch'an, Illusion, and Sudden Enlightenment in the Poetry of Yang Wan-li）[①]一文，该文讨论了杨万里的诗歌创作如何受到禅的核心思想的影响，揭橥了杨万里诗歌中的"禅"因子（Ch'an elements）如何激发后世批评家与诗人对抗传统的批评家，还论析了禅的相关概念（如"空""静""悟""味"）如何成为革新派诗人对抗保守批评家极为重要的思想资源。

七 陈与义诗歌研究

1986 年，麦大伟（David R. McCraw）在斯坦福大学完成博士论文《陈与义的诗歌创作（1090—1139）》[The Poetry of Chen Yuyi (1090-1139)]，[②]详细交代了陈与义的生平经历、所处时代环境、诗歌创作情况，探讨了陈与义诗歌与杜甫、苏轼、黄庭坚、陈师道等人的共同点，并从"人与自然""变与常""时间与空间""美与体验"等角度全面考察了陈与义诗歌的特征，细致分析了陈与义诗歌的措辞、句法、对仗、典故、韵律、意象、结句，尤其重点阐明了陈与义诗歌如何深受杜甫影响及具体体现。

八 梅尧臣诗歌研究

1971 年，齐皎瀚（Jonathan Chaves）在哥伦比亚大学完成博士学位论文《梅尧臣与早期宋诗的发展》（Mei Yao Chen and the Development of Early Sung Poetry），此后于 1976 年公开出版，[③]该书曾获哥伦比亚大学一年一度的克拉克·费希尔·安斯利奖（Clarke F. Ansley Award），是第一部用英语写作的全面研究梅尧臣的专著。齐皎瀚在对梅尧臣的人生遭际、社会背景有相当深入把握的基础上，分析了梅尧臣生活时代的宋代诗坛，挖掘

[①] J. D. Schmidt, "Ch'an, Illusion, and Sudden Enlightenment in the Poetry of Yang Wan-li", T'oung Pao, Second Series, Vol. 60, Livr. 4/5 (1974), pp. 230-281.

[②] David R. McCraw, "The Poetry of Chen Yuyi (1090-1139)", diss., Stanford University, 1986.

[③] Jonathan Chaves, Mei Yao Chen and the Development of Early Sung Poetry, New York and London: Columbia University Press, 1976.

了梅尧臣诗歌的师法对象（阮籍、陶潜、孟浩然、韩愈、白居易、孟郊、李白、杜甫、林逋），介绍了梅尧臣的诗学理论，尤其是"平淡"（even and bland）及其对宋代诗歌的影响，阐明梅尧臣的诗歌创作如何践行其诗学理论，还对梅尧臣的诗歌进行了分类（日常生活、个人感情、社会评价、古董与艺术品鉴等），作者广泛吸收了中国、日本学界的已有研究成果，且不乏洞见。总之，该书是对"日渐升温的西方学界之中国诗歌研究的重要贡献"，[①] 但其梅尧臣诗歌翻译则毁誉参半，如何谷理（Robert E. Hegel）认为"译诗优雅、准确"，[②] 倪豪士（William H. Nienhauser）认为译诗显示出译者对梅尧臣诗歌的特质有较为准确的把握，且可读性较强，[③] 但林理彰（Richard John Lynn）则认为散文化译法破坏了原诗的句法结构与思想深度。[④]

九 陆游诗歌研究

1977年，杜迈可（Michael S. Duke，又译杜迈克）《陆游》（*Lu You*）一书试图"均衡而公正地再现陆游的各类诗歌主题及重要性"[⑤]。作者意在超越简单以爱国诗人标签来定位陆游，故较为全面、细致介绍了陆游的生平、思想、诗歌的起源与发展，还分类讨论了陆游的爱国诗歌、饮酒诗、自然诗与记梦诗。

十 综合研究

1957年，陈世骧（Shih-hsiang Chen）发表了《中国诗学与禅》（Chinese Poetics and Zenism）[⑥] 一文，该文对宋朝晚期（1127—1278）中国知识界思想动态与17世纪欧洲笛卡尔之后思想界情形予以比较，通过剖析

[①] Robert E. Hegel, "Book Review of Mei Yao Chen and the Development of Early Sung Poetry", *World Literature Today*, Vol. 51, No. 2, 1977, p. 331.

[②] Robert E. Hegel, "Book Reliew of Mei Yao Chen and the Development of Early Suny Poetry", *World Literature Today*, Vol. 51, No. 2, 1977, p. 331.

[③] William H. Nienhauser, "Mei Yao Chen and the Development of Early Sung Poetry", *American Oriental Society*, Vol. 98, No. 4, 1978, p. 529.

[④] Richard John Lynn, "Book Review of Mei Yao Chen and the Development of Early Sung Poetry", *The Journal of Asian Studies*, Vol. 36, No. 3, 1977, pp. 551-554.

[⑤] Michael S. Duke, *Lu You*, Boston: G. K. Hall & Co. 1977, Preface.

[⑥] Shih-hsiang Chen, "Chinese Poetics and Zenism", *Oriens*, Vol. 10, No. 1, (31, 1957), pp. 131-139.

"禅"（meditation）、"格物""五家七宗""太和""天人合一"等术语揭示宋代新儒学对诗学的影响，也提出宋代诗学因有禅思想的影响而具有神秘因素，如提倡"妙悟"。总而言之，宋代诗学既有神秘主义倾向，同时也具有理性主义和科学精神。

1974年，刘子健（James T. C. Liu）在《中国转向内在：两宋之际的文化内向》一书中指出了宋诗从通俗化、个人化到晦涩难懂历程的转变：

> 宋诗的一个特点是在常用语汇、表达方式、遣词造句和诗歌方面趋向通俗化。诗人们开始打破经典语汇的束缚，将口语的表达方式和日常生活中的意象引入笔端。写作的重点从抒发个人情感转向与他人，主要是其他同样有文化的人进行交流。……然而，11与12世纪之交，诗坛却出现了竞相玩弄复杂修辞的风气………一些诗表现出一种以牺牲真实情感为代价的造作的凝练，还有一些晦涩难懂。宋诗已从成熟转向过度成熟。①

在刘子健看来，宋诗从通俗、个人化最终走向雕琢、繁复、晦涩，推动"宋调"完全定型，这无疑抓住了宋诗的演进历程及特征。

1982年，齐皎瀚（Jonathan Chaves）发表《非作诗之道：宋代的体验诗学》（Not the Way of Poetry: The Poetic of Experience in the Sung Dynasty）②，在作者看来，宋代诗人非常清醒地意识到前代诗人的伟大以及对后世诗歌创作带来的"影响的焦虑"，然而，宋代诗人仍然保持着对诗歌的基本认知，即诗歌来源于诗人的经历与体验，来源于诗人所处世界的现象与事件。对宋代诗人来说，仍然是"非写诗不足以陈其情"，恰如《诗大序》所言："诗者，志之所之也，在心为志，发言为诗。情动于中而形于言，言之不足故嗟叹之，嗟叹之不足故永歌之，永歌之不足，不知手之舞之足之蹈之也。"只是"宋代诗人在遣词造句上更为精当，较之唐人来说，更注重语言表达的准确，以避免产生歧义"。③该文从"脱胎换

---

① ［美］刘子健：《中国转向内在：两宋之际的文化内向》，赵冬梅译，江苏人民出版社2002年版，第20页。

② Jonathan Chaves, "Not the Way of Poetry: The Poetic of Experience in the Sung Dynasty", Chinese Literature: Essays, Articles, Reviews (CLEAR), Vol. 4, No. 2 (Jul., 1982), pp. 199-212.

③ Jonathan Chaves, "Not the Way of Poetry: The Poetic of Experience in the Sung Dynasty", Chinese Literature: Essays, Articles, Reviews (CLEAR), Vol. 4, No. 2 (Jul., 1982), pp. 199-212.

骨、点铁成金""世界、诗人、诗歌""语言与世界""自然与艺术"等四个方面论述了黄庭坚、杨万里、范温等宋代诗人的创作,正如杨万里诗句所言"山思江情不负伊,雨姿晴态总成奇。闭门觅句非诗法,只是征行自有诗",强调诗歌来源于诗人在世界中的经历与体验。此外,范温《潜溪诗眼》也有"体验诗学"之倾向,杨万里提出的"为情而造文"也体现出诗人体验与作诗的紧密关联。几乎同时,萨进德发表《后来者能居上吗? 宋代诗人与唐诗》(Can Latecomers Get There First? Sung Poets and T'ang Poetry)[①] 一文,萨进德认为,宋代具有创造力的诗人如苏轼、王安石、黄庭坚等,并非复制(copy)唐诗,而是为自己树立一个可供学习、效仿的对象,以伟大诗人为榜样意在超越,所谓"模仿"实则是一种"完成"(completion),如贺铸在诗中加入乡村生活细节使王维的田园主义(pastoralism)更具体可感,宋人从唐诗中获取语词、场景、主题作为一首创作的起点,"任何一种'完成'或开掘在某种意义上是一种修正",[②] 在重视延续性、一致性的文化传统中,分享唐人经验对宋人来说是一种值得尝试的冒险。与此同时,宋代诗人又试图冲破唐诗所构筑的传统,如在修辞、意象、语词方面的创新,且试图退回自身去寻找诗料。宋人对唐诗的"模仿"甚而可能淹没了原诗,在一定程度上宋代诗人可能已经取得了某种优先权(priority)。

1983年艾朗诺(Ronald C. Egan)发表文章《苏轼和黄庭坚的题画诗》(Poems on Paintings: Su Shih and Huang T'ing-chien),[③] 作者发现苏轼和黄庭坚的诗歌总是以出人意料的方式发展,他们的诗歌往往超越绘画所描述的现实或意象,转向他们想象或关注的对象,"通过画家的性格与人格来鉴定绘画作品,诗人对画作的个体性反映,对画作意象的探究与解读"[④],二人的题画诗极少夸张性语调,此外,苏黄二人题画诗超越前人之处还在于他们对绘画极为熟悉或本身即是伟大的画家。

---

① Stuart H. Sargent, "Can Latecomers Get There First? Sung Poets and T'ang Poetry", *Chinese Literature: Essays, Articles, Reviews (CLEAR)*, Vol. 4, No. 2 (1982), pp. 165-198.
② Stuart H. Sargent, "Can Latecomers Get There First? Sung Poets and T'ang Poetry", *Chinese Literature: Essays, Articles, Reviews (CLEAR)*, Vol. 4, No. 2 (1982), p. 177.
③ Ronald C. Egan, "Poems on Paintings: Su Shih and Huang T'ing-chien", *Harvard Journal of Asiatic Studies*, Vol. 43, No. 2 (1983), pp. 413-451.
④ Ronald C. Egan, "Poems on Paintings: Su Shih and Huang T'ing-chien", *Harvard Journal of Asiatic Studies*, Vol. 43, No. 2 (1983), p. 420.

1986 年，倪豪士主编的《印第安纳中国古典文学指南》(The Indiana companion to traditional Chinese literature)①，广泛涉及了欧阳修、梅尧臣、苏洵、苏轼、苏辙、范仲淹、黄庭坚、秦观、宋祁、九僧、贺铸、刘克庄、陈师道、陈与义、姜夔、周邦彦、陆游、李清照、朱淑真等人的诗歌，并讨论了《西昆酬唱集》和江西诗派。倪豪士认为，作为宋代仅次于李清照的女诗人，朱淑真的诗歌以闺怨为主，着力表现其孤独、相思、自怜、遭弃、借酒浇愁的孤苦人生，与政治、社会无甚关联。②

第三节　北美汉学界宋诗研究深化期

中美对峙结束后，国际政治对北美汉学的影响有所减弱，但受欧美学术潮流（如新历史主义）的影响相当明显，其时，开展宋诗研究的多为高校东亚系的研究人员，他们视角独特、方法新颖、探究深入，尤其是艾朗诺、傅君劢、萨进德等人为宋诗在英语世界的传播居功至伟，且不少成果得到国内外学界相当程度的认可。与前一时期相较而言，其共同点是依然侧重宋代诗歌名家研究，其原因正如艾朗诺所言："通过研究这些天才一般的人物（指苏轼、欧阳修），我所能学到的东西会更多更丰富"，③ 此外，"也许对这一问题的另一个回答是，像他们这种样样精通、多才多艺的天才，在西方文学界也很少出现。所以我比较好奇，因而急切地想了解他们"④，但研究更新颖、全面、精细。

一　欧阳修诗歌研究

1998 年，加拿大学者柯霖（Colin Hawes）发表《家禽与野兽：欧阳修诗歌中的白色动物意象》(Fowl and Bestial? A Defense of Ouyang Xiu's Poems on White Creatures) 一文⑤，认为包括吉川幸次郎等人所揭示的欧

---

① Nienhauser, William H. edit, *The Indiana Companion to Traditional Chinese Literature*, Bloomington: Indiana University Press, 1986.
② Nienhauser, William H. edit, *The Indiana Companion to Traditional Chinese Literature*, Bloomington: Indiana University Press, 1986, p. 189.
③ 季进：《另一种声音——海外汉学访谈录》，复旦大学出版社 2011 年版，第 21 页。
④ 季进：《另一种声音——海外汉学访谈录》，复旦大学出版社 2011 年版，第 21 页。
⑤ Colin Hawes, "Fowl and Bestial? A Defense of Ouyang Xiu's Poems on White Creatures", *Journal of Sung-Yuan Studies* 28 (1998: 23-53).

阳修诗歌平淡、智性多于情感、长于辩论等特色虽然堪称洞见，但却忽视了其诗歌中富有幽默感、结构富有独创性、机智地使用漫画手法等特点，柯霖以欧阳修诗歌中的白色动物意象（兔子、野鸟、蚂蚁、鹦鹉等）为例对此进行了相当深入的论析。

1999 年柯霖又发表了《超越日常：欧阳修诗歌中的日常生活意象》[Mundane Transcendence：Dealing with the Everyday in the Poetry of Ouyang Xiu（1007-1072）]一文①，柯霖试图修正吉川幸次郎等人的观点，认为他们忽视了欧诗的幽默感与创造性特质。他从吉川幸次郎《宋诗概说》关于欧阳修"日常诗学"谈起，认为吉川幸次郎的结论容易误导读者，以为欧阳修、梅尧臣等诗人是简单描摹日常生活与场景，尤其注重细节刻画。而作者提出欧阳修"日常诗学"的特质在于以幽默、谐谑、夸张等艺术手法刻写日常生活意象，并由此体现对传统诗歌的超越。

二 苏轼诗歌研究

1993 年，在博士学位论文基础上，郑文君（Alice W. Cheang）发表名为《诗歌、政治、哲学：作为东坡之"人"的苏轼》（Poetry, Politics, Philosophy：Su Shih as The Man of The Eastern Slope）②的文章，该文讨论了"乌台诗案"之后苏轼的政治态度与哲学思考。郑文君指出，"乌台诗案"之后，苏轼被贬黄州时期所作《卜算子·黄州定惠院寓居作》《寓居定惠院之东，杂花满山，有海棠一株，土人不知贵也》，表现了自我的失落、模糊、不稳定，并"透露出苏轼对'安'的寻觅——休憩之处，这种意识在此后黄州贬谪时期占据主导——表明诗人对新身份的探寻"③，使苏轼成为完整、真实（wholly and truly）的自己。"东坡八首"意味着苏轼"获得一种自我意识，且使'东坡'之名实至名归"，④"东坡"之名意味着苏轼发现"安"的自我。

---

① Colin Hawes, "Mundane Transcendence：Dealing with the Everyday in the Poetry of Ouyang Xiu（1007-1072）", *Chinese Literature：Essays, Articles, Reviews（CLEAR）* 21（1999）：99-129.

② Alice W. Cheang, "Poetry, Politics, Philosophy：Su Shih as The Man of The Eastern Slope", *Harvard Journal of Asiatic Studies*, Vol. 53, No. 2（1993）, pp. 325-387.

③ Alice W. Cheang, "Poetry, Politics, Philosophy：Su Shih as The Man of The Eastern Slope", *Harvard Journal of Asiatic Studies*, Vol. 53, No. 2（1993）, p. 352.

④ Alice W. Cheang, "Poetry, Politics, Philosophy：Su Shih as The Man of The Eastern Slope", *Harvard Journal of Asiatic Studies*, Vol. 53, No. 2（1993）, p. 354.

1994年,艾朗诺(Ronald C. Egan)的《苏轼人生中的言、象、行》(*Word, Imge, and Deed in the Life of Su Shi*)① 一书由哈佛大学出版社出版,他声称,"他是在中国大文化的背景之下剖析苏轼在各个艺术领域的原创性与文学史价值"②,该著辟专章探讨了苏轼诗歌创作的特质,具有"弥纶群言,而研精一理"的突出特征,研究的全面性与综合性备受好评,如管佩达誉其是"继林语堂《乐观天才:苏轼的人生与时代》之后最全面且最具批评性的精湛、严谨的研究(masterful and meticulous study)",③ 艾朗诺对苏轼与陶渊明的比较也相当富有成效;侯思孟(Donald Holzman)也高度赞美该书的全面综合性及成果吸收的广泛性(中国、日本、法国、英国、美国)④;麦大伟则在注意到该著全面性的同时,忽视了道家思想对苏轼的影响,除对苏诗的戏谑特点揭示深刻以外,其他阐释则缺乏新意,诗歌翻译与解读也存在不同程度的瑕疵。⑤

1995年管佩达(Beata Grant)出版了《重游庐山:苏轼人生与创作中的"佛教"》[*Mount Lu Revisited: Buddhism in the Life and Writings of Su Shih (1037-1107)*]⑥,管佩达将佛教对苏轼及其创作的影响划分为六个不同阶段,着力阐明佛教如何将苏轼塑造成一个真正的诗人。施吉瑞认为,该书的重大贡献也正在于挖掘佛教对作为诗人苏轼的塑造功能,但作者对佛教如何影响到苏轼诗歌的语言与形式方面未作深入揭示;⑦ 萨进德也认为作者"透彻地揭示了苏轼创作与各佛教宗派之间的关联",⑧ 但苏诗中涉及的佛教术语翻译欠佳;约翰·乔根森(John Jorgensen)则指出

---

① Ronald C. Egan, *Word, Image, and Deed in the Life of Su Shi*, Cambridge, Mass.: Harvard University Press, 1994.

② Ronald C. Egan, *Word, Image, and Deed in the Life of Su Shi*, Cambridge, Mass.: Harvard University Press, 1994, "Preface", p. xv.

③ Beata Grant, "Book Review of Word, Image, and Deed in the Life of Su Shi", *Chinese Literature: Essays, Articles, Reviews (CLEAR)*, Vol. 17 (1995), p. 147.

④ Donald Holzman, "Book Review of Word, Image, and Deed in the Life of Su Shi", *Revue Bibliographique de Sinologie*, Nouvelle série, Vol. 15 (1997), p. 312.

⑤ David R. McCraw, "Book Review of Word, Image, and Deed in the Life of Su Shi", *China Review International*, Vol. 2, No. 2 (1995), pp. 447-453.

⑥ Beata Grant, *Mount Lu Revisited: Buddhism in the Life and Writings of Su Shih (1037-1107)*, Honolulu: University of Hawaii Press, 1994.

⑦ J. D. Schmidt, "Book Review of *Mount Lu Revisited: Buddhism in the Life and Writings of Su Shih (1037-1107)*", *Harvard Journal of Asiatic Studies*, Vol. 58. No. 1. 1998, pp. 310-318.

⑧ Stuart H. Sargent, "Book Review of *Mount Lu Revisited: Buddhism in the Life and Writings of Su Shih (1037-1107)*", *The Journal of Asian Studies*. Vol. 57. No. 2 (1998), p. 494.

管佩达的研究将苏轼思想简单化,对苏轼佛教诗歌翻译也较为随意①。

1998年,美国俄亥俄州立大学(The Ohio State University)东亚语言与文学系的何大江(He Dajiang)完成其博士学位论文《苏轼:多元价值观与"以文为诗"》(Su Shi: Pluralistic View of Values and "Making Poetry out of Prose"),②该文全面深入分析了苏轼创作所蕴藏的"多元价值观",这也是促使西方世界崇敬他的重要原因,由此,可以将苏轼其纳入"自由主义思想家"范畴。同时,何大江以俄罗斯理论家巴赫金的文类观来重评苏轼"以文入诗",独出机杼,令人耳目一新。

同年,史国兴(Curtis Dean Smith)发表《苏轼〈破琴诗并序〉新解》(A New Reading of Su Shi's "Poem of the Broken Lute")③一文,史国兴提出,尽管清代学者王文诰曾对其内容和结构予以分析,但对该诗的创作意图和"梦"意象未加关注,结合该诗创作于遭受"乌台诗案"之后,苏轼不得不改变作诗手法以避免再次遭致政治迫害。通过对诗歌中"梦"意象的深入解读,史国兴力图揭示苏轼的创作意图和诗歌内涵。也是在同一年,郑文君(Alice W. Cheang)发表《诗与变:苏轼的〈登州海市〉》(Poetry and Transformation: Su Shih's Mirage)一文④,她将《登州海市》放入苏轼的文学与美学思想之中,分析其中如何作诗的见解,以及对苏轼诗学形塑所产生的影响,并梳理了后世(如严羽)如何评价苏轼的这种变革。

1999年,白睿伟(Benjamin Barclay Ridgway)在硕士学位论文《苏轼"和陶诗"研究》(A Study of Su Shih's "He-T'ao-shih" 和陶诗 [Matching-T'ao-poems])⑤中,作者在阐明陶渊明诗歌主题与术语的基础上,论述了苏轼和陶诗的主题、艺术技巧及缘由,比较了苏轼和诗与陶诗的差

---

① John Jorgensen, "Book Review of *Mount Lu Revisited: Buddhism in the Life and Writings of Su Shih (1037–1107)*", *Revue Bibliographique de Sinologie*, NOUVELLE SÉRIE, Vol. 14 (1996), p. 327.

② He Dajiang, "Su Shi: Pluralistic View of Values and 'Making Poetry out of Prose'", Ph. D. diss., The Ohio State University, 1997.

③ Curtis Dean Smith, "A New Reading of Su Shi's 'Poem of the Broken Lute'", *Journal of Song-Yuan, and Conquest Dynasty Studies*, No. 28 (1998), pp. 37–60.

④ Alice W. Cheang, "Poetry and Transformation: Su Shih's Mirage", *Harvard Journal of Asiatic Studies*, Vol. 58, No. 1 (1998), pp. 147–182.

⑤ Benjamin Barclay Ridgway, "A Study of Su Shih's 'He-T'ao-shih' 和陶诗 (Matching-T'ao-poems)", Thesis., The University of Minnesota, 1999.

别,并深入探索了"和"作为想象性对话的主要特征。

2000 年,蔡涵墨(Charles Hartman)发表《习而安之:苏轼的海南贬谪》[Clearing the Apertures and getting in Tune: The Hainan Exile of Su Shi (1037-1101)][1] 一文,解读苏轼在蛮荒之地生存下去的原因,并将苏轼在海南贬放期间的文学创作分为三个阶段:赴海南途中及初到海南(1097 年夏天)、被逐出官府提供的寓所(1098 年)、修建桄榔庵到回归大陆(the Mainland)(1100 年),不同时期苏轼的创作有显著不同,主要体现为从充斥死亡意象到习而安之。蔡涵墨认为苏轼生存下去的原因包括:黎族人民的帮助及友谊、写作活动与人生态度的转变,尤其体现为"委心",蔡涵墨译为"inclinations of his heart"。

2002 年,萨进德(Stuart H. Sargent)发表《苏轼诗歌中的音乐:一种术语的视角》[Music in the World of Su Shi (1037-1101)][2],该文运用统计学方法择取苏轼现存诗歌中占有 13%的"乐诗"予以探讨,如"共喜使君能鼓乐,万人争看火城归""犹有梦回清兴在,卧闻归路乐声长""空余鲁叟乘桴意,粗识轩辕奏乐声"等等。作者认为"乐"在中国文化中的意蕴极其丰富深广,远比英语中的"music"内涵丰富,苏轼惯于运用隐喻修辞描写"乐",或指乐器,或指音乐,从而凸显苏轼诗歌特有的文体风格意识。

2011 年,王宇根(Yugen Wang)发表《诗歌作为社会批评方式的局限性:重审"乌台诗案"》(The Limits of Poetry as Means of Social Criticism: The 1079 Literary Inquisition Against Su Shi Revisited)一文,[3] 试图超越从社会政治角度解析"乌台诗案"的窠臼,而从文学、学术思想角度对之进行重审,尤其是宋代阐释者从何种角度审查苏诗术语并对苏轼定罪,以及后人如何"追忆"、回想与评价此事。王宇根指出,"乌台诗案"的审判结果表明了两种力量之间的妥协,反映了北宋晚期急剧变化的政治与文化环境,也进一步收窄了诗歌创作的边界,并"深刻形塑了后来几

---

[1] Charles Hartman, "Clearing the Apertures and getting in Tune: The Hainan Exile of Su Shi (1037-1101)", *Society for Song, Yuan, and Conquest Dynasty Studies*, No. 30 (2000), pp. 141-167.

[2] Stuart H. Sargent, "Music in the World of Su Shi (1037-1101)", *Journal of Song-Yuan Studies*, No. 32 (2002), pp. 39-81.

[3] Yugen Wang, "The Limits of Poetry as Means of Social Criticism: The 1079 Literary Inquisition Against Su Shi Revisited", *Journal of Song-Yuan Studies*, No. 41 (2011), pp. 29-65.

个世纪文化的发展方向"。① 诗歌阐释可以见出当权者的政治意图，并为透视历史提供了一扇窗户。

2012 年，杨治宜（Zhiyi Yang）在普林斯顿大学（Princeton University）完成博士学位论文《"自然"的辩证法：苏轼人生与创作中的艺术、自然与艺术面具》[Dialectics of Spontaneity: Art, Nature, and Persona in the Life and Works of Su Shi（1037-1101）]，②该文"试图揭示苏轼自然诗学建构中所潜藏的悖论与辩证"③，主要运用文本"细读"（close reading）法，探讨苏轼和陶诗对陶潜形象的重塑，提出苏轼的创作目的是为了建构自我认同的身份，即完全不为外界环境影响、保持内心真率自然的"得道"形象，以身份的趋同来淡化被贬谪的困境，弱化穷愁哀伤的感受，从而获得内心的宁静与精神的超越。2018 年杨治宜在此文基础上修订、自译为《自然之辩：苏轼的有限与不朽》出版。④

三　王安石诗歌研究

2007 年杨晓山（Yang Xiaoshan）《王安石的〈明妃曲〉与否定诗学》（Wang Anshi's "Mingfei qu" and the Poetics of Disagreement）⑤ 一文试图对《明妃曲》进行重新审视，杨晓山认为王安石有意使用非常规修辞和以独特视野处理历史题材，反映了他对既有观念的背离，荆公通过轰动性的叙述与翻案手法来实现其"否定"目的，这也是其文学写作惯常使用的手段，"如果他的主要写作目的是为了惊世骇俗，无论从即时效应还是长期

---

① Yugen Wang, "The Limits of Poetry as Means of Social Criticism: The 1079 Literary Inquisition Against Su Shi Revisited", *Journal of Song-Yuan Studies*, No. 41 (2011), p. 64.

② Zhiyi Yang, "Dialectics of Spontaneity: Art, Nature, and Persona in the Life and Works of Su Shi (1037-1101)", diss., Princeton University, 2012. 在博士学位论文基础上，杨治宜在 2015 年修订出版专著，名为 Original English version of "Dialectics of Spontaneity: The Aesthetics and Ethics of Su Shi (1037-1101) in Poetry"，并由该书作者自译为《"自然"之辩：苏轼的有限与不朽》（较之英文专著，新增博士学位论文第三章入中译本）在 2018 年由生活·读书·新知三联书店出版。虽然作者自 2012 年起执教于法兰克福大学，但其这些成果主要完成于在美期间，故将其纳入北美汉学界的探索成果。

③ Zhiyi Yang, "Dialectics of Spontaneity: Art, Nature, and Persona in the Life and Works of Su Shi (1037-1101)", diss., Princeton University, 2012. p. iii.

④ 杨治宜：《"自然"之辩：苏轼的有限与不朽》，生活·读书·新知三联书店 2018 年版。

⑤ Yang Xiaoshan, "Wang Anshi's 'Mingfei qu' and the Poetics of Disagreement", *Chinese Literature: Essays, Articles, Reviews (CLEAR)*, Vol. 29 (2007), pp. 55-84.

影响,都可谓是成功的"①。

四 黄庭坚诗歌研究

2001年萨进德论文《黄庭坚的"香意识":以唱和诗与禅理诗为主》(*Huang T'ing-chien's "Incense of Awereness": Poems of Exchange, Poems of Enlightenment*),② 比较研究了黄庭坚与苏轼唱和诗与禅理诗的差异,苏轼的唱和诗可以见出诗歌的隐喻、诗人与世界的互动,而黄庭坚则更多沉浸于诗歌世界之中,从而凸显黄庭坚的独特之处,萨进德重点分析了黄庭坚写于1086年的两组诗,提出其在表达技巧上与苏轼迥异。

2005年,王宇根(Yugen Wang)在哈佛大学完成博士学位论文《印刷时代的诗歌:文本、阅读策略与黄庭坚"写作诗学"》[Poetry in Print Culture: Texts, Reading Strategy, and Compositional Poetics in Huang Tingjian (1045-1105) and the Late Northern Song]③,后更名为《万卷:黄庭坚和北宋晚期诗学中的阅读与写作》(*Ten Thousand Scrolls: Reading and Writing in the Poetics of Huang Tingjian and the Late Northern Song*)④,该书是北美学界对宋诗进行跨学科考察的代表性著述,其将黄庭坚、江西诗派等置于印刷文化的宏大语境中。认为面对印刷术所带来的阅读方式挑战,黄庭坚从杜甫及晚唐诗作中吸纳养料并进行创新,创制符合时代变化的诗歌文本写作策略,将诗歌写作与阅读习惯的改变联系起来,提出一套"作诗之法",从而创建了江西诗派的诗学观。该书"凸显了黄庭坚诗学在中国文学史上的地位";⑤ 艾瑞·丹尼尔·利维(Ari Daniel Levine)认为,虽然王宇根将研究对象置于相当宏阔的语境中进行审视,但在考察纸

---

① Yang Xiaoshan, "Wang Anshi's 'Mingfei qu' and the Poetics of Disagreement", *Chinese Literature: Essays, Articles, Reviews* (*CLEAR*), Vol. 29 (2007), p. 84.

② Stuart Saugent, "Huang T'ing-chien's 'Incense of Awereness': Poems of Exchange", Poems of Enlightenment, *Journal of the American Oriental Society*, Vol. 121, No. 1 (Jan. -Mar., 2001), pp. 60-71.

③ Yugen Wang, "Poetry in Print Culture: Texts, Reading Strategy, and Compositional Poetics in Huang Tingjian (1045-1105) and the Late Northern Song", diss., Harvard University, 2005.

④ Yugen Wang, *Ten Thousand Scrolls: Reading and Writing in the Poetics of Huang Tingjian and the Late Northern Song*, Cambridge, MA: Harvard University Asia Center, 2011.

⑤ Jennifer W. Jay, "Book Review of Ten Thousand Scrolls: Reading and Writing in the Poetics of Huang Tingjian and the Late Northern Song", *China Review International*, Vol. 20, No. 3/4 (2013), p. 389.

质媒介如何及在何种程度上影响创作可以做得更为深入;[1] 彭深川认为王宇根论证了黄庭坚的诗歌是"一座新的高峰"(a new peak),但作者过多关注黄庭坚的看法,较少涉及黄庭坚的创作行为;[2] 杨晓山指出该书颇具学术贡献,因其"笃实严谨的学术、极富启发性的假设、富有洞见的阐释、清晰有力的表达",[3] 最发人深思的是作者开掘了北宋晚期的印刷文化是如何影响黄庭坚的阅读与写作理论的形成,但在论证印刷文化与黄庭坚诗学之间的联系方面显得薄弱。

五 贺铸诗歌研究

2007年,萨进德出版专著《贺铸诗:文类、语境与创造性》[The Poetry of He Zhu (1052-1125): Genres, Contexts, and Creativity],[4] 作者按照时间顺序翻译了228首贺铸诗歌(包括古体诗、歌行体、五言律诗、近体诗、五言绝句、七言绝句),并对每首诗歌创作的背景(尤其是政治环境)及代表性成果进行了评价,"以此呈现个别诗人的复杂性,而不是将其压缩成一两条创作理念或特征并纳入既定的文学史叙述中"[5]。傅君劢赞赏该书广博、翔实,并将其与南宋时期的诗话相较而论,称赞萨进德"提供了一种鲜明的赏析型模式(a distinctive model of appreciative)",[6] 其翻译亦"忠诚于美国汉学的鲜明传统";[7] 孙广仁(Graham Sanders)认为,该书译文准确优雅、格律明晰,注解丰富,诗作背景的介绍也十分清

---

[1] Ari Daniel Levine, "Book Review of Ten Thousand Scrolls: Reading and Writing in the Poetics of Huang Tingjian and the Late Northern Song", *The American Historical Review*, Vol. 117, No. 5 (2012), pp. 1560-1561.

[2] Jonathan Pease, "Book Review of Ten Thousand Scrolls: Reading and Writing in the Poetics of Huang Tingjian and the Late Northern Song", *The Journal of Asian Studies*, Vol. 71, No. 4 (2012), pp. 1124-1125.

[3] Xiaoshan Yang, "Book Review of Ten Thousand Scrolls: Reading and Writing in the Poetics of Huang Tingjian and the Late Northern", *Song. Journal of Song-Yuan Studies*, Vol. 43 (2013), p. 389.

[4] Stuart Saugent, *The Poetry of He Zhu (1052-1125): Genres, Contexts, and Creativity*, Leiden & Boston: Brill Press, 2007.

[5] Stuart Saugent, *The Poetry of He Zhu (1052-1125): Genres, Contexts, and Creativity*, Leiden & Boston: Brill Press, 2007, p. 454.

[6] Michael A. Fuller, "Book Review of *The Poetry of He Zhu (1052-1125): Genres, Contexts, and Creativity*", *China Review International*, Vol. 18, No. 1 (2011), p. 5.

[7] Michael A. Fuller, "Book Review of *The Poetry of He Zhu (1052-1125): Genres, Contexts, and Creativity*", *China Review International*, Vol. 18, No. 1 (2011), p. 3.

楚,但萨进德对贺铸诗歌创新之处的揭示并不明确。①

六 范成大诗歌研究

范成大诗歌在此时受到较多关注,加拿大汉学家施吉瑞(J. D. Schmidt)《石湖:范成大诗歌研究》[Stone Lake: The Poetry of Fan Chengda (1126-1193)]②作为"西方第一部范成大的诗歌译本与诗歌研究"专著,③分析了影响范成大诗歌创作的因素(如江西诗派、佛教)与演变历程、诗人与自然的关系、山水诗的拟人化及其原因、田园诗中的民俗现象、爱国诗的浓郁的抒情性与缺陷。何瞻认为,施吉瑞对范成大诗歌的演进历程的梳理卓有成效,译诗也忠实于原诗且具可读性;④彭深川则指出该书最大的缺点在于分析精确性欠缺,译诗也存在结构、语词、意象等方面的误译问题。⑤

黛博拉·玛丽·鲁道夫(Deborah Marie Rudolph)的博士学位论文《南宋宦游文学中的革新与审美传统:范成大〈吴船录〉研究》[Literary Innovation and Aesthetic Tradition in Travel Writing of the Southern Sung: A Study of Fan Ch'eng-ta's Wu ch'uan Lu]⑥,虽以范成大笔记《吴船录》为研究对象,探讨范成大对中国审美传统的革新和创造,但也详细分析了范成大写于1151年前往吴郡途中的20首律诗和1159年赴兖州、杭州途中创作的15首宴饮诗、离别诗、怀古诗、山水诗等。

七 宋代女性诗歌研究

2004年伊维德(Wilt L. Idema)与管佩达合著《彤管:中华帝国时代

---

① Graham Sanders, "Book Review of *The Poetry of He Zhu (1052–1125): Genres, Contexts and Creativity*", *The Journal of Asian Studies*, Vol. 68, No. 2 (2009), pp. 611–612.
② J. D. Schmid, *Stone Lake: The Poetry of Fan Chengda (1126–1193)*, Cambridge/New York: Cambridge University Press, 1992.
③ Christian de Pee, "Book Review of *Stone Lake: The Poetry of Fan Chengda (1126–1193)*", *Journal of the Economic and Social History of the Orient*. Vol. 55, No. 1 (1995), p. 247.
④ James M. Hargett, "Book Review of *Stone Lake: The Poetry of Fan Chengda (1126–1193)*", *Chinese Literature: Essays, Articles, Reviews (CLEAR)*, Vol. 16 (1994), pp. 152–157.
⑤ Jonathan O. Pease, "Book Review of *Stone Lake: The Poetry of Fan Chengda (1126–1193)*", *Harvard Journal of Asiatic Studies*, Vol. 55, No. 1 (1995), pp. 247–256.
⑥ Deborah Marie Rudolph, "Literary Innovation and Aesthetic Tradition in Travel Writing of the Southern Sung: A Study of Fan Ch'eng-ta's Wu ch'uan Lu", diss., The University of California, Berkeley, 1996.

的女性书写》(*The Red Brush: Writing Women of Imperial China*)① 中分析了宋代女诗人李清照和朱淑真的诗歌特点及其在中国女性书写史上的地位。该书认为李清照的《春残》并不是特别美(not very beautiful),而是充满忧伤情调。李清照的爱国诗也常被人忽视。朱淑真的诗歌在当时及后世颇受欢迎,男性阅读其诗是由于其中蕴含"怀才不遇"之情。

八 西昆体研究

王宇根《西昆体的实验:北宋早期新诗歌风格的模仿与制作》(The Xikun Experiment: Imitation and the Making of the New Poetic Style in the Early Northern Song)② 一文试图为西昆体辩护,作者认为,在北宋主要文学史叙述中,西昆体经常被忽略,或经常被视为以欧阳修为首的北宋诗歌辉煌开端的陪衬物。作者从新视角审视西昆体,认为在西昆体诗人模仿李商隐的诗歌实践中,出现了向内转的诗歌世界和沉浸式的创作趋势,这"已见宋诗新风格的端倪"。③ 作者通过比较西昆体与李商隐诗歌的技巧、修辞,认为西昆体诗人的诗学选择是可以理解的,且在实质上推进了宋代诗歌的发展。

九 综合研究

(一) 单篇学术论文

1992 年,萨进德发表了《题跋的逆向运动:苏轼与黄庭坚的题画诗》(Colophons in Countermotion: Poems by Su Shih and Huang T'ing-chien on Paintings)④ 一文,作者认为,11 世纪绘画成为诗歌创作的题材,诗画关系便呈现为一种逆向运动,苏轼将绘画纳入文学传统中,绘画与诗歌在创作过程与审美价值方面具有相似性,并将诗歌嵌入绘画中,成为画作不可或缺的一部分,有的题画诗还揭示了绘画的美学特征或画家的经历与才华,

---

① Wilt L. Idema and Beata Grant, *The Red Brush: Writing Women of Imperial China*, Cambridge MA: Harvard University Asia Center, 2004.
② Yugen Wang, "The Xikun Experiment: Imitation and the Making of the New Poetic Style in the Early Northern Song", *Journal of Chinese Literature and Culture*, Vol. 5, No. 1 (2018), pp. 95-118.
③ Yugen Wang, "The Xikun Experiment: Imitation and the Making of the New Poetic Style in the Early Northern Song", *Journal of Chinese Literature and Culture*, Vol. 5, No. 1 (2018), p. 95.
④ Stuart H. Sargent, "Colophons in Countermotion: Poems by Su Shih and Huang T'ing-chien on Paintings", *Harvard Journal of Asiatic Studies*, Vol. 52, No. 1 (1992), pp. 263-302.

黄庭坚的题画诗（66%为绝句）还试图拯救绘画的僵化、死板，避免使诗歌成为画家意图的注解，且与绘画形成互文本（intertextual）。苏轼以诗阐释画，在黄庭坚那里，诗是画的文化预设（cultural given），所以，"逆向运动是一个有用且富有启发性的工具，它可以区分开苏黄题画诗的不同功能"。① 作者重在揭示苏轼与黄庭坚题画诗的差别，该文运用"逆向运动"这一视角阐释题画诗在特定历史语境中的存在价值与意义。

2000 年，柯霖发表论文《言外之意：北宋诗歌中的语言游戏》（Meaning beyond Words: Games and Poems in the Northern Song）②，作者主要探讨北宋"谐谑诗中的理性"（caricatured reasoning），③ 主要涉及欧阳修、梅尧臣、苏轼、黄庭坚等诗人的"唱和诗"。柯霖认为，该类诗作体现了诗人雅趣和才情，能充分显示诗人对语言、韵律的运用能力，并由此深入思考唱和诗在北宋极为盛行的缘由、扮演的角色和功能，还讨论了唱和诗如何影响中国诗歌与美学的发展。

2004 年，艾朗诺《皇帝与墨梅：文人思想对宋徽宗朝廷的影响》（The Emperor and the Ink Plum: Tracing a Lost Connection between Literati and Huizong's Court）一文阐述了北宋时期文人在绘画（和尚仲仁的墨梅图）和诗歌（陈与义的墨梅诗）领域所取得的成就，作为一种文人审美（literati aesthetic）和自我形象（self-image）对统治阶层有深刻的影响，以致很多宫廷画家从诗歌中（如"嫩绿枝头红一点，动人春色不须多""六月杖藜来石路，午阴多处听潺湲""踏花归去马蹄香""孤舟尽日横"）寻绎创作主题、意境与技法。④

2005 年，傅君劢发表《经验的美学价值与意义：关于朱熹对宋代诗评重置的理论考察》（Aesthetics and Meaning in Experience: A Theoretical

---

① Stuart H. Sargent, "Colophons in Countermotion: Poems by Su Shih and Huang T'ing-chien on Paintings", *Harvard Journal of Asiatic Studies*, Vol. 52, No. 1 (1992), p. 301.

② Colin Hawes, "Meaning beyond Words: Games and Poems in the Northern Song", *Harvard Journal of Asiatic Studies*, Vol. 60, No. 2 (2000), pp. 355–383.

③ Colin Hawes, "Meaning beyond Words: Games and Poems in the Northern Song", *Harvard Journal of Asiatic Studies*, Vol. 60, No. 2 (2000), p. 356.

④ Ronald C. Egan, "The Emperor and the Ink Plum: Tracing a Lost Connection between Literati and Huizong's Court", *Rhetoric and the Discourses of Power in Court Culture: China, Europe, and Japan*, Knechtges, R. & Vance, Eugene, University of Washington Press, 2004. Chapter Five. pp. 117–148.

Perspective on Zhu Xi's Revision of Song Dynasty Views of Poetry）① 一文，认为康德理解世界与自我、从分散的经验走向知识、将审美推向对经验的有序组织等方面与苏轼颇为相近，而这正是朱熹反对的，朱熹倡导通过涵泳圣人经典获知圣人之心与圣人之道，回到内心是人最重要的事情，审美与道天然悬隔，审美无法体现道，朱熹有意打破创作、文本与阅读之间的关联，诗歌是心性的产物，诗歌被视为"不受时空所限的道德知识"②，朱熹重视诗人的自律与自我修炼，南宋诗人陆游、刘克庄、文天祥的诗歌创作便受到朱熹这些诗学理念的影响。

2008年，蔡涵墨发表《唐代诗人杜甫与宋代文人》（The Tang Poet Du Fu and the Song Dynasty Literati）③ 一文，作者试图"展示杜甫的诗歌面具（poetic persona）构建历程中许多重要时刻可以直接与宋代政治史中的主要人物和事件相联系，这种联系为我们提供了一扇了解构建杜甫选集以及诗人形象的编辑者、评论者、出版者的政治背景与动机之窗，也可以反映他们所处时代的关注点（the concers of their own times），尽管这些评论者的背景并不为我们熟知（如赵彦材），但仍然可以见出他们自觉地把杜甫作为一个当代政治典范（political model）进行评论"。④

2011年，刘博（Bo Liu）发表《冷雀：宋代诗歌与绘画中的政治隐喻》（Deciphering the Cold Sparrow：Political Criticism in Song Poetry and Painting），⑤ 该文视角新颖，捕捉"冷雀"意象予以透视宋代诗歌、绘画与政治之间的关联。"雀"作为"民"的隐喻，不同的表现形式意味着对"民"的不同政治态度，宋朝以"冷雀"为主题的诗歌、绘画作品，常常意指具有独立人格的学者。

---

① Michael A. Fuller, "Aesthetics and Meaning in Experience：A Theoretical Perspective on Zhu Xi's Revision of Song Dynasty Views of Poetry", *Harvard Journal of Asiatic Studies*, Vol. 65, No. 2 (2005), pp. 311-355.

② Michael A. Fuller, "Aesthetics and Meaning in Experience：A Theoretical Perspective on Zhu Xi's Revision of Song Dynasty Views of Poetry", *Harvard Journal of Asiatic Studies*, Vol. 65, No. 2 (2005), p. 350.

③ Charles Hartman, "The Tang Poet Du Fu and the Song Dynasty Literati", *Chinese Literature：Essays, Articles, Reviews (CLEAR)*, Vol. 30 (Dec., 2008), pp. 43-74.

④ Charles Hartman, "The Tang Poet Du Fu and the Song Dynasty Literati", *Chinese Literature：Essays, Articles, Reviews (CLEAR)*, Vol. 30 (Dec., 2008), p. 44.

⑤ Bo Liu, "Deciphering the Cold Sparrow：Political Criticism in Song Poetry and Paiting", *Ars Orientalis*, Vol. 40 (2011), pp. 108-140.

（二）博士学位论文

1994年，尼尔·尤金·博利克在印第安纳大学完成博士学位论文《南宋哲理诗与宗教诗中的"学问化表达"》(The Genre of Philosophical and Religious Poetry and Intellectual Expression in the Southern Sung)，① 作者指出，南宋时期，"宗教诗与哲学诗成为文人、僧侣思想和艺术表达的重要形式，而且宗教文本也影响了诗歌的写作方式"②，宗教著述影响了文学技法与诗歌形式，"宗教典故所创作的副文本（subtxts），不仅丰富了诗歌的哲理，而且还决定了诗歌的结构、意图与策略"③，并形成宗教与诗歌的重合地带（overlapping terrains）。文章通过对南宋诗人朱熹、范成大、白玉蟾等人大量诗歌的整体观照，作者试图证明宗教诗何以成为一种文类；宗教诗与儒释道经典之间的关联；此种文类体现出诗歌与宗教表达之关系；宗教诗作为一种媒介体现儒释道之间的联系。

1996年，谭伟伦（Wai Lun Tam）在加拿大麦克麦斯特大学（McMaster University）完成博士学位论文《诗僧智圆的人生与思想》[The Life and Thought of a Chinese Buddhist Monk ZhiYuan（976－1022）]，④ 该文交代了天台宗的发展演变，并从山家宗与山外宗之争分析山外宗代表人物智圆的思想，从他特有的人生经历与诗歌创作中探求其思想特征。作者主要从以下层面展开讨论：一是探讨山家与山外之争的本质与发展；二是重建智圆和尚在争论中的见解；三是检视作为山外宗代表人物智圆的人生（僧俗作品中的智圆形象、自传性随笔中的自我形象）。

2003年，莲达（Linda D'Argenio）在哥伦比亚大学完成博士学位论文《士大夫、乡绅、诗人：10—11世纪中国诗歌在士人文化中的角色》[*Bureaucrats, Gentlemen, Poets: The Role of Poetry in the Literati Culture of Tenth Eleventh Century China（960-1022）*]⑤，该文讨论了960—1022年（宋太

---

① Neil Eugene Bolick, "The Genre of Philosophical and Religious Poetry and Intellectual Expression in the Southern Sung", diss., Indiana University, 1994.

② Neil Eugene Bolick, "The Genre of Philosophical and Religious Poetry and Intellectual Expression in the Southern Sung", diss., Indiana University, 1994, pp. 2-3.

③ Neil Eugene Bolick, "The Genre of Philosophical and Religious Poetry and Intellectual Expression in the Southern Sung", diss., Indiana University, 1994, p. 3.

④ Wai Lun Tam, "The Life and Thought of a Chinese Buddhist Monk ZhiYuan (976-1022)", diss., McMaster University, 1996.

⑤ Linda D'Argenio, "Bureaucrats, Gentlemen, Poets: The Role of Poetry in the Literati Culture of Tenth-Eleventh Century China (960-1022)", diss., Columbia University, 2003.

祖、宋太宗、宋真宗）北宋诗坛对唐代诗歌的承继与变革，简言由唐至宋诗歌的转型，尤其是探索转型时期的一致性与差异性。作者的研究基于一种假设：士大夫的演变与诗歌的发展之间存在关联，尤其是"伴随士大夫力量的增强，诗歌逐渐成为精英阶层表达伦理与文化价值观的方式"，① 作者通过三类诗歌风格（"白体"或"元白体"、西昆体、晚唐体）的分析梳理了宋代早期诗歌的发展趋势，即社交技能（social skill）、社会政治评论的媒介（a medium for venting social and political criticism）、士大夫诗歌的对立面（the counterpart to the poetry of the scholar-officials）。

（三）文学史著述（包括作品选）

特别值得注意的是，伴随欧美学界中国文学史书写潮流的兴起，诸多文学史也试图呈现宋诗的特质及在中国文学史上的地位。

2001年，梅维恒（Victor H. Mair）主编的《哥伦比亚中国文学史》(*The Columbia History of Chinese Literature*)② 设专节讨论宋诗，重点讨论了宋诗的演进轨迹及不同阶段的突出特点，作者分"宋初的诗""北宋儒学运动的高峰（1040—1100）""南宋诗""南宋末期的诗"几个阶段讨论宋诗的发展历史。书中诸多论点颇有新意，如"诗歌的碎片化：苏门四学士""宋诗找到自己的声音"，而且本节作者——傅君劢倡导"要理解宋诗和他的美学特征，我们必须重新复原塑造宋诗和它在宋朝三百年间之变迁的社会与思想背景"。③ 该书出版以来，受到西方学者的普遍赞誉，如马瑞（Richard B. Mather）认为，该书堪称"中国文学研究的里程碑式贡献"。④

2006年美国翻译家斯顿（J. P. Seaton）编译出版了《中国诗选》(*The Shambhala Anthology of Chinese Poetry*)，⑤ 作者认为，虽然宋诗堪称中国诗歌衰落的开始，但是在此时依然涌现出包括梅尧臣、欧阳修、苏轼、李清照等堪称一流的诗人。

---

① Linda D'Argenio, "Bureaucrats, Gentlemen, Poets: The Role of Poetry in the Literati Culture of Tenth-Eleventh Century China (960-1022)", diss., Columbia University, 2003. Abstract.

② VictorH. Mair, ed., *The Columbia History of Chinese Literature*, NewYork: Columbia University Press, 2001.

③ ［美］梅维恒主编：《哥伦比亚中国文学史》，马小悟、张治、刘文楠译，新星出版社2016年版，第405页。

④ Richard B. Mather, "Book Review of The Columbia History of Chinese Literature", *Journal of the American Oriental Society*, Vol. 123. No. 1 (2003), p234.

⑤ J. P. Seaton, *The Shambhala anthology of Chinese Poetry*, Boston: Shambhala Publication Inc. 2006.

2013年，孙康宜和宇文所安主编的《剑桥中国文学史》(*The Cambridge History of Chinese Literature*)问世，更是对诸多宋代诗人与诗作进行了介绍与分析，如该书北宋部分的编者艾朗诺撰写的第五章"北宋"（1020—1126）涉及诸多宋代诗人诗作。比如欧阳修，艾朗诺对其文学成就给予高度评价，将其视为宋代"文学改革的代言人"，[①] 指出欧阳修的文学创作和批评都极具创新精神。就诗歌而言，以理（甚至是论辩）入诗，注重通过诗歌表达社会评论与社会意识。艾朗诺对苏轼的研究也占据了相当篇幅，称苏轼为"卡里斯马"型人物（a figure as charismatic），故倾注了大量精力对其进行多维探索。就苏轼诗歌而言，他指出其反思性、哲学性、比喻性特质，尤其注意到苏诗作为苏轼人生痛苦的"解毒剂"功能：无论动荡不宁的一生中所处的环境如何严苛，他超然面对自己境遇的能力，成为诗人痛苦悲伤的解毒剂。即是说，通过诗歌来抒发人生尤其是宦海生活中的沉浮与心境是苏轼诗歌的重要特色，艾朗诺对之有极其深刻的认知与阐释。当然，艾朗诺还对梅尧臣、王安石、黄庭坚等名家的人生经历、诗歌创作、地位影响等予以了论述。如在讨论王安石的诗歌创作时，艾朗诺注意到，"作为诗人的政治改革家"王安石，其早期和中期诗作与政治抱负有较为密切的联系，而在王安石人生的最后岁月里，其诗作转向个人化与内省化，逐渐远离政治世界与社会现实。他还特别注意到王安石擅长化用前人字词、借用典故，这在很大程度上"已经预示了黄庭坚的诗歌观念"。[②] 艾朗诺也指出了黄庭坚诗歌的特质：

> 黄庭坚诗歌的特别之处，不在于主题和所要表达的观点，或是要传达的人格的意义（所有这些方面，在苏轼诗中都非常引人注目）。其特别之处，在于诗行与对句致密的语义组织；在意义呈现出来之前，必须在这些诗句中反复推敲，"拆解"其句法结构，找出其中的典故并加以说明。[③]

[①] [美]孙康宜、[美]宇文所安主编：《剑桥中国文学史》，刘倩等译，生活·读书·新知三联书店 2013 年版，第 437 页。

[②] [美]孙康宜、[美]宇文所安主编：《剑桥中国文学史》，刘倩等译，生活·读书·新知三联书店 2013 年版，第 455 页。

[③] [美]孙康宜、[美]宇文所安主编：《剑桥中国文学史》，刘倩等译，生活·读书·新知三联书店 2013 年版，第 469—470 页。

这无疑是对山谷诗注重形式美的准确揭示。他还注意到黄庭坚诗歌描写民众疾苦的作品数量少、表现文人生活比例高。黄庭坚重视诗歌阅读对培养诗艺的基础性地位实则与书籍印刷的普及密切相关，而且在印刷革命中发展出新的写作方式，艾朗诺的这一发现无疑常为我们忽视。

(四) 学术专著

2000年，姜斐德（Alfreda Murck）出版了《宋代诗画中的政治隐情》(*Poetry and Painting in Song China: The Subtle Art of Dissent*) 一书，[①] 其对宋代诗人（如苏轼、黄庭坚、宋迪、王诜）诗歌中的政治隐喻（政治讥刺）进行了揭示，尤其讨论了题画诗（主要是与"潇湘八景"有关的诗歌）的政治意蕴。傅君劢对姜斐德探究的视角与深度多有肯定，但对其理论根基与研究方法有所质疑[②]；认为其材料翔实且研究方法具有原创性，但对部分诗画的解读有过度阐释的嫌疑[③]。

2003年，华裔学者杨晓山（Xiaoshan Yang）出版了《私人领域的变形：唐宋诗歌中的园林与玩好》(*Metamorphosis of the Private Sphere: Gardens and Objects in Tang-Song Poetry*)[④] 一书，整体考察北宋诗歌，该书沿袭其师宇文所安"私人领域"一说，讨论对北宋诗歌关于太湖石的颂扬与批判、审丑意识（"丑""怪""无用"）、"石痴"现象、唱和与物品交换，且有独到发现，尤其是他对宋代文人（如邵雍、司马光）对"乐""闲"的追求及采取的实际行动（如歌颂耆老群体、返回园林）的揭示别具慧眼。傅君劢认为该书视角独特，尤其发掘了为学界忽视的诗歌中的园林、审石文化，但存在诸多不足，如相关概念辨析不明，诗歌翻译较为随意，未考虑原诗的修辞、句法特征，未能顾及诗歌与文化演变之联系[⑤]。而方葆珍（Paula Varsano）则认为，该书试图超越概念性、框架性的研究路径，为"学者继续思考园林及其他文化载体在中国文人生活中

---

① Alfreda Murck, *Poetry and Painting in Song China The Subtle Art of Dissent*, Harvard University Asia Center, 2000.

② Michael A. Fuller, "Book Review of Poetry and Painting in Song China The Subtle Art of Dissent", *Harvard Journal of Asiatic Studies*, Vol. 61, No. 2 (2001), pp. 442–453.

③ Peter C. Sturman, "Book Review of Poetry and Painting in Song China The Subtle Art of Dissent", *China Review International*, Vol. 9, No. 2 (2002), pp. 501–506.

④ Xiaoshan Yang, *Metamorphosis of the Private Sphere: Gardens and Objects in Tang-Song Poetry*, Cambridge (Massachusetts): Harvard University Asia Center, 2003.

⑤ Michael A. Fuller, "Book Review of Metamorphosis of the Private Sphere: Gardens and Objects in Tang-Song Poetry", *Journal of the American Oriental Society*, Vol. 124. No. 1, 2004. pp. 165–167.

的地位提供了一个有用的工具（useful tool）"①。

2000 年柯霖（Hawes, Colin S. C.）发表《言外之意：北宋诗歌中的语言游戏》（Meaning beyond Words: Games and Poems in the Northern Song）②，他认为北宋文人的游戏之作能使我们了解更为真实、全面的文人形象，其中隐含着复杂、微妙的政治讯息，他们经常从古圣贤之作中寻找凭据为游戏之作进行辩护。在此文基础上，柯霖于 2005 年出版《北宋中期诗歌的社会流通——气与文人的修身》（*The Social Circulation of Poetry in the Mid-Northern Song: Emotional Energy and Literati Self-Cultivation*）③，该书作为西方汉学界"第一部讨论北宋中期诗歌社交功能的专著"，对北宋中期以欧阳修、梅尧臣为中心的诗人圈之间的诗歌往来为讨论对象，认为他们的这类诗歌远离道德、政治，出于社会交往与情感治愈（socially relational and therapeutic）的需要而创作，诗歌唱和形成了一种能量的流通（circulation of energy），为文人宣泄情感提供了积极渠道。④

综合考察南宋诗歌的则有傅君劢《漂泊江湖：南宋诗歌与文学史问题》（*Drifting among Rivers and Lakes: Southern Song Dynasty Poetry and the Problem of Literary History*）⑤ 一书，该书影响较大，作者侧重分析社会与文化转型时期（即北宋晚期到南宋晚期）诗歌的演变及其驱动力，尤其是分析了道学与诗歌、诗学之间的关联，即所谓"北宋晚期新儒家为诗人理解自我与世界提供了一个日益受到认同的新根基"⑥。魏希德（Hilde De Weerdt）认为该书堪称里程碑式研究（landmark study），并在宏阔的语境下揭示了 12—13 世纪中国主要诗人（杨万里、陆游、刘克庄、文天

---

① Paula Varsano, "Book Review of Metamorphosis of the Private Sphere: Gardens and Objects in Tang-Song Poetry", *Chinese Literature: Essays, Articles, Reviews (CLEAR)*, Vol. 27. 2005. p. 196.

② Hawes, Colin S. C, "Meaning beyond Words: Games and Poems in the Northern Song", *Harvard Journal of Asiatic Studies*, Vol. 60, No. 2 (2000), pp. 355-383.

③ Hawes, Colin S. C, "The Social Circulation of Poetry in the Mid-Northern Song: Emotional Energy and Literati Self-Cultivation. Albany", N. Y.: State University of New York Press, 2005.

④ Xiaoshan Yang, "Book Review of The Social Circulation of Poetry in the Mid-Northern Song: Emotional Energy and Literati Self-Cultivation", *Harvard Journal of Asiatic Studies*, Vol. 67, No. 1 (2007), pp. 226-227.

⑤ Michael A. Fuller, *Drifting among Rivers and Lakes: Southern Song Dynasty Poetry and the Problem of Literary History*, Cambridge (Massachusetts) and London: Harvard University Press, 2013.

⑥ Michael A. Fuller, *Drifting among Rivers and Lakes: Southern Song Dynasty Poetry and the Problem of Literary History*, Cambridge (Massachusetts) and London: Harvard University Press, 2013, abstract.

祥等）及诗歌创作的图景，还在文化转向与新历史主义语境下"引领一种新的文学史书写的范式（a new model of literary history）"。① 与此同时，该书广泛运用西方理论与方法也引起了学界注意，比如郑文君（Alice Wen-Chuen Cheang）就评论道：

> 傅君劢的研究方法是复杂多维的。为了帮助其分析前现代中国世界的认识论转变，他广泛借用了西方理论家的批评工具，主要是康德、福柯、布尔迪厄等理论家的主张，通过中西比较，为我们提供了一种新的阐释模式。②

王宇根认为，傅君劢"揭示、阐释了这一时期诗人与作家以古典诗歌为方式来对抗影响日益增强的道学"，③ 且使诗歌与道学之间形成一种补充关系，还对很多诗歌进行了简洁且极富洞见的阐释。

综上所述，北美汉学界的宋诗研究所取得的成果堪称丰硕，且对国内研究不乏借鉴价值。从整体上看，至少呈现以下鲜明特点：一是研究人员与研究成果数量多，且分布在北美各大著名汉学研究学府或研究机构，还造就了一批著名汉学家，如艾朗诺、傅君劢、萨进德、何瞻、施吉瑞、管佩达、彭深川、柯霖等；二是成果质量较高，涌现出一大批在域外汉学界甚至国内学界有学术影响力的研究成果，它们在不同层面推进了宋诗研究；三是研究视角各有特色，研究方法多样，大凡文学、社会学、历史学、政治学、美学、哲学等视角均有涉及，中外文学研究方法皆有运用；四是虽偶有文化误读或文学误释，但总体来说，它们为推动中外文学交流与中国文学对外传播做出了积极贡献。

---

① Hilde De Weerdt, "Book Review of *Drifting among Rivers and Lakes: Southern Song Dynasty Poetry and the Problem of Literary History*", *Harvard Journal of Asiatic Studies*, Vol. 75, No. 2 (2015), p. 471.
② Alice Wen-Chuen Cheang, "Book Review of *Drifting among Rivers and Lakes: Southern Song Dynasty Poetry and the Problem of Literary History*",《中国文化研究所学报》(*Journal of Chinese Studies*), Vol. 66. Jan. 2018, p. 233.
③ Yugen Wang, "Book Review of *Drifting among Rivers and Lakes: Southern Song Dynasty Poetry and the Problem of Literary History*", *The Journal of Asian Studies*, Vol. 74, No. 1 (2015), pp. 189-191.

第二章

北美汉学界论宋诗类别

北美汉学家出于自身特有的文化背景、学术兴趣与文学史理念，往往特别关注宋代诗人某类题材或风格的作品。如艾朗诺就格外重视欧阳修宁静闲适与奇特怪诞两类诗作，对宁静闲适诗中的抒情主人公形象以及背后深刻的哲学根源予以开掘，对奇特怪诞诗中的典故及其所受前代诗人的影响进行了探究；齐皎瀚详细讨论了宋初诗人梅尧臣描写日常生活、抒泄个人情感、开展社会评论、动物寓言、评价文物及艺术品等五类诗歌；杜迈可重点论述了陆游的爱国诗、哲理诗、饮酒诗、自然诗与记梦诗；此外，施吉瑞专门讨论了范成大的山水诗、田园诗与爱国诗。他们的论述深入，且在研究视野、方法方面对今日之宋诗研究不乏参考价值与借鉴意义。

第一节 艾朗诺论欧阳修诗歌

艾朗诺于1984年出版《欧阳修的文学创作》一书，该书全面系统论析了欧阳修诗、词、文等诸多创作，尤其细致阐述其对欧阳修两类诗作的认识，彰显其独特视角、理路与价值判断，兹分述之。

一 宁静闲适诗

艾朗诺在《欧阳修的文学创作》[①] 一书中指出，欧阳修诗歌中颇多诗风宁静闲适之作。艾朗诺承袭吉川幸次郎《宋诗概说》所言，宋调与唐音相区别的一个方面即由欧阳修开创的宁静闲适之风，如《丰乐亭游春三首》：

---

① Ronald C. Egan, *The Literary Works of Ou-yang Hsiu* (1007–1072), Cambridge University Press, 1984, Paperback edition, 2009.

绿树交加山鸟啼,Mountain birds chirp in the dense green branches,
晴风荡漾落花飞。While sunny breezes make the falling blossoms fly.
鸟歌花舞太守醉,Birds sing, blossom dance, as the Governor become drunk,
明日酒醒春已归。Tomorrow before he's sober spring will be gone.
春云淡淡日辉辉,Spring clouds are pale in the bright sunlight,
草惹行襟絮拂衣。Grasses tease strolling lapels, catkins brush the clothes.
行到亭西逢太守,West of the pavilion you can see the Governor,
篮舆酩酊插花归。His bamboo sedan-chair carries him drunkenly home, flowers in his hair.
红树青山日欲斜,Above crimson trees and blue hills the sun begins to set,
长郊草色绿无涯。Grasses beyond the city are an endless stretch of green.
游人不管春将老,The sightseers do not care that spring is growing old,
来往亭前踏落花。As they stroll past the pavilion on fallen blossoms.①

这三首诗均浓墨重彩描绘春景,且以忘忧之乐作结。诗中的"太守"一词,既是诗人自称,又是当地人对诗人的尊称。诗歌也并未落入传统伤春、惜春的窠臼。艾朗诺也敏锐观察到欧阳修此类诗歌具有的三个明显特征:"沉浸于快乐,温和的自我揶揄,避免深层、严肃的关注。"② 且艾朗诺还进一步提出,欧阳修的乐感经常来源于关注事物的积极维度,忽视其消极方面。接着,艾朗诺就以大量诗歌为例对此予以充分论证。比如《戏答元珍》一诗,虽作于被贬夷陵(今湖北宜昌)期间,但依然表现出乐观的心态;九年之后所作《啼鸟》亦作于贬谪滁州之时,但全诗充溢着欢快明朗的基调。在诗中,诗人不赞同屈子沉浸于痛苦中,自谓"醉翁"为艺术人格(persona),纵情享受大自然赋予的各种乐趣;同样,作

---

① Ronald C. Egan, *The Literary Works of Ou-yang Hsiu* (1007-1072), Cambridge University Press, 1984, Paperback edition, 2009, p. 85.
② Ronald C. Egan, *The Literary Works of Ou-yang Hsiu* (1007-1072), Cambridge University Press, 1984, Paperback edition, 2009, p. 86.

于被贬滁州期间的《留题南楼二绝》也塑造了自嘲的"醉翁"形象,试图让自己从忧虑中解脱出来;在《琅琊谷》中,也表现了及时行乐、不问世事的主题;《题滁州醉翁亭》也未表现贬谪生活中的孤独、抱怨,而是以沉醉于鸟鸣作结。

艾朗诺不但洞察到欧阳修宁静闲适诗歌中独特的积极思维,还捕捉到欧阳修此类诗歌特有的抒情主人公形象"醉翁"[其使用了一个西方诗学术语"艺术人格"(persona)来指称],以及充溢于诗歌中的"自由意志"。他提出,欧阳修此类诗歌运用了前代诗人极少使用的"醉翁"艺术人格,也富有前代诗人较少呈现的洒脱与无忧无虑的自由意志(carefree spirit)。如与杜甫《曲江二首》(其二)相比,杜甫的醉酒充满忧愁,只是暂时抛却年老与动荡时局等感伤之事,这与欧阳修诗中的抒情主人公形象有明显不同。而与杜牧《九日齐山登高》相较而论,杜牧在诗中为享受乐趣辩护,这与欧阳修仅呈现乐而不谈缘由明显不同。白居易诗歌用简单的措辞与乐天的世界观(sanguine view of the world)实已昭示了宋代的诗歌革新,白诗深受欢迎、轻松活泼、自贬自嘲,如《赠梦得》也塑造了醉翁形象,但与欧诗的情感克制相比,白诗则显得情感激越,且欧诗较少背景交代且多呈现瞬间场景。但是白居易的宁静诗风一定程度上昭示了欧阳修的诗歌方向,诸如《闲夕》一诗,白居易呈现了快乐的具体场景及背后的哲学支撑,即"放怀常自适":

一声早蝉发,A single early cicada chirps,
数点新萤度。Several new fireflies dart past.
兰釭耿无烟,The orchid lamp is bright and without smoke,
筠簟清有露。The bamboo mat is clean and moist with dew.
未归后房寝,Before I withdraw to the back room to sleep,
且下前轩步。I go to the front terrace to stroll about.
斜月入低廊,Slanting moonlight enters the lower portico,
凉风满高树。Cool breezes fill the lofty trees.
放怀常自适,My mind at ease, I enjoy myself.
遇境多成趣。And discover charm in most scenes I encounter.
何法使之然,What method makes it possible?

心中无细故。My heart is emptied of the minutest care.①

这有启迪后世并供效仿的意味,但欧阳修并没有类似态度与动机。在唐诗中,以写"静"见长一派,如王维甚至试图在诗中让抒情主人公隐退(如《栾家濑》),欧阳修也常在诗中大量描摹自然景象,但自我依然"在场",且诗中之"乐"非由自然呈现而是源自诗人的意识、感受。

艾朗诺认为,欧阳修"有意避免写作忧伤、自怜的诗歌。此外,这一决定深受某种哲学观的影响",② 在《与尹师鲁第一书》中,欧阳修并未倾泻贬谪之苦,而是注重呈现积极因素。吉川幸次郎认为,欧阳修诗歌中的平静源自他摆脱了汉魏、六朝及唐代诗歌中书写痛苦的历史重负,他决定自创新路。在与尹洙的信中,欧阳修更强调道德、哲学维度甚于美学维度,他极为关注逆境中的为人(conduct themselves),这同样体现在他与梅尧臣的书信中。在艾朗诺看来,欧阳修拒斥忧伤源自于其时新儒家思想的影响,强调"自我道德完善"(moral cultivation of the self),即便是身处困境,也必须"超越外在世界的羁绊"(transcend worldly encumbrances)③,这在苏轼的精神世界中有直接体现。在欧阳修看来,伟大的作品源自诗人崇高的道德修养(proper moral cultivation),"理想的写作来自不受外在纷扰影响的内在精神,这与韩愈认为外在刺激导致作者情感状态的失衡这一诗歌写作理念有巨大的不同"④。艾朗诺指出,平静基调是欧阳修诗歌的重要特点,具有重大的历史意义,其与当时哲学思潮有密切联系,"这一点非常重要,即在欧阳修时代哲学与文学之间建立的联系,有助于解释欧阳修为何写作如此特色鲜明的诗歌"⑤。当然,艾朗诺也注意到,快乐主题并非欧阳修诗歌的全部,忧伤主题并不鲜见,只是多产生

---

① 白居易著,顾学颉校点:《白居易集》,中华书局1999年版,第499页。英译见 Ronald C. Egan, *The Literary Works of Ou-yang Hsiu (1007-1072)*, Cambridge University Press, 1984, Paperback edition, 2009, p. 92.
② Ronald C. Egan, *The Literary Works of Ou-yang Hsiu (1007-1072)*, Cambridge University Press, 1984, Paperback edition, 2009, p. 93.
③ Ronald C. Egan, *The Literary Works of Ou-yang Hsiu (1007-1072)*, Cambridge University Press, 1984, Paperback edition, 2009, p. 95.
④ Ronald C. Egan, *The Literary Works of Ou-yang Hsiu (1007-1072)*, Cambridge University Press, 1984, Paperback edition, 2009, p. 96.
⑤ Ronald C. Egan, *The Literary Works of Ou-yang Hsiu (1007-1072)*, Cambridge University Press, 1984, Paperback edition, 2009, p. 97.

于青年时期，且多系哀叹衰落、死亡与战争带来的伤害。与之相反，在欧阳修被贬期间，则以快乐主题为主，这并非悖论，因为诗中之乐乃田园生活之乐，抒情人格也类似"隐士"，沉醉于田园美景。更具意味的是，艾朗诺认为，欧阳修的"诗穷而后工"之论实际上是为了安慰、同情梅尧臣及其家人，与其一贯的诗歌主张并不冲突。总而言之，超越苦痛是11世纪中国诗歌变革的重要内容，欧阳修在此过程中扮演了重要角色。

二 奇特怪诞诗

艾朗诺还考察了欧阳修与宁静诗风截然不同的另一类诗歌，该类诗作往往篇幅较长、以叙事与描写为主，是多具奇特怪诞、非同寻常的主题。这类诗歌写作贯穿欧阳修一生，尤其是其人生后期（即贬谪滁州之后）更为常见。如《太白戏圣俞》一诗，诗中充满李白诗歌典故，尤其是李白诗歌的豪放、雄奇为欧阳修所尚：

> 开元无事二十年，There was peace for a decade in the K'ai-yüan reign,
> 五兵不用太白闲。The armies were inactive and T'ai-po was idle.
> 太白之精下人间，So the essence of T'ai-po came down to the earth,
> 李白高歌《蜀道难》。Li Po burst into song: "The Road to Shu is Hard".
> 蜀道之难难于上青天，"The road to Shu is harder than climbing to Heaven",
> 李白落笔生云烟。Where his brush touched the page, clouds and mists were born.
> 千奇万险不可攀，A thousand weird crags, ten thousand perilous heights, unimaginable peerless,
> 却视蜀道犹平川。But to Li Po that road was flat as a plain.
> 宫娃扶来白已醉，Palace ladies dragged him drunk before His Majesty,
> 醉里诗成醒不记。Once sober he could not recall the verse he had written.
> 忽然乘兴登名山，Abruptly he left on a whim to roam famous

mountains,

龙咆虎啸松风寒。Where dragons roar, tigers howl and pine winds blow cold.

山头婆娑弄明月，On mountaintops ha danced in the moonlight,

九域尘土悲人寰。Above the dusty and sorrowful world of men.

吹笙饮酒紫阳家，He played pipes and drank at Tzu-yang's residence,

紫阳真人驾云车。While the Immortal of Tzu-yang prepared his cloud-carriage.

空山流水空流花，Then flowers drifted unnoticed in deserted mountain streams,

飘然已去凌青霞。For Li Po had soared up to the azure sky.

下看区区郊与岛，Where he looked down upon the trifling Chiao and Tao,

萤飞露湿吟秋草。Amid fireflies and dew they crooned over autumn grass.①

由此可见，该诗确实大量化用李白诗歌，诗风具有太白印记。此外，《菱溪大石》也以典故众多得名，当然体现出他对诗中之"奇"的强调。这种奇异风格的诗歌在欧阳修诗中占有相当比例，包括奇特的主题、语言与意象。与此相应，欧阳修在诗歌批评中也对这类诗歌多有称颂（如对苏舜钦诗歌的评价）。欧阳修创作的奇异诗歌受到韩愈的直接影响，他也将自己归入类似韩愈的传统捍卫者，但是韩愈诗歌的奇崛险怪在欧诗中并不常见，如韩愈之名篇《南山诗》以大量笔墨夸张描摹山之险怪，这并未见于欧诗，欧阳修对这种极致的诗歌手法表示怀疑，因为这使得诗歌远离现实，欧阳修也竭力使自己的诗歌走入韩愈、孟郊之途。与此同时，欧诗的壮丽、阔大及富有力量与西昆体的精致描绘、密集使用典故及怀旧主题不同。欧阳修认为，在诗中玩弄技巧是庸俗的，他更试图脱离俗套对此进行纠偏。"奇"是欧诗的一大特色，且属于最不严肃（the least serious）

---

① 欧阳修：《欧阳修全集》，中华书局2001年版，第86—87页。英译见 Ronald C. Egan, *The Literary Works of Ou-yang Hsiu (1007-1072)*, Cambridge University Press, 1984, Paperback edition, 2009, p.100。

之列，多作于戏谑之时（written in jest）①，尤其是在愉悦的文人唱和中。"奇"的主题激发使用恣肆、夸张的语言，如《读蟠桃诗寄子美》并不恪守古文原则。

韩愈《射训狐》有很明显的政治讽喻（political allegory），即对王叔文篡逆意图之流的批评，梅尧臣的《余居御桥南，夜闻妖鸟鸣，效昌黎体》及《拟韩吏部射训狐》二首同样具有政治寓意。而欧阳修作于1061年的《鬼车》是"不可思议"（remarkable）、"难以忘记"（memorable）的诗歌，诗人侧重开掘"鬼车"这一意象本身而非政治隐喻，诗中的夸张、细致描摹甚至掩盖了诗尾的哲学思考，这可以被视为"对讽喻传统的细微变形"（transformation of a minor allegorical tradition）②，同样的情况也表现在其书写蚊子的诗歌（或为《憎蚊》——引者注）中，诗人对蚊子的直接摹写体现欧阳修"描写、叙述与戏剧化方面的天才"（his genius for description, narrative, and dramatization）③。

第二节 齐皎瀚论梅尧臣诗歌

齐皎瀚（Jonathan Chaves）在《梅尧臣与宋初诗歌发展》（*Mei Yao Chen and the Develepment of Early Surg Poetry*）一书中，非常详细地讨论了梅尧臣描写日常生活、抒泄个人情感、开展社会评论、动物道德寓言、评价古董与艺术品五类诗歌。

一 描写日常生活

梅尧臣描写日常生活的诗歌具有主客体审美距离缩小、细致描摹日常生活的普通场景之特征，这"与唐代诗人拔高、强化这些素材的趋向不同"④。梅尧臣作于1035年的《建德新墙诗》（"山廨不营堵，筠篁为密

---

① Ronald C. Egan, *The Literary Works of Ou-yang Hsiu（1007-1072）*, Cambridge University Press, 1984, Paperback edition, 2009, p. 107.

② Ronald C. Egan, *The Literary Works of Ou-yang Hsiu（1007-1072）*, Cambridge University Press, 1984, Paperback edition, 2009, p. 112.

③ Ronald C. Egan, *The Literary Works of Ou-yang Hsiu（1007-1072）*, Cambridge University Press, 1984, Paperback edition, 2009, p. 112.

④ Jonathan Chaves, *Mei Yao Chen and the Development of Early Sung Poetry*, New York and London: Columbia University Press, 1976, p. 132.

篱"）堪称生活碎片（slice of life）的如实记录，没有丝毫理想化，第一至十行涵括"密篱"以及包括昆虫在内的各种动物意象、自然力量，都逐一进行了精微的描摹，第十一行至第二十四行以现实主义笔触反映了官场腐败，结尾十行写修筑东墙及此后的情形，"通过这首诗，诗人的主要目的是记录现实，虽然其间也有社会批评"①。1040 年秋天所作《送师厚归南阳会天大风遂宿高阳山寺明日同至》（"往日送子春风前，春风酣酣杏正妍"），此诗堪称其长篇叙事诗的代表作，记录日常生活的细节犹如一幅逐渐展开的山水画卷，此诗与杜甫《茅屋为秋风所破歌》用语相近，梅尧臣"把诗歌限制在记录其在旅途中的经历，没有进行社会评价。对山、树、寺庙、风暴及其对仆人和马的影响都以其本来面貌呈现"②。与逐次展开相比，梅尧臣还常在诗中记录一些微不足道的事件，如《同谢师厚宿胥氏书斋闻鼠甚患之》：

> 灯青人已眠，The lamp is dim; everyone's asleep.
> 饥鼠稍出穴。Now famished rats come scurrying from their holes.
> 掀翻盘盂响，The crash of toppled bowls and plates,
> 惊聒梦寐辍。Wakes us with a jolt from our dreams.
> 唯愁几砚扑，I fear they may knock down the inkstone on the desk,
> 又恐架书啮。Or gnaw the volumes on the bookshelves.
> 痴儿效猫鸣，My foolish son tries meowing like a cat—
> 此计诚已拙。Certainly not a very bright idea!③

该诗既不涉及任何道德问题，也没有任何美化，老鼠的行动与诗人的害怕均如实描绘，结尾也相当幽默。这种幽默还体现在作于 1046 年的《樊推官劝予止酒》（"少年好饮酒，饮酒人少过"），"在中国文学中写

---

① Jonathan Chaves, *Mei Yao Chen and the Development of Early Sung Poetry*, New York and London: Columbia University Press, 1976, p. 136.
② Jonathan Chaves, *Mei Yao Chen and the Development of Early Sung Poetry*, New York and London: Columbia University Press, 1976, pp. 138–139.
③ 梅尧臣：《梅尧臣集编年校注》，朱东润编年校注，上海古籍出版社 1980 年版，第 259 页。英译见 Jonathan Chaves, *Mei Yao Chen and the Development of Early Sung Poetry*, New York and London: Columbia University Press, 1976, p. 139。

饮酒让人从世俗世界飞升之作很多，但描绘呕泄物却极为罕见"①。同样，作于1046年的《稚子获雀雏》（"屋头小雀雏，气力苦未长"）平易甚至家常化的口吻为后人所继承，尤其是在范成大的《石湖集》中达到巅峰。类似的还有《黄驳》（"维舟饭孤村，隔岸见黄驳"），诗中愤怒、沮丧的口吻与前诗有别，但在如实描写而不是浪漫化夸张来呈现琐碎生活方面则具有一致性。

1047年，梅尧臣患眼疾，并在同年和次年作《目昏》（"我目忽病昏，白昼若逢雾"）及《因目痛有作》（"已为贫孟郊，拚作瞎张籍"），诗人令人信服地呈现个人经历，且"在幽默的口吻中夹杂着悲伤"②。与患眼疾类似，他在1049年的《八月七日始见白髭一茎》（"昔见白髭惊，今见白髭喜"）一诗中描写发现一丝白发时的感受，该诗在口吻与用词方面与白居易相类，且认为白发并不可怕，衰老、死亡都是生命的自然循环。1051年的《月下怀裴如晦宋中道》（"九陌无人行，寒月净如水"）可视为梅尧臣描绘夜景的最佳作品，前四行描写宁静、澄澈的夜色，后八行表达诗人对朋友的怀念。同年所作《贷米于如晦》：

举家鸣鹅雁，	My family complain like cackling geese-
突冷无晨炊。	The chimney is cols, there's no fire for breakfast.
大贫丐小贫，	Penury must beg from poverty;
安能不相嗤。	How can we help but laugh at each other?
幸存颜氏帖，	Luckily, Mr. Yen's calligraphy is preserved,
况有陶公诗。	And we have the poem of Mr. T'ao as well.
乞米与乞食，	They show that men of former times,
皆是前人为。	Also went begging for rice, begging for food. ③

梅尧臣以自身贫困生活入诗，以风趣自嘲展示其对文学典故的娴熟掌

---

① Jonathan Chaves, *Mei Yao Chen and the Development of Early Sung Poetry*, New York and London: Columbia University Press, 1976, p. 140.

② Jonathan Chaves, *Mei Yao Chen and the Development of Early Sung Poetry*, New York and London: Columbia University Press, 1976, p. 143.

③ 梅尧臣：《梅尧臣集编年校注》，朱东润编年校注，上海古籍出版社1980年版，第564—565页。英译见 Jonathan Chaves, *Mei Yao Chen and the Development of Early Sung Poetry*, New York and London: Columbia University Press, 1976, pp. 144-145。

握,在诗中他化用了陶渊明与颜真卿的典故。此外,《月蚀》("有婢上堂来,白我事可惊")一诗同样描绘个人生活经历中的琐事。

二 抒泄个人情感

梅尧臣的现实主义笔法不仅体现在对外在世界的描写,还运用于个人情感的抒发,在这些诗歌中几乎没有理想化或刻意的浪漫激情,这使其诗歌具有非凡的现代属性(extraordinarily modern)。如作于1052年的《十一月十三日病后始入仓》("曾非雀与鼠,何彼大仓为"),该诗具有很明显的个人化特征,类似孟郊《秋怀》,其不同之处在于孟诗着力表现困难的普遍性,而梅诗则具有明显的个人化色彩。在抒发个人感受方面,梅尧臣的悼亡诗无疑最具代表性,如悼念亡妻的《悼亡三首》,让人联想到潘岳的悼亡诗,相同主题的还有《泪》("平生眼中血,日夜自涓涓")及1045年悼念次子之《悼子》,《悼子》中的第三至六行写其心理感受,诗人虽然以"准隐喻性"口吻(quasi-metaphoric)道出,但是孤独的自嘲与欢快的鸟鸣形成鲜明对比。梅尧臣最富感染力的诗歌是其回忆亡妻之作,如1045年所作《正月十五夜出回》将节日气氛与其悲痛作比:

不出只愁感,Only depression if I stay at home;
出游将自宽。Out to the festival to ease my pain.
贵贱依俦匹,But every man, rich or poor, is together with his wife;
心复殊不欢。My heart is moved only to greater grief.
渐老情易厌,Pleasures cloy so easily as old age comes;
欲之意先阑。I would go on walking but desire fades.
却还见儿女,Home again, I see my boy and girl;
不语鼻辛酸。Before a word is spoken my eyes smart bitterly.
去年与母出,Last year their mother took them out;
学母施朱丹。They smeared on rouge, trying to be just like her.
今母归下泉,Now their mother has gone to the Springs below;
垢面衣少完。Their faces are dirty, few of their clothes untorn.
念尔各尚幼,When I reflect how young they both still are,
藏泪不忍看。I can't bear to let them see my tears.

推灯向壁卧，Push the lamp aside, lie facing the wall,
肺腑百忧攒。A hundred sorrows clumped in me.①

该诗或许受到杜甫《北征》的影响，尤其是孩子模仿母亲衣着这一场景，然而这种关联性并未削弱其艺术感染力。同样作于 1045 年的《怀悲》（"自尔归我家，未尝厌贫窭"）写其贤妻安于贫苦生活，未曾抱怨。1046 年新年所作回忆 1042 年与妻子欢聚场景之诗《元日》（"昔遇风雪时，孤舟泊吴埭"），展示了诸多回忆的具体场景，1046 年夏天梦见其妻而作《丙戌五月二十二日昼寝梦亡妻谢氏同在江上早行忽逢岸次大山遂往游陟予赋百余言述所睹物状及寐尚记句有共登云母山不得回宫仿像梦中意续以成篇》，悲伤语调逐次减弱，诗人变得更为平静也更具哲理性。但同年所作《悲书》（"悲愁快于刀，内割肝肠痛"）侧重写其悲痛之情。齐皎瀚认为，悼亡诗在中国文学史上有悠久传统，如潘岳、元稹、韦应物等均有名作，梅尧臣只是其承续者。梅尧臣对潘岳之诗有模仿，潘岳、元稹、韦应物、李商隐睹物思人的模式为其《悲书》（"有在皆旧物，唯尔与此共。衣裳昔所制，箧笥忍更弄"）所承，同时，潘岳、元稹、韦应物诗中写细腻心理感受也影响梅尧臣，如其《悼亡三首》（其二）也是如此，尤其是"每出身如梦，逢人强意多。归来仍寂寞，欲语向谁何"四句，《正月十五夜出回》也描写痛苦经历。齐皎瀚还注意到，梅尧臣此类诗歌几乎不用典故。

1046 年梅尧臣续弦，在《新婚》一诗中（"前日为新婚，喜今复悲昔"）依然表达其对前妻的思念与梦中相见之景。其在 1048 年所作的记梦诗《戊子正月二十六日夜梦》（"自我再婚来，二年不入梦"）也堪称感人之作，"暗灯"唤起诗人的压抑之情，"无端打窗雪，更被狂风送"意味着其受挫的激情，"梅尧臣已经意识到外物与内在情感的完美结合，而这或许是中国诗歌的最高境界"②。1048 年《五月二十四日过高邮三沟》可能是梅尧臣悼亡诗中最具原创性的一首：

---

① 梅尧臣：《梅尧臣集编年校注》，朱东润编年校注，上海古籍出版社 1980 年版，第 268 页。英译见 Jonathan Chaves, *Mei Yao Chen and the Development of Early Sung Poetry*, New York and London: Columbia University Press, 1976, pp. 149-150。

② Jonathan Chaves, *Mei Yao Chen and the Development of Early Sung Poetry*, New York and London: Columbia University Press, 1976, p. 159.

甲申七月七，	On the seventh day of the seventh month of chia-shen,
未明至三沟。	We reached San-kou before the sun had risen.
先妻南阳君，	My former wife, the Lady of Nan-yang,
奄仳向行舟。	Suddenly passed away in our journeying boat.
魂去寂无迹，	Her spirit went in silence, left no trace,
追之固无由。	And I was helpless to follow in pursuit.
此苦极天地，	The grief I felt then filled earth and sky,
心瞀肠如抽。	My mind was misted, my heart was torn.
泣尽泪不续，	When I stopped sobbing and no tears would come,
岸草风飕飕。	The wind kept soughing in the riverside grass.
柎殭尚疑生，	She still seemed alive—I clung to her corpse,
大呼声裂喉。	And cried aloud until my throat was in pain.
柁师为我叹，	The helmsman sighed for me then,
挽卒为我愁。	The boat-pullers grieved.
戊子夏再过，	Now in the summer of wu-tzu I pass by a second time,
感昔涕交流。	And memories of that day bring tears again.
恐伤新人心，	Afraid to hurt my new wife's feelings,
强制揩双眸。	I make myself rub the dampness from my eyes.
未及归旅櫬，	The temporary coffin has still not been carried home,
悲恨何时休。	This regret, this sorrow—will it ever end?[①]

该诗几乎完美地忠实于事实，如准确日期、事实的记录，都强化了情感表达效果，心理描写真切细腻，诗人的悲痛心情如实表露，第九、十句所描绘的自然现象似乎是诗人情感的回声。

此外，梅尧臣还写有其女夭折之诗，即1047年的《戊子三月二十一日殇小女称称三首》，表达其丧女之痛，第三首结尾以 n 或 eng 结尾仿佛诗人悲伤的回声，甚至是棺材放入坟墓之声。当然，梅尧臣"逐渐学会与回忆相处，在第二任妻子与孩子们那里获得慰藉，在诗中表达重新获得

---

① 梅尧臣：《梅尧臣集编年校注》，朱东润编年校注，上海古籍出版社1980年版，第457页。英译见 Jonathan Chaves, *Mei Yao Chen and the Development of Early Sung Poetry*, New York and London: Columbia University Press, 1976, pp. 159-160。

的宁静"①。如 1052 年所作《七月十六日赴庾直有怀》("白日落我前，明月随我后")，诗人前往异地为官，被迫与家人分离，在孩子对他的爱中获得安慰，在第十六句中，成双的鸟与诗人的孤独形成了对比，表达对戍边战士的同情，即便在如此个人化的诗歌中，依然体现了诗人的社会良知。

三 开展社会评论

齐皎瀚认为，对梅尧臣而言，诗歌最重要的功能是社会功能，文学的基本目的乃有益于时代，这接近白居易的"文章合为时而著，歌诗合为事而作"之文学主张，梅尧臣试图恢复儒家正统诗歌传统，他试图担当起一个"采诗官"的责任。"采诗者"出自其 1040 年所作《田家语》("谁道田家乐，春税秋未足")，农民哀叹歉收，该诗保留了对于普通农民艰辛生活富有力量及令人信服的描绘，用语直接且感染力强。受西夏入侵等因素影响，农民生活艰辛，遭受深重苦难，如《汝坟贫女》一诗所写：

> 汝坟贫家女，Poor girl of the Ju River Bank,
> 行哭音凄怆。Walking, weeping with bitter sobs.
> 自言有老父，She says, "I only have an old father,"
> 孤独无丁壮。He alone, and not one brother of drafting age.
> 郡吏来何暴，How cruel the clerk of the prefecture was!
> 县官不敢抗。My father dared not resist the magistrate-
> 督遣勿稽留，Pressed and dispatched, not allowed to linger,
> 龙钟去携杖。He tottered off, leaning on his staff.
> 勤勤嘱四邻，Urgently I pleaded with the drafted neighbors,
> 幸愿相依傍。Begging them to help and care for him...
> 适闻间里归，Recently when I heard that a villager had come home,
> 问讯疑犹强。I asked for news, thinking he might be still alive.
> 果然寒雨中，But now, in the midst of the chilly rains,
> 僵死壤河上。He lies rigid in death upon the banks of the Jang.

---

① Jonathan Chaves, *Mei Yao Chen and the Development of Early Sung Poetry*, New York and London: Columbia University Press, 1976, p. 162.

弱质无以托，	I, a weak girl, am left without support,
横尸无以葬。	And have no way to bury his uncovered corpse.
生女不如男，	"Better to give birth to a boy than to a girl"—
虽存何所当。	Even if I live, what will become of me?"
拊膺呼苍天，	Striking her breast, she cries to the empty sky,
生死将奈向。	"Shall I take the way of life now, or of death?"①

与《周南·汝坟》一样，记录了普通劳动人民在战争中所遭遇的深重苦难，诗中女性形象完全符合其社会地位与情感状态，诗人抒发了强烈的愤怒之情。

此后梅尧臣较少创作这种具有激愤之情的批判诗歌，而是试图控制自己，以平静的口吻如实、客观表现人间苦难。在1048年的《岸贫》（"无能事耕获，亦不有鸡豚"）中，其以白描见长，但同年所作《小村》（"淮阔洲多忽有村，棘篱疏败漫为门"）则以愤慨抗议口吻作结，前六句呈现农民贫苦生活的现实画面，尾联明确抨击社会不公现象。在1053年所作《淘渠》也表达了非常强烈的愤怒之情，虽然与很多新乐府诗一样，往往以叙述去强化情感，但在尾联中，诗人对朝廷政策的不满集中爆发。实际上，批评朝廷政策冷酷无情与无视农民困难的主题已经在作于1046年的《逢牧》中有所预示，与梅尧臣其他诗歌一样，都有一个道德化的结尾（即"茫茫非其土，谁念有官租"），但这种结尾并非纯粹的道德说教，而是诗歌的自然发展，牧马人的飞扬跋扈、无视苦难与被践踏的土地之间形成鲜明对比。梅尧臣还批评军队的低效，如《甘陵乱》（"甘陵兵乱百物灰，火光属天声如雷"），"该诗从总体上批评军队无法迅速镇压骇人的叛乱"②。对官僚阶层履职不力的抨击，最为典型的是《闻进士贩茶》（"山园茶盛四五月，江南窃贩如豺狼"），诗中主要批评"浮浪书生"违背孔孟之道，与官员一道贪图钱财，这种明显的谴责口吻在梅诗中并不多见。梅尧臣的大量诗歌描绘了普通人所遭受的苦难，如《牵船人》（"沙洲折脚雁，疑人铺翅行"），诗人以敏锐、细致的观察道

---

① 梅尧臣：《梅尧臣集编年校注》，朱东润编年校注，上海古籍出版社1980年版，第165—166页。英译见 Jonathan Chaves, *Mei Yao Chen and the Development of Early Sung Poetry*, New York and London: Columbia University Press, 1976, pp. 166-167。

② Jonathan Chaves, *Mei Yao Chen and the Development of Early Sung Poetry*, New York and London: Columbia University Press, 1976, p.172.

出纤夫的艰辛。

此外，作为信奉儒家诗学的诗人，梅尧臣在诗中表现出其对佛道思想的不满，如他在 1036 年所作《修真观李道士年老贫饿无所依忽缢死因为诗以悼之》一诗，表现出他对道家思维方式的鄙弃：

唐室王子后，	Descendant of the princes of the house of T'ang,
黄冠事隐沦。	With your yellow cap, devoted to seclusion:
餐霞不满腹，	Your belly, fed on mists, was never full,
披云不蔽身。	Your body, clothed in clouds, always exposed.
八十不能死，	At eighty, you had still not died,
缢以头上巾。	So you hanged yourself with your turban.
始慕老庄术，	At first enamored of the arts of Lao and Chuang;
终厌道德贫。	In the end disgusted with the poverty of the Way.
营营求长生，	Busily striving for immortality,
反困甑中尘。	Thwarted by the dust in your storage jar. ①

梅尧臣并未空泛地抨击道家，而是如实描摹事件本身，写道士因无法忍受衣食之困选择自杀，暴露出这种生活方式极端的不堪与非人性（ultimate sordidness and inhumanity），齐皎瀚认为，该诗以道士的骨灰作结，是梅尧臣"最具原创性与现代感的诗歌之一"②。

四 动物寓言

动物寓言诗在梅尧臣诗歌中颇为奇特，诗人对道德的关注也许来自韩愈等所倡导的文学教化功能，但梅尧臣并没有让这种道德化压制其才华，他的此类诗歌包含很多令人称奇的描绘性画面，他仔细描绘动物的外表及生活习性。如梅尧臣影响极大的诗歌《范饶州坐中客语食河豚鱼》（"春洲生荻芽，春岸飞杨花"），刘若愚认为该诗意在反对党争，而齐皎瀚指出，"这首诗的成功之处在于以娴熟的技巧描摹河豚，并以此表达了对人

---

① 梅尧臣：《梅尧臣集编年校注》，朱东润编年校注，上海古籍出版社 1980 年版，第 100 页。英译见 Jonathan Chaves, *Mei Yao Chen and the Development of Early Sung Poetry*, New York and London: Columbia University Press, 1976, pp. 176-177。

② Jonathan Chaves, *Mei Yao Chen and the Development of Early Sung Poetry*, New York and London: Columbia University Press, 1976, p. 177.

类各种问题均适用的普遍道德原则"①。实际上,在梅尧臣文学创作生涯之初已开始创作动物题材的诗歌,如1032年所作长诗《伤白鸡》("我庭有素鸡,翎羽白如脂")已经建立起此类诗歌的模式,即由对动物形态、生活、遭遇的精细描摹,再辅以适宜的文学典故寄寓道德意蕴。齐皎瀚认为,梅诗"涌血被其颈,呷噜气甚危。皓臆变丹赤,霞翅两离披"具有中国诗歌罕见的力量感,而"斯事义虽小,得以深理推。邓生赐山铸,未免终馁而。人道尚乃尔,怆焉聊俛眉"则有特定的道德意图,该诗或许批评当时的某位官员,初始受皇帝赏识但终遭贬谪。梅尧臣或许意识到明确的道德暗示有其缺陷,所以,他试图通过摹写事实本身这种更为隐微的方式来呈现,如1034年所作《聚蚊》("日落月复昏,飞蚊稍离隙"),蚊数量的增长讽刺官僚的腐败贪婪。当然,梅尧臣诗中的这些意象在刘禹锡、白居易、孟郊、李商隐已出现过,但与前代诗人不同,该诗暗含对当下社会的批评,如"贵人居大第,蛟绡围枕席。嗟尔于其中,宁夸觜如戟。忍哉傍穷困,曾未哀癃瘠"等诗句。齐皎瀚认为"薨薨勿久恃,会有东方白"一句使诗歌以一种非道德的口吻结尾,意味着梅尧臣对美好社会的期冀。梅尧臣此类诗歌在题材方面的突出特点是将琐碎卑俗之物入诗,如1045年所作《师厚云虱古未有诗邀予赋之》("贫衣弊易垢,易垢少虱难"),将卑俗不堪的虱子作为材料,其或受到李商隐的启示,与之相同题材的还有1046年之《秀叔头虱》("吾儿久失恃,发括仍少梳")及1047年之《扪虱得蚤》("兹日颇所惬,扪虱反得蚤")。在西方,苏格兰诗人罗伯特·彭斯(Robert Burns,1759-1796)与法国诗人阿蒂尔·兰波(Arthur Rimbaud,1854-1891)也写有以跳蚤为题材的诗歌,其中彭斯的作品还与梅尧臣一样,以具有道德意味的诗句结尾。此外,1053年之《江邻几馈鳣》("泥鳣鱼之下,曾不享佳宾")也是以卑俗题材入诗,在梅尧臣看来,前人未用之材料均可入诗,而1045年所作《蚯蚓》("蚯蚓在泥穴,出缩常似盈")结尾两句"天地且容畜,憎恶唯人情"可视为道家口吻,这与梅尧臣1060年的《咏刘仲更泽州园中丑石》("君家太湖石,何从太湖得")的尾句"以丑世为恶,兹以丑为德"的道德化结尾相似。

齐皎瀚认为,梅尧臣以卑俗之物入诗,此特征发展到极致的作品是

---

① Jonathan Chaves, *Mei Yao Chen and the Development of Early Sung Poetry*, New York and London: Columbia University Press, 1976, p.184.

1049 年所作的《八月九日晨兴如厕有鸦啄蛆》①：

飞乌先日出，Winging crows, out before the sun—
谁知彼雌雄。Who can tell the female from the male?
岂无腐鼠食，Is it because they have no rotten mice to eat,
来啄秽厕虫。That they peck at the bugs in this filthy place?
饱腹上高树，Their stomachs full, they perch high in the trees,
跂觜噪西风。Cocking their heads and cawing in the western wind.
吉凶非予闻，I will pay no heed to crow-predictions of good and bad fortune,
臭恶在尔躬。If they foul themselves with unclean things like this.
物灵必自絜，Prescient creatures are always known,
可以推始终。By their personal cleanliness.②

该诗题目看似惊悚，但内容却很平淡，或可称作"反高潮"（anti-climactic），具有道德意味的结尾枯燥乏味。总而言之，"梅尧臣诗歌是一种诗学语境的现实主义，从他琐碎卑俗的经历中寻找题材，诗人忠实地还原了这种经历"③。

齐皎瀚认为梅尧臣这类诗歌的最佳之作是《普净院佛阁上孤鹘》（"我新税居见寺阁，金碧照我破屋前"），该诗语言富有力量感，尤其是"忽有苍鹘张毒拳。鸦鸣鹊噪鸜鹆叫，怒鹘来此窥腥膻。鹘心决裂不畏众，瞥碎一脑惊后先。死鸟堕空未及地，返翅下取如风旋"等诗句，"状难写之景如在眼前"之技巧。该诗上还巧用"准跨行连续"（quasi-enjambment）。充分发挥诗人令人惊叹不已的想象力，尤其体现在对寺庙外观、颜色的摹写上，以及与鸟粪污墙所形成的强烈对比上。

---

① 齐皎瀚认为此诗可能作于 1050 年。
② 梅尧臣：《梅尧臣集编年校注》，朱东润编年校注，上海古籍出版社 1980 年版，第 516—517 页。英译见 Jonathan Chaves, *Mei Yao Chen and the Development of Early Sung Poetry*, New York and London: Columbia University Press, 1976, p.196。
③ Jonathan Chaves, *Mei Yao Chen and the Development of Early Sung Poetry*, New York and London: Columbia University Press, 1976, p.196.

五 评价文物及艺术品

最能体现梅尧臣诗歌现实主义特点的是有关艺术品的诗作，这类诗歌或许是梅尧臣最具原创性的作品。如 1045 年所作《同次道游相国寺买得翠玉罂一枚》（"古寺老柏下，叟货翠玉罂"），诗中描摹了罂的材质与图案。梅尧臣对现实主义画作更为青睐，如《观居宁画草虫》（"古人画虎鹄，尚类狗与鹜"），诗歌前四句写现代作家可以在花鸟画方面超越前人，诗中还暗示现实主义既是居宁和尚绘画的特色，也是梅尧臣的美学追求，这与欧苏追求神似而非形似有所不同。梅尧臣曾与欧阳修、苏舜钦写作关于《集古录》草稿的诗歌，比较三人诗作可以看出，梅尧臣的诗歌更具个人性，梅尧臣称赞欧阳修收集与鉴赏文物的行为，梅尧臣《欧阳永叔寄琅琊山李阳冰篆十八字并永叔诗一首欲予继作因成十四韵奉答》（"我坐许昌尘土中，山翠泉声违眼耳"），开篇写诗人居许昌，无法游赏名山大川，此后称赞书法作品，并记述欧阳修发现书法作品的经历，最后赞美其诗作及拜访之意，与苏、欧诗歌相比，梅诗更强调回归现实（down-to-earth）。

梅尧臣的此类诗歌还体现了一种新的科学精神（new scientific spirit），他以精细的笔墨描写古代艺术品，如《饮刘原甫家原甫怀二古钱劝酒其一齐之大刀长五寸半其一王莽时金错刀长二寸半》（"主人劝客饮，劝客无天妍"），"我料孔子履，久化武库烟。固知陶氏梭，飞朱风雨天。世无轩辕镜，百怪争后先。复闻丰城剑，已入平津渊"等诗句显示梅尧臣精通前代典故，此外，梅尧臣还推测了两把刀的产生时代，细致入微地描摹了"齐之大刀"及"金错刀"。在 1052 年所作的《蔡君谟示古大弩牙》（"黄铜弩牙金错花，银阑线齿如排沙"）一诗中，梅尧臣详细说明了此物的具体特征，并以爱国主义口吻收束全诗（"愿侯拟之起新法，勿使边兵死似麻"）。对梅尧臣而言，此物象征了中国古代的军事辉煌。总而言之，尽管梅尧臣极为注重对文物、艺术品细节的精细描摹，但他并非第一人，韩愈、韦应物已开启这一写作模式。齐皎瀚赞同吉川幸次郎所言，梅尧臣诗歌的主要特色，即重细节描写、写日常生活，梅尧臣的平淡美学观念"与时代风潮具有一致性，且成为宋代文学批评的关键概念"，"梅尧臣的作品预示了后来宋诗的发展"①。此后，苏轼、王安石、黄庭坚、陆游均推崇并模仿梅尧臣，此奠定其在中国文学史上的地位。

第三节 杜迈可论陆游诗歌

杜迈可在《陆游》一书中分类讨论了陆游的爱国诗、哲理诗、饮酒诗、自然诗、记梦诗，试图改变人们视陆游为一个简单爱国诗人的固有印象。

一 爱国诗

陆游一生都担忧民族命运与民众生活，一直想收复北方失地，在杜迈可看来，陆游"终其一生，写作了具有强烈抒情性与原创性的诗歌，且富有丰富想象力。这些诗歌倾泻了他对国家的情感及对英雄主义、爱国主义的理解"②，总体来看，他最具力量与英雄主义的诗歌产生于在四川时期那段狂放不羁的岁月。陆游的爱国主义诗歌常描写战争与政府的求和政策，其《观大散关图有感》（"上马击狂胡，下马草军书"）是陆游主要人生志向的体现，即收复失地，他称金人为"狂胡"，表达了深深的蔑视之情，杜迈可进一步指出，"个人与国家的失败与耻辱是陆游创作这些诗歌的背景"③，该诗用语是典型的英雄式，一些关键词使用频率较高，如"志""愿""壮""丈夫""醉""空""气""义士"。陆游的爱国主义从根本上看是一种"忠君""爱国"行为，因为"尽管他批评朝廷甚至皇帝，但并未否定他们的价值，他从未攻击过专制政体与官僚体系。他坚定认为，正是这一体系才建立起伟大的中国文化，其志向与任何时期的爱国者一样，意在发扬中国传统文化的影响力，并逾越其政治版图，并将其他民族支流纳入其中"④。陆游五十八岁所作《感愤》：

> 今皇神武是周宣，Were today's emperor a divine general like Zhou Xuan,

---

① Jonathan Chaves, *Mei Yao Chen and the Development of Early Sung Poetry*, New York and London: Columbia University Press, 1976, p. 220.
② Michael S. Duke, *Lu You*, Boston: G. K. Hall & Co. 1977, p. 66.
③ Michael S. Duke, *Lu You*, Boston: G. K. Hall & Co. 1977, p. 67.
④ Michael S. Duke, *Lu You*, Boston: G. K. Hall & Co. 1977, p. 69.

谁赋南征北伐篇？Who would writ "South Campaign" or "Northern Expedition"?
四海一家天历数，The four seas one family, Heaven make Mandate.
两河百郡宋山川。Two Rivers, hundred states, all Sung lands.
诸公尚守和亲策，Court officials still keep appeasement policy,
志士虚捐少壮年！Brave warriors vainly waste strong, young years.
京洛雪消春又动，Jing-Lo snow melts, spring returning again,
永昌陵上草芊芊。Grass grows rank on our Great Emperor's tomb!①

陆游在诗中希望宋代帝王以周宣王为榜样，还表达其"还我山河"的愿望，形式方面，颔联与颈联体现了律诗完美的对仗、对偶，颈联阐明了和亲政策的悲剧性后果，壮士不得报效祖国，因此，陆游呼吁结束这种可耻的政治局面。前代悲剧性英雄常在陆游诗歌中呈现，杜甫曾有关于诸葛亮的诗歌，陆游很希望成为类似诸葛亮的英雄人物，尤其是在收复失地的梦想失败以后，其在成都期间所作《游诸葛武侯书台》：

沔阳道中草离离，Tall, tall, the grass on Gai-yang road,
卧龙往矣空遗祠。Sleeping Dragon long gone, empty remains his temple.
当时典午称猾贼，Back then Si-ma was called a cunning bandit,
气丧不敢当王师。Courage lost, he dared not face the king's general.
定军山前寒食路，Before Bivouac Mountain on Cold Food road,
至今人祠丞相墓。To this day people worship at prime minister's tomb.
松风想像梁甫吟，Pine winds sound like his *Liang-fu Song*,
尚忆幡然答三顾。Remember how reluctantly he answered three visits.
出师一表千载无，*Leading Troops*, unique memorial, thousand

---

① 陆游：《剑南诗稿校注》，钱仲联校注，上海古籍出版社1985年版，第1238页。英译见 Michael S. Duke, *Lu You*, Boston: G. K. Hall & Co. 1977, p. 69。

years unmatched,

远比管乐盖有余。Far surpassing Guan Zhong and Le Yi of old.

世上俗锦宁办此, How can common scholars of today carry it out?

高台当日读何书? Those days in that lofty tower, what books were read?①

第一联哀叹诸葛已逝，唯有墓尚在，诗中大量使用关于诸葛亮的典故（如旧传所作《梁甫吟》、三顾茅庐、作《出师表》等），尾联似乎暗示世上已无类似诸葛亮的人物，陆游愿踵武诸葛亮却难以实现。

陆游另一类英雄主义模式的诗歌是边塞风格的乐府诗，这些诗歌常描写饮酒、骑马、狩猎、操练士兵，用语常有军事意象，夸张地表达勇士气概。李白、杜甫、岑参均擅用乐府批评时政，陆游也喜用这种自由体式，如陆游四十八岁所作《胡无人》：

须如猬毛磔，Beard like porcupine bristles,

面如紫石棱。Face like angular quartz,

丈夫出门无万里，A man strides forth, disdains ten thousand miles,

风云之会立可乘。Seizes at once his wind-cloud chance.

追奔露宿青海月，Chase them fleeing, sleep beneath dewy Blue Sea moon!

夺城夜蹋黄河冰。Storm their cities, tread darkly Yellow River ice!

铁衣度碛雨飒飒，Iron mail crosses stones: rain sighs softly.

战鼓上陇雷凭凭。War drums ascend hilltop: thunder rumbles deeply.

三更穷虏送降款，Midnight: beaten barbarians meekly offer surrender.

天明积甲如丘陵。Day dawns: their piled armor, hill upon hill.

中华初识汗血马，Middle Kingdom first knows blood-sweating steeds.

东夷再贡霜毛鹰。Eastern tribes again present frost-feathered eagles.

群阴伏，Dark hosts prostrate,

太阳升，Bright sun ascendant,

胡无人。Huns have no heroes,

---

① 陆游：《剑南诗稿校注》，钱仲联校注，上海古籍出版社1985年版，第762页。英译见 Michael S. Duke, *Lu You*, Boston: G. K. Hall & Co. 1977, p. 71。

宋中兴。Sung flourishes anew!
丈夫报主有如此，A true man having repaid his master thus,
笑人白首蓬窗灯。Would laugh at this white-headed old scholar. ①

前四句描绘了儒家英雄形象（"丈夫"），抓住"风云之会"成为军事领袖；第五至八句对仗工整，想象与胡人的交战场景；第九到十二句运用汉唐典故，写胡人降汉及军事强盛；第十三至十六句将诗歌带入了胜利的凯歌中，同时呈现了胡汉的鲜明对比；结尾两句从梦境回到现实，诗人一事无成，再叹报主之志未能实现。

此外，《宝剑吟》《松骥行》《书志》《异梦》等诗歌也典故繁多、想象力丰富，远胜其道德说教意味。《宝剑吟》通过一把宝剑希望被使用来自喻，因为此刻诗人还似"幽人"一般；《松骥行》以老战马与松树被弃自喻，诗人深感自己年华老去却一事无成，该诗可与《书志》对读；作于七十一岁时的《书志》摹写了其现实处境与深挚的抱负，诗中用列子、苏武等典故来说明身处困厄亦当坚守志向；在《异梦》中，诗人深知北伐已成梦幻，但坚信失地终会收复。

总而言之，陆游的英雄主义与爱国主义诗歌，表现出其人格与思想的"公共性"。这些诗歌富有想象力，喜用夸张，军事意象与历史典故繁多，对仗娴熟，杜迈可总结其突出特征，认为陆游"他创造了一种诗体，旨在表达渴望战争、收复失地。他的爱国主义主要是表达其以自己的文化与生活方式为荣，以及对帝王的忠诚，此外亦有对普通民众的同情"②，此论颇为中肯。

二 哲理诗

除了书写爱国情怀与英雄壮志，陆游还在诗中表达对自由的向往以及返归自然涵养心性的人生理念。这些诗歌通常与道家传统有关，可以视为其个人哲学的表现。在日常生活中，陆游常有炼丹、神游、隐居、占卜及各种养生（包括打坐）实践。

陆游家族四代均有炼丹行为，其在诗里常描绘药物所致的迷幻（神

---

① 陆游：《剑南诗稿校注》，钱仲联校注，上海古籍出版社1985年版，第367页。英译见 Michael S. Duke, *Lu You*, Boston: G. K. Hall & Co. 1977, p. 73。
② Michael S. Duke, *Lu You*, Boston: G. K. Hall & Co. 1977, p. 80

游）效果，以致短暂超越现实，如《安期篇》描述诗人在梦境中与蓬莱仙境之安期翁幻游并一起服用丹药，《昆仑行》可以视为《安期篇》的回应。与外丹相比，陆游对养气的内丹更感兴趣，陆游诗歌中也不乏关注冥想之作，如《避世行》（Avoid the World）以自由的古体诗来表达其自由的愿望，抒发其从朝廷事务中解脱出来的轻松：

君渴未尝饮鸩羽， When thirsty you do not drink deadly henbane.
君饥未尝食乌喙。 When hungry you do not eat black nightshade.
惟其知之审， Due solely to yuor clear discernment,
取舍不待议。 Acceptance or rejection need no deliberation.
有眼看青天， My eyes look up to the blue skies;
对客实少味； I've so little joy greeting guests.
有口啖松柏， My mouth savors only pine nuts;
火食太多事。 Cooked food's too much trouble.
作官蓄妻孥， Taking office to support wife and children,
陷阱安所避？ How could I have avoided falling into a trap?
刀锯与鼎镬， Knives, swords, kettles, cauldrons—
孰匪君自致？ All those instruments of torture—
欲求人迹不到处， I want to find a place where human feet have never trod,
忘形麋鹿与俱逝， Forget my body, utterly vanish among wild hart and hind.
杳杳白云青嶂间， Atop a green cliff secretly secluded among white clouds,
千岁巢居常避世。 Live in a nest a thousand years forever avoiding the world![1]

前四句将"为官"视为"饮鸩"，人生要懂得取舍之道；第五至八句强调他厌倦官场生活与社交活动，准备像道家隐士一样"啖松柏"；第九至十二句回忆自己误入尘网中，但如今已过着闲适的生活；最后四句中的

---

[1] 陆游：《剑南诗稿校注》，钱仲联校注，上海古籍出版社1985年版，第1861页。英译见Michael S. Duke, *Lu You*, Boston: G. K. Hall & Co. 1977, pp. 88—89。

"忘形"来自《庄子》,表达其回归自然怀抱的愿望。与当时人们的普遍心理不同,陆游更愿意选择乡村而非城镇居住,"他寻求隐居,目的是退回其道室中炼丹",① 他有时将自己比作《庄子》中的隐士,他将这种感受表现在《湖山寻梅》(Seeking Plum Blossoms on Lakeside Hills)(其一)一诗中:

镜湖渺渺烟波白, Mirror Lake, distant, cloudy, its misty ripples white,
不与人间通地脉。 Is not joined to the human world's earthly waterways.
骑龙古仙绝火食, Dragon-riding ancient immortal rejects fired food.
惯住空山啮冰雪。 Habitually dwells in empty hills eating icy snow.
东皇高之置度外, Eastern Brightness, so lofty, beyond normal thought,
正似人中巢许辈。 Just like Chao and Xu living among mortal men.
万木僵死我独存, Myriad trees stiffly dead, but I alone survive.
本来长生非返魂。 In essence, immortality is not the soul's return!②

该诗以诗人的尘俗生活开篇,通过一系列隐喻、典故实现"自我神话"(self-deification),回归自然中,获得不朽,诗中的巢父、许由是两位传说中的隐士,且在《庄子》中反复出现,"还魂"亦源自道家外丹学派的观念,食还魂草而使灵魂重回自然。与爱国诗歌不同,在陆游的道家诗歌中他经常提到不同的人,如在《读王摩诘诗爱其散发晚未簪道书行尚把之句因用为韵赋古风十首亦皆物外事也》(其七)中言及其崇拜葛洪并希望与其遨游太虚,以及研读《抱朴子》的经历。陆游对养生的重视可见其七十八岁时所作的《养生》("禀赋本不强,四十已遽衰"),而其《道室述怀》(Revealing My Thoughts in the Daoist Laboratory)则显示出他倾向于打坐、冥想甚于炼丹:

养心功用在还婴, To nurture mind work diligently at returning to the

---

① Michael S. Duke, *Lu You*, Boston: G. K. Hall & Co. 1977, p. 91.
② 陆游:《剑南诗稿校注》,钱仲联校注,上海古籍出版社1985年版,第4309页。英译见 Michael S. Duke, *Lu You*, Boston: G. K. Hall & Co. 1977, p. 91。

肯使秋毫有妄情？ Be willing to have not the smallest foolish desire.
二寸藤冠狂道士， Mad Daoist adept in two inch grass hat.
一编蠹简老书生。 Old style scholar with one volume wormy book.
狐妖从汝作人立， Fox fairies follow you standing like women.
金价在吾如土轻。 Gold's value with me cheap as dirt.
地肺终嫌近朝市， Always suspect Bent Mountain's too near to court and market—
明年泝峡上青城。 Next year I'll ascend the forges, visit Mount Green Wall. ①

首联写养心的旨归在"还婴"，以闭气实现精心；颔联描述两幅自画像（"狂道士""老书生"）；颈联写清心寡欲（如抵制来自"狐妖"与金钱的诱惑）来涵养心性；尾联阐明其对远离繁华之地到"青城"隐居的愿望，实则表明其强调回归自然的重要性。陆游八十二岁所作《暑中北窗昼卧有作》对其养身理念与实践进行了总结，诗中既有以"治河""蓺木"为喻比喻养生之道，也回顾了诗人年轻时患病、中年时节欲（"弃嗜欲"）、晚年"节饮食"与练习打坐等生命历程与养生经历，还阐明了祸患起于人的欲望，唯有克服贪欲才能回归自然或生命本身。该诗"堪称陆游生命结束之前的精神记录"，② 他已经达到超然状态，这是陆游多年养生实践的结晶。

三 饮酒诗

杜迈可注意到，陆游有超过 450 首含有"酒""醉""饮""酌"等与饮酒有关的诗歌，饮酒出现在陆游各种生活场景，《江楼醉中作》（"淋漓百榼宴江楼"）一诗呈现了其饮酒的诸多方面，包括饮酒量（"百榼"）、饮酒目的（"埋忧"）、饮酒状态（"淋漓"）、饮酒场景（"江楼""秉烛"）等。陆游在其爱国诗中常提及飞将军李广，在饮酒诗中则常以刘伶为喻或以之为崇拜对象，他常在诗里表现其超然与兴奋之情，陆游有很多诗歌表

---

① 陆游：《剑南诗稿校注》，钱仲联校注，上海古籍出版社 1985 年版，第 3308 页。英译见 Michael S. Duke, *Lu You*, Boston: G. K. Hall & Co. 1977, p. 96。
② Michael S. Duke, *Lu You*, Boston: G. K. Hall & Co. 1977, p. 100.

明其嗜酒之习，如五十六岁时所作《对酒》（Facing the Wine）：

医从和扁来，	Doctors beginning with He and Bian
未著却老方。	Have not written an age-banishing formula.
吾晚乃得之，	But I've found it in my later years—
莫如曲糵良。	Nothing compares with fine barmy brew!
一杯脸生春，	One cup brings spring to your face;
况复累十觞。	Think what several bowls will do.
坐令桃花红，	Sit and let peach blossoms redden.
换尽霜叶黄。	Completely replace frosty yellow leaves.
看镜喜欲舞，	Looking in the mirror I want to dance for joy,
追还少年狂。	Relive once again my youthful abandon!①

杜迈可认为，"酒在这里被描绘为人与自然更具活力的灵丹妙药"，② 诗中之"春"是活力的象征，"少年狂"中的"狂"指向富有活力的性冒险（sexual adventure），这也是当时陆游沉醉之事。杜迈可的解读或有误读之嫌，因为从全诗的基调来看，陆游意在抒发当时的忧愁心绪，所谓"春"仅为饮酒之后面色红润，"少年狂"也只是抚今追昔，他似乎未对诗歌后半部分进行分析，即"但恨宝钗楼，胡沙隔咸阳，芳华虽无恙，万里遥相望。感叹径投枕，悲欢两茫茫"，而这才是解析陆游诗旨的结穴所在。同时，在其释《晨起看山饮酒》一诗时，也将诗中的"嗜酒在膏肓"之"在膏肓"译为"invades vital regions"与"跌宕风烟外"之"跌宕"译为"run recklessly"均系误读，因为此处"膏肓"实为上一句中"骨髓"的同义词，指诗人嗜酒之性，"跌宕"则指饮酒之后的放浪洒脱。

六十四岁退隐之后，陆游竭尽所能学习陶渊明，并模仿陶渊明的《饮酒二十首》，作《社饮》（Festival drinking）：

世上升沉一辘轳， Rise and fall in this world are but a turn of the wheel;

---

① 陆游：《剑南诗稿校注》，钱仲联校注，上海古籍出版社1985年版，第1070页。英译见 Michael S. Duke, *Lu You*, Boston：G. K. Hall & Co. 1977, p. 103。
② Michael S. Duke, *Lu You*, Boston：G. K. Hall & Co. 1977, p. 104.

古来成败几樗蒱？Success and failure are always just a throw of the dice.
试看大醉称贤相，When I see a great drunkard hailed a worthy minister,
始信常醒是鄙夫。I begin to believe the "always sober" is a petty knave.
起舞非无垂白伴，Rising to dance I'll surely enjoy graybeards company;
暮归仍有枕髦扶。Returning at dust I'll also have young people's help.
即今不乏丹青手，These days don't lack masters of color and wash—
谁画三山社饮图？Who'll paint Three Mountain Festival Drinking Scene?①

诗中的"常醒"引自陶渊明《饮酒》（十三）中的"一士常独醉，一夫终年醒"，但与陶渊明诗歌表现其人格的两面性不同，陆游希望保持长醉状态，且诗歌后半部分的基调是幽默、欢快的。八十一岁所作《酒熟书喜》表明其对家乡所酿之酒的喜爱，诗中还用了两个无诗意的诗歌意象（unpoetic images），即"系囚"与"苛痒"，可见，"宋代诗歌大量使用口语化表达"②。

陆游有不少饮酒诗以夸张的手法写其饮酒之多，如《同何元立赏荷花追怀镜湖旧游》之"少狂欺酒气吐虹，一笑未了千觞空"，《书怀》之"消日剧棋疏竹下，送春烂醉乱花中"，《合江夜宴归马上作》之"引杯快似黄河泻，落笔声如白雨来"，《村饮》之"少年喜任侠，见酒气已吞，一饮但计日，斗斛何足论"，《对酒》之"天寒欲与人同醉，安得长江化浊醪"，《暇日弄笔戏书》之"天地为我庐，江山为我客。北斗以酌酒，恨我饮量窄"。

杜迈可将陆游的饮酒诗分为五类：饮酒被诗人作为"忘忧物"，饮酒也将诗人引向极度兴奋；酒后的超然状态源自道家及离骚传统；表现酒后

---

① 陆游：《剑南诗稿校注》，钱仲联校注，上海古籍出版社1985年版，第3762页。英译见 Michael S. Duke, *Lu You*, Boston：G. K. Hall & Co. 1977, p. 105。
② Michael S. Duke, *Lu You*, Boston：G. K. Hall & Co. 1977, p. 105。

的幽默与轻松；酒后抒发其爱国情怀；以酒为题，内容却是关于送别、狩猎、节日、田园、旅游等。他重点分析了陆游前三类诗歌。

陆游成都时期所作《楼上醉书》表现其伪装的"疯"与"狂"，意在掩盖其耻辱与挫败。四十八岁所作《饮酒》表明，在陆游看来，酒对悲伤和痛苦的慰藉比佛道更佳：

陆生学道欠力量，Scholar Lu studying the Way lacks strength of will,

胸次未能和盘盎。His heaving breast cannot achieve peace and calm.

百年自笑足悲欢，Wryly laughs that hundred years have such grief and joy;

万事聊须付酣畅。The myriad affairs should be exchanged for drunken delight.

有时堆阜起峥嵘，Sometimes many cares pile up, rising mountain high;

大呼索酒浇使平。I shout loudly, demanding wine to wash them all level.

世间岂无道师与禅老，Are there not Daoist Masters and aged Chan monks in the world?

不如闭门参麹生。They can't compete with closing the door to commune with Master Yeast!

朋旧年来散如水，Colleagues and friends for several years scattered like water;

惟有铛杓同生死。I have only warmer and dipper to share life and death.

一日不见令人愁，One day without seeing them makes one sad.

昼夜共处终无尤。Day and night we share together without complaint.

世言有毒在麹蘖，People say there's poison in barmy brew.

腐胁穿肠凝血脉。That rots ribs, pierces guts, hardens blood and veins.

人生适意即为之，What pleases you in life, that you should do—
醉死愁生君自择。To die in drunkenness or live in sadness, you yourself must choose.①

与本诗主题一致的还有五十一岁时在成都所作《对酒》（"闲愁如飞雪，入酒即消融"），诗人感叹衰老与一事无成，唯有酒可以"消融"其忧伤。

放翁四十八岁时所作《醉歌》（"我饮江楼上，阑干四面空"）描摹诗人饮酒之后的极度兴奋，诗人用象征性语言描绘其上天入地、吞吐山河的兴奋之情。同年所作《池上醉歌》堪称"陆游描绘饮酒兴奋的最佳诗歌，夸张的用语可与《离骚》相媲美"②，诗中大量运用李白诗歌的典故，表达若不能成仙就尽享饮酒之兴奋的主题：

我欲筑化人中天之台，I want to erect a Transformed Immortal's Mid-Heaven tower,
下视四海皆飞埃。Look down on the four seas—all flying dust.
又欲造方士入海之舟，Also want to build a Formulist Adept's sea-worthy craft,
破浪万里求蓬莱。Break waves a myriad miles seeking the Mystic Isles.
取日挂向扶桑枝，Seize the sun and hang it in Magic Mulberry's branches;
留春挽回北斗魁。Prolong the spring by pulling back North Dipper's handles.
横笛三尺作龙吟，With three foot horizontal flute make dragons sing,
腰鼓百面声转雷。While hundred-faced waist drums rival thunder's clap.
饮如长鲸海可竭，Drinking like a mighty whale drying up the seas,

---

① 陆游：《剑南诗稿校注》，钱仲联校注，上海古籍出版社 1985 年版，第 424 页。英译见 Michael S. Duke, *Lu You*, Boston: G. K. Hall & Co. 1977, p. 109。
② Michael S. Duke, *Lu You*, Boston: G. K. Hall & Co. 1977, p. 110.

玉山不倒高崔嵬。Jade Mountain does not fall from high, lofty elation.
半酣脱帻发尚绿,Half drunkenly remove my cap, hair's still black;
壮心未肯成低摧。Strong heart quite unwilling to yield to downcast sorrow.
我妓今朝如花月,This morning my courtesan's like moon and flowers;
古人白骨生苍苔。But dead men's white bones gather green moss.
后当视今如视古,The future will view today as today views the past-
对酒惜醉何为哉。Why should one refuse to get drunk on this fine wine?!①

前六句写诗人试图超越尘世,其中,"化人"出自《列子》,"中天之台"可能与王莽试图成仙有关,"方士"或为道士或炼丹之人,"蓬莱"也与道家有关;第七到十句表明诗人希冀拥有超自然的力量,并希望以此阻断时间流逝实现长生不老,还以音乐实现人与宇宙的和谐,"龙吟"出自李白诗歌;第十一、十二句,则写醉态,均来自李白《襄阳歌》,"高崔嵬"暗指醉酒之亢奋;最后六句回到现实,他效仿陶渊明归隐,但其壮心未已,即由"北伐希望受挫所带来的悲伤,他宁可在醉酒中超越挫折,在妓女的陪伴下忘掉忧愁"②,最后两句在句法上有宋诗"散文化"特点。

陆游六十七岁所作《醉倒歌》("曩时对酒不敢饮"),其主题依然是写其醉后之超然,用语幽默,诗尾"秋毫得丧何足论,万古兴亡一醉枕"表现诗人的超然。在《醉歌·三十六策醉特奇》("三十六策醉特奇,竹林诸公端可师")诗人效法竹林七贤的饮酒之风,改写"三十六计走为上计",诗中"贵人惜醉"或许指竹林七贤(尤其是阮籍)佯醉避免陷入政治漩涡。《无酒叹》("不用塞黄河")再次体现陆游诗歌的幽默特点。

---

① 陆游:《剑南诗稿校注》,钱仲联校注,上海古籍出版社1985年版,第394页。英译见 Michael S. Duke, *Lu You*, Boston: G. K. Hall & Co. 1977, p. 111。
② Michael S. Duke, *Lu You*, Boston: G. K. Hall & Co. 1977, p. 113.

四　自然诗

杜迈可将陆游的山水诗与田园诗都纳入自然诗之列。他认为，陆游虽然不能称为山水诗人，但他受道家与佛禅思想的影响，热爱自然，他常以人生的有限与自然的更替作比，常在欣赏自然风景过程中表达自由、自在与愉悦之情。杜迈可还以陆游六十四岁为界，将其六十四岁以前视为山水诗创作阶段，认为这一时期的山水诗主要书写诗人的旅游经历、表达自由愉悦的道家哲学以及"真正意义上的山水"（即侧重描写特定山水场景的细节及与之相关的人类反应）；六十四岁以后则被视为田园诗创作阶段，主要写理想的田园生活、热爱山阴的家园、家乡的风土人情、关注农民生活及批评朝廷。

在陆游四十五岁到达夔州之后所作《瞿唐行》（"四月欲尽五月来，峡中水涨何雄哉"），想象激流击石，浪花飞溅，呈现诗人对自然的细致观察，最后表达其经过五个月跋涉终于到达夔州的兴奋之情。陆游七十七岁从杭州归家途中所写《舟行钱清柯桥之间》堪称陆游七言律诗的典范之作：

> 逾年梦想会稽城，Over a year dream-longing for Kuai-ji City;
> 喜挂高帆浩荡行。Joyfully hang high sails, go freely flowing.
> 未见东西双白塔，Before spying east and west paired white pagodas,
> 先经南北两钱清。We'll fiest pass north and south twin Pure Pennies.
> 儿童鼓笛迎归舰，Young boys fingering flutes welcome returning argosies;
> 父老壶觞叙别情，Old men with jugs and cups express parting sentiments.
> 想到吾庐犹未夜，Thinking that at my home night has not yet fallen,
> 竹间正看夕阳明。Between bamboos I just glimpse the setting sun's glow.①

---

①　陆游：《剑南诗稿校注》，钱仲联校注，上海古籍出版社1985年版，第3162页。英译见 Michael S. Duke, *Lu You*, Boston: G. K. Hall & Co. 1977, p. 118。

首联写从杭州归家的急切心情，颔联、颈联想象归家途中所见之景与乡亲会面之情，尾联表明诗人希望一直安居在会稽。

在《嘉阳官舍奇石甚富，散弃无领略者，予始取作假山，因名西斋曰小山堂，为赋短歌》（"昔人何人爱岩壑，为山未成储荦确"）中，诗人由赏怪石传递出对自然天性的珍视，杜迈可认为该诗"表达了道家的超然哲学"[1]。七十岁时所作《登东山》表达"在自然中的喜悦之情与困境中的坚守"[2]：

漆园傲吏养生主，Lacquer Garden proud officer's "Secret of Nurturing Life,"
栗里高人归去来。Millet Hamlet lofty sage's "Retuen Home Now" —
俱作放翁新受用，Reckless Old Man's best-received new lessons:
不妨平地脱尘埃。Why not transcend the dusty world here and now!
松崖壁立临樵坞，Pine-bordered cliff rises, nearing Woodcutter Village;
竹径蛇蟠上啸台。Bamboo path, snakily winding, ascending Singing Tower.
送尽夕阳山更好，Seeing off the setting sun, hills grow more beautiful.
与君踏月浩歌回。Treading the moon with you, return loudly singing! [3]

首联、颔联回忆诗人所受庄子与陶渊明的影响，以及由此产生的脱离尘俗、返归自然的愿望；颈联通过引用陶渊明桃花源（"樵坞"）及《诗经·江有汜》（"啸台"）的典故将青山描绘成快乐自由之地；尾联与唐诗中忧伤的基调相比（尤其是李商隐的"夕阳无限好，只是近黄昏"），陆游却以此表达欢愉之情。《初夏闲步村落间》作为一首具有哲学意味的

---

[1] Michael S. Duke, *Lu You*, Boston: G. K. Hall & Co. 1977, p. 118.
[2] Michael S. Duke, *Lu You*, Boston: G. K. Hall & Co. 1977, p. 120.
[3] 陆游：《剑南诗稿校注》，钱仲联校注，上海古籍出版社1985年版，第2183页。英译见 Michael S. Duke, *Lu You*, Boston: G. K. Hall & Co. 1977, p. 120。

山水诗,"表达了在自然中所感受到的深邃的自由与自在"①,诗歌前半部分写景,后半部分写"行"与情,"绿叶忽低知鸟立,青萍微动觉鱼行"表明诗人对自然的细致观察,而"醉游放荡初何适,睡起逍遥未易名"有不少具有道家色彩的词汇,并以此表现对现世的超越,以及在物我相融中实现自我解放,"湖边隐君子"则有自喻之意,"相携一笑慰余生"暗含诗人在自然中发现自我后的快慰。

《怡斋》《醉中下瞿唐峡中流观石壁飞泉》被杜迈可视为真正的山水诗。其中《怡斋》极为细致地描摹了四川东湖边的一处远离尘嚣、幽静闲适的庭院,诗句"照眼翠盖遮红妆"中的意象具有女性美,尾句"唤觉清梦游潇湘"将东湖与潇湘地区的美景作比。《醉中下瞿唐峡中流观石壁飞泉》以极富想象力的细腻笔触描绘飞瀑及其感受:

> 吾舟十丈如青蛟,My thirty foot like a great green dragon,
> 乘风翔舞从天下。Rides wind in soaring dance descending from Heaven.
> 江流触地白盐动,River flow strikes the earth: white brine billows!
> 艳濒浮波真一马。Stone Beauty rides the waves: just like a horse!
> 主人满酌白玉杯,Boat master drinks heavily from white jade cup;
> 旗下画鼓如春雷。Under sail, painted drums beat like spring thunder.
> 回头已失瀼西市,Looking back, already lost West Nang Market.
> 奇哉一削千仞之苍崖。How wondrous: A thousand yard sheer sloping green cliff.
> 苍崖中裂银河飞,Green cliff, center split, where silver river flies,
> 空里万斛倾珠玑。A million chests of fine pearls careen through space!
> 醉面正须迎乱点,Drunken face simply must welcome wild drops—
> 京尘未许化征衣。Capital's dust will not soil my travelling clothes!②

---

① Michael S. Duke, *Lu You*, Boston: G. K. Hall & Co. 1977, p. 121.
② 陆游:《剑南诗稿校注》,钱仲联校注,上海古籍出版社 1985 年版,第 787 页。英译见 Michael S. Duke, *Lu You*, Boston: G. K. Hall & Co. 1977, p. 123。

前四句集中写景，舟行江中带给诗人进入另一个世界（other-worldly）的奇妙感受；第五、六句写船上的热闹场景；第七到十诗句再次将视野聚焦于峡谷中的美景，最后两句写诗人面对美景时所产生的情感反应，以及厌弃尘俗的生活祈向。

陆游第一首田园诗歌《岳池农家》作于四十七岁时，其时，从夔州到汉中途中，诗人目之所及皆是农村的一派宁静，人与自然和谐共生，邻里之间的相处也非常融洽，该诗的主题相当常见，即表现农村的怡然，此与市朝的争夺形成鲜明对比，表达诗人对农村生活的向往之情：

春深农家耕未足，Deep into spring peasant family's still busy plowing;

原头叱叱两黄犊，In level fields shouts urge on teams of yellow oxen.

泥融无块水初浑，Diet dissolves leaving no clods, water begins to muddy;

雨细有痕秧正绿。Rainfall makes fine traces, sprouts now turn green.

绿秧分时风日美，Time to transplant green sprouts, beautiful wind and sun.

时平未有差科起，Their days are now peaceful with little corvee or taxes.

买花西舍喜成婚，Buying flowers at west house, joyfully make a marriage;

持酒东邻贺生子。Carrying wine to east neighbors, celebrate[①] a son's birth.

谁言农家不入时，Who says peasant families are not thoroughly modern?

小姑画得城中眉，Young girls paint themselves city style eyebrows!

一双素手无人识，Many pairs of jade white arms, to all quite unknown!

---

① 原文误作 celebate。

空村相唤看缫丝。Not like market and court's evil contention and strife.

农家农家乐复乐，What have I really gained from my official travels?

不比市朝争夺恶。Not like market and court's evil contention and strife.

宦游所得真几何，What have I really gained from my official travels?

我已三年废东作。For three years already I've neglected agriculture。①

退隐之后，陆游写了大量田园诗。《七月十日到故山削瓜瀹茗翛然自适》（"镜湖清绝胜吴松"）以陆游的日常生活为题材，表达其尚处壮年但不受朝廷重用的失意之情，诗人决心回归"翛然自适"的田园生活。《东西家》（"东家云出岫，西家笼半山"）写了邻居间的亲近与和睦。陆游的大多数田园诗以山阴生活为写作对象，如《赛神曲》（"击鼓坎坎，吹笙呜呜"）虽以农村节日为题材，但依然表现出他"对宋代朝廷的批评，以及返归自然的呼吁"②。陆游七十岁时所作《小舟游近村舍舟步归》（四首），其一（"数家茅屋自成村"）将山阴比作桃花源；其二（"借得渔船溯小溪"）一诗中，诗人认为乡村生活优于城市生活；其三（"不识如何唤作愁"）中的"黄花"体现了陆游田园生活的自在与自由；其四（"斜阳古道赵家庄"）听"盲翁"讲蔡伯喈弃妻的故事。此外，陆游还写了一些关于山阴当地农人的诗歌，如《牧牛儿》写牧童放牧过程中的各种场景；《阿姥》写一位七十老妇的康健生活；《农家叹》则以当地农民的语言，呈现了令人感动的农村生活场景，也对宋代朝廷进行了严厉的批评，农民只希冀安定太平，却被税吏催逼并遭受刑罚。

五 记梦诗

杜迈可认为，陆游具有类似华兹华斯所谓"独特眼睛的力量"（the power of peculiar eye），即对梦的清晰记忆以及"向内看"（look within）的兴趣与勇气。陆游写了约134首记梦诗，他常在其间表达以下主题：道

---

① 陆游：《剑南诗稿校注》，钱仲联校注，上海古籍出版社1985年版，第218页。英译见 Michael S. Duke, *Lu You*, Boston: G. K. Hall & Co. 1977, p.125。

② Michael S. Duke, *Lu You*, Boston: G. K. Hall & Co. 1977, p.128.

家哲学（炼丹、长生不老、隐居，39 首）、旅游与山水（23 首）、友谊（23 首）、英雄爱国主义（22 首）、感叹（9 首）、怀旧（9 首）、饮酒（5 首）、学习（2 首）、诗艺（1 首）、山水画（1 首）。

《神君歌》（"泰山可为砺"）前四句和结尾两句凸显了诗歌主题，即希望其"壮士志"能通过一系列英雄行为得以实现，第五至二十六句写梦神君的具体情形，诗歌意象、色彩描绘和行为近似李白《梦游天姥吟留别》。《梦仙》（"中宵游帝所"）既写了畅游仙宫的场景，还写了其回到现实之后的冷静。《五月二十三日夜记梦》写梦中遇道家老仙，并邀请诗人住"昆阆"，而"宝盖珠璎纷物象"中的"宝盖"与"珠璎"是佛教意象，"三生汝有世外缘"中的"三生"亦为佛家概念。诗人六十九岁时所作《梦有饷地黄者，味甘如蜜，戏作数语记之》第五、六句"异香透昆仑，清水生玉池"是一个象征性描绘，"昆仑""玉池"指诗人的大脑和口，而"寄声山中友，安用求金芝"则有长生不老之意，与之有类似主题的还有《记戊午十一月二十四夜梦》（"街南酒楼粲丹碧"）。八十三岁所作《记梦》（"我梦结束游何邦"）与威廉·詹姆斯（William James）《宗教经验多样化》（*Varieties of Religious Experience*）类似的经历，即梦中得宇宙奥秘之语，但终被忘记。陆游人生最后岁月中所作《十月二四日夜梦中送庐山道人归山》书写其悟道之旅：

  平生不到三公府，My whole life I never entered the three great offices;
  晚岁归来五老庵。In last years returning home to Five Elders Temple.
  凤士极知成殿后，Old scholars know well success comes after appointment;
  吾曹所赖作司南。My generation relied on that as our guiding principle.
  孤舟夜泊滩声恶，Lone boat moored at night, rapids sound menacing.
  小瓮晨香雪意酣。Little jug fragment at dawn, snow feels cold.
  笑语床隅挂杖子：Laughingly converse at bedside leaning on our staffs—

即今惟汝是同参。With me today you alone retain a like awareness.①

诗的前半部分写诗人不得志的官场生活，后半部分写他游庐山及悟道经历。首联与颔联均写诗人无所作为的仕宦生涯；颈联转入路上之行；尾联暗含从惯常感知与尘俗关注中解放出来。

第四节　施吉瑞论范成大诗歌

作为"中兴四大诗人"之一，范成大的诗歌虽未自成一体，但题材丰富、风格多样，尤其是使金纪行诗与田园诗堪称宋诗的经典之作，在中国诗歌史（尤其是宋诗史）上亦有不可忽视的地位。在北美汉学界，何瞻、施吉瑞、黛博拉·玛丽·鲁道夫（Deborah Marie Rudolph）、尼尔·尤金·博利克（Neil Eugene Bolick）等学者均对石湖诗有不同程度的关注，一些文学史著述也有论及，如梅维恒（Victor H. Mair）主编的《哥伦比亚中国文学史》也列专节介绍范成大诗歌。总体来看，影响最大、成就较高的是加拿大汉学家施吉瑞的《石湖：范成大诗歌研究》②一书，该著虽已出版近三十年，但至今依然堪称欧美汉学界最为立体、全面介绍范成大诗歌的学术成果，意大利汉学家蓝觉迪（Lionello Lanciotti）称其为"第一部全面深入研究范成大人生及诗歌关系的论著"，③而且其视野、方法、结论对今日的范成大研究依然不乏参考价值与借鉴意义。施吉瑞在《石湖：范成大诗歌研究》一书中重点探讨了范成大的山水诗、田园诗、爱国诗。

一　山水诗

施吉瑞认为，范成大诗歌中人化自然的特点与南宋诗人、画家将自然人化的趋势直接相关，如马夏派笔下的山水面目较之北宋画家更为宁静与

---

①　陆游：《剑南诗稿校注》，钱仲联校注，上海古籍出版社1985年版，第4529页。英译见Michael S. Duke，*Lu You*，Boston：G. K. Hall & Co. 1977，pp.139-140。

②　J. D. Schmid，*Stone Lake：The Poetry of Fan Chengda (1126-1193)*，Cambridge/ New York：Cambridge University Press，1992.

③　Lionello Lanciotti，"Book Review of Stone Lake：The Poetry of Fan Chengda (1126-1193)"，*East and West*，Vol. 43 (1)，1993，p.363.

亲切（tranquil and more accessible visions）。范成大的佛教"信仰"及由此形成的自然观（即自然是慈爱的）也是因由，《雪霁独登南楼》中的"久坐天容却温丽"及《乾道癸巳腊后二日，桂林大雪尺余，郡人云前此未省见也。郭季勇机宜赋古风为贺，次其韵》中的"天公恐我愁瘴雾，十日号风吹石裂。同云乃肯度严关，一夜玉峰高巀嶪"等诗句中均有明显体现，而《乳滩》（徽岩之间，滩如竹节，乳滩之险居第一）中的"清溪可怖亦可喜，造化于人真虐戏"更是表现了诗人与自然的亲密关系。正是这种宁静与柔和（quiet, subdued），将其山水诗与田园诗区分开来，如《香山》（吴王种香处）中人与自然极为和谐的融合：

采香径里木兰舟，My magnolia-decked boat enters the path where they once picked fragrant flowers;

嚼蕊吹芳烂熳游。Now I chew the blossoms and exhale their perfume, as I drift through them, dazzled.

落日青山都好在，Setting sun and green mountains are both just where they belong;

桑间荞麦满芳洲。White buckwheat among the mulberries overflows the redolent isles.[1]

施吉瑞细致梳理了范成大山水诗风的形成历程。范成大山水诗的模式在《谒南岳》（1173年）中已然奠定，而在长江三峡组诗中定型。《谒南岳》擅用比拟，"天柱已峻极，祝融更高寒。紫盖郁当中，冈势汹崩奔"四句充满早期山水诗中未见的活力（vitality），但诗歌有结构缺陷，故与成熟之作有一定差距。桂林时期的诗歌亦然，很可能与此时官宦生活的压抑有关，诗人正经历其诗歌的美学转型。范成大最终克服了"情感与文学问题"（surmounted his emotional and literary problems），[2] 创作出代表最高水平的山水诗，即长江三峡组诗。范成大意识到，描摹家乡美景的诗歌形式（近体八行诗）并不适合呈现巴山蜀水（包括长江三峡），所以，他

---

[1] 范成大：《范石湖集》，上海古籍出版社1981年版，第35页。英译见 J. D. Schmid, *Stone Lake: The Poetry of Fan Chengda (1126-1193)*, Cambridge/ New York: Cambridge University Press, 1992, p.70。

[2] J. D. Schmid, *Stone Lake: The Poetry of Fan Chengda (1126-1193)*, Cambridge/ New York: Cambridge University Press, 1992, p.71.

采用更为自由的古体诗形式("ancient" form)。三峡组诗常将自然人化,如《刺濆淖》)将长江比为江神(the River God),《蛇倒退》中的"山前壁如削""上疑缘竹竿",《四十八盘》中的"诘曲不前如宦拙"。三峡组诗与范成大早期诗歌及其脍炙人口的诗歌均有不小的差异,如《白狗峡》(陆路亦自峡上,过西岸有玉虚洞)中的自然物(如"石矶铁色顽,相望如奸朋。踞岸意不佳,当流势尤狞""惨惨疑鬼寰,幽幽无人声""俯窥得目眩,却立恐神惊")邪恶并充满敌意,显然与其他诗歌中宁静、柔和山水截然不同。同时,三峡组诗常表现不同凡响的力量感(incredible energy),虽然入蜀之后他回归宁静,但这种精神暗流依然贯穿其在蜀期间的大部分山水诗歌,尤其是在谒峨眉诗歌中达到顶峰。范成大在蜀期间的诗歌虽然在一定程度上偏离他"诗歌发展的总体方向"(the general direction of his poetic development)[①],但在此期间所获得的精神视野(spiritual insights)深刻影响了此后的宗教与文学生活。对范成大而言,蜀地既在地理空间上远离故土,又是脱离普通世界(normal world)的诗歌天地,因此,《荆渚中流,回望巫山,无复一点,戏成短歌》不仅可以视为他从地理上告别四川,也从诗歌风格上作别,回归此前的诗歌风格:

千峰万峰巴峡里,Traveling among the Yangzi Gorges' thousands of mountains,

不信人间有平地。You Can't believe there's a level spot in the entire world.

渚宫回望水连天,But when you gaze back from Jiangling, water merges with sky,

却疑平地元无山。And you suspect there never were any mountains to begin with!

山川相迎复相送,The mountains and rivers that once greeted me wave farewell now,

转头变灭都如梦。They vanish in an eye's twinkling, just as in a dream.

---

① J. D. Schmid, *Stone Lake*: *The Poetry of Fan Chengda* (*1126-1193*), Cambridge/ New York: Cambridge University Press, 1992, p. 73.

归程万里今三千，Today I've covered a third of my thousand-mile journey home;

几梦即到石湖边。I'm today to dream I've arrived at the shore of Stone Lake.①

当然"范成大不仅与蜀地山水作别，也是在某种意义上告别山水诗，因为虽然他依然写作富有意味的山水诗歌，但他越来越倾向于写作田园诗歌"②。总体而言，施吉瑞既探索了范成大山水诗创作的美学背景、哲学基础，还厘清了其演进历程及风格演变，这无疑为我们打开了又一扇了解范成大诗歌的窗口。目前，国内学界对范成大山水诗缺乏足够观照，这或许可见出施吉瑞的独特眼光。

二 田园诗

田园诗在中国文学史上具有悠久历史，尤其是陶渊明的田园诗在中国文人精神世界中扮演着重要角色，"返归自然成为诗人返回自然本性的隐喻（the 'return to nature' is a metaphor for the poet's return to his originally pure nature）"③。施吉瑞认为范成大受到由陶潜开辟的佛道传统及白居易开拓的新儒家传统的影响，但"他最大的贡献之一是将田园诗从此前的学术负累（intellectual burdens，即陶、白传统——引者注）中解放出来"④。从风格角度看，范成大前四川时期的山水诗风格与其田园诗保持一致。以刘禹锡为代表的仿竹枝词诗歌影响了范成大的田园诗，尤其是借用其中的民歌描述。范成大还模拟唐代诗人王建的诗歌，这些诗歌未皴染上哲学和政治色彩，而是描摹了生动且富有吸引力的农民热情好客的场景（如《田家留客行》），或表现真实的农村宗教习俗（如《乐神曲》）。范成大入蜀之前的少部分田园诗既没有新乐府诗歌的政治关注，也没有陶

---

① 范成大：《范石湖集》，上海古籍出版社 1981 年版，第 274 页。英译见 J. D. Schmid, *Stone Lake: The Poetry of Fan Chengda (1126-1193)*, Cambridge/ New York: Cambridge University Press, 1992, p. 74。

② J. D. Schmid, *Stone Lake: The Poetry of Fan Chengda (1126-1193)*, Cambridge/ New York: Cambridge University Press, 1992, p. 74.

③ J. D. Schmid, *Stone Lake: The Poetry of Fan Chengda (1126-1193)*, Cambridge/ New York: Cambridge University Press, 1992, p. 75.

④ J. D. Schmid, *Stone Lake: The Poetry of Fan Chengda (1126-1193)*, Cambridge/ New York: Cambridge University Press, 1992, p. 76.

潜的佛道色彩，如《插秧》（种密移疏绿毯平）。但已呈现出此后成熟作品的诸多特征，如比喻手法与出乎意料的结尾，同时，也体现出范成大对农村生活的关注。范成大很多诗歌直接表现农民的生活图景，如《竹下》（Beneath the bamboos），此诗或有白居易诗歌的影子，却缺乏政治信息，而是试图呈现共同的人性（common humanity）：

松杉晨气清，Under pines and firs, the morning air chills;
桑柘暑阴薄。Under mulberry tress, the shade turns sparse.
稻穗黄欲卧，Gilded rice tassles prepare to droop;
槿花红未落。The rose of Sharon stays red, unprepared to fall.
秋莺尚娇妊，In autumn the oriole still acts coy and coquettish;
晚蝶成飘泊。This late in the year butterflies glide and flutter about.
犬骏逐车马，My Stupid dog chases a horse and its cart,
鸡惊扑篱落。Scaring the chickens so badly they swoop against the fence.
道逢行商问，On the road I meet an itinerant peddler and ask:
平生几芒屦？"How many pairs of shoes have you worn out in your life?"
赪肩走四方，"My carrying pole," he answers, "has rubbed my shoulder red in my travels;
为口不计脚；I work to feed my family and don't worry about my feet.
劣能濡箪瓢，I earn just enough to keep the wolf from the door,
何敢议囊橐？But I haven't been able to put any money away."
我亦縻斗升，"I, too, slave for a few bushels of rice," I replied,
三年去丘壑。"And for three years I've been away from the hills of my home.
二俱亡羊耳，Both of us have lost what's most important in life-
未用苦商略。No sense in bothering about who's better off than the other!"[①]

---

① 范成大：《范石湖集》，上海古籍出版社1981年版，第81页。英译见 J. D. Schmid, *Stone Lake: The Poetry of Fan Chengda (1126-1193)*, Cambridge/ New York: Cambridge University Press, 1992, pp. 78-79。

因此，施吉瑞认为，从这个意义上看，范成大的诗歌具有更丰富、复杂的精神维度（spiritual dimensions）。与山水诗相同，四川经历也堪称其田园诗的转折，范成大曾写过两组竹枝词《夔州竹枝歌九首》，但这样的诗歌只是形式上的效仿，诗人提供了四川农人生活的画面，这"超越了大多数唐代诗歌的哲学与政治传统"①。当然，诗中所揭露的农民生活困境——贫穷、疾病，无疑是其浓厚人文意识的体现。

与国内学界相同，施吉瑞对范成大最有名的田园诗佳作——《四时田园杂兴》（以下简称《杂兴》）予以特别关注。他认为，《杂兴》均用七言，具有风格上的一致性，但主题却具有多样性，部分主题在范成大"后四川"田园诗中再现。范成大的田园诗沿袭传统，但主题指向却明显不同。他既避免在诗中进行白居易式的社会评论，又对农民的生活困境有所不满，如《夏日田园杂兴》之"采菱辛苦废犁锄，血指流丹鬼质枯。无力买田聊种水，近来湖面亦收租"。而诸如《冬日田园杂兴》之"炙背檐前日似烘，暖醺醺后困蒙蒙。过门走马何官职，侧帽笼鞭战北风"，虽有陶潜意味，但并未显现出隐逸优于市井与官僚的倾向。当然，在施吉瑞眼里，这两首诗成功的关键在于充满智性（wit），如前首诗中的"亦"及后首诗歌中的"战"，但又认为两首诗并不典型（atypical poems），因为《杂兴》缺乏范成大成熟诗歌的典型特征，如幽默、拟人谬化、语言华美（decorated language）、机智的比喻（clever trops）。其原因在于，范成大有意识地自我约束（self-restraint），即他"以一种完全不同的眼光来处理这些诗歌，这与同时期其他创作并不相同"，②进一步讲，范成大"有意抑制其一贯风格，去迎合由陶潜所代表的田园诗传统"③。当然，施吉瑞也认识到这一判断缺乏足够的文献支撑，简短的序言所透漏的信息相当有限，意在表明诗作乃随性而为，颇有与陶潜《饮酒》组诗序言类比的意味，但却缺乏陶渊明明确的哲学信息（a clear philosophical message）。尽管他有意淡化（deemphasis），但《杂兴》依然可见其成功诗歌的典型特征——智性，如《春日田园杂兴》中的"土膏欲动雨频催，万草千花

---

① J. D. Schmid, *Stone Lake: The Poetry of Fan Chengda (1126-1193)*, Cambridge/ New York: Cambridge University Press, 1992, p. 80.

② J. D. Schmid, *Stone Lake: The Poetry of Fan Chengda (1126-1193)*, Cambridge/ New York: Cambridge University Press, 1992, p. 82.

③ J. D. Schmid, *Stone Lake: The Poetry of Fan Chengda (1126-1193)*, Cambridge/ New York: Cambridge University Press, 1992, p. 82.

一饷开；舍后荒畦犹绿秀，邻家鞭笋过墙来"，依然充满智性与理趣；《冬日田园杂兴》之"放船开看雪山晴，风定奇寒晚更凝。坐听一篙珠玉碎，不知湖面已成冰"，诗的开篇制造悬念，诗尾突转并揭示答案，颇有戏剧意味。

《杂兴》的大部分诗歌以宁静风格为主，亦有偶尔偏离，如《晚春田园杂兴》之"蝴蝶双双入菜花，日长无客到田家。鸡飞过篱犬吠窦，知有行商来买茶"，这都显示出他有意控制智趣，将突变减少到最小；《秋日田园杂兴》之"橘蠹如蚕入化机，枝间垂茧似蓑衣；忽然蜕作多花蝶，翅粉才乾便学飞"也如是，诗人有意降低出乎意料的感觉，显然是为了迎合传统的"平淡"风格。促使范成大保持"平淡"可以看作是他早期诗歌内省性（introspectiveness）的一种延续，这种内省性继承自黄庭坚、陈与义，当然也与其佛教冥想有关。《春日田园杂兴》之"柳花深巷午鸡声，桑叶尖新绿未成。坐睡觉来无一事，满窗晴日看蚕生"，看似"无一事"（uneventful），视野也较为狭窄，但也具有冥想性，这正是范成大后来佛教诗歌的特点。范成大诗歌的智趣被动静并置所取代。范成大有时通过感知的转换来体现动静并置，如《晚春田园杂兴》之"新绿园林晓气凉，晨炊蚤出看移秧。百花飘尽桑麻小，来路风来阿魏香"，诗人敏锐地感知"近似通过佛教冥想达至的对更高现实的直觉"[1]。同样，在《春日田园杂兴》之"骑吹东来里巷喧，行春车马闹如烟。系牛莫碍门前路，移系门西碌碡边"，体现诗歌之美的并非政治寓意，而是动静并置。施吉瑞还敏锐地觉察到，《杂兴》中的部分诗歌并非"平淡"可以概括，如：

新筑场泥镜面平，On the newly built threshing ground flat as a mirror,

家家打稻趁霜晴；Each family rushes to work during the cold, clear weather.

笑歌声里轻雷动，Above their songs and laughter a faint rumble like distant thunder.

一夜连枷响到明。All night flails will clatter until the sky brightens

---

[1] J. D. Schmid, *Stone Lake*: *The Poetry of Fan Chengda* (1126–1193), Cambridge/ New York: Cambridge University Press, 1992, p. 84.

again！①

诗中人物的兴高采烈与《杂兴》大多数诗歌中充满冥想的宁静不同。由此可见，施吉瑞洞察到《组诗》的复杂性与多样性，或正如傅君劢所言，"'四时田园杂兴'的成功之处在于它将各种杂陈的观点——农民并不总是欢乐或是痛苦的——聚拢在一起，避免了早期此类诗歌的刻板立场"②。

在施吉瑞看来，较之《杂兴》，《腊月村田乐府十首》更具艺术整体性，组诗采用七言歌行体，篇幅也更长，诗人试图以此呈现当地民俗的现实画卷。范成大早期模仿鲍照、李白、白居易的乐府诗为创作《腊月村田乐府十首》无疑奠定了基础，但早期作品更多哀叹命运的不公，这与创作田园诗无甚关联，他只是借用古老的歌行体来表现当时盛行的民俗，且与刘禹锡等前代诗人不同，范成大借用乐府来描绘现实而非政治（apolitical）的农人生活。这些诗歌形式上更为自由，如《灯市行》《祭灶词》，同时，他还在诗中使用俗语、言语，这无疑与书写对象更匹配。施吉瑞指出，《腊月村田乐府十首》更符合其一贯风格，即充满"智趣"，如《祭灶词》《卖痴呆词》充满风趣。范成大未刻意抑制对幽默与比喻的喜爱，如《照田蚕行》中的"近似云开森列星，远如风起飘流萤"、《分岁词》中的"钉盘果饵如蜂房"、《灯市行》中的"岁寒民气如春酣"，范成大避免这些比喻破坏诗歌的整体风格。施吉瑞认为，《腊月村田乐府十首》的真正魅力在于对当地生活描绘的现实性，这源于其对家乡民俗的喜爱且以之为荣。总体来看，《杂兴》与《腊月村田乐府十首》体现了"范成大田园诗歌风格的多样性"，③当然，这种多样性源于其创作目的不同，由此也体现了范成大"不可思议的灵活性"（incredible flexibility）。与陆游简单直接描摹不同，范成大的田园诗保持了"一定的艺术距离"（a certain artistic distance），这或许源于其敏感的天性（delicate nature）

---

① 范成大：《范石湖集》，上海古籍出版社1981年版，第375页。英译见 J. D. Schmid, *Stone Lake: The Poetry of Fan Chengda (1126-1193)*, Cambridge/ New York: Cambridge University Press, 1992, p. 85。

② [美]梅维恒主编：《哥伦比亚中国文学史》，马小悟等译，新星出版社2016年版，第398页。

③ J. D. Schmid, *Stone Lake: The Poetry of Fan Chengda (1126-1193)*, Cambridge/ New York: Cambridge University Press, 1992, p. 88.

与多病体弱（poor health）。

何瞻《论范成大的石湖诗》[①] 一文首先追溯了范成大以前中国田园诗传统，包括《诗经》《楚辞》《古诗十九首》及竹林七贤、陶渊明、谢灵运、王维、白居易、储光羲、王禹偁、梅尧臣、欧阳修、王安石、苏轼、杨万里、陆游等诗人的田园书写。何瞻认为，虽然《诗经·七月》已经涉及农事，但范成大在此基础上有极大拓展、深化，颇有意味的是，何瞻视范成大《四时田园杂兴》六十首与中国传统文化中"六十"为一个周期的观念有关，五组诗与五行（five-phases）也有关联。宋代以前田园诗的主流是呈现乡村生活的理想图景（an idealized vision of farm life），也就是未能真正打破陶渊明开创的田园诗模式，即"田园图景持续主宰几乎所有田园诗"[②]。范成大虽然对前代田园诗多有继承，描摹了苏州农村生活图景，但不满于前人多书写田园生活的愉悦维度，因此他创造了前无古人的新方向，具体体现在连续性、精细化、多样化这是其田园诗千年来受到欢迎的重要原因。《杂兴》组诗按照季节顺序排列，具有完整性（completeness）、运动性（movement）与连续性（continuity），与前人结构松散的田园诗（如《诗经·七月》）不同，组诗的动态特征也常为批评家忽视；同时，诗人还准确、连续描绘了农事活动，这提高了现实性与可信度。组诗展示了农事活动的多样性，《春日田园杂兴》的第一首（即"柳花深巷午鸡声"）呈现了长江下游的主要农事活动之一——养蚕，诗人还不断变换视点呈现乡村生活的多维面貌，如《春日田园杂兴》其二（即"土膏欲动雨频催"）、其三（即"高田二麦接山青"）、其四（即"老盆初熟杜茅柴"）、其五（即"社下烧钱鼓似雷"）均如此。多样化与动态性还体现在《春日田园杂兴》其六"行春车马闹如烟"、其七"茜裙青袂几扁舟"、其八"郭里人家拜扫回"、其九"步屧寻春有好怀"。

何瞻也注意到，范成大在《杂兴》中大量使用日常用语，如"看看""茅柴"，轻松、熟悉的语言提升了"范成大诗歌花园中的乡村亲近感"

---

① James M. Hargett, "Boulder Lake Poems: Fan Chengda's (1126-1193) Rural Year in Suzhou Revisited", *Chinese Literature: Essay, Articles, Reviews (CLEAR)*, Vol. 10, No. 1/2 (Jul., 1988), pp. 109-131.

② James M. Hargett, "Boulder Lake Poems: Fan Chengda's (1126-1193) Rural Year in Suzhou Revisited", *Chinese Literature: Essay, Articles, Reviews (CLEAR)*, Vol. 10, No. 1/2 (Jul., 1988), p. 118.

(the rural intimacy of Fan's literary garden)①。同时,《杂兴》中的意象也具有图像性、简明性(iconographic and simple),范成大也没有重复前人田园诗中的惯用意象(鸡、狗、桑树),而是描绘了多达四十种动植物,大量可视化意象提升了诗歌的生动性与独特性(vividness and particularization)。《杂兴》中的乡村场景"在十二世纪中国提供了一种罕见的'亲历者视角'(a rare 'insider's view')";②而且组诗中乡村亲近感还意味着"人的在场"(human presence),这不但体现于每一首诗都描绘了人类活动,而且前代诗人都避免在诗中直接出现,而范成大在诗中偶尔还扮演一个角色,如"日斜扶得醉翁归",范成大常置身于乡村生活的美与现实中,这与前代田园诗人(尤其是陶渊明)明显不同。当然,在《杂兴》中,诗人也偶尔以观察者身份出现,这是其采用七言绝句作为文学工具的重要原因,这也是其对陶渊明的超越,七言绝句具有更大的书写空间,也更适合呈现系列乡村生活图景。范成大对百科全书式表现农人生活缺乏兴趣,而是选择典型性场景与客观物体,并将之发挥到极致,这与王维绝少细节描绘不同,如《夏日田园杂兴》中的"血指""鬼质"及"桑姑盆手","通过并置农人生活的'积极'与'消极'维度,范成大能呈现其所见更准确的石湖乡村画面"③。另外,《杂兴》的主题也与传统田园诗不同,范成大常表现农民的艰辛生活,这可视为白居易新乐府诗歌的变体,范成大由此实现了将田园生活理想化或批判、控诉之间的平衡,即准确描摹田园生活,这种现实主义(realism)终结了田园诗的理想化(idealistic)传统。

三 爱国诗

范成大饱尝国破家亡的苦难,尤其是在四十五岁时出使金国,为其爱国诗歌创作提供了丰富的题材与情感体验,辉煌的爱国诗篇也是范成大名

---

① James M. Hargett, "Boulder Lake Poems: Fan Chengda's (1126-1193) Rural Year in Suzhou Revisited", *Chinese Literature: Essay, Articles, Reviews* (*CLEAR*), Vol. 10, No. 1/2 (Jul., 1988), pp. 121.

② James M. Hargett, "Boulder Lake Poems: Fan Chengda's (1126-1193) Rural Year in Suzhou Revisited", *Chinese Literature: Essay, Articles, Reviews* (*CLEAR*), Vol. 10, No. 1/2 (Jul., 1988), p. 124.

③ James M. Hargett, "Boulder Lake Poems: Fan Chengda's (1126-1193) Rural Year in Suzhou Revisited", *Chinese Literature: Essay, Articles, Reviews* (*CLEAR*), Vol. 10, No. 1/2 (Jul., 1988), p. 126.

垂千古的重要原因。施吉瑞认为，范成大的爱国诗歌虽然数量有限，但令人印象深刻。他早期关于宋对金政策不满的诗歌成就有限，他出使金的经历使其爱国诗歌得以发展，记录出使经历的七十二首纪事诗多控诉政治软弱与政治欺骗，认为这是北宋覆亡与岳飞抗金失败的原因，如《双庙》：

　　平地孤城寇若林，Their fortress was isolated on a plain and besieged by rebels,
　　两公犹解障妖祲。Yet they knew how to drive off the enemy's vicious attacks.
　　大梁襟带洪河险，Our captain was impregnable, sheltered by the Yellow River's might,
　　谁遣神州陆地沉？So who caused the loss of our nation's sacred soil?①

　　该诗运用模糊及讽喻性的语言表达对徽宗与高宗的讽刺。与陆游爱国诗中的激愤、雄放不同，范成大有时似乎忘记了自己身处敌国，包括《临洺镇》在内的诗歌并未表现出对敌人明显的敌意，在入金之前所作的《雷万春墓》也是如此。傅君劢认为，"范成大在这组诗中下足了功夫，情感的激越由于凝视的对象化——对新鲜细节的注重，而得到缓解"②。范成大与陆游爱国诗在艺术形式方面也有不同，陆游多用七言古体，范成大常用七言绝句，这或许与二人作诗时的官位有关。范成大的爱国诗常用庄重、严肃的口吻，这源于此类诗歌的公共性（public nature），范成大"小心翼翼地控制其惯常的诗歌技法"③，所以，我们很难看到拟人谬化、比喻手法的使用。但范成大的爱国诗与其他作品的联系依然很清晰，包括一闪而过的智趣，如《相国寺》"羊裘狼帽趁时新"暗含讽意，《清远店》"大书黥面罚犹轻"更具嘲讽意味。范成大爱国诗虽然少用比喻，但

---

　　①　范成大：《范石湖集》，上海古籍出版社1981年版，第146页。英译见 J. D. Schmid, *Stone Lake*：*The Poetry of Fan Chengda（1126-1193）*, Cambridge/ New York：Cambridge University Press, 1992, p.91。
　　②　[美] 梅维恒主编：《哥伦比亚中国文学史》，马小悟等译，新星出版社2016年版，第397页。
　　③　J. D. Schmid, *Stone Lake*：*The Poetry of Fan Chengda（1126-1193）*, Cambridge/ New York：Cambridge University Press, 1992, p.88.

富有色彩的意象与其典型性诗歌不同,多为阴沉色彩,《栾城》之"栾城风物一凄然"可以很好地概括爱国诗的基调。当然,鲜亮色彩的词汇也常被范成大运用,只是多与悲凉场景并置,如《定兴》"新城迁次少人烟,桑柘中间井径寒。亦有染人来卖缬,淡红深碧挂长竿"。范成大出使以后极少写作爱国诗,但在桂林任职期间所作《画工李友直为余作冰天桂海二图,冰天画使北虏渡黄河时,桂海画游佛子岩道中也。戏题》例外:

许国无功浪著鞭, Though I vainly whipped on my horse in a failed mission to serve my country,

天教饱识汉山川。Heaven did allow me to savour the delights of Han's mountains and rivers.

酒边蛮舞花低帽, Now southern tribesmen dance as I drink, and flowers incline toward my cap,

梦里胡笳雪没鞯。But I dream of Tartar horns and my riding saddle blanketed with snow.

收拾桑榆身老矣, I cannot put the times back in joint, for I'm already too old,

追随萍梗意茫然。And drift around this world like duckweed, my mind in a fog.

明朝重上归田奏, Tomorrow morning I'll submit my resignation to the court again;

更放岷江万里船。Can I escape a thousand-mile journey to Sichuan's Min River. ①

诗人早年的抗金使命感削弱,且以梦境道出,这似乎暗含抗金希望渐趋渺茫。总体来看,范成大爱国诗深受欢迎,源于其"精妙的艺术技巧与对金统治下中国北方生活的生动描绘"②。

---

① 范成大:《范石湖集》,上海古籍出版社 1981 年版,第 184 页。英译见 J. D. Schmid, *Stone Lake: The Poetry of Fan Chengda (1126-1193)*, Cambridge/ New York: Cambridge University Press, 1992, p. 95。

② J. D. Schmid, *Stone Lake: The Poetry of Fan Chengda (1126-1193)*, Cambridge/ New York: Cambridge University Press, 1992, p. 96.

第三章

北美汉学界论宋诗中的"自我"

"自我"(self)是海外汉学(尤其是欧美汉学)观照中国文学的重要面向,这一研究维度侧重讨论宋代诗歌与诗人生活态度、生命价值、人生境界、精神追求、情感冲突之关联。宋代诗人处于封建社会从兴盛渐趋衰落的时代,即一个"哲理"的时代,探索生命价值与精神追求成为时代风尚。宋诗也成为表达诗人对时代、社会、人生等重大问题进行思考的载体。他们往往从具体的生活实践与体验中思索人生要义,由此完成中国诗歌史上一次巨大飞跃。国内学界于此多有探讨,对宋诗集哲理、情感、意象、议论于一体的特质阐发深入,然少以"自我"论之。"自我"一词经詹姆斯引入心理学领域之后,经由人本主义学者罗杰斯、认知学派等多人阐发,其内涵颇有差异。但总的说来,"自我"主要指个体生命对其存在状态的认知,乃个体对其社会角色的评价结果。北美汉学家艾朗诺、杨立宇、杜迈可、傅君劢等以"自我"为观照视角,对宋诗所蕴藏的诗人价值追求等予以深入细致的探究,不乏新颖之论。

第一节 艾朗诺、杨立宇论苏诗如"镜"

"心中之镜"一语源自苏轼《次韵僧潜见赠》——"道人胸中水镜清,万象起灭无逃行",本系苏轼赞美宋代诗僧道潜心中滢然、胸纳万物。毕业于哈佛大学、现就职于斯坦福大学东亚语言及文化系的汉学家艾朗诺分析苏轼11世纪70年代诗歌时有"心中之镜"(the mirror in the mind)的提法,认为这是借用佛教思想中的镜照万象思想——苏诗可视为苏轼心中的一面镜子,既可映照万物,又能超然于外物,体现出作者特色独具的人生取向与哲学思考。艾朗诺从苏诗大量使用"谐谑"、诗人在宇宙中的位置、诗歌中的情感问题（the problem of the emotion）三个方面展开分析。艾朗诺"心中之镜"的话语分析模式，在北美其他宋代诗歌研究者那里也有体现，如杨立宇（Vincent Yang）的《自然与自我：苏东坡与华兹华斯诗歌比较研究》多涉及苏诗山水书写中所蕴含的情志。

"谐谑"（playful）在苏轼诗歌中的使用频率极高。表面看来，这是苏轼对人生及世界的不严肃态度。实际上，这反映苏轼对自我对其与世界关系的哲学思考，甚至与无私（selflessness）、无心（avoiding deliberation）以及将自我与"万物"相关联的意愿有关。当然，也与苏轼认为万物短暂、无限与不可言说性存在关联。由此可见，苏轼作品中的"谐谑"与其所建立的"自我"具有高度一致性。艾朗诺以《黄鲁直以诗馈双井茶次韵为谢》（江夏无双种奇茗）、《次韵黄鲁直赤目》（诵诗得非子夏学）、《登云龙山》（醉中走上黄茅冈）为例，认为苏轼以隐晦的方式表达自己对新法的态度。表面看来，这些属于私人的、亲密性的诗歌，看似轻松、随意，实际他们以共同的政治态度加深同道之谊，也与党派之外的人区别开来，巧妙表达对王安石新法及其他政敌的不满。

艾朗诺从议论性（discursiveness）、社会与空间视角（social and spatial perspective）、时间（time）、隐喻（metaphor）四方面讨论了"诗人在宇宙中的位置"。

苏诗的议论性广为人知，即传统批评家所言的"议""论"及"以文为诗"。其中，"以文为诗"为批评家讥刺、抨击。艾朗诺指出，《泗州僧伽塔》从特定事件（五年前护送其父灵柩回川）到更深刻的议论与沉思，囊括苏轼对时间（同一时间下的空间运动，人造物的短暂性）、个人生命诉求与价值观特殊性的思考：

我昔南行舟击汴，Long ago I traveled south and moored on the Bian.
逆风三日沙吹面。Headwinds blew three days; sand pelted my face.
舟人共劝祷灵塔，The boatmen all urged me to pray at this scared pagoda;

香火未收旗脚转。Before the incense finished burning, the flags turned around.

回头顷刻失长桥,As we looked back in a moment, Long Bridge was of sight;

却到龟山未朝饭。We got all the way to Tortoise Hill before breakfast.

至人无心何厚薄,The enlightened man has no-mind: what is good or ill luck to him?

我自怀私欣所便。I clung to selfish interests, delighted to have them met.

耕田欲雨刈欲晴,Sowers want rain, reapers want clear skies,

去得顺风来者怨。Favorable winds for man departing make those arriving complain.

若使人人祷辄遂,For every person's prayer to be answered,

告物应须日千变。The Fashioner would have to effect a thousand changes a day.

我今身世两悠悠,Today both my person and the world are insubstantial to me,

去无所逐来无恋。I pursue nothing when I go nor crave anything when I come.

得行固愿留不恶 Being able to proceed is my wish, but delay dose not cause resentment.

每到有求神亦倦。If I prayed each time I pass by, the god himself would grow tired.

退之旧云三百尺,Tuizhi once said, "It stands three hundred feet high."

澄观所营今已换。But the tower Chengguan constructed has already disappeared.

不嫌俗士污丹梯,If a vulgar scholar may be permitted to defile cinnabar stairs,

一看云山绕淮甸。I shall take one look at the cloudy hills encircling the lands of the Huai.①

艾朗诺认为，该诗的深层意义在于体现了苏轼反对执迷于自我。"这种哲理性、好议论的特性很大程度上出于试图克服经验性的努力"。② 艾朗诺还体察出"从具体生活事件导向抽象思辨是苏轼哲理诗的典型特征"③。确然，艾朗诺敏锐地捕捉到苏诗融"具象性"与"思辨性"于一体的典型特征，《泗州僧伽塔》即景寓意、因物寓理，鲜明体现苏诗巧设譬喻、议论说理之特征。对于"神佛之妄"这一深奥命题，苏轼写来却生动有趣、形象明朗，恰如纪昀评："纯涉理路，而仍清空如话。"又或"层层波澜，一齐卷尽，只就塔作结。"可谓"出新意于法度之中，寄妙理于豪放之外"。然艾朗诺慧眼别具，还提出此诗体现苏轼反对执迷自我，肯定个体生命价值观的特殊性与多元化。此与国内学界侧重强调笔势奇妙、妙趣横生有所不同，艾朗诺倾向哲学审视，较少语言审美，而国内研究颇能结合文学典故与汉语特质予以审美品鉴。

士大夫看待世界通常会带着特有的政治眼光，而苏轼却能超越政治观点与社会地位的局限，以普通人的身份审视万物。如《除夜直都厅囚系皆满日暮不得返舍因题一诗于壁》《罢徐州，往南京，马上走笔寄子由五首》（其一）均未提及其官员身份，而且从普通人的视角出发，淡化人情冷暖与人世百态：

《罢徐州，往南京，马上走笔寄子由五首》（其一）Leaving My Post at Xuzhou and Setting Out for the Southern Capital. I Write Hurriedly on Horseback and Send to Ziyou (No. 1)
吏民莫扳援，Don't let the people hold me back,
歌管莫凄咽。Don't let singers and flutes play mournfully.
吾生如寄耳，My life is like a brief stay,

---

① 张志烈、马德富、周裕锴主编：《苏轼全集校注》，河北人民出版社2010年版，第587页。英译见 Ronald C. Egan, *Word, Image, and Deed in the Life of Su Shi*, Cambridge, Mass: Harvard University Press, 1994, pp.179-180。

② Ronald C. Egan, *Word, Image, and Deed in the Life of Su Shi*, Cambridge, Mass: Harvard University Press, 1994, p.183.

③ Ronald C. Egan, *Word, Image, and Deed in the Life of Su Shi*, Cambridge, Mass: Harvard University Press, 1994, p.181.

宁独为此别。	Will this be my only farewell?
别离随处有，	Departures occur everywhere;
悲恼缘爱结。	Grief comes from too much love.
而我本无恩，	Besides, I am not a benevolent man—
此涕谁为设。	For whom are these tears shed?
纷纷等儿戏，	All this commotion is childishness,
鞭镫遭割截。	The whip and stirrups being cut away.
道边双石人，	That pair of stone statues along the road,
几见太守发。	How many prefects have they watched depart?
有知当解笑，	Were they sentient, they would start laughing,
抚掌冠缨绝。	Clap their hands and snap their capstrings. ①

在本诗中，苏轼并未抒发朝廷官员离任一方时常有之离情别绪，而言"吾生如寄耳，宁独为此别。别离随处有，悲恼缘爱结"，开门见山，一反常理，提出人生如寄，须臾即逝，生命仅仅暂寓于此，有何悲恼呢？石像立此数年，早已历经诸多太守离别，视其为世间常态，不再为之忧伤。艾朗诺敏锐察觉到苏轼所抒情感的独特，完全超越自身士大夫身份与社会角色，表现出特有的超然与洒脱，并且艾朗诺还揭示出这一超脱思维的根源，乃是苏轼浸染佛禅思想，避免主观感受在时空上的有限性，体现出禅宗诡诡反常的思维方式，即以"出世间法"客观冷静地审视人生诸相，而非适合他社会身份与角色的"世间法"，由此自然而然区别于他人。国内学界于此已有深入探究，且掘进到苏轼这一独特处理"主观表达"的深层源头，即周裕锴先生所提出的"禅悦倾向"。其于《梦幻与真如——苏、黄的禅悦倾向与其诗歌意象之关系》一文中指出："在苏轼表现个人内心世界的诗歌中，始终贯穿着一个鲜明的禅学主题，即人生如梦，虚幻不实。这一主题来自禅宗的般若空观。"② 般若空观的核心要义即强调人生如梦，烦恼亦是虚妄，勘破诸法皆妄，便能获得真正解脱。以禅宗的空观洞悉世间百态，在苏轼全部诗歌中几乎近百处。此外，周裕锴还强调，

---

① 张志烈、马德富、周裕锴主编：《苏轼全集校注》，河北人民出版社2010年版，第1951页。英译见 Ronald C. Egan, *Word, Image, and Deed in the Life of Su Shi*, Cambridge, Mass: Harvard University Press, 1994, p.184。

② 周裕锴：《梦幻与真如——苏、黄的禅悦倾向与其诗歌意象之关系》，《文学遗产》2001年第3期。

禅宗的般若空观与老庄虚无思想相结合，便构成苏轼处理人生存在意义的重要精神支柱之一。① 源此，苏轼在处理主观情感时，便拥有了与其社会身份不相称的"超然"，避免陷入情绪体验的强烈表达之中。"吾生如寄耳"也就成为苏轼诗歌中重要的主题句，在人生的不同阶段反复出现。正如艾朗诺所言："苏轼对体验的特别处理与主观性表达，超出自身处境与社会角色"，② 这源于他"一切感知皆主观，必然只呈现了某一维度之'相'"的主张。③

艾朗诺还以《法惠寺横翠阁》《题西林壁》为例，具体细致分析了苏轼在处理人的感知时如何运用"相"这一概念，且认为这与佛教教义中"万物皆幻相"的教义相契合，还与人类认识具有局限性的观念一致，这些观念虽并非苏轼首创，但苏轼将它们灵活融汇，巧妙表达于诗歌创作中。在艾朗诺看来苏轼的成功之处在于，他一方面将文学植根于中国文学传统中的自我（a literary tradition rooted in the self）与挑战个人理性的感知（an intellectual challenge to the validity of the individual's sense perceptions）相结合，④ 另一方面又超越"诸相"影响，超越现实与现象，使人达到澄澈空无、容纳万象的境界，由此形成其特有之旷达诗风，既超脱尘俗、随缘自适，又始终不脱离尘世，保持对生活的热情，积极拥抱世界，这正是苏轼的可爱与伟大之处。

苏轼认为，在任何场景中，人的存在都是暂时的、非永恒的，一切终归消失。在徐州任职第二年，他创作《送郑户曹》。在诗中，他没有夸大自己就职的重要性，而是搁置自己的治理功绩，将诗歌的背景置于自然之中，使人与世界并置。面对终将离别徐州山水及其治理功绩，苏轼也未流露出明显的情感变化：

  水绕彭城楼，Waters encircle the Pengzu tower,

---

① 周裕锴：《梦幻与真如——苏、黄的禅悦倾向与其诗歌意象之关系》，《文学遗产》2001年第3期。

② Ronald C. Egan, *Word, Image, and Deed in the Life of Su Shi*, Cambridge, Mass: Harvard University Press, 1994, p.185.

③ Ronald C. Egan, *Word, Image, and Deed in the Life of Su Shi*, Cambridge, Mass: Harvard University Press, 1994, p.185.

④ Ronald C. Egan, *Word, Image, and Deed in the Life of Su Shi*, Cambridge, Mass: Harvard University Press, 1994, p.186.

第三章 北美汉学界论宋诗中的"自我"

山围戏马台。	Mountains surround Sporting Horses Terrace.
古来豪杰地，	On this ancient land of heroes,
千载有余哀。	Melancholy persists a thousand years later.
隆准飞上天，	He with the prominent nose has flown to Heaven,
重瞳亦成灰。	The double pupils have likewise turned to ashes.
白门下吕布，	At White Gate die LüBu surrender,
大星陨临淮。	A great meteor felled Linhuai.
尚想刘德舆，	One can still imagine Liu Deyu,
置酒此徘徊。	Setting out wine and tarrying here.
尔来苦寂寞，	Since then the land grew desolate,
废圃多苍苔。	Abandoned gardens are covered with moss.
河从百步响，	The river echos from Hundred Paces,
山到九里回。	The mountains circle back from Nine Miles,
山水自相激，	Mountains and river dash against each other,
夜声转风雷。	At night the sounds become wind and thunder.
荡荡清河壖，	How vast are the fields beside the clear river,
黄楼我所开。	Where I myself built Yellow Tower.
秋月堕城角，	Tonight the autumn moon sets behind the city wall,
春风摇酒杯。	Spring breezes ripple the wine in the cup.
迟君为座客，	While we wait for you as guest at our banquet,
新诗出琼瑰。	Your recent poems show forth their bright gems.
楼成君已去，	The tower complete, now you must depart,
人事固多乖。	So contrary are human affairs!
他年君倦游，	In future years, tried of your travels,
白首赋归来。	With white hair you will sing "The Return."
登楼一长啸，	Climbing this tower, you will have a long sigh and ask,
使君安在哉。	"Where is the perfect now?"[①]

[①] 张志烈、马德富、周裕锴主编：《苏轼全集校注》，河北人民出版社 2010 年版，第 1743 页。英译见 Ronald C. Egan, *Word, Image, and Deed in the Life of Su Shi*, Cambridge, Mass: Harvard University Press, 1994, p. 187。

山水的不变与人世的易变形成对比，表现出"超然与伤感（这种伤感来自于自己终将与古代英雄一样难逃无名）"的混合的特征。[1] 时间成为一种个体体验、一种场景短暂性的提示，这种提示带有痛苦、伤感的成分。这种写作模式在《舟中夜起》《腊日游孤山访惠勤惠思二僧》《登州海市》中也有呈现。苏轼的超然性与其所见世间万物、自身体验、文字书写等，都指向人生短暂的感悟。应该说，艾朗诺对苏轼此类诗歌复杂情感的分析是比较细腻的。国内学者周裕锴也早已指出："在苏轼诗中，人生如梦的主题常常伴随着深沉的慨叹，并不轻松乐观。尽管他勘破红尘，却难舍红尘，反而由于认识到人生的虚幻而更加痛苦，自宽之中包含着一种难以排遣的痛苦。"[2]

此外，艾朗诺还洞悉到，苏诗中常用的隐喻修辞也呈现出淡化感情的倾向。其取"隐喻"的宽泛意义即中文所谓"喻"来分析苏诗风格特征，如苏诗名句"短长肥瘦各有态，玉环飞燕谁敢憎""梦绕雪山心似鹿，魂惊汤火命如鸡""我生天地间，一蚁寄大磨。区区欲右行，不救风轮左"等。他认为，苏轼在本体与喻体之间建立起了超常规的配对。在早期中国诗歌中，隐喻承载着巨大的情感力量（emotive force），但苏轼诗歌中的隐喻明显呈现出淡化感情的趋向，如《新城道中二首》（其一）中的"岭上晴云披絮帽，树头初日挂铜钲"，简单描摹情境，将隐喻从其诗歌中抽离出来，并无明显的感情倾向。这种隐喻有时具有超时空的特征，消解人物的情感。"苏诗隐喻的效果将我们引入更为广大的人类或宇宙语境中，在自我解嘲中化解诗人的不显与不幸。"[3] 苏诗隐喻的语言再造，打破既有时空观，刷新人们的认知。艾朗诺作如下评论：

> 作为诗人的苏轼常常重铸语言，亦如僧人一般，打破惯常的时空观，重建习见事物的认知方式。潜藏在才智与风趣之中的是对感知不

---

[1] Ronald C. Egan, *Word, Image, and Deed in the Life of Su Shi*, Cambridge, Mass: Harvard University Press, 1994, p. 189.

[2] 周裕锴：《梦幻与真如——苏、黄的禅悦倾向与其诗歌意象之关系》，《文学遗产》2001年第3期。

[3] Ronald C. Egan, *Word, Image, and Deed in the Life of Su Shi*, Cambridge, Mass: Harvard University Press, 1994, p. 195.

可靠性的严肃思考。①

这种写法让苏轼超越自怜（self-pity）的情感，升华出乐观的心态，表现出体察万物的机敏。苏轼评价道潜诗歌为"空"（emptiness）、"静"（quietude），大胆"质疑自我与自我沉溺的合理性"②。在《中秋月寄子由》一诗中，苏轼表达眷恋、孤独与自我哀怜，"仍然存在着超然意识，苏轼清醒地认识到这种感情是暂时的，并不是人存在的本质"③。在《再和潜师》中，他淡化自己的感情，类似《列子》所谓"御气"：

吴山道人心似水；Wu Moutain's man of the Way has a mind like water,
眼净尘空无可扫。His eyes clear, so free from dust there's none to sweep away.
故将妙语寄多情；That's why he can lodge powerful emotions in marvelous phrases,
横机欲试东坡老。Using this leveling device to test old East Slope. ④

艾朗诺提出，"静观"（sheer speculation）一词用来描述苏轼如何处理自我与感情。苏轼诗歌中的"吾生如寄耳"表达人生短暂、易逝，这一主题可追溯至《古诗十九首》及曹植诗歌，更难能可贵的是，苏轼表达出完全不同的感情。"从痛苦中解脱，以此帮助诗人超越主观性（transcend subjectivity）"⑤苏轼既试图超越主观性，又保持生动的、人性化

---

① Ronald C. Egan, *Word, Image, and Deed in the Life of Su Shi*, Cambridge, Mass: Harvard University Press, 1994, p.197.
② Ronald C. Egan, *Word, Image, and Deed in the Life of Su Shi*, Cambridge, Mass: Harvard University Press, 1994, p.199.
③ Ronald C. Egan, *Word, Image, and Deed in the Life of Su Shi*, Cambridge, Mass: Harvard University Press, 1994, p.201.
④ 张志烈、马德富、周裕锴主编：《苏轼全集校注》，河北人民出版社2010年版，第2500页。英译见 Ronald C. Egan, *Word, Image, and Deed in the Life of Su Shi*, Cambridge, Mass: Harvard University Press, 1994, p.187（艾朗诺仅选其中四句）。
⑤ Ronald C. Egan, *Word, Image, and Deed in the Life of Su Shi*, Cambridge, Mass: Harvard University Press, 1994, p.203.

的、让人难以忘记的抒情诗人品格。这是一个诗人的困境——理性思考（包括政治、学术）与诗歌抒情之间产生张力冲突。苏轼高明之处则在于，他不但有效化解了这种矛盾，还将其思考渗透到诗歌中，扩展到其他领域（如无私、反自我中心、反自视甚高），表现出静观与自审的交融。[1]比如《自普照游二庵》《泛颍》，本来两首诗歌的归宿并不相同，一首以俗世，一首则以"清景"（pure scenes）令人遐想困惑。苏轼从未给出最终答案，有着空纳一切的心胸。"诗人面对游乐、原初的冲动或者自我形象，产生重新审视的冲动。事实上，苏轼的冲动始终以局外人的姿态出现。"[2]

无独有偶，另一位美国学者杨立宇在其博士学位论文《自然与自我：苏东坡与华兹华斯诗歌比较研究》（Nature and Self: A Study of the Poetry of Su Dongpo with Comparison to the Poetry of William Wordsworth）中也探讨了苏轼诗歌的"自我"问题，其将苏轼与华兹华斯的山水书写进行对比分析，阐发苏轼自然写作中的山水与自我呈现的关联。

在杨立宇看来，"苏轼诗歌的山水意象既充满愉悦之情，又含有一丝焦虑"[3]。换言之，为官与隐居之间的冲突常出现在苏轼诗歌中，对此，杨立宇按历史顺序进行梳理与阐明。1059 年，苏轼离家赴京，作《初发嘉州》（朝发鼓阗阗）。诗歌在礼赞山水的同时，暗含政治抱负与雄心，结尾却显露出对宁静生活的向往，呈现出某种反差。这种对照后来频频再现。比如《入峡》一诗，描绘众多山水意象与当地人的生活状态，由此生发对追求功名的不安与对自由生活的向往，这可视为对读者与自身一种"告诫"；《出峡》一诗较少描摹山水景象，重在抒发其内心感受。他运用"暗示"技巧表明出处之间的张力，体现中国文人的普遍心理；《溧阳早发》表现苏轼强烈的情感冲突——诗人一方面痴迷财富和社会地位，另一方面又留恋家乡的田园生活；《夜行观星》反对人为自然赋名、干扰自然，表现出苏轼对自然的审美与敬畏；《东阳水乐亭》将白居易与热爱自然的太守并置，反对太守为自然命名，赞赏其乐于山水；《故周茂叔先生

---

[1] Ronald C. Egan, *Word, Image, and Deed in the Life of Su Shi*, Cambridge, Mass: Harvard University Press, 1994, p. 204.

[2] Ronald C. Egan, *Word, Image, and Deed in the Life of Su Shi*, Cambridge, Mass: Harvard University Press, 1994, p. 206.

[3] Vincent Yang, *Nature and Self: A Study of the Poetry of Su Dongpo with Comparison to the Poetry of William Wordsworth*, New York: Peter Lang, 1989, p. 30.

濂溪》反对为山水命名；《廉泉》认为自然是自足的（self-contained），人类的智慧有其局限性，这是对老子思想的继承，"倡导一种对自然的直觉审美态度"；①《泗州僧伽塔》不满人类将意愿强加给外在世界；《寓居定惠院之东杂花满山有海棠一株土人不知贵也》描绘海棠的生长环境，遭受孤独、寂寞与闲置，进一步将海棠与诗人并置反对为海棠命名。

被贬黄州之后，苏轼开始从佛教中寻求精神慰藉，期望从尘世中获得超越，他频繁地与僧侣交往，游赏山水。《游净居寺》（Visiting the Monastery of Clean Abode）很好地阐释了苏轼在经历危机之后的变化，其中包括僧侣对他的意义，并开始相信自己由和尚转世之说：

十载游名山， For ten years, I have been visiting the famed hills,
自制山中衣。 Making my own mountain clothes.
愿言毕婚嫁， I often hope to settle my children's marriages,
携手老翠微。 Before our retirement in the mountains.
不悟俗缘在， Knowing not my fate in the secular world,
失身蹈危机。 I lost myself, trapped in crisis.
刑名非夙学， Legalism has never been my study;
陷阱损积威。 Trapped, I lost my former dignity.
遂恐生死隔， I then dreaded the difference between life and death.
永与云山违。 And parting forever with the cloudy hills.
今日复何日， What day is today?
芒鞋自轻飞。 The straw sandals are lightly flying.
稽首两足尊， Having bowed to the Buddha of two feet,
举头双涕挥。 I raise my head, shedding two streams of tears.
灵山会未散， The sermon on Mount Spirit is not yet over,
八部犹光辉。 And the eight kinds are still glorified.
愿从二圣往， I am willing to follow the two saints,
一洗千劫非。 To rinse my errors of past aeons.
徘徊竹溪月， The moon wanders by the bamboo creek;
空翠摇烟霏。 The smoke ascends in the green woods.

---

① Vincent Yang, *Nature and Self: A Study of the Poetry of Su Dongpo with Comparison to the Poetry of William Wordsworth*, New York: Peter Lang, 1989, p. 35.

钟声自送客，The sound of a bell bids me farewell；
出谷犹依依。I leave the vale with regret.
回首吾家山，I look back at the mountains of my family；
岁晚将焉归。In my old age, where will I go?[1]

该诗第一部分谈乌台诗案前关注家族盛衰、失去自己生活的"自我"；第二部分则是自由自在的"自我"形象，被描述为对此前所作所为有悔意的佛家弟子；第三部分描写到寺庙的朝圣，以描摹旅途中的风景作结。诗人虽然表现出对佛家的兴趣，但又以访者身份道出。因此，苏轼依然与尘世紧密联系，只是向佛的超然世界迈出了一步。在苏轼赴黄州途中所作《梅花二首》，通过描摹梅花的不同形态，"很精妙地暗示了政治危机前后的生活状态"，[2]"开自无聊落更愁"更是苏轼当时生命体验的再现。遭受政治危机之后的苏轼，"进行了形而上的飞跃，将自己与自然界的变化同步，并发现了真实的自我，或称之为超越性的自我"[3]。随着时间的流逝，苏轼的心境走向淡然宁静，如《游武昌寒溪西山寺》可看作其初入仕途时出世心境的某种实现，而"一苇寄衰朽"亦再次表现出苏轼试图与自然变迁的节奏保持一致。但朝廷的一纸诏令，再次燃起苏轼的政治雄心，苏轼也与黄州的宁静生活就此告别。

苏轼晚年的兴趣转向，超验世界，对自然的兴趣退居其次。对"自然诗人"来说，其创作走向衰退。1084 年苏轼作《赠东林总长老》，将长老视为自然的化身，显示苏轼将自然与超自然融为一体，"然而，从另外一个角度看，自然与超自然的融合必然会丧失其独立、自足的身份，变成超越性存在的象征物"[4]，苏轼将山水等自然景物视为佛家的超越性存在。《题西林壁》表露出一种观念：因为自我意识，人无法真正看清庐山或自然的本来面目，符合佛家"一切法无我"与泯灭自我意识的思想。离开

---

[1] 张志烈、马德富、周裕锴主编：《苏轼全集校注》，河北人民出版社 2010 年版，第 2500 页。英译见 Vincent Yang, *Nature and Self: A Study of the Poetry of Su Dongpo with Comparison to the Poetry of William Wordsworth*, New York: Peter Lang, 1989, pp.115-116。

[2] Vincent Yang, *Nature and Self: A Study of the Poetry of Su Dongpo with Comparison to the Poetry of William Wordsworth*, New York: Peter Lang, 1989, p.128.

[3] Vincent Yang, *Nature and Self: A Study of the Poetry of Su Dongpo with Comparison to the Poetry of William Wordsworth*, New York: Peter Lang, 1989, p.128.

[4] Vincent Yang, *Nature and Self: A Study of the Poetry of Su Dongpo with Comparison to the Poetry of William Wordsworth*, New York: Peter Lang, 1989, p.144.

黄州后，苏轼再度踌躇满志，在《自兴国往筠，宿石田驿南二十五里野人舍》（Leaving Xingguo for Yun. Staying for the Night at a Rustic's Abode Twenty-Five Miles South of Shitian Relay Station）诗中呈现出积极乐观的心态：

溪上青山三百叠，Above the creek are folded three hundred layers of green hills;
快马轻衫来一抹。With a fast horse and light robe one arrives in a flash.
倚山修竹有人家，Nestled by the hill and tall bamboos is a house;
横道清泉知我渴。A limpid spring in the road intuits my thirst.
芒鞋竹杖自轻软，Straw shoes and bamboo staff are light and soft;
蒲荐松床亦香滑。Rush mat and pine bed are also fragrant and smooth.
夜深风露满中庭，The night is late, and wind and dew fill the yard;
惟见孤萤自开阖。There is only a lone firefly, sparking and fading.[①]

诗歌开篇将静止的青山与快马对比，"通过在青山与说话人之间建立关联，强调了自然与人之间的和谐，将青山的品格赋予诗人"[②]，诗歌结尾"孤萤"有自喻意味，显现出一种轻松心态（a lighthearted mood）。回归朝廷以后，苏轼被政治事务剥夺了亲近山水的快乐，山水诗歌创作数量锐减，所题山水画诗成为补偿，《书王定国所藏〈烟江叠嶂图〉》（A Comment upon "The Painting of Misty River and Multiple Crags" Qwned by Wang Dingguo）即为此例：

江上愁心千叠山，In the sorrowfull heart of the river stand a thousand layers of hills;
浮空积翠如云烟。Floating in the sky, the masses of green resemble

[①] 张志烈、马德富、周裕锴主编：《苏轼全集校注》，河北人民出版社 2010 年版，第 2538 页。英译见 Vincent Yang, *Nature and Self: A Study of the Poetry of Su Dongpo with Comparison to the Poetry of William Wordsworth*, New York: Peter Lang, 1989, pp. 146-147。

[②] Vincent Yang, *Nature and Self: A Study of the Poetry of Su Dongpo with Comparison to the Poetry of William Wordsworth*, New York: Peter Lang, 1989, p. 147.

clouds and mists.

山耶云耶远莫知, Hills or clouds? One knows not from afar;

烟空云散山依然。The mist is gone, the clouds dispersed,

但见两崖苍苍暗绝谷, The hills are still there.

中有百道飞来泉。One then sees a secluded dale between two dark green cliffs,

萦林络石隐复见, Where a hundred waterfalls plunge.

下赴谷口为奔川。Meandering woods and star jasmine, obscured, reappear;

川平山开林麓断, Down to the mouth of the vale runs a river.

小桥野店依山前。A small bridge and a rustic store nestle by the front of the hill.

行人稍度乔木外, Beyond the tall trees, some passengers start to cross;

渔舟一叶江吞天。A leaf-like fishing boat blends with a river swallowing up the sky.

使君何从得此本, Where did you, Magistrate, get this scroll

点缀毫末分清妍。With all its beauty painted in every detail?

不知人间何处有此境, I wonder where in this world is such a place?

径欲往买二顷田。I plan to go and buy two acre of land.

君不见武昌樊口幽绝处, Don't you see, Sir, the secluded spot at Wuchang and Fankou

东坡先生留五年。Where Mr. Dongpo stayed for five years?

春风摇江天漠漠, The wind of spring rocks the river under the quiet sky;

暮云卷雨山娟娟。The evening clouds embrace the rain atop the beautiful hills.

丹枫翻鸦伴水宿, A flying crow in the maple tree accompanies the sleeping water bird;

长松落雪惊醉眠。Snow falls from tall pine trees, alarming the daytime sleeper.

桃花流水在人世, Peach blossoms and the flowing stream are in this

human world;

武陵岂必皆神仙。Must all at Wuling necessarily be immortals?

江山清空我尘土, Rivers and hills are pure and empty, while I am of dust and dirt;

虽有去路寻无缘。Although there is a road to it, I have no luck in finding it.

还君此画三叹息, Returning this painting to you,

山中故人应有招我归来篇。I sigh and sigh; My old friends in the mountains should have written a poem to summon me. ①

诗歌前十二句描述了山水之美与田园生活，强调自然与人类的和谐，中间四句作为过渡，两度提问预示诗人对乌托邦世界的拒绝，最后十二句回顾黄州的闲适生活，将其比拟为画中景，结尾处将画中江山与"人世"相比较，凸显苏轼对自然的热爱。诗中运用佛家语汇，归还画作，诗人依然选择回归现实社会，践行儒家建功立业的使命。

1091 年，苏轼再度离开朝廷，在赴颖州途中作《泛颖》，诗歌表明，作者多次在颖水游赏，说话者的心态与水的运动之间有一种联系。"明镜"意象"在某种意义上暗示河流是诗人自我的反映"②，"忽然"一词将诗歌从描写自然之美转向哲学思考，自然的意义无法与佛教的影响相提并论。1098年，《和陶神释》走向泯灭自我一途。只有通过自我泯灭方能超越好恶，从命运的劫数中超脱，但苏轼依然保持对儒家现世思想的忠诚。在诗歌的结尾，"诗人似乎建议与自然保持一致，无任何强加成分"。③

第二节 杜迈可论陆游诗歌与人格矛盾

杜迈可在《陆游》（*Lu You*）一书中指出，陆游的人格与诗歌之间

---

① 张志烈、马德富、周裕锴主编：《苏轼全集校注》，河北人民出版社 2010 年版，第 3379 页。英译见 Vincent Yang, *Nature and Self: A Study of the Poetry of Su Dongpo with Comparison to the Poetry of William Wordsworth*, New York: Peter Lang, 1989, pp. 153-154。

② Vincent Yang, *Nature and Self: A Study of the Poetry of Su Dongpo with Comparison to the Poetry of William Wordsworth*, New York: Peter Lang, 1989, p. 159.

③ Vincent Yang, *Nature and Self: A Study of the Poetry of Su Dongpo with Comparison to the Poetry of William Wordsworth*, New York: Peter Lang, 1989, p. 163.

存在某种张力，换言之，其诗歌是体现其人格矛盾与精神张力的艺术媒介：

> 陆游的人格与其诗歌之间存在一种持续的张力与摇摆，这种冲突是矛盾且不可调和的，即对个人自由的激情与对公共事务的强烈使命感。用中国术语来说，这种张力存在于道家与儒家哲学之间，即道家追求从压力与社会束缚中解脱出来的自由与自在，而儒家强调个人服从集体（家国）及学者服务公众的责任。①

而陆游最好的诗歌也侧重表现其中一端或二者兼有。如为了实现其报国理想，陆游终其一生都专研兵书与武术，诗歌中有不少记录，如《夜读兵书》(Reading Martial Books at Night)：

孤灯耿霜夕，A solitary lamp illumines the frosty night,
穷山读兵书。In deep mountain reading martial books.
平生万里心，My whole life's boundless resolve：
执戈王前驱。To carry a lance and "ride before the king!"
战死士所有，To die in battle：a knight's duty.
耻复守妻孥。What shame：staying with wife and child!
成功亦邂逅，Achieving merit is purely accidental,
逆料政自疏。To anticipate, mere self-deceit.
陂泽号饥鸿，A hungry goose calls in the marsh,
岁月欺贫儒。A poor scholar cheated by the years.
叹息镜中面，I sigh at the face in the mirror：
安得长肤腴？② Hoe preserves the luster of youth?

征战沙场的"万里心"贯穿陆游一生，这种爱国热情是其诸多佳作的灵感源泉。《山南行》寄寓其收复失地与报效朝廷的满腔热忱，《示儿》是其临终时爱国愿望的书写。陆游对朝廷抗金的失望，使其将情感寄托在

---

① Michael S. Duke, *Lu You*, Boston：G. K. Hall & Co. 1977, p. 19.
② 陆游：《剑南诗稿校注》，钱仲联校注，上海古籍出版社 1985 年版，第 18 页。英译见 Michael S. Duke, *Lu You*, Boston：G. K. Hall & Co. 1977, p. 21.

酒与书法中，以期忘记无尽哀愁，如《草书歌》中的"今朝醉眼烂岩电"运用竹林七贤之一王戎的"岩下电"的典故，放翁诗常以此形容醉眼，而第五至八句"忽然挥扫不自知，风云入怀天借力。神龙战野昏雾腥，奇鬼摧山太阴黑"，则表现出其书法的笔势。[1] 此外，陆游对道家也有浓厚兴趣，不但熟谙老庄之学，经常拜访道观，还创作了有关道家与炼丹的诗歌，如《夜读隐书有感》（Felling on Reading Recluse Books at Night）表现了陆游从官场回归家乡田园的精神状态，使其"心灵从外在事物转入内在的哲学与宗教思索"[2]：

平生志慕白云乡，My whole life-will yearn for White Cloud Realms.
俯仰人间每自伤。Bowing and scraping in the human world, I only injure myself.
倦鹤摧颓宁望料，Tired crane broken and ruined, yet hopes for food.
寒龟皴缩且支床。Cold tortoise, wrinkled and withdrawn, still supports the bed.
力探鸿宝寻奇诀，Diligently explore the Vast Treasure, seeking wondrous formulae.
剩采青精试秘方。Abundantly pick "green essence," testing arcane prescriptions.
常鄙臞仙老山泽，I've ever despised scrawny "immortals" aging in mountain marsh.
要令仰首看飞翔。Want to make them raise their heads, watch me soar aloft!

诗中的"白云乡""倦鹤""寒龟""鸿宝""青精"均有明显道家意味，且多指向道家的炼金知识与长生不老。同时，在陆游入蜀期间，曾访青城山的上官道人，陆游此后所作《予顷游青城数从上官道翁游暑中忽思其人》也表现出其对上官道人所言长生之道秘诀的理解。在 64 岁退隐

---

[1] 陆游：《剑南诗稿校注》，钱仲联校注，上海古籍出版社 1985 年版，第 1135 页。英译见 Michael S. Duke, *Lu You*, Boston：G. K. Hall & Co. 1977, p. 27。

[2] Michael S. Duke, *Lu You*, Boston：G. K. Hall & Co. 1977, p. 28.

以后，陆游开始炼丹，其政治理想消弭，而对道家乌托邦理想更为倾心，如其《稽山农》：

华胥氏之国，Land of the Flower Clan's,
可以卜吾居，A fit place for me to live.
无怀氏之民，People of the Contented Clan,
可以为吾友。Fit to be my friends.
眼如岩电不看人，Eyes like cliff lightning, looking upon no one.
腹似鸱夷惟贮酒。Belly like a wine bag, sated with wine.
周公礼乐寂不传，Duke Zhou's rites and music, silenced, not passes on.
司马兵法亡亦久。Si-Ma's martial laws lost for so long.
赖有神农之学存至今，Today at least Shen Nong's science still remains.
扶犁近可师野叟。Lean on the plow and learn yet from your rustic elders.
粗缯大布以御冬，Wear coarse silk and heavy cloth to resist winter,
黄粱黑黍身自舂，Hull your own yellow sorgum and black millet,
园畦蓊韭胜肉美，Cut leeks from your own garden, sweeter than meat.
社瓮拨醅如粥酽。Dip new wine, thick as gruel, from festival pots.
安得天下常年丰，How can we achieve abundant harvests for all the world,
老死不见传边烽；Age and die and never see beacon fires of war?
利名画断莫挂口，Cut out profit and fame, never speak of them again!
子孙世作稽山农。For generation, my sons, work as Mount Ji peasants![①]

前两句来自《列子》关于华胥氏之国的记载，第三、四句来自宋代

---

① 陆游：《剑南诗稿校注》，钱仲联校注，上海古籍出版社 1985 年版，第 1862 页。英译见 Michael S. Duke, *Lu You*, Boston: G. K. Hall & Co. 1977, p. 31。

的道家神话传说，诗歌后半部分倡导简单生活、弃绝名利。在其 81 岁之时，韩侂胄北征失利，陆游突然获得一种强烈的超然之感，在其诗《十一月廿七日夜分披衣起坐神光自两眦出若初日室中皆明作诗志之》有载：

灵府无思踵息微，Spirit-house without thought, heel-breath stilled,
神光出眦射窗扉。Eyes flash divine light, illumine window and door.
大冠长剑竟何有？Great hat, long sword, finally no more.
尺宅寸园今始归。Small house, tiny garden, just now returned.
忧患过前皆梦事，Worries, troubles pass before: all dream stuff;
功名自古与心违。Merit, fame forever opposed to heart.
三峰二室烟尘静，Three peaks, two mansions, smoke-dust quieted;
要试霜天檞叶衣。Now I'll wear oak leaf clothes under frosty sky.①

"灵府""踵息""三峰""二室"均出自《庄子》，第三、四句诗表明拒绝官场、回归农家的愿望，第七句意在说明精神世界与物质生活的宁静，最后一句描绘隐士简单、自然的生活状态。

当然，杜迈可认为，总体来看，陆游在人生最后十年诗歌中所描述的简单与贫苦生活及其满足感，仅仅是一种"诗歌形象"，陆游的生活未必如诗中所言的清苦，只是更倾向于道家思想。杜迈可还注意到，陆游在其离世前两年仍在阅读《庄子》及陶渊明的诗歌，他将死亡视为"无念的真归"（true turn with no thoughts）。确然，陆游晚年受到道家思想的影响，在"愚智极知均腐骨，利名何啻一秋毫"（《暑夜泛舟二首·其二》）、"尧舜桀纣皆腐骨，王侯蝼蚁同丘墟"（《杂兴四首·其二》）等诗句中均显露出道家绝对虚无主义思想的印迹，但这并非陆游一以贯之的思想。同时，陆游虽然也受到庄子泯灭生死界限思想的影响，以泯灭生死差别来消解死亡之恐惧，但诚如莫砺锋所言，陆游具有"儒者本质"，道家思想只是他儒家思想的补充和辅助，终其一生儒家思想均占主导地位。②

---

① 陆游：《剑南诗稿校注》，钱仲联校注，上海古籍出版社 1985 年版，第 4019 页。英译见 Michael S. Duke, *Lu You*, Boston: G. K. Hall & Co. 1977, p.46。
② 莫砺锋：《陆游诗中的生命意识》，《江海学刊》2003 年第 5 期。

第三节 傅君劢论陆游的"体验诗学"

傅君劢在《漂泊江湖：南宋诗歌与文学史问题》一书中列专章《读风：陆游与体验诗学》，他指出陆游诗歌存在反讽与挑战（ironies and challenges），所谓"反讽"指的是陆游一方面贬低晚唐诗人从社会担当、历史责任中撤退，另一方面他闲居山阴时所作诗歌又表现出对田园生活的赞美，因此，陆游宣称从朝廷琐事中解脱之后的自由与闲适似乎又倒退至晚唐诗人的精神世界，这无疑是充满矛盾的。

傅君劢指出，陆游出生官宦、读书世家，陆游作诗乃自学成才（self-taught），其年轻时（42岁以前）曾是江西诗派的追随者，当然，吕本中的"活法"对陆游也有影响。总而言之，陆游受陶渊明、王维、岑参、梅尧臣、吕本中等诗人的影响较大。陆游早期的诗歌体现出沉思和雕琢特色，如《望江道中》（1165年），开篇陆游将自己的困境与孔子厄陈蔡进行对比，将自己置于经典体系中。同时，陆游还将人类活动与自然节律相结合，全诗的最后一句体现出陆游求诗于自然的努力，这虽然无甚新意，但又可以视作陆游此后不断强调诗歌须得"江山之助"的雏形；《游山西村》（1167年）反映出其诗歌创作另外一个维度，即在遣词造句方面的轻松自然，这使得曾几将其与吕本中相提并论，这首诗写于陆游赞同张浚抗金主张被逐出朝廷之后，颔联"山重水复疑无路，柳暗花明又一村"可能借用自王维《蓝田山石门精舍》与王安石的《江上》，这首诗反映出陆游心目中一个远离朝廷而又富有意义的自足世界（a self-sufficient world of meaning）。

陆游的政治生涯几经沉浮，但陆游生性放荡不羁（尤其是在入蜀时期），这些都成为其诗歌创作的素材。在离开南郑之前的诗歌极少涉及朝廷事务、军旅生活，但大部分都是其旅途生活的呈现，而且满怀怨愤之情，极少英雄之声。傅君劢分析了陆游入蜀期间所作"怨诗"，如在《黄州》这类内倾性诗歌（inward-focused poem）中，"山水在很大程度上是缺席的"，而赤壁也仅仅是"一个空洞的能指"（an empty signifier）[①]；

[①] Michael A. Fuller, *Drifting among Rivers and Lakes: Southern Song Dynasty Poetry and the Problem of Literary History*, Cambridge (Massachusetts) and London: Harvard University Press, 2013, p. 253.

《山风雨中望峡口诸山，奇甚，戏作短歌》形式工巧，显示出他不断寻找山水奇景的努力，尾句"安得朱楼高百尺，看此疾雨吹横风"表明陆游的自我与山水之间所存在的距离；《归次汉中境上》既有杜诗的悲壮（stalwart sorrow），但又保持其旅人的视角；《剑门道遇微雨》作为陆游律诗名篇，诗中并未聚焦外在世界，而是表现了中国传统中少见的自嘲（self-mockery）。

作为嘉州的地方官员，陆游将岑参的画像悬挂于墙上，并刊刻岑参作于此地的八十余首诗歌，而且诸葛亮《出师表》也开始出现在陆游诗歌中，这似乎表明陆游诗歌观念的转变。在《跋岑参嘉州诗集》中，陆游在岑参那里寻找到了精神依托，他们有共同的人生遭遇，而且陆游希冀能达到与岑参同样的精神世界（kindred spirit），可见，陆游从岑参及其诗歌那里获得了精神共鸣。到成都之后，陆游创作了大量想象收复北方失地的诗歌，这些诗歌可以看作写给他上司、同僚的，"与其说他在这些诗歌中提出了具体性的建议，但不如说是一种道德立场"[①]，如《九月十六日夜梦驻军河外遣使招降诸城觉而有作》，我们对这首诗在他的上司、朋友那里的接受效果不得而知。陆游入蜀期间他变得越来越不负责任甚至放荡，评论将其归于越来越强烈的挫败感（growing frustration），傅君劢认为，陆游《长歌行》表现出其性格中放浪形骸、不受约束的一面。

傅君劢认为，陆游在蜀逗留堪称混乱时期（a time of turmoil），在其诗歌中对于收复北方失地也持复杂立场（complex positions），如《过野人家有感》一诗中，诗人既表达对农家宁静生活的向往，又不能忘怀为国效劳、成就伟业的志向。陆游也试图在岑参、杜甫、诸葛亮等先代诗人那里寻找自我确证（self-validating），如在《草堂拜少陵遗像》一诗中，陆游看到了杜诗的永恒性，且对自己的政治生涯不再抱有希望，但他又不再满足于成为一个记录短暂事件或瞬间性强烈情感的诗人，而是立志在诗歌中"呈现世界的深层人类逻辑"（deep human logic of the world）。但傅君劢在提出陆游作诗旨归之后，并未论述"世界的深层人类逻辑"的具体蕴意，正如其在论析东坡诗作时提出"理"之说，然而也未予具体解释"理"的内涵。此外，傅君劢还注意到陆游写作《龙兴寺吊少陵先生寓

[①] Michael A. Fuller, *Drifting among Rivers and Lakes: Southern Song Dynasty Poetry and the Problem of Literary History*, Cambridge (Massachusetts) and London: Harvard University Press, 2013, p. 262.

居》中的语境与杜甫有诸多相似之处（如诗人年龄、北方边境为少数民族侵占），他认为诗中的"江声"一词传达了陆游此时难以言说的希望与痛苦。确实，诗歌以"江声"作结，产生言有尽而意无穷之韵味，留给读者以无穷的想象和品味空间。该诗吊古伤今，借历史喻现实，抒发壮志难酬的悲愤哀伤。杜甫的颠沛流离与陆游的辗转漂泊，二者何其相似。而当年杜甫面对滚滚长江无限感慨之状，几百年后又发生于陆游身上，忧国忧民的深沉情感一脉相承，草木零落、天寒水冷的深秋正象征着理想难遂的残酷现实，傅君劢对"江声"蕴意的理解无疑是很细腻的。

陆游晚年经常回忆他的入蜀经历，莫砺锋曾撰文专论陆游诗歌的巴蜀情结。[1] 学界对此也达成共识，认为陆游的诗歌创作在入蜀前后产生了很大变化。清人赵翼曾言："放翁诗之宏肆，自从戎巴蜀而境界又一变。"（《瓯北诗话》卷六）傅君劢对此也深表赞同，他指出，"陆游在蜀地的经历与体验影响了陆游的诗歌转向"[2]，他开始认识到世界可以成为诗人创作的触媒，诗人应该去迎接探索永恒理式（immanent patterns）的挑战。深受西学影响，傅君劢所用"探索永恒理式"乃西方学术用语，但表达了相似思想。

在陆游诗学观的问题上，傅君劢提出了"体验诗学"一语，强调陆游生活尤其是"原始的、强烈的生活"及其体验对其诗歌创作的重要意义。他认为，作于1192年的《九月一日夜读诗稿有感走笔作歌》显示了陆游在诗学上的某种突破，即"原始、强烈的生活"（rough, intense life）、"世界的材料"（material of the world）及诗人对这些材料的运用这三方面决定诗人能否创作伟大诗歌。在他看来，陆游非常重视外部因素带给诗人心灵的触动，诗人既要熟悉文本传统，更需了解世界，诗人同时还需赋予生命以意义并"通过体验来孕育热情"（a fervor nurtured by experience）[3]。傅君劢举出《示子遹》一诗来阐释陆游这一诗学理念，陆游强调外部因素在诗歌创作中的重要作用，尤其是最后一句"汝果欲学诗，

---

[1] 莫砺锋：《陆游诗中的巴蜀情结》，《社会科学研究》2003年第5期。

[2] Michael A. Fuller, *Drifting among Rivers and Lakes: Southern Song Dynasty Poetry and the Problem of Literary History*, Cambridge (Massachusetts) and London: Harvard University Press, 2013, p. 269.

[3] Michael A. Fuller, *Drifting among Rivers and Lakes: Southern Song Dynasty Poetry and the Problem of Literary History*, Cambridge (Massachusetts) and London: Harvard University Press, 2013, p. 272.

功夫在诗外",显示陆游极为重视体验(尤其是旅行所获得的心理体验)的作用。同样的观点还体现在诸如"君诗妙处吾能识,正在山程水驿中"(《题庐陵萧彦毓秀才诗卷后二首》)、"挥毫当得江山助,不到潇湘岂有诗"(《予使江西时以诗投政府丐湖湘一麾会召还不果偶读旧稿有感》)等诗句中。与此同时,陆游还认为书面知识也必须通过实践("体验")才能得以实现,他在如下诗句中均有详细的阐明:"纸上得来终觉浅,绝知此事要躬行"(《冬夜读书示子聿》)、"我读豳风七月篇,圣贤事事在陈编"(《读豳诗》)、"豳诗有七月,字字要躬行"(《春晚书村落闲事》)。关于如何驾驭、使用材料,傅君劢予以了具体阐述,他认为陆游非常强调诗人的坚持、道德自律及"气"的作用,唯有如此才能发现生活处处皆诗材,此理念在"桐庐处处是新诗"(《渔浦二首》其一)、"村村皆画本,处处有诗材"(《舟中作》)中都有体现。除此之外,陆游还要求作家须推动外在材料进入诗歌创作过程之中,《早春池上作》之"物华似有平生旧,不待招呼尽入诗"便是这一诗学观念的体现,而在《春日六首》(其五)及《秋思三首》(其一)中,表明诗人实践了其诗学理念。纵观学界关于陆游诗学观的讨论,虽未明确提出"体验诗学"这一概念,但在论及陆游所言"诗家三昧""诗外功夫"等术语时,大都赞同生活现实与旅游经历对诗歌创作的重要性,同时还认为,陆游所说"诗外功夫"并非仅仅强调现实的重要性或"江山助诗",还重视诗人的养气、读书等方面的积累。[1]

陆游晚年曾对北伐充满希望,但随着韩侂胄失势、被杀,陆游陷入失望、悲痛中,"陆游创作了或许是其所有诗歌中最有名的"[2]《示儿》。晚年陆游在诗歌方面极为高产,这些诗歌以描写在山阴乡村的闲居生活为主。虽然陆游认为,山水之中的活动是有意义的,各类植物意象也有其实用与美学价值,但实际上陆游此类诗歌又充满矛盾或"自我分裂"(self-division),如《野步》描绘了自足的乡村风景,但和其他诗歌一样又充满矛盾,即与更为深层的担当之间存在着冲突,同样的情况也出现在《秋怀四首》(其四)、《秋晚思梁益旧游》、《十一月四日风雨大作二首》(其

---

[1] 熊海英、王水照:《陆游的诗歌观——钱锺书论陆游之二》,《中国韵文学刊》2007年第3期。

[2] Michael A. Fuller, *Drifting among Rivers and Lakes: Southern Song Dynasty Poetry and the Problem of Literary History*, Cambridge (Massachusetts) and London: Harvard University Press, 2013, p. 286.

一)、《秋夜纪怀三首》(其三),过去与现在之间存在明显的精神抵牾。对于陆游在仕与隐、出与处之间的矛盾心理,学界几已达成共识。正是因为陆游始终秉持经世济民的儒家思想,而又在残酷的现实面前无可奈何、痛苦悲愤,才形成了陆游诗歌特有的情感张力。尤其是在陆游看似闲适的诗作中时常蕴藏着深深的心理矛盾,梦意象的多次出现以及引前代仁人志士,均是为了自慰自解英雄失路的精神痛苦。因此,傅君劢对陆游诗歌内在的冲突矛盾或称"自我分裂"的评论是公允的,把捉了陆游诗歌深层的情感逻辑。

傅君劢也非常关注陆游的晚年诗歌创作,他认为陆游晚年诗风闲适,却又追求语言精工,常使用对偶手法,二者看似乖违,但这种对偶之美又是"回应过程的一个重要方面"(an important part of the process of response)[1],《晨起偶得五字戏题稿后》《鲁墟舟中作》都体现出陆游晚年诗歌重视"对偶"手法的使用。在傅君劢看来,陆游不喜晚唐体,但其晚期诗作又有晚唐风,二者表面看似一种反讽,但实际上是未能见出陆游诗歌的特征。傅君劢认为,究其实质,陆游试图在诗歌中呈现世界的实质理式(substantial patterns in the world)[2],如《山行过僧庵不入》一诗便是其诗歌追求超越文本表层意义的例证。傅君劢在评论陆游诗歌"试图呈现世界实质理式"这一点上,与分析苏轼诗创作旨意如出一辙,但正如唐凯琳、彭深川等美国学者所洞悉的,傅君劢使用西方诗学术语"理式"来论析中国古典诗歌,似有不妥,且并未成功揭示"理式"的具体内涵。

---

[1] Michael A. Fuller, *Drifting among Rivers and Lakes: Southern Song Dynasty Poetry and the Problem of Literary History*, Cambridge (Massachusetts) and London: Harvard University Press, 2013, p. 293.

[2] Michael A. Fuller, *Drifting among Rivers and Lakes: Southern Song Dynasty Poetry and the Problem of Literary History*, Cambridge (Massachusetts) and London: Harvard University Press, 2013, p. 297.

第四章

北美汉学界论宋诗"因革"

宋诗的因革可以简单粗浅地分为三部分：一是宋人学唐前诗歌；二是宋诗对唐诗的尊崇与超越；三是后起诗人对宋代前辈诗人的学习与创新。

第一节　宋人学唐前诗歌

齐皎瀚在《梅尧臣与早期宋诗的发展》[①] 一书中，论及阮籍、陶渊明对梅尧臣诗歌的影响。他认为，梅尧臣在不少诗歌中提及阮籍之名或他本人阅读阮籍诗歌之经历，其《秋夜感怀》中的"终宵不成寐，起坐千虑集"模仿阮籍《咏怀》"夜中不能寐，起坐弹鸣琴"，而《夜坐》（"夜久方虑寂，空堂灯烛明"）完全模仿《咏怀》（其一），而诸如《咏怀》（1054年）、《拟咏怀》（1053）、《效阮步兵一日复一日》都建基于阮籍《咏怀》。在齐皎瀚看来，《谢师厚归南阳效阮步兵》是梅尧臣诗歌中最具阮籍风格之作：

> 一日复一朝，A day and then a morning,
> 一暮复一旦。Then evening then the dawn;
> 与子相经过，This is the time I spent with you,
> 少会不言散。A brief visit when we didn't speak of parting.
> 我心终未极，My feelings are unending,
> 岁月忽云晏。But now the year draws to its close.
> 嘶马思长道，The neighing horses are impatient for the road;

---

① Jonathan Chaves, *Mei Yao Chen and the Development of Early Sung Poetry*, New York and London: Columbia University Press, 1976.

孤鸟逐前伴。	The solitary bird pursues his mate ahead.
驾言慕俦侣，	You harness up the carriage, longing for your wife,
怀抱若冰炭。	Ice and charcoal fit image for your love.
南临白水湄，	South you face the white river's shore;
风雪振高岸。	Wind and snow beat the high banks.
意恐慈母念，	Thinking of your loving mother's fears,
疾驰节已换。	You gallop swiftly home as the seasons change.
解剑登北堂，	Sword unbuckled, you climb to the northern chamber,
幼妇笑粲粲。	Where your young wife smiles brilliantly.
弊袤一以缝，	She sews and patches your tattered coat,
征尘一以浣。	Cleaning off the journey's dust.
而我客大梁，	But I, a stranger in the capital,
衣垢自悲叹。①	Grieve to wear an unwashed robe.①

前两句"一日复一朝，一暮复一旦"是阮籍诗歌《一日复一日》的变体，第七、八句"嘶马思长道，孤鸟逐前伴"采用早期六朝诗歌的暗示模式，诗歌将谢师厚与梅尧臣的遭遇作了对比，孤寂口吻也有阮籍特征。

齐皎瀚推测，陶渊明或许是梅尧臣参考最多的诗人。梅尧臣称赞陶渊明诗歌让人忘记尘俗，尤其推崇陶诗平淡隽永的语言风格。"极为重要的是，梅尧臣在诗中明确宣称其诗学理想（即平淡）与陶潜之间的关联"②，如《答中道小疾见寄》一诗写道："诗本道情性，不须大厥声。方闻理平淡，昏晓在渊明。寝欲来于梦，食欲来于羹。渊明傥有灵，为子气不平"，又如《寄宋次道中道》中言："中作渊明诗，平淡可拟伦"，均体现得淋漓尽致。同时，梅尧臣还有拟陶之作，如《拟陶潜止酒》《拟陶体三首》，而《手问足》《足答手》《目释》直接仿自陶渊明《形赠影》《影答形》《神释》。而陶渊明关于桃花源的诗歌、散文促使梅尧臣创作了《武陵行》《桃花源诗》。

---

① 梅尧臣：《梅尧臣集编年校注》，朱东润编年校注，上海古籍出版社1980年版，第260页。英译见 Jonathan Chaves, *Mei Yao Chen and the Development of Early Sung Poetry*, New York and London: Columbia University Press, 1976, p. 103。

② Jonathan Chaves, *Mei Yao Chen and the Development of Early Sung Poetry*, New York and London: Columbia University Press, 1976, p. 105.

杜迈可《陆游》① 一书较为清晰地梳理了陆游不同时期诗歌的师法对象，陆游早期从学曾几，受江西诗风影响，中期诗歌则有屈原、李白、杜甫、岑参的明显印迹，且不满于晚唐诗对诗骚传统的偏离，后期诗歌深受道家哲学影响，在李杜之外，更关注陶渊明、梅尧臣。此外，陆游对《诗经》、楚辞亦相当重视。

陆游自幼学习《诗经》，且贯穿一生，这对陆游诗歌理念的形成至关重要：

> 《诗经》对陆游诗歌的主要影响在于，他坚信诗歌应该体现严肃的社会关怀，在其体现英雄主义、爱国主义的诗歌中，有很多典故来自《诗经》，在批评统治者冷酷无情剥削穷人的诗作中也常化用《诗经》诗句。②

陆游尤爱《豳风》，且经常在诗中引用，甚至在其八十二岁时还作《读豳诗》（Reading the Airs of Bin）：

> 我读豳风七月篇，In Bin Air's "Seven Month" song I read,
> 圣贤事事在陈编。Works of Sages and Worthies in every stanza.
> 岂惟王业方兴日，Not just because the Kingly Patrimony flourished then;
> 要是淳风未散前。More importantly, Pure Customs had not yet vanished.
> 屈宋遗音今尚绝，Lingering notes of Qu and Song long since gone,
> 咸韶古奏更谁传？Who's to transmit the older music of Yao and Shun?
> 吾曹所学非章句，What my generation learned was not mere "punctuation."
> 白发青灯一泫然。White haired, by blue lamplight, tears flow free-

---

① Michael S. Duke, *Lu You*, Boston: G. K. Hall & Co. 1977, Preface.
② Michael S. Duke, *Lu You*, Boston: G. K. Hall & Co. 1977, p. 45.

ly.①

陆游在诗歌中常哀叹《诗经》与楚辞传统在其生活时代已完全消弭，人们沉浸于学习经典注疏，而缺乏对经典深广意蕴的领会。

在陆游中年时期，陆游入蜀途中经过郢，因自身的宦海经历联想到屈原，写下了一些情感强烈、汪洋恣肆的诗歌。诗中不少语汇都来自屈原和李白，比如《哀郢》（二首），悲叹时光流逝、功业未成与国家破碎。

远接商周祚最长，Linking ancient Shang and Zhou, a reign most long;
北盟齐晋势争强。Allying northern Qi and Jin, a mighty power struggle.
章华歌舞终萧瑟，Flower Terrace song and dance finally still and silent.
云梦风烟旧莽苍。Clouds Dream wind and mist yet a green–blue haze.
草合故宫惟雁起，Weeds choke ancient palaces where geese nest;
盗穿荒冢有狐藏。Bandits cross desolate graves where foxes hide.
离骚未尽灵均恨，Li Sao didi not exhaust Qu Yuan's regret:
志士千秋泪满裳。Valiant knights, a thousand autumns, tears flow down!
荆州十月早梅春，Jing-zhou, tenth month, early plum spring;
徂岁真同下阪轮。Past years really riding down hill wheels.
天地何心穷壮士，Why do heavens and Earth impoverished brave warriors?
江湖从古著羁臣。From of old rivers and lakes have harbored suppressed ministers.
淋漓痛饮长亭暮，Soaked and sodden, deeply drinking, high pavilion, dusk.
慷慨悲歌白发新。Sorrow stricken, sadly dinging, white hairs in-

---

① 陆游：《剑南诗稿校注》，钱仲联校注，上海古籍出版社1985年版，第3868页。英译见Michael S. Duke, *Lu You*, Boston: G. K. Hall & Co. 1977, p. 46。

crease.

欲吊章华无处问，Want to mourn for Flower Terrace; no place to look:

废城霜露湿荆榛。① Ruined wall, frost and dew dampen thistles and thorns.

杜迈可认为，陆游的家族与楚地深有渊源，更为关键的是，陆游与屈原有相似的遭遇，他们的政治意见均未被统治者采纳，且宋朝的国势与屈原时期的楚国颇为相似，统治者均怠于朝政。前朝宫室已成颓垣也是对当朝统治者的警示。第二首更为个人化，陆游以壮士、羁臣自喻，恰似屈原被迫离朝、漂泊江湖。

陆游自少年时代便喜爱陶渊明诗，深受陶渊明诗歌风格与人生态度影响，尤其倾慕陶渊明的归隐"大节"，简言之，即"以宁静对抗困境"（quiet resistance in adversity）②。在其六十四岁之后写作的田园诗、哲理诗颇有渊明意味，其大量引用陶诗，数量远超其他诗人。如《读陶诗》透露出陆游对陶渊明隐逸生活的倾慕，并将其饮酒、莳花弄草、垂钓等生活细节与渊明对举。而其八十一岁所作《雨欲作步至浦口》则明确表达其效仿陶渊明，以"放怀"对抗困境：

> 雨作千山暗，Rain falls, thousand hills darken;
> 风来万木号。Wind rises, myriad trees howl.
> 放怀忘世事，Liberated mind forgets world's affairs,
> 徐步出亭皋。Leisured steps leave marshy arbor.
> 野处惟知遁，Rustic spot knows only withdrawal,
> 心期不复豪。Heart's expectations never again heroic.
> 宋清捐善药，Song Qing distributes fine medicines;
> 须贾遗绨袍。Xu Gu offers his new silk robe.
> 宁乞陶翁食，Rather beg for old Tao's food;
> 难哺楚客糟。Hard to sup Qu Yuan's dregs.

---

① 陆游：《剑南诗稿校注》，钱仲联校注，上海古籍出版社 1985 年版，第 144 页。英译见 Michael S. Duke, *Lu You*, Boston: G. K. Hall & Co. 1977, pp. 47—48。

② Michael S. Duke, *Lu You*, Boston: G. K. Hall & Co. 1977, p. 57。

精心穷《易》《老》，Concentrate the mind to exhaust *Changes* and *Lao*,
余力及《庄》《骚》。With remaining strength study *Zhuang* and *Sao*.
杖屦时行乐，Cane and clogs often walking for pleasure,
锄耰惯作劳。Hoe and rake accustomed to working hard.
正令朝夕死，Should I die this morning or evening,
犹足遂吾高。I've still sufficiently reached my high![1]

前六句写其以陶渊明为典范的隐居生活，诗人将陶渊明的归隐归结为对仕途凶险的认识，非常倾慕其归隐之情趣，自己退隐故乡后，也开始田园生活，大力学陶，创作诗歌，阅读典籍，乡间漫步，田间劳作。第十句表现出对屈原价值取向的批评，对陶渊明归隐生活的赞赏。随着时间的流逝，陆游对陶渊明诗歌的喜爱与日俱增，在八十三岁所作《读山海经》充分表达了其对陶渊明品格的欣赏。

杜迈可还注意到，在陆游人生的最后岁月（即八十岁之后）只写律诗，在技巧上臻于成熟、完美，更为自然、自由，诗歌已然成为其超越人生与世界的一种方式，如在八十岁所作《幽兴》：

老向浮生意渐阑，In old age interest in life gradually fades,
飘然俟死水云间。Drifting between water and clouds, I wait on death.
龟支床稳新寒夜，Tortoise-legged bed's steady on newly cold nights;
鹤附书归旧隐山。Crane-born letter returns to old hermit's hill.
无意诗方近平淡，Without intention my poems now become flat and calm;
绝交梦亦觉清闲。Ending friendships my dreams too feel pure and leisured.
一端更出渊明上，In one day I even outdo Tao Yuan-ming:

---

[1] 陆游：《剑南诗稿校注》，钱仲联校注，上海古籍出版社1985年版，第3809页。英译见 Michael S. Duke, *Lu You*, Boston: G. K. Hall & Co. 1977, pp. 58-59。

寂寂柴门本不关。My still silent gate isn't even shut![1]

诗中透露出诗人对隐居生活的坚定与满足，甚至比陶渊明"白日掩荆扉"的隐居更为彻底。放翁八十三岁所作《作雪寒甚有赋》对其期盼已久的"清诗"境界已经实现，诗人对其诗歌创作与生活状态都怡然自足。

第二节 宋诗对唐诗的继承与超越

宋人学唐方面，美国学者傅君劢在《中国诗歌经验的理论阐释：对宋诗史的反思绪言》中直言，"其后的宋代文学近似于这样的美学过程：重建唐代遗留下来的课题，提出诗歌实践中有待探索的新课题"，[2] 简言之，承唐与超唐。莲达在博士学位论文《士大夫、乡绅、诗人：10—11世纪中国诗歌在士人文化中的角色》中也持类似观点：

> 对宋代诗人而言，唐代的传统是具有重要影响力的因素与灵感的来源。三大主要风格（指元白体、西昆体、晚唐体——引者注）均建基于对唐代诗人的模仿。[3]

当然，宋初诗人承唐既为宋调的形成奠基，也促成了唐音的经典化，即"宋初在唐诗经典的建立与传播中也扮演了关键角色（a pivotal role）"[4]。且宋初诗人学唐亦为此后诗人接续，如寇准学韦应物，梅尧臣、苏轼亦然，这种"连续性体现了早期（诗歌）声音对宋诗发展的重要性"[5]。

---

[1] 陆游：《剑南诗稿校注》，钱仲联校注，上海古籍出版社1985年版，第3650页。英译见 Michael S. Duke, *Lu You*, Boston：G. K. Hall & Co. 1977, p. 63。

[2] ［美］傅君劢撰：《中国诗歌经验的理论阐释：对宋诗史的反思绪言》，陈琳译，《新宋学》（第一辑），2001年。

[3] Linda D'Argenio, "Bureaucrats, Gentlemen, Poets：The Role of Poetry in the Literati Culture of Tenth-Eleventh Century China (960-1022)", diss., Columbia University, 2003, p. 8.

[4] Linda D'Argenio, "Bureaucrats, Gentlemen, Poets：The Role of Poetry in the Literati Culture of Tenth-Eleventh Century China (960-1022)", diss., Columbia University, 2003, p. 8.

[5] Linda D'Argenio, "Bureaucrats, Gentlemen, Poets：The Role of Poetry in the Literati Culture of Tenth-Eleventh Century China (960-1022)", diss., Columbia University, 2003, p. 235.

在《剑桥中国文学史》中，傅君劢对宋人学唐进行了细致梳理：晚唐体堪称宋初诗歌的主流，包括潘阆、魏野、九僧、林逋、杨亿、刘筠、钱惟演等都宗晚唐诗人，而王维、韦应物等盛唐诗人则对寇准有影响；欧阳修的古体诗宗李白、韩愈；苏舜钦广学唐人；王安石亦"广泛汲取唐代诗歌遗产，特别尊崇杜甫"；① 张耒以白居易、张籍为榜样；黄庭坚对整个诗歌传统都颇为重视，但对杜甫诗法钻研最勤；陈师道也学习杜甫诗法；陈与义晚年以杜甫为典范；"永嘉四灵"拒斥江西诗派再推晚唐诗风（尤其是贾岛、姚合）；刘克庄与晚唐诗风有联系，但更为复杂；"文天祥对于杜甫的宏大诗风有非常敏锐的把握"；② 宋朝遗民诗人（如汪元亮、谢枋得、谢翱、郑思肖）则重燃对孟郊、李贺的兴趣。

至于学习前代诗人的原因，除了文学自身的延续与发展之外，还可能与政治、社会、文化有关，如傅君劢认为，宋初晚唐体风行，与诗歌成为为官标准有关：

> 由于诗歌实践成为衡量个体是否具有为官潜力的标准，因此不可避免带来政治反应，一些作家便寻求将自身从这些束缚中解放出来，以晚唐的唯美主义诗歌来与之对抗。③

虽然这并非晚唐诗在宋初受到欢迎的唯一原因，但傅君劢确实敏锐地洞察到，对政治的疏离是其重要因由，如他提出魏野、林逋"就明确否认诗歌和政治之间有任何关联（虽然朝廷对他们十分敬重，入仕的大门随时为他们敞开）。他们的诗以晚唐的简易风格折射了对政治义务的放弃"④。

与此同时，《剑桥中国文学史·北宋》编者艾朗诺更为细致地考察了宋代诗歌的因革情况。他首先注意到宋初诗歌与中晚唐诗风的承袭，如王

---

① ［美］梅维恒主编：《哥伦比亚中国文学史》，马小悟等译，新星出版社2016年版，第383页。
② ［美］梅维恒主编：《哥伦比亚中国文学史》，马小悟等译，新星出版社2016年版，第403页。
③ ［美］梅维恒主编：《哥伦比亚中国文学史》，马小悟等译，新星出版社2016年版，第375页。
④ ［美］梅维恒主编：《哥伦比亚中国文学史》，马小悟等译，新星出版社2016年版，第376页。

禹偁对白居易诗歌的模仿,"九僧"等僧侣、隐士对贾岛等晚唐诗歌的效法,尤其是以杨亿为首的官员学李商隐而成西昆体,并指出,西昆体对李商隐的承袭是多方面的:

> 他们对李商隐作品的借鉴,不仅是其难以忘怀、难以捉摸的爱情诗这一题材,更是他所发展的以大量用典、措辞委婉迂回为特征的语言与呈现方式。①

而齐皎瀚既注意到宋初诗人学中晚唐,还兼及其超越特质,认为学界普遍将宋初诗歌"仅仅视为唐音的搬运工"(as a mere carryover of T'ang style),但还应看到其"已经昭示此后的宋诗发展趋势,特别是在王禹偁的古体诗中"②,且宋初诗人对前代诗人的学习目的在于"通过从大量不同风格中选择一些因素使诗歌实践重现生机"③。

但随着北宋王朝的政治、教育、文化与文学变革,学贾岛一脉与西昆体逐步被欧阳修及其友人抛弃,进入古体诗创作,"对古体诗的偏好,是古文运动的诗学补充。而且,年轻的活动家们还将散文或曰散文化的措辞、语法融入诗行"④,简言之,欧阳修等人逐步开始走出学唐的诗学藩篱,尤其是"以文为诗"还开创了新的诗歌风格。欧阳修、梅尧臣、苏舜钦等诗人不但拓展了诗歌的题材范围,还以说理的方式处理这些题材,这无疑是对以唐诗为代表的抒情传统的突破:

> 无论什么题材,作家往往显然以思考的方式处理它,他们在诗歌中思考社会、历史、政治、美学的意义与内涵。在很大程度上,论说性地处理题材的习惯,开始取代以情感的、抒情的方式处理题材的传

---

① [美]孙康宜、宇文所安主编:《剑桥中国文学史》,刘倩等译,生活·读书·新知三联书店 2013 年版,第 432 页。

② Jonathan Chaves, *Mei Yao Chen and the Development of Early Sung Poetry*, New York and London: Columbia University Press, 1976, p. 68.

③ Jonathan Chaves, *Mei Yao Chen and the Development of Early Sung Poetry*, New York and London: Columbia University Press, 1976, p. 107.

④ [美]孙康宜、宇文所安主编:《剑桥中国文学史》,刘倩等译,生活·读书·新知三联书店 2013 年版,第 434 页。

统，成为表达内心深处情感的一种方式。①

当然，诗歌反思性不仅是一种艺术行为，还意味着对宋初改革运动的支持。

在诗歌创作方面，欧阳修曾先后师法李白、韩愈、孟郊、白居易、陶潜，但却从未囿于效法对象，而是极富创造性地超越。艾朗诺认为，虽然欧阳修等人对韩愈诗歌的题材与形式均有学习，但面对仕途挫折时的心境、情绪并不相同，"尽管极为欣赏韩愈，欧阳修却也明确批评唐代诗人在被迫流放时允许自己沉溺于自怨自艾、愤怒绝望的表达"②。这种倾向同样体现在梅尧臣等人的类似题材诗歌中，如梅尧臣《醉中留别永叔子履》"但愿音尘寄鸟翼，慎勿却效儿女悲"便是一例。

艾朗诺还特别留意到王安石与唐诗之关系，从整体上看，王安石是"唐诗的学生"，不但与宋敏求编选《唐百家诗选》，还尤宗杜甫，长诗《杜甫画像》便暗含着其诗学选择。王安石在诗中对杜诗深广性的赞赏，即对杜诗包罗万象的高度评价，而且"似乎还暗示诗歌具有独立性，不服务于任何更大的意识形态或说教目的，这也很好地预示了作者自身作为诗人的未来发展"③。与此同时，艾朗诺特别重视开掘王安石诗歌的超越属性，如《午枕》之"窥人鸟唤悠飏梦，隔水山供宛转愁"、《南浦》之"含风鸭绿粼粼起，弄日鹅黄袅袅垂"、《书定林院窗》之"试问道人何所梦，但言浑忘不言无"、《钟山即事》之"茅檐相对坐终日，一鸟不鸣山更幽"等虽已为唐人道出，但在王安石的晚年绝句中则相当普遍。当然更为明显的例子是《明妃曲》的主旨创新，以及《书湖阴先生壁》中"一水护田将绿绕，两山排闼送青来"对典故的巧妙使用，尤其是后者，似乎已经预示了黄庭坚"点铁成金"诗论的提出：

> 数十年后，黄庭坚提出了"点铁成金"及其它相关的诗歌创作

---

① [美]孙康宜、宇文所安主编：《剑桥中国文学史》，刘倩等译，生活·读书·新知三联书店2013年版，第435页。
② [美]孙康宜、宇文所安主编：《剑桥中国文学史》，刘倩等译，生活·读书·新知三联书店2013年版，第435页。
③ [美]孙康宜、宇文所安主编：《剑桥中国文学史》，刘倩等译，生活·读书·新知三联书店2013年版，第452页。

观念。王安石创造性地化用前人字词，已经预示了黄庭坚的诗歌观念。①

在此基础上，我们可以认为，王安石在诸多方面实已导夫江西诗派的先路，尤其是"讲求'无一字无来处'，基本上源自王安石覃思精研的诗歌艺术手法，尽管他未像'江西诗派'那样明确宣之于口，也没有创立任何类似的诗派"②。

关于宋人学杜，姜斐德（Alfreda Murck）注意到，"在道德重建的时代，杜甫深沉的诗歌所产生的魅力超越了政治观念的差别，欧阳修、王安石、司马光、苏轼、黄庭坚，都是杜诗的追慕者"③。姜斐德尤其对苏轼与王诜关于《烟江叠嶂图》的诗歌唱和予以了分析，对二人诗歌如何借鉴与化用杜甫《秋日夔府咏怀》之韵脚作了深究，他认为，其借鉴原因在于"杜甫的《秋日夔府咏怀》对他们而言就是相当理想的文学来源。此诗融生动的山水意象、正直的道德立场和愤怒的批评于一体。他们显然注意到，自己的政治危机和杜诗描述的动乱之间颇为相似"④。具体来说，如苏轼《书王定国所藏烟江叠嶂图》之"春风摇江天漠漠，暮云卷雨山娟娟"源自杜甫诗句"兵戈尘漠漠，江汉月娟娟"，更为关键的是，由于苏轼采取相当隐晦的方式表意，所以，通过杜诗可以在很大程度上看出东坡的真实用意：

> 元祐三年（1088），苏轼在翰林院出任要职，但与杜甫相同的是，他感到朝廷正受到小人的左右。对苏轼来说，直言极谏和提供不同意见是士大夫在朝廷中的核心职责所在。如果读者能够联想到杜甫的诗句，那么他们就能体会出苏轼诗中的讽刺语调。⑤

苏轼通过诗歌传达其政治关切与政治态度，但由于当时的政治环境，

---

① ［美］孙康宜、宇文所安主编：《剑桥中国文学史》，刘倩等译，生活·读书·新知三联书店2013年版，第455页。
② ［美］孙康宜、宇文所安主编：《剑桥中国文学史》，刘倩等译，生活·读书·新知三联书店2013年版，第458页。
③ ［美］姜斐德：《宋代诗画中的政治隐情》，中华书局2009年版，第42页。
④ ［美］姜斐德：《宋代诗画中的政治隐情》，中华书局2009年版，第129—130页。
⑤ ［美］姜斐德：《宋代诗画中的政治隐情》，中华书局2009年版，第113—114页。

他不能直言,且乌台诗案的教训历历在目,因此,借用杜诗显然是更为安全的做法。

对宋人学唐,讨论较为集中、深入的是齐皎瀚的《梅尧臣与早期宋诗的发展》一书,他在书中梳理了包括梅尧臣在内宋代早期诗人的师法对象(主要是唐代诗人)。

关于宋初晚唐体,齐皎瀚主要谈及晚唐体(以贾岛为主)对潘阆、林逋的影响。如潘阆曾作《忆贾阆仙》,表达对贾岛的推崇:

风雅道何玄,	How mysterious the Way of the Feng and Ya!
高吟忆阆仙。	I remember Lang-hsien's exalted chantings.
人虽终百岁,	Most men reach their end within a century,
君合寿千年。	But he should live on for a thousand years.
骨已西埋蜀,	His bones have been buried in Shu, to the west,
魂应北入燕。	But his soul has probably flown north to Yen.
不知天地内,	I do not know who, between heaven and earth,
谁为读遗编。	Will read the lines he has left behind.①

潘阆认为贾岛之诗会随着时间的流逝长久不朽,齐皎瀚认为,该诗还非常清楚地言明了潘阆诗歌风格的来源问题,即效仿贾岛。潘阆自认为其诗作在用语方面与贾岛的相似之处在于"苦吟",其所作诸多山水诗确实近似贾岛,如《望湖楼上作》("望湖楼上立,竟日懒思还")。林逋也有不少诗歌非常典型地体现出其晚唐底色,如《秋日西湖闲泛》("水气并山影,苍茫已作秋")一诗"完全模仿晚唐诗歌,即几乎不用典故,充溢着各种山水意象"②。

关于白体对宋初诗人的影响,齐皎瀚则集中探讨王禹偁,认为王禹偁是学习白体最重要的诗人,王禹偁尤其侧重模仿白居易诗歌的社会批评,当然白诗的语言浅近、对日常生活的描绘、对民瘼的关心在王禹偁诗歌中也体现得极为明显,如《对雪》("帝乡岁云暮,衡门昼长闭")为自己

---

① 北京大学古文献研究所:《全宋诗》(第一册),北京大学出版社1991年版,第620页。英译见 Jonathan Chaves, *Mei Yao Chen and the Development of Early Sung Poetry*, New York and London: Columbia University Press, 1976, p. 55。

② Jonathan Chaves, *Mei Yao Chen and the Development of Early Sung Poetry*, New York and London: Columbia University Press, 1976, p. 58。

身为谏官未能尽责深感自责,并心忧农民、士兵的处境,诗中的意象与用语与白居易、杜甫诗歌相若,不同之处在于诗中的情感更为冷静,这种冷静与内敛已经昭示宋诗的发展方向。《乌啄疮驴歌》("商山老乌何惨酷,喙长于钉利于镞")题材鄙俗与暴力场景相当出乎意料,"乌啄疮驴"与诗人被贬商州的经历吻合,语言通俗易懂,但极富表现力,结尾的"了"强化了诗人的愤怒之情。正是由于这种广阔的视野,王禹偁被誉为"宋诗之父"(the father of Sung poetry)①。

关于西昆体,他一方面谈论了西昆体诗人对李商隐诗歌的效仿,尤其是各种无题诗,但另一方面认为《西昆酬唱集》中的诗歌风格多样,并非所有诗歌都可以被归入"西昆体",比如杨亿有不少写山水的诗歌,更近于晚唐体,如其《因人话建溪旧居》("听话吾庐忆翠微,石层悬瀑溅严扉");刘筠《旧将》中的"丈八蛇矛战血乾""白草黄云废旧坛"更不符合通常意义上"西昆体"的典型特征。更进一步讲,西昆体诗人的诗作大多题材广泛、风格多样,他们也效仿白诗或晚唐诗歌,如杨亿曾作《读史效白体》,而《建溪十咏》之《朗山寺》("层峦连近郭,占胜有招提")则表现出其对晚唐体技巧的娴熟掌握,更让人意外的是,杨亿也有社会批评诗,如《狱多重囚》:

铁锁银铐众,Iron chains and silver cangues: crowds of prisoners.
金科伏念频。Distinguished laws and humble proposals are continuously issued.
绝闻空狱奏,No more is heard of memorials to empty the prisons;
深愧片言人。How ashamed I must feel before the man of "half a word!"
清颍黄公接,The pure Ying, land of Mr. Huang, is near;
甘棠邵伯邻。Shao-po of the sweet pear-tree is our neighbor.
怀贤不能继,I long for those sages, but cannot follow their ways;
多辟岂由民。Are the people responsible for all these punishments?②

---

① Jonathan Chaves, *Mei Yao Chen and the Development of Early Sung Poetry*, New York and London: Columbia University Press, 1976, p. 64.
② 北京大学古文献研究所:《全宋诗》(第一册),北京大学出版社1991年版,第1417页。英译见 Jonathan Chaves, *Mei Yao Chen and the Development of Early Sung Poetry*, New York and London: Columbia University Press, 1976, p. 67。

杨亿用极具暗示性的语言来表达其对社会焦点问题的关注，且诗中多用典故，如"片言人""黄公""邵伯"。由此可见，杨亿诗风多样，但是齐皎瀚还注意到，即便在此类社会批评诗中，杨亿依然回到多用典故与对仗，换言之，具有学李商隐的痕迹。

齐皎瀚还非常细致分析了梅尧臣所师法的诗人及其具体影响。总体上看，与欧阳修一样，梅尧臣也极具革新意识，他有意识冲破了西昆体、晚唐体的局限，因为"尽管梅尧臣也欣赏晚唐体的美，但晚唐体的题材受到局限，对于激活宋代诗歌是不够充分的"①，梅尧臣将《诗经》《离骚》以来的文学传统（尤其是唐诗）作为学习对象，并且认为风骚传统已然消弭，诗人致力于形式的工整与模山范水。在诗学观念方面，"梅尧臣提倡诗歌不仅应描写自然意象本身，批评那些注重自然描绘的技艺雕琢"②。他呼吁回归源自《诗经》的儒家诗歌传统，反对西昆体与晚唐体。他与欧阳修从中唐诗人韩愈、白居易、元稹、孟郊、张籍等人那里获取灵感，试图创造新的诗歌风格，并将其文学集团与中唐文学圈相比拟。

梅尧臣对韩愈诗歌非常推崇，不仅在诗中化用韩诗，并在洛阳时期开始模仿韩愈，如《余居御桥南夜闻妖鸟鸣效昌黎体》（"都城夜半阴云黑，忽闻转毂声咿呦"），而《拟韩吏部〈射训狐〉》（"黄昏月暗妖鸟鸣，尨然钝质麤豪声"）则直言其模仿对象为韩愈《射训狐》。与此同时，韩诗的散文化风格也影响了梅尧臣，其《雷逸老以仿石鼓文见遗因呈祭酒吴公》（"石鼓作自周宣王，宣王发愤搜岐阳"）两次言明其欲学韩之意。

梅尧臣自比孟郊，欧阳修也将其与东野相提并论，他将其生活窘迫与孟郊相比，当然，梅尧臣对孟郊的兴趣更重要的在诗学观念的一致性，尤其是诗歌必须承担社会批评这一维度，并在"儒家理想与美学标准之间保持平衡"③。同时，其与孟郊对儒家诗学传统的推崇，也成为其回应西昆体诗歌的凭借。梅尧臣对孟郊诗歌的新奇意象、生冷场景、生硬艰涩形式等很感兴趣，如其《依韵和欧阳永叔秋怀拟孟郊体见寄二首》（其二）：

---

① Jonathan Chaves, *Mei Yao Chen and the Development of Early Sung Poetry*, New York and London: Columbia University Press, 1976, p. 79.
② Jonathan Chaves, *Mei Yao Chen and the Development of Early Sung Poetry*, New York and London: Columbia University Press, 1976, p. 80.
③ Jonathan Chaves, *Mei Yao Chen and the Development of Early Sung Poetry*, New York and London: Columbia University Press, 1976, p. 86.

秋思公何高，	How noble are your autumn meditations,
堆积自嵱嵷。	Tiered and clustered, lofty as mountains!
出为悲秋辞，	They find expression in words of autumn sadness
万仞见孤耸。	Like isolated peaks that tower ten thousand feet.
念我老于诗，	You think of me, grown old in poetry,
我发实种种。	And indeed my hair is wispy with age.
而后伤故人，	Then follows a lament for our old friends.
故人多作冢。	Friends who have mostly gone to their graves.
阴风夜木噪，	Dark winds howl in nocturnal trees—
窸窣闻鬼悚。	I hear in their sighing the voices of awesome ghosts.
独我忘形骸，	Although I have put this body out of mind
百事乃纤冗。	The world's thronging cares still press upon me.
不眠霜月上，	I lie sleepless as the frosty moon appears,
霜月如可捧。	Fosty moon—I could almost pluck it down! [①]

该诗表明，梅尧臣对孟郊诗歌相当熟悉，诗中的鬼意象让人联想到孟郊《秋怀》（其五）中的"鬼神满衰听"及《秋怀》（其十）中的"幽竹啸鬼神"，"霜月"与《秋怀》（其二）"秋月"也有化用痕迹。1057年，梅尧臣写作《刑部厅看竹效孟郊体和永叔》一诗，该诗未以孟郊某一首诗作为效仿对象，却透露出其学孟郊已久。

张籍诗歌用语简洁、意象寻常、语调顿挫抑扬（subtle shift of tone），在此基础上形成的平易自然诗风对梅尧臣有不小的吸引力。张籍诗歌继承《诗经》"六义"传统，以社会批判见长，大力提倡儒家，排斥佛道，梅尧臣对此都相当认同。此外，梅尧臣对韩愈文学圈中的贾岛也有兴趣。

在韩愈文学圈之外的白居易也是梅尧臣的崇拜对象，梅尧臣的诗学观与白居易《与元九书》中的观念有一致性。虽然梅尧臣没有特别言明其学白居易，但《花娘歌》明显效仿《长恨歌》与《琵琶行》，如"天地无穷恨无已"化用"天长地久有时尽，此恨绵绵无绝期"，简单且富有表现力的语言也近于白居易。韦应物诗风被白居易冠以"闲淡"（clam and

---

① 梅尧臣：《梅尧臣集编年校注》，朱东润编年校注，上海古籍出版社1980年版，第410页。英译见 Jonathan Chaves, *Mei Yao Chen and the Development of Early Sung Poetry*, New York and London: Columbia University Press, 1976, p. 88。

bland) 之名，也曾将之与陶潜相比，宋初诗人盛度、王禹偁皆学之，"但是梅尧臣是第一个真正对韦应物感兴趣的诗人"。① 梅尧臣诗中有诸多元素与韦应物相关，如其五言绝句模仿韦应物。他曾作《拟韦应物残灯》（"照此寒夜中，欲残红烬尾"），而梅诗中诸如"晨登"也来自韦应物的诗歌。韦应物诗歌风格宁静、用语简练、语调平易，这些都极大影响了梅尧臣诗歌风格的形成，梅尧臣还学习韦应物的社会批评诗、悼亡诗、怀古诗。此外，梅尧臣对盛唐诗人如李白、杜甫也相当熟悉，他曾作《拟杜甫玉华宫》（"松深溪色古，中有鼯鼠鸣"），该诗的对应诗句均借鉴或化用杜诗中的语词或意象。梅尧臣模仿李白风格的典范诗作是《回自青龙呈谢师直》：

共君相别三四年， Three or four years since we last parted,
岩岩瘦骨还依然。 And your craggy bones are still jutting out!
唯髭比旧多且黑， The beard is fuller and darker than it was,
学术久已不可肩。 In learning you have long been without a peer.
嗟余老大无所用， I, alas, have grown old and quite useless;
白发冉冉将侵颠。 Spreading white hairs will soon cover my head.
文章自是与时背， My writing seem at variance with the times;
妻饿儿啼无一钱。 My wife hungry, my children crying, I haven't a cent.
幸得《诗》《书》销白日， Happily I can pass the day with the Documents and the Odes;
岂顾富贵摩青天。 Who cares about wealth and position, intimacy with high officials?
而今饮酒亦复少， These days, too, I have been drinking little wine-
未及再酌肠如煎。 Before the second cup I burn inside!
前夕与君欢且饮， The other night you and I drank joyfully together;
饮才数盏我已眠。 After only a cup or two I fell asleep.
鸡鸣犬吠似聒耳， The cackling of chickens and barking of dogs

---

① Jonathan Chaves, *Mei Yao Chen and the Development of Early Sung Poetry*, New York and London: Columbia University Press, 1976, p. 94.

seemed to ring in my ears;

举头屋室皆左旋。I raised my head—the room and ceiling whirled around!

起来整巾不称意，I rose and fixed my headcloth, ill at ease,

挂帆直走沧海边。Rigged my boat and sailed straight to the cast ocean shore.

便欲骑鲸去万里，I want to mount a whale and ride ten thousand miles,

列缺不借霹雳鞭。But the lightning didn't lend me its thundering whip.

气沮心衰计欲睡，My spirits fell, depression came – there was nothing left but sleep.

梦想先到苹渚前。My thoughts in dream were carried to a duckweed island. . . .

与君无复更留醉，No more drinking parties with you, my friend：

醉死谁能如谪仙。Who can follow the Banished Immortal, get drunk and die?[1]

前八句描绘了谢师直的容貌及诗人的真实处境，第九、十句写诗人能在阅读儒家经典中看淡"富贵"，这种英雄主义突转类似李白，而类似"沧海""鲸""霹雳"等夸张意象也有太白诗歌的印痕，但梅尧臣还是保持着一定的现实主义，如"举头屋室皆左旋"一句，诗尾则暗示模仿李白之难以实现。

杜迈可对陆游学习杜甫、李白、岑参诗作均有探索。他指出，在从学曾几期间，陆游对杜诗多有研读，且将杜甫视为完美的"自我"形象（a perfect self-image），因为杜甫一生常处于颠沛流离与贫困潦倒的生活状态。从四十五岁到八十四岁，陆游每年至少创作一首言及杜甫的诗歌，诗中对杜甫人格和诗歌的赞美颇有自喻的味道：

---

[1] 梅尧臣：《梅尧臣集编年校注》，朱东润编年校注，上海古籍出版社 1980 年版，第 232 页。英译见 Jonathan Chaves, *Mei Yao Chen and the Development of Early Sung Poetry*, New York and London：Columbia University Press, 1976, pp. 100–101。

他称赞杜诗的博大,崇拜杜甫的爱国与天才,哀叹杜甫的贫苦与不得志,这一切很明显指向陆游自身。他也常化用杜甫诗歌中的语汇,但并未出现在其最典型与最佳的诗歌中。他从未真正模仿杜甫的诗风,至少这类诗歌并未流传下来。杜甫对他真正的影响在于自我形象的构建,尤其是在其中年时期,即其爱国热情高涨之时。①

简言之,杜诗对陆游的影响不在于艺术技巧,而是在人格理想层面。陆游对杜甫在蜀时期的经历相当熟悉,并于1171年作《夜登白帝城怀少陵先生》一诗,该诗"升沉自古无穷事,愚智同归有限年"在对仗方面与杜甫《登岳阳楼》中的"吴楚东南坼,乾坤日夜浮"可以相较而论。陆游晚年还曾为杜诗辩护,在八十一岁所作《读李杜诗》中表达其对李杜诗歌流传千古的高度称颂。

如果说杜甫多影响陆游的人格,那么李白对陆游的影响则主要在诗歌语言层面。陆游在成都期间,性格趋向古怪(eccentric),并开始写作极富想象力的诗歌,集中体现在与李白诗歌风格相近的饮酒诗与记梦诗,如《锦亭》(Jin Ting):

天公为我齿颊计,Heavenly Duke, thinking of my mouth and tongue,
遣饫黄甘与丹荔;Bestows delicious golden oranges and red lichees.
又怜狂眼老更狂,Pitying as well my crazy eyes, older yet crazier,
令看广陵芍药蜀海棠。Let's me see Guang-ling peonies, Sichuan begonias.
周行万里逐所乐,Travelling widely ten thousand li following my pleasure,
天公于我元不薄。Heavenly Duke has rally not treated me too badly.
贵人不出长安城,You great ones cannot leave Changan City;
宝带华缨真汝缚。Fettered indeed by jewelled belt and flowered sash.
乐哉今从石湖公,What pleasure today to follow Master Stone Lake!

---

① Michael S. Duke, *Lu You*, Boston: G. K. Hall & Co. 1977, p. 50.

大度不计聋丞聋。His great generosity overlooks Deaf Cheng's deafness!

夜宴新亭海棠底，Nightly reveling in new pavilion under crab apple trees,

红云倒吸玻璃钟。Pouring and sipping crimson clouds from clear crystal cups.

琵琶弦繁腰鼓急，Lute string gaily strumming, waist drums quicken;

盘凤舞衫香雾湿。Swirling phoenix dancing skirts, moist musky mist!

春醪凸盏烛光摇，Spring wine, cups overflowing, candle glow shimmers;

素月中天花影立。White moon, sky centered, flowers' shadows stand.

游人如云环玉帐，Gusts like clouds circle our jade pavilion;

诗未落纸先传唱。Poems not yet on paper, already traded and sung!

此邦句律方一新，Rhymes and rhythms of this locale today made new;

凤阁舍人今有样。Noble scions of Phoenix Pavilion here's your true model![1]

第十三、十四句是在李白诗中经常出现的景象或意象，而第十五、十六句更为接近李白名作《月下独酌》前四句，李白诗中的月亮意象也在陆诗中再现。

此外，陆游在四川时，陆游曾编辑岑参诗集，岑参直接影响了陆游爱国诗歌的风格与用语，如《醉歌》：

往时一醉论斗石，Times past one drunk I'd down barrels and buckets,

---

[1] 陆游：《剑南诗稿校注》，钱仲联校注，上海古籍出版社1985年版，第144页。英译见 Michael S. Duke, *Lu You*, Boston: G. K. Hall & Co. 1977, pp. 47-48。

坐人饮水不能敌。While others there drinking water couldn't keep pace.

横戈击剑未足豪，Crossing lances, striking swords, hardly seemed heroic;

落笔纵横风雨疾。Brandishing brush right and left, wind and rain arose!

雪中会猎南山下，Meeting in the snow, hunting beneath South Mountain,

清晓嶙峋玉千尺；Clear dawn lofty peaks, a thousand feet of jade.

道边狐兔何曾问，Roadside foxes and hares not worth our pursuit.

驰过西村寻虎迹。Crossing over West Village seeking tiger tracks.

貂裘半脱马如龙，Sable robe half removed, horse like a dragon,

举鞭指麾气吐虹，Raising whip, pointing standard, breath spitting rainbows!

不须分弓守近塞，No need holding bows, guarding ou near frontiers;

传檄可使腥膻空。Pass the command, clean away the Hunnish stench!

小胡逋诛六十载，Little Huns, hiding and killing for sixty years,

猰猰狲子势已穷。Yap, yap like mad dogs whose strength is spent.

圣朝好生贷孥戮，Our holy court, rather than kill your cubs,

还尔旧穴辽天东。Will return you to your old den east of Liao.①

该诗回忆其在南郑边境的骑射生活，诗尾呼唤对金的进攻，诗中之"气"在陆游看来，对其中年时期的诗歌与人格来说最为重要。

蔡涵墨（Charles Hartman）《唐代诗人杜甫与宋代文人》（The Tang Poet Du Fu and the Song Dynasty Literati）② 认为，"一言以蔽之，杜甫已成

---

① 陆游：《剑南诗稿校注》，钱仲联校注，上海古籍出版社 1985 年版，第 1134 页。英译见 Michael S. Duke, Lu You, Boston: G. K. Hall & Co. 1977, p. 56。

② Charles Hartman, "The Tang Poet Du Fu and the Song Dynasty Literati", Chinese Literature: Essays, Articles, Reviews (CLEAR), Vol. 30 (Dec., 2008), pp. 43-74.

为宋代文人模范，一个动荡时代的幸存者"①。蔡涵墨注意到，王安石作于1052年的《杜工部诗后集序》指出，杜诗的深度与学识（depth and erudition）非他人能企及与模仿，王安石还曾作《杜甫画像》一诗，诗中重点言及了杜甫对他及其他宋代文人的典范意义。艾朗诺也曾提及"王安石的长诗《杜甫画像》，表明了王安石在文学史上的诗学取向与选择"②。但蔡涵墨指出，王安石对杜甫的形象建构在一定程度上存在曲解（distorted reading），且其塑造的杜甫形象有明显的政治寓意，即"通过杜甫，王安石意在劝告帝王及同僚"③。

北宋晚期文坛对杜甫关于安史之乱的书写非常关注，如惠洪与李格非论杜诗"诗史"特性，张戒将杜诗奉为典范。北宋为金所灭的历史事实，为很多诗人提供了创作的素材。傅君劢特别论述了陈与义学杜。陈与义是一位才华出众的诗人，但他在描绘女真入侵的美学体验方面远不及杜甫晚期诗歌，陈与义处于北宋晚期"社会、文化与学术发展趋势的十字路口"（intersection of the social, cultural, and intellectual trends）④，使他的诗歌和南宋初期诗人一样面临困惑。刘克庄、方回都认为，陈与义诗效仿杜甫的痕迹明显。学界通常将吕本中的"活法"与陈与义的诗歌视为一个有机发展体（a organic development）。陈与义的诗歌虽然也体现了黄庭坚诗学中的好议论、尚说理，但又与掉书袋与重技法不同。女真入侵之前，陈与义写了不少精雕细琢、表达初入仕途年轻人悲喜的诗歌，如《春日二首》（其一）描绘了眼前之景，体现了作者对文学性的重视，大量雕琢的语言可见一斑；《雨晴》"作为一个整体呈现了一幅色彩鲜明的山水画，其内涵有可解与不可解之处"⑤，即便在女真入侵之后，陈与义这种诗歌风格依旧，如《出山道中》呈现了一幅具有超然意味的山景图，但他所呈现的图景颇为难读。陈与义的诗歌体现了北宋晚期诗歌与哲学之间的复

---

① Charles Hartman, "The Tang Poet Du Fu and the Song Dynasty Literati", *Chinese Literature: Essays, Articles, Reviews (CLEAR)*, Vol. 30 (Dec., 2008), p. 44.
② [美]孙康宜、宇文所安主编：《剑桥中国文学史》，刘倩等译，生活·读书·新知三联书店2013年版，第452页。
③ Charles Hartman, "The Tang Poet Du Fu and the Song Dynasty Literati", *Chinese Literature: Essays, Articles, Reviews (CLEAR)*, Vol. 30 (Dec., 2008), p. 50.
④ Michael A. Fuller, *Drifting among Rivers and Lakes: Southern Song Dynasty Poetry and the Problem of Literary History*, Cambridge (Massachusetts) and London: Harvard University Press, 2013, p. 169.
⑤ Michael A. Fuller, *Drifting among Rivers and Lakes: Southern Song Dynasty Poetry and the Problem of Literary History*, Cambridge (Massachusetts) and London: Harvard University Press, 2013, p. 173.

杂关系,"万象各摇动,慰此老不遭""小诗妨学道,微雨好烧香"均如此。在山水中不掺杂人类意义(human meaning)使其爱国诗更为复杂,陈与义学杜更增添了复杂性。1128 年,陈与义所作《登岳阳楼》(Climbing Yueyang Tower)有杜甫同名诗神韵:

洞庭之东江水西,East of Dongting, west of the River's waters,
帘旌不动夕阳迟。The curtains and pennants do not move: the dusk gleam comes late.
登临吴蜀横分地,I climb and look out on the land where Wu and Shu divide.
徙倚湖山欲暮时。I tarry by the lake and mountains when the sun is about to set.
万里来游还望远,Having come ten thousand *li* to visit, I also gaze into the distance.
三年多难更凭危。After three years of many difficulties, I lean on a perilous (perch).
白头吊古风霜里,With white hair, I lament the ancient midst wind and frost.
老木沧波无限悲。Aged tree and dark waves: limitless sorrow.①

诗歌的结构与意象都被人视为杜甫的回声,但缺乏杜诗想象的连贯性(imaginative coherence),自然也无法产生阔大的意境。1129 年所作《夜赋》重复了杜甫《倦夜》中的诸多意象,缺乏杜诗的缜密性,如果考虑到文类差异,陈诗更类温庭筠,二人均呈现山水了无人事。诗中除了体现诗人对社会和朝廷的责任,并无更多信息。总之,在傅君劢看来,陈与义与杜甫分属不同的美学世界(aesthetic universe),杜甫的诗歌是表述性的(performative),陈与义的诗歌世界更为复杂,尤其受黄庭坚诗学的内向性影响,其诗歌根植于内在资源(internal resources),所以无法呈现外在世界秩序的一致性。陈与义与张戒、叶梦得、周紫芝、张九成一样,都参

---

① 《全宋诗》英译见 Michael A. Fuller, *Drifting among Rivers and Lakes: Southern Song Dynasty Poetry and the Problem of Literary History*, Cambridge (Massachusetts) and London: Harvard University Press, 2013, p. 177。

与了江西诗派关于内在世界（internalized microcosm）的构筑。①

对宋代诗人如何学习以及在哪些方面学习唐代诗歌，研究比较深入的还有莲达，她对宋初诗人如何学习白体、晚唐体及西昆体诗人如何学习李商隐有非常精微、细致的阐明。她认为，白体诗人、西昆体诗人、晚唐体诗人"以不同方式引领了后来宋诗的发展，他们的贡献是对唐代诗歌传统的融通与承接"②。简言之，承唐音，启宋调。后来宋代诗人（包括黄庭坚、欧阳修）在各种因素（如印刷术）的影响下，倡导学习前代诗人，这与宋代早期诗人的美学与意识形态价值观具有明显的一致性与延续性。

莲达认为，宋代文人对白居易的学习体现于不同层面，有人从理论或者修辞学层面吸纳白居易的诗学观念，即诗歌被视为统治者与被统治者之间交流的工具；有人则侧重对白居易诗歌写作理念的具体运用。

莲达强调，徐铉被方回视为学习白体的代表，他的文学观念可以视为其政治哲学的体现，在《成氏诗集序》中，徐铉对诗歌政治功能（尤其是促进军民和谐）的强调，可以被视为"白居易文学思想的回声"③，尤其是"及斯道之不行也，犹足以吟咏情性"一句体现最为明显。而《萧庶子诗序》重新解释了《诗大序》关于作诗的心理物理过程（psycho-physical process），即由"情"到"言"的过程，诗歌被视为表达情感的自然现象，且传递的思想情感较之一般交流语言更为深层，因此，莲达提出，在文学观上，"徐铉认可白居易关于诗歌政教功能的见解"④。但是，徐铉缺乏明确批评社会的诗歌，而众所周知这是白诗的主要类型之一，他的大部分诗歌是关于赠送、敬献与唱和，多称颂新王朝的文化极盛与治国有方，"徐铉之所以没有写作社会批评诗歌，是因为他与当时宋初新王朝的文化政治保持完全一致"⑤。由此可见，徐铉更多继承了白居易关于诗歌作为沟通君民工具的诗歌观念，作诗旨归在于促进国家和谐与安定，这

---

① Michael A. Fuller, *Driftirg amorg Rivers and Lakes: Southern Song Dynazty Poetry and the Problem of Literary History*, pp. 177-178.

② Linda D'Argenio, "Bureaucrats, Gentlemen, Poets: The Role of Poetry in the Literati Culture of Tenth-Eleventh Century China (960-1022)", diss., Columbia University, 2003, p. 229.

③ Linda D'Argenio, "Bureaucrats, Gentlemen, Poets: The Role of Poetry in the Literati Culture of Tenth-Eleventh Century China (960-1022)", diss., Columbia University, 2003, p. 92.

④ Linda D'Argenio, "Bureaucrats, Gentlemen, Poets: The Role of Poetry in the Literati Culture of Tenth-Eleventh Century China (960-1022)", diss., Columbia University, 2003, p. 93.

⑤ Linda D'Argenio, "Bureaucrats, Gentlemen, Poets: The Role of Poetry in the Literati Culture of Tenth-Eleventh Century China (960-1022)", diss., Columbia University, 2003, p. 93.

显然是一种"宫廷视角"（a court perspective）。故徐铉多宫廷应制诗歌（poems written under imperial command），如《春雪应制》（繁阴连曙景）、《柳枝词十首》（座中应制）（其七）均可作如是观。

　　在莲达看来，李昉学白居易则与徐铉有所不同，李昉曾明确表示其诗歌曾从白居易与刘禹锡唱和诗中受到启发，他与李至唱和之作（即《二李唱和集》）是对《刘白唱和集》的拟仿。虽然李昉的表现现实之作与白体缺少共同之处，二者的相似之处在于诗歌语言的简洁与直接。《二李唱和集》均有关官场生活，均为依韵、次韵两类，而次韵是白居易与元稹唱和的重要诗歌类别，其《闻馆中宣赐赏雪赋诗之会书五十六字呈秘阁侍郎》（"圣主怜才古所稀"）、《禁林春直》（"疏帘摇曳日辉辉"），虽未模仿白诗的内容，而是效仿刘白唱和这种形式。进一步看，"'白体'这个术语似乎在某种程度上成为唱和诗的同义语，而并非对白居易诗歌风格的模仿"①。当时文坛所谓"白体"可能指向其唱和诗，杨亿、严羽也持类似观点。同样，"元白体"经由皮日休的狭隘化界定，也更多指向其唱和向度，白居易对徐铉、李昉的影响也在于此，白氏的诸多诗学理念并未落实到具体的诗歌实践中。与此同时，莲达还察觉到，白居易的新乐府未被选入《文苑英华》，而宴集（12 首）、酬和（17 首）、寄赠（23 首）、送行（12 首）等诗却纳入集内，"这意味着，在宋初时期，在《文苑英华》结集之时，白居易的社交诗歌受欢迎的程度远甚于其社会批评诗歌"②。因此，总体来看，宋初所谓"白体"更多指向律诗尤其是唱和诗，而非具体模仿白居易的诗歌，尤其是和韵、依韵、次韵、联句等诗歌形式。选择白居易作为师法对象，而非同样有唱和之作的韩愈、孟郊，或许因为韩孟诗歌语言更为复杂与智性，难以被普遍效仿，白体则不然，语言通俗易懂，且有明显的口语化倾向。

　　莲达还进一步探究了宋初学白体与文化政策之间的密切关系。宋初统治者为了巩固政权，并显示与汉唐时期相同的文化气象，鼓励文人参政并在重要场合进行诗歌应制与唱和。这种唱和既可能让有才之士脱颖而出，又能显示统治者的文化修养。帝王鼓励唱和诗唱和还有特殊的政治原因：

---

① Linda D'Argenio, "Bureaucrats, Gentlemen, Poets: The Role of Poetry in the Literati Culture of Tenth-Eleventh Century China (960-1022)", diss., Columbia University, 2003, pp. 98-99.

② Linda D'Argenio, "Bureaucrats, Gentlemen, Poets: The Role of Poetry in the Literati Culture of Tenth-Eleventh Century China (960-1022)", diss., Columbia University, 2003, p. 103.

帝王鼓励诗歌唱和是第一代宋朝统治者尚文政策的组成部分，同样是统治者力求文化一统，从而试图新建秩序的体现。[1]

当然，这也可以解释宋初统治者为何学初唐，统治者成为艺术的支持者与庇护人（patrons of the arts），如宋太宗擅书法与诗歌，经常聚集官员参与"文"的相关活动。当然，进一步说，在王朝建立之初，徐铉、李昉等前朝旧臣创作社交诗歌，"或许源于控制其可能的批评"[2]，因为将其精力引向经典编撰与诗歌创作，可以在很大程度上减轻其幻灭感。

莲达认为，白体意义的扩大与复杂化，源于后世文人的模仿，如王禹偁，因为"从早期宋诗发展角度看，王禹偁是复兴与重构白体的重要人物"[3]，当然他还引领了北宋古文运动的趋向。王禹偁的出生背景、生活艰辛及对农人生活的熟悉，使他对普通百姓的问题更为敏感，其早期诗歌中便不乏表现百姓生活疾苦、暴露政治缺点的诗作，这些作品很明显可以见出白居易新乐府与《秦中吟》的影响，这与宋初关于白体的认知相异。如《橄榄》：

江东多果实，Of the many fruits of Jiangdong,
橄榄称珍奇。Olives are considered a precious wonder.
北人将就酒，The Northerner, when wine is brought,
食之先颦眉。Eating them at first knits his eyebrows.
皮核苦且涩，Skin and pit are bitter and astringent,
历口复弃遗。They cross the mouth and are then discarded.
良久有回味，But after a while they have an aftertast,
始觉甘如饴。That starts to feel as sweet as sugar.
我今何所喻，What am I alluding to now?
喻彼忠臣词。I'm alluding to the words of a loyal minister.
直道逆君耳，The upright way offends the lord's ear,

---

[1] Linda D'Argenio, "Bureaucrats, Gentlemen, Poets: The Role of Poetry in the Literati Culture of Tenth-Eleventh Century China (960-1022)", diss., Columbia University, 2003, p.106.

[2] Linda D'Argenio, "Bureaucrats, Gentlemen, Poets: The Role of Poetry in the Literati Culture of Tenth-Eleventh Century China (960-1022)", diss., Columbia University, 2003, p.107.

[3] Linda D'Argenio, "Bureaucrats, Gentlemen, Poets: The Role of Poetry in the Literati Culture of Tenth-Eleventh Century China (960-1022)", diss., Columbia University, 2003, p.110.

斥逐投天涯。He is driven away exiled to the edge of the sky.
世乱思其言，When the world is in chaos one longs for his words,
噬脐焉能追。But it's too late for regret and to be able to go back.
寄语采诗者，I send these words to the poems collector,
无轻橄榄诗。Do not make light of the poem about olives. ①

  莲达认为，此诗堪称王禹偁诗歌艺术的最佳体现，同样显示了其与白居易诗歌见解的一致性，即诗歌须有益于世界，同时，除了其中明确的政治信息，另一个与白居易诗学的关联点在于"采诗官"，这是《毛诗序》以诗言政传统的延续。其《对雪》《为恶》等同样是一种伦理与政治表达。其他可以见出白居易影响的还有，王禹偁《小畜集》中的诗歌分类与白居易的诗歌分类有其共同特征，如关于"古调诗"与"古体"的分类；王禹偁的不少诗歌写于其降职贬谪诗歌，明显模仿白居易的贬谪诗，如《放言》（"贤人虽学心无闷"）作于992年被贬商州时间。

  当然，王禹偁并非仅仅写作社会批评诗歌，一方面因为他曾学习多位唐代诗歌，如杜甫、韩愈；另一方面王禹偁还创作了不少社交诗与贬谪诗，他早期曾写作不少社交诗歌，并以唱和诗获得诗名，在不同时期他都从未停止这类诗歌写作，而且与其官宦生涯直接有关，如在983—990年此类诗歌占比达到70%—80%，而991年仅占比30%。在被贬期间，王禹偁的诗歌更加成熟、复杂，其诗歌创造力也被激发，如992年有101首诗歌面世，且题材多样，他"将诗歌视为一种记录、回忆或者历史与哲学的反思"②，如《寒食》（"今年寒食在商山"）、《谪居》（"亲老复婴孩"）、《留别仲咸》（"二年商岭赖知音"）、《读史记列传》（"西山薇蕨蜀山铜"）。而在《读汉文纪》一诗中，将贾谊的遭遇与自己的被贬经历相比较。对王禹偁贬谪诗创作产生影响的包括《老子》《庄子》《离骚》《史记》及杜诗、白诗等前代典籍与诗歌。

  与此同时，莲达认为，杜甫对王禹偁的影响常被学界忽视，这或许是沿袭自严羽、方回等关于王禹偁学白体的说法。实际上，杜甫之于王禹偁

---

① 北京大学古文献研究所：《全宋诗》（第二册），北京大学出版社1991年版，第687页。英译见 Linda D'Argenio, "Bureaucrats, Gentlemen, Poets: The Role of Poetry in the Literati Culture of Tenth-Eleventh Century China (960-1022)", diss., Columbia University, 2003, p.114。

② Linda D'Argenio, "Bureaucrats, Gentlemen, Poets: The Role of Poetry in the Literati Culture of Tenth-Eleventh Century China (960-1022)", diss., Columbia University, 2003, p.110.

第四章　北美汉学界论宋诗"因革"　　139

诗歌创作的影响可与白居易相提并论。其实，王禹偁之子已然发现其父之作《春日杂兴》与杜诗颇有相似之处，《蔡宽夫诗话》中这则逸事如果属实，"似乎表明他与杜甫之间存在天然的密切关系"①。因此，莲达坚信，"毫无疑问，王禹偁的很多诗歌与杜诗一样都侧重于现实主义，且以诗记录亲历的事件"②，如王禹偁的《五哀》受杜甫《八哀》的启发。

总而言之，王禹偁在宋初诗坛具有重要作用，且学唐的同时又越唐：

> 王禹偁对于形塑宋初诗歌扮演主要角色。他重新界定且充实了白体的意义，他汲取了新乐府的意识形态遗产，由此超越了白居易唱和诗的局限。王禹偁保留了白居易诗歌语言的通俗易懂，目的在于通过最为精练的语言来传达信息。他吸收了杜甫的现实主义，以及诗歌写作的历史见证作用。此外，王禹偁诗歌语言的平淡风格，昭示了后来被称为宋诗典型特征的以文为诗。③

莲达试图纠正历代对西昆体的负面评价，为其翻案，发掘西昆体对宋调形成的意义与价值。她指出，西昆体是宋诗语言趋向复杂，且避免了白体诗歌过于直露的缺陷，即便欧阳修虽反对西昆体，但"事实上，他承认其优点与积极影响"④。《西昆酬唱集》之诗人大量吸取传统咏物诗的技巧，但又试图颠覆传统，即"与传统以物写人不同，他们运用传统宫体咏物诗中的语言和意象来写物（以人写物——引者注）"，⑤ 如刘筠、杨亿、刘隲的同名诗《槿花》：

> 吴宫何薄命，How unfortunate the fate of Wu Palace,
> 楚梦不终朝。（刘筠）The dream of Chu doesn't last all day.

---

① Linda D'Argenio, "Bureaucrats, Gentlemen, Poets: The Role of Poetry in the Literati Culture of Tenth-Eleventh Century China (960-1022)", diss., Columbia University, 2003, p.124.
② Linda D'Argenio, "Bureaucrats, Gentlemen, Poets: The Role of Poetry in the Literati Culture of Tenth-Eleventh Century China (960-1022)", diss., Columbia University, 2003, p.124.
③ Linda D'Argenio, "Bureaucrats, Gentlemen, Poets: The Role of Poetry in the Literati Culture of Tenth-Eleventh Century China (960-1022)", diss., Columbia University, 2003, p.129.
④ Linda D'Argenio, "Bureaucrats, Gentlemen, Poets: The Role of Poetry in the Literati Culture of Tenth-Eleventh Century China (960-1022)", diss., Columbia University, 2003, p.231.
⑤ Linda D'Argenio, "Bureaucrats, Gentlemen, Poets: The Role of Poetry in the Literati Culture of Tenth-Eleventh Century China (960-1022)", diss., Columbia University, 2003, p.129.

尘暗神妃袜，Dust beclouds the divine consort's stockings,

衣残侍史香。（杨亿）On the Clothes, left-over fragrance from the waiting maid.

霓裳犹未解，The rainbow skirt not yet loosened,

绣被已成堆。（刘隲）The embroidered quilts already piled up. ①

刘筠以西施喻木槿，并以楚王与高唐女神的短暂相会喻木槿花期之短；杨亿将花比作曹植《洛神赋》中的女神，以花香喻女性衣衫之香；刘隲（莲达误作"Liu Xi"）诗句的比喻有色情意味，"有明晰的色情语调和强烈的宫体传统"②。莲达进一步支持，这些咏物诗中的隐喻性"是西昆体与其他学白体诗歌的主要区别"③。西昆体充分开掘了咏物诗的表达技巧，使《玉台新咏》以来的宫廷诗更趋复杂。但在语言与结构方面，西昆体更应被视为李商隐、杜牧、温庭筠诗歌的次文类（subgenre），换言之，"尽管意象、用语与早期宫廷诗有渊源，但是他们建构诗句的方式主要是对晚唐经验的汲取，尤其是受到李商隐的强烈影响"④。

莲达还以杨亿《宣曲二十二韵》为例，讨论了西昆体诗人对唱和诗传统的超越，该诗常被认为系闺怨诗、讽喻诗，传统批评者或批评其浮靡、隐射时政、暗含宫廷风流韵事，但莲达结合阐释语境（hermeneutic context）、诗人与朝廷之关系及对唱和诗的影响，认为该诗可以被视为宫体诗的新发展。虽然包括真宗在内都对该诗的风格进行了批评，但由于杨亿本就与诸如真宗喜欢平易的主流审美不同，他更推崇精致与文雅的诗歌风格，同时，该诗也可以视作对白体诗歌的反拨。更加值得关注的是，杨亿、刘筠、钱惟演所作的同题之作，可以视为西昆体诗人对传统唱和诗的超越：

---

① 杨亿编，王仲荦注：《西昆酬唱集注》，中华书局1980年版，第30—31页。英译见 Linda D'Argenio, "Bureaucrats, Gentlemen, Poets: The Role of Poetry in the Literati Culture of Tenth-Eleventh Century China (960-1022)", diss., Columbia University, 2003, pp. 143-144。

② Linda D'Argenio, "Bureaucrats, Gentlemen, Poets: The Role of Poetry in the Literati Culture of Tenth-Eleventh Century China (960-1022)", diss., Columbia University, 2003, p. 138.

③ Linda D'Argenio, "Bureaucrats, Gentlemen, Poets: The Role of Poetry in the Literati Culture of Tenth-Eleventh Century China (960-1022)", diss., Columbia University, 2003, p. 138.

④ Linda D'Argenio, "Bureaucrats, Gentlemen, Poets: The Role of Poetry in the Literati Culture of Tenth-Eleventh Century China (960-1022)", diss., Columbia University, 2003, p. 139.

西昆体带来了唱和诗的内部革新。他提供了文人社群一种诗歌语言,以其密集用典的特点,使其被置于皇帝倡导的主流诗歌模式之外。因此,它显示出唱和诗可以超越庆典仪式与官廷生活,而且这种文学雅化(literary refinement)不容于批评与道德价值观的表达。事实上,西昆体为文人社群创造了一个先例,即以唱和诗潜在表达对朝廷政策的不满。值得注意的是,虽然西昆体在政府重要文化机构(如崇文苑)中写就,但这些诗歌均非受命于帝王,也并非为了敬献给皇帝。这些因素,加之杨亿寡合的个性,使西昆体诗歌树立了一个诗歌典范,即作为具有独立意志官员的表达工具。[1]

此外,莲达还注意到,西昆体密集用典可以视为此后宋代诗人的诗歌政治寓言化实验的预示,比如苏轼的政治讽刺诗可能受到西昆诗歌政治批评模式的影响。

关于宋初晚唐体诗歌,莲达试图确证其风格、追溯其模仿对象、评价其历史地位。莲达并不认为存在一个公认的晚唐体概念,后世学者关于宋初模仿晚唐体这一假设与事实并不吻合,而且将晚唐体与贾岛画等号并进行模仿部分原因乃宋代评论家张耒等人强化了这一认知,故关于晚唐体之说有待进一步廓清。九僧(指希昼、保暹、文兆、行肇、简长、惟凤、宇昭、怀古、惠崇九位宋初诗僧)诗在宋初曾风靡一时,但西昆体一出便归于消弭,这些诗歌主题单一、题材狭隘(自然与归隐),且流传下来的诗歌数量有限。莲达发现,九僧诗与贾岛诗歌在主题、方法方面有相似之处,这部分源于相似的生活方式与兴趣,他们都写作送别诗、寄赠诗,且多系游览或与僧侣、隐士同住。如贾岛《宿山寺》与怀古《寺居寄简长》具有相似性:

《宿山寺》Spending the Night at a Buddhist Mountain Temple
众岫耸寒色, Massed peaks rise up in the cold-colored sky;
精庐向此分。the monastery shares in this view.
流星透疏木, Shooting stars traverse the sparse trees;
走月逆行云。the moon travels against the shifting clouds.

---

[1] Linda D'Argenio, "Bureaucrats, Gentlemen, Poets: The Role of Poetry in the Literati Culture of Tenth-Eleventh Century China (960-1022)", diss., Columbia University, 2003, pp. 172-173.

绝顶人来少, To this secluded top few people come;
高松鹤不群。 In the tall pines cranes do not flock.
一僧年八十, One Buddhist monk, eighty years old,
世事未曾闻。① has never heard of the world's affairs.

寺居寄简长 Living at a Monastery, Sent to Jian Zhang
雪苑东山寺, Snow piles up on East Mountain Monastery,
山深少往还。 Deep in the mountain few people come and go.
红尘无梦想, About red dust I have no illusions,
白日自安闲。 In the daylight I'm quietly at ease.
杖履苔痕上, With a staff and clogs among moss and flowers,
香灯树影间。 By an incense lamp in the shadow of trees.
何须更飞锡, What's the need to roam again with your walking stick?
归隐沃洲山。 Come back as a recluse to Mount Wozhou. ②

二人之诗虽有明显差异，尤其是在情性方面，比如宿居时间、贾岛在诗中隐匿而怀古反之，但他们均以宿居寺庙为题材，呈现出极为相似的见解，都强调居所的幽静与远离尘嚣，贾岛诗中的老僧形象也与怀古的自我肖像一致。此外，九僧诗与贾岛诗在形式方面也有相似之处，如多用五言诗。当然，九僧并未泥于五言诗，还常创作律诗，在律诗中极为重视颔联、颈联的工整，这是他们的诗歌流传下来的重要原因，代表性的如惠崇的诗歌，完整保存下来的仅有14首，却有107句单独的诗句。贾岛诗歌注重意合（parataxis）甚于形合（hypotaxis），即对客观景物进行"客观"描绘的倾向，所谓"客观"即"像禅一样的超然态度，这将九僧诗歌的山水描绘从过度的感伤中分别开来"③，如释文兆之《巴峡闻猿》

---

① 彭定求等：《全唐诗》，中华书局1980年版，第6669—6670页。英文见 Linda D'Argenio, "Bureaucrats, Gentlemen, Poets: The Role of Poetry in the Literati Culture of Tenth-Eleventh Century China (960-1022)", diss., Columbia University, 2003, p. 172。

② 北京大学古文献研究所：《全宋诗》（第四册），北京大学出版社1991年版，第1477页。英译见 Linda D'Argenio, "Bureaucrats, Gentlemen, Poets: The Role of Poetry in the Literati Culture of Tenth-Eleventh Century China (960-1022)", diss., Columbia University, 2003, pp. 192-193.

③ Linda D'Argenio, "Bureaucrats, Gentlemen, Poets: The Role of Poetry in the Literati Culture of Tenth-Eleventh Century China (960-1022)", diss., Columbia University, 2003, p. 194.

(Hearing the Gibbons Call in Ba Gorge):

倚棹望云际,	As I lean my oar, gazing at the edge of the clouds,
寥寥出峡清。	Solitary and silent purity emerges from the Gorge.
心如无一事,	When the mind is not attached,
愁不在三声。	Sorrow does not reside in the three calls.
带露诸峰迥,	Carrying dew every peak is distant;
悬空片月明。	Hanging in space a slice of moon shines.
何人同此听,	Whoever hears them like this
彻晓得诗成。	Can finish a poem by dawn. [①]

诗中"三声"为猿叫声,据说可以引发人们的悲痛之情,但对文兆而言,只要心灵未黏附于任何外在事物便无悲痛可言,巴峡孤寂的风景也仅是美丽的山水而已。总而言之,虽然九僧诗与贾岛诗有诸多相似之处,但九僧诗绝非局限于自然之物的描摹,如惠崇还写有边塞诗及与"古诗十九首"风格类似的诗歌,其中惠崇的《塞上致王太尉》反映出其对政治、军事的兴趣,宇昭亦有同名诗作。此外,九僧诗还对"古诗十九首"及汉乐府进行改写,内容则与情爱无关,如惠崇《效古》借用《庭中有其树》中的相思之情来表达对远方友朋的想念。

莲达指出,林逋的诗歌具有沉思性,且强调情景融合,如《池上春日》(By the pond on a spring day):

一池春水绿于苔,	One pond of spring water green from the moss,
水上花枝竹间开。	On the water flowered branches open amidst the bamboo.
芳草得时依旧长,	Fragrant grass, at the proper time grows as before,
文禽无事等闲来。	Patterned birds for no reason come at their leisure.

[①] 北京大学古文献研究所:《全宋诗》(第四册),北京大学出版社1991年版,第1451页。英译见 Linda D'Argenio, "Bureaucrats, Gentlemen, Poets: The Role of Poetry in the Literati Culture of Tenth-Eleventh Century China (960-1022)", diss., Columbia University, 2003, pp. 194-195。

年颜近老空多感，As I approach old age in years and aspect, vainly have many feelings,

风雅含情苦不才。For the Airs' and Elegantiae's restrained emotions I am sorely without talent.

独有浴沂遗想在，Only the yearning for simple pleasures (lit. Of bathing in the Yi) is still there,

使人终日此徘徊。It makes me walk to and fro in this place the whole day.①

起始二句写自然之景，结尾二句将山水之宁静与内心的焦躁进行对比，意在表现诗人对怡然之乐的向往。在诗歌形式方面，林逋好作律诗，这与贾岛及其他晚唐诗人相同，喜对仗工整。特别是有名句无佳篇，尤其是颔联、颈联中"自然意象与变幻视角，不但组成了'诗中之诗'，还强化了整首诗的意义"，② 如《湖上晚归》中的颔联与颈联（"桥横水木已秋色，赤倚云峰正晚晴。翠羽湿飞如见避，红蕖香嫋似相迎"）。此外，与晚唐诗相似，林逋的诗歌也具有流畅性与可读性，而且虽然意象经常异乎寻常但并不夸张，句法也并不奇诡。总而言之，"虽然林逋的诗歌确实表现出晚唐体（特别是贾岛）的一些特征，然而人们并不会自动将其视为贾岛的模仿者。事实上，林逋与贾岛在很多方面存在不同"③。具体体现在：第一，贾岛喜作五言诗，而五言诗在林逋诗歌中所占比例不高；第二，主题和意象上，林逋五言诗的主题、意象与贾岛有较大差异，林逋经常表现自然、隐逸、拜访寺庙、远行；第三，贾岛的诗歌更具实验性、原创性，他的一些幽默诗类似哲学推论（philosophical speculations），林逋则缺乏戏剧性与实验性特征。莲达还注意到其他晚唐诗人对林逋的影响，林逋最崇敬的诗人是杜牧，尤其体现在《西湖春日》（Spring day on the Western Lake）一诗，该诗也是林逋幽默感的绝佳范例：

---

① 北京大学古文献研究所：《全宋诗》（第四册），北京大学出版社1991年版，第1209页。英译见 Linda D'Argenio, "Bureaucrats, Gentlemen, Poets: The Role of Poetry in the Literati Culture of Tenth-Eleventh Century China (960-1022)", diss., Columbia University, 2003, p.199。

② Linda D'Argenio, "Bureaucrats, Gentlemen, Poets: The Role of Poetry in the Literati Culture of Tenth-Eleventh Century China (960-1022)", diss., Columbia University, 2003, p.200。

③ Linda D'Argenio, "Bureaucrats, Gentlemen, Poets: The Role of Poetry in the Literati Culture of Tenth-Eleventh Century China (960-1022)", diss., Columbia University, 2003, p.200。

争得才如杜牧之，How do you get a talent like Du Mu's?
试来湖上辄题诗。Try coming to the lake and write impromptus poems.
春烟寺院敲斋鼓，Spring mist, in the monastery's courtyard the beat of the abstinence drums;
夕照楼台卓酒旗。evening glow, on the tower's terrace tall the wine shop banner.
浓吐杂芳薰崷崿，Rich spurt out mixed perfumes, the cliff is fragrant with plants;
湿飞双翠破涟漪。wet fly a couple of kingfishers, breaking the ripples.
人间幸有蓑兼笠，Among the people luckily there are a rain cloak and a leaf hat;
且上渔舟作钓师。I board the fisherman's boat and act as the fishing master.[1]

林逋崇拜杜牧摄取山水神韵的能力，在这首诗中，颔联、颈联是对山水深刻、生动的描摹，首位两联以戏谑口吻道出作诗动机及模仿杜牧的意图。

与林逋相同，寇准也常创作隐逸主题的诗歌，但却是完全不同的视角，隐逸被他视为一种孤寂状态，即便在其被贬之前，隐逸也是其诗歌创作的主要面向之一，他甚至将闺怨诗作为改造对象，如《古别意》（Thoughts of an Ancient Parting）：

水萤光淡晓色寒，Dim is the glow of the fireflies on the water cold the color of dawn;
庭除索寞星河残。The outer porch is deserted under the remnants of the Milky Way.
清樽酒尽艳歌阕，In the clear up wine has been drained, the rich

---

[1] 北京大学古文献研究所：《全宋诗》（第四册），北京大学出版社1991年版，第1209页。英译见 Linda D'Argenio, "Bureaucrats, Gentlemen, Poets: The Role of Poetry in the Literati Culture of Tenth-Eleventh Century China (960-1022)", diss., Columbia University, 2003, p.202.

sound of songs has rested;

离人欲去肝肠绝。As the person leaving is about to go, the heart breaks.

露荷香散西风惊,The fragrance of dewy lotuses scatters, the western wind startles;

征车渐远闻鸡鸣。As the journeying carts gradually move away, she hears the cockcrow.

深闺从此泣秋扇,Deep in the boudoir, from now on, tears on an autumn fan;

梦魂长在辽阳城。The dreaming soul long lingers on Liaoyang city walls.①

诗中的大多数意象都根植于情爱诗歌传统,但是诗人极力避免落入俗套,而是分别道出孤寂的处境。在其他相似诗歌中,寇准也以女性口吻哀叹爱人的缺席,或写羁旅情怀,如《江南春》②模糊多意,充满离别意象(如垂柳、蘋),未归之人或许就是诗人;《江上》一诗也有相似意象与类似的情感。莲达发现,如果将寇准的诗歌与同代人相比较,他几乎不创作社交诗歌,更多将诗歌作为自我表达的媒介。

贾岛对寇准的影响集中在五言诗,而五言诗在其诗中所占比例并不大,且二人都创作与僧侣、隐士交流及拜访寺庙的诗歌,但寇诗缺乏贾岛诗歌的实验性与独特性。一般来说,寇准、贾岛与晚唐体的共同特征是多创作律诗,且诗中表现出强烈的伦理关怀(ethical concerns),然而"与贾岛不同的是,寇准的诗歌人格不是一个受到外在物质匮乏影响的诗人,而是一个拥有内在美德的诗人。同时,寇准还将自己视为儒家系统中的一员"③,故寇准对屈原颇为崇拜,对其遭遇深表同情。与韩孟及贾岛诗歌尚奇不同,寇准的诗歌更为平实,他还常将自然山水作为情感的对应物,表现多愁善感的主题,而非强调叙事性与议论性,且常用特定意象来传递

---

① 北京大学古文献研究所:《全宋诗》(第四册),北京大学出版社1991年版,第997页。英译见 Linda D'Argenio, "Bureaucrats, Gentlemen, Poets: The Role of Poetry in the Literati Culture of Tenth-Eleventh Century China (960-1022)", diss., Columbia University, 2003, pp. 203-204。

② 莲达将这首词视为诗歌。

③ Linda D'Argenio, "Bureaucrats, Gentlemen, Poets: The Role of Poetry in the Literati Culture of Tenth-Eleventh Century China (960-1022)", diss., Columbia University, 2003, p. 207.

深层的意义。除贾岛之外，莲达还提及王维、刘禹锡、元稹、韦应物及南朝诗人对寇准的影响，如寇准的《春日登楼怀归》与韦应物《滁州西涧》之间存在关联。

魏野的诗歌多被认为具有唐诗风格，且多丽句，语言具有口语化倾向，他以白居易为偶像，尤其喜爱白居易的闲适诗歌。如《依韵和李安见寄》与白居易《放言》（Reckless Words）（其三）有明显的相似性：

烧残灰烬方分玉，Only after burning and destroying it to ashes does one recognize (true) jade;

披尽泥沙始见金。Once it's separated from mud and sand one starts to see (true) gold.

思苦任成潘岳鬓，Bitter thoughts could change (the color of) Ban Yue's temples;

道穷莫动孟轲心。The hardships of dao did not move Meng Ke's heart.[①]

虽然两首诗的主题完全不同，但毫无疑问是受白居易的启发，意在表达对朋友才华与政绩的赞美之情，而白诗则为一首哲理诗。魏野常被归入晚唐体派源于其诗歌人格，即不问世事的乡野之人，但在其社交诗中又常强调交往者的财富与地位，甚至作有相当数量献给达官贵人的诗歌，诗中充满庆贺与谄媚口吻。这与贾岛同题材诗歌完全不同，贾岛更为庄重，魏野多逢迎，魏野对富人的尊敬与贾岛的甘于清苦形成了鲜明对比。从风格角度看，二人也较少相同之处，贾岛多写五言诗，魏野则五言、七言均擅，同时，魏野多社交与抒怀、咏怀、咏物之作。当然，在一些描写自然的诗歌与贾岛体有相似之处，即常描写自然的精微。

此外，莲达还关注了潘阆，潘阆以野人自称，其诗也多表现访寺、旅行与沉思。他对佛教有较大兴趣，常写访寺、与僧侣唱和及引用"浮生"等佛教语汇。潘阆五言、七言兼善，更喜欢写作律诗，诗歌语言平淡。其

[①] 北京大学古文献研究所：《全宋诗》（第四册），北京大学出版社1991年版，第928页。英译见 Linda D'Argenio, "Bureaucrats, Gentlemen, Poets: The Role of Poetry in the Literati Culture of Tenth-Eleventh Century China (960–1022)", diss., Columbia University, 2003, p. 211（莲达仅选颔联、颈联）。

人生哲学似乎与贾岛相似，其"长喜诗无病，不忧家更贫"（《暮春漳川闲居书事》）、"发任茎茎白，诗须字字清"（《叙吟》），与贾岛的苦吟相似。潘阆崇拜贾岛鲜明地体现在《忆贾阆仙》（Remembering Jia Langxian）一诗中：

> 风雅道何玄，The Way of the Odes and Elegantie, how is it obscure?
> 高吟忆阆仙。Loftily chanting I remember Langxian.
> 人虽终百岁，Although men's life lasts a hundred seasons,
> 君合寿千年。You are fit to last for a thousand years.
> 骨已西埋蜀，Your bones lay west buried in Shu,
> 魂应北入燕。But your soul should enter Yan in the North.
> 不知天地内，Who knows between Heaven and Earth,
> 谁为读遗编。Who's reading the volumes you passed on?[①]

潘阆与贾岛体的关联还体现在处理主题的方式具有一致性。

总体来说，莲达认为，宋初晚唐体的特征主要表现在以下方面：一是表现出对佛道的兴趣，均有关于与僧侣、隐士交往的书写；二是都有对自然山水风景的描写，"自然既是生存环境，也是他们苦行与隐逸的标志"[②]；三是艺术形式上多用律诗，尤其强调对仗、工整，语言平淡但非口语化；四是主要关注情感疏泄，"'感伤'或许是更适合界定其总体特征的术语"[③]；五是较少关注诗歌的政治伦理功能，也较少涉及官场生活，这与白体及西昆体将诗歌视为统治者与臣民之间沟通的桥梁不同，即便是唱和诗晚唐体诗人也多表达同道之谊，而非社会交往。故莲达并不赞同方回将晚唐体诗人视为贾岛的追随者，而是"一个松散而有联系的文学团

[①] 北京大学古文献研究所：《全宋诗》（第四册），北京大学出版社1991年版，第620页。英译见 Linda D'Argenio, "Bureaucrats, Gentlemen, Poets: The Role of Poetry in the Literati Culture of Tenth-Eleventh Century China (960-1022)", diss., Columbia University, 2003, p.216。

[②] Linda D'Argenio, "Bureaucrats, Gentlemen, Poets: The Role of Poetry in the Literati Culture of Tenth-Eleventh Century China (960-1022)", diss., Columbia University, 2003, p.217.

[③] Linda D'Argenio, "Bureaucrats, Gentlemen, Poets: The Role of Poetry in the Literati Culture of Tenth-Eleventh Century China (960-1022)", diss., Columbia University, 2003, p.219.

体，在主题与形式特征方面有共同性，生活与文学活动多远离官场"①。

第三节 宋人学同代诗人

宋人学同代人方面，傅君劢注意到，苏门学士之秦观学苏轼技巧，张耒承东坡平易之风，晁补之的古体诗有欧阳修、苏轼的影子；吕本中自居继承黄庭坚，但后来试图矫正江西流弊，与曾几均倡"活法"说；年轻陈与义尊苏黄；年轻陆游学江西诗派，且"即使到晚年他仍然使用江西诗派的术语（有些具有明显的道教意象）来描述诗歌创作过程"；② 范成大兼容苏黄，尤其学江西诗派；杨万里早年学"江西诸君子"。林顺夫还指出，在13世纪，裘万顷、洪咨夔、方岳均是江西诗派的忠实追随者，而且即便是以学晚唐著称的永嘉四灵与江湖诗人：

> 其实，四灵与江湖诗人从未真正摒弃江西诗派的理论与实践。江西派重视的模仿，在四灵与江湖诗人的诗歌理论中仍是重要机轴，唯一差别是后者所师法的对象较少且较小，其中有人继续"资书以为诗"，只是所资之书仅限于晚唐诗。最有意思的，当推江湖诗人领袖刘克庄。他的许多律诗以轻纤的晚唐体写成，却都缀以典故与陈言。这些反江西诗派的诗人，终不免认为江西派所制。③

可见，江西诗派对南宋诗歌的影响是全面而深刻的，几乎无人能完全摆脱江西风习。

傅君劢在《漂泊江湖：南宋诗歌与文学史问题》一书中特别注意到苏洵"风行水上"的作文观念，苏轼在《自评文》中对此进行了更为深刻的论述，即所谓自然为文，故苏轼推崇心物相遇而生诗，"苏轼对心物相遇的意义相当乐观：任何地方、所有时间的体验都参与到万物之理

---

① Linda D'Argenio, "Bureaucrats, Gentlemen, Poets: The Role of Poetry in the Literati Culture of Tenth-Eleventh Century China (960-1022)", diss., Columbia University, 2003, p.220.
② ［美］梅维恒主编：《哥伦比亚中国文学史》，马小悟等译，新星出版社2016年版，第395—396页。
③ ［美］孙康宜、宇文所安主编：《剑桥中国文学史》，刘倩等译，生活·读书·新知三联书店2013年版，第574—575页。

(inherent patterns of the myriad phenomena) 中"①。苏轼贬谪期间依然可以在周遭环境中寻绎到丰富性和深度（richness and depth），如被贬惠州期间所作《十月二日初到惠州》（On the Second Day of the Tenth Month, First Arriving at Huizhou）：

仿佛曾游岂梦中，It seems I roamed here once; could it have been in a dream?
欣然鸡犬识新丰。Delighted, the chickens and dogs recognize New Feng.
吏民惊怪坐何事，The officials and populace were startled and wondered what I had done wrong.
父老相携迎此翁。The elders came out leading one another to greet this aged one.
苏武岂知还漠北，How could Su Wu know that he would return from north of the desert?
管宁自欲老辽东。Guan Ning, for his part, intended to grow old east of the Liao River.
岭南万户皆春色，South of the mountain range, the myriad doorways all show signs of "spring"!
会有幽人客寓公。Surely there will be recluses coming as guests to this émigré official.②

苏轼在贬谪之地体验到归家之感，并抱有回归朝廷的愿望，更为重要的是，苏轼"把自己看作超越任何边界的人类历史长河中的一分子"③。苏轼努力参与有意义的生活事务，虽然带给他精神慰藉，但是可能面临灾难，《山村五绝》（其三）因涉及对王安石盐政改革的批判成为六年之后

---

① Michael A. Fuller, *Drifting among Rivers and Lakes: Southern Song Dynasty Poetry and the Problem of Literary History*, Cambridge (Massachusetts) and London: Harvard University Press, 2013, p. 52.
② 张志烈、马德富、周裕锴主编：《苏轼全集校注》，河北人民出版社 2010 年版，第 4440 页。英译见 Michael A. Fuller, *Drifting among Rivers and Lakes: Southern Song Dynasty Poetry and the Problem of Literary History*, Cambridge (Massachusetts) and London: Harvard University Press, 2013, p. 54.
③ Michael A. Fuller, *Drifting among Rivers and Lakes: Southern Song Dynasty Poetry and the Problem of Literary History*, Cambridge (Massachusetts) and London: Harvard University Press, 2013, p. 54.

"谤讪朝廷"之罪的重要罪证之一。苏轼这种积极参与意识带给他无数灾难,尤其是随着帝王的更迭与朝政的不断变化,苏轼不容于新旧党,这对其自身与家人的生活都相当不利。对诗歌传达人生体验及其意义的有效性开展省思成为南宋诗学一以贯之的话题。

与苏轼类似,黄庭坚也曾遭受贬谪,在被贬期间,黄庭坚对北宋中期以苏轼为代表的作诗模式产生了怀疑,与此同时,同代文人也发现,世界原本存在的内在模式已经失效,因此,虽然黄庭坚也坚持诗当吟咏"情性",但"与同代人一样,黄庭坚瞄准内在:他提倡一种自持(self-composure)、自律(self-discipline)更具道德指向的诗歌(morally oriented poetry)"①。换言之,"诗歌是情性的表现,但其被正确理解的意义在于,需要承担美德:忠(loyalty)、信(trustworthiness)、笃(seriousness)、敬(reverence)"②。

在此基础上,黄庭坚要求诗人需不断提升自我修养(self-cultivation),其方式是通过阅读先贤经典,因为这些文本可以提供"通向意义和自我修养的引导"(guide to meaning and to the self-cultivation)。黄庭坚构建的诗歌和诗学体系与苏轼不同,它并非直接源于诗人直观感知的现象世界,而是"人类反映、价值、认同的记录"(the record of human responses, values and commitments),即"巨大且连续的人类传统的一部分"③(part of the vast continuity of the human tradition)。黄庭坚的"体验"来源于四个方面:懂得人之本性的前代作家,具有儒家价值与认同的前代作家,传递这些价值的文本,诗人积极参与这些文本并构建一个内在世界。在黄庭坚看来,前代优秀作家为当下作家提供了必要前提,先在文本提供了基础性的真理(fundamental truth),尤其是儒家经典文本提供了组织和再现的范本,黄庭坚还宣称杜甫诗歌、韩愈文之所以超迈众人,源于二人擅于取法前人,所谓"点题成金"。

傅君劢认为,黄庭坚并不是否定自我创造,而是认为如果一个诗人学力不足、知识面狭隘,便很难创作出优秀的作品。黄庭坚的诗歌取法前人

---

① Michael A. Fuller, *Drifting among Rivers and Lakes: Southern Song Dynasty Poetry and the Problem of Literary History*, Cambridge (Massachusetts) and London: Harvard University Press, 2013, p. 59.

② Michael A. Fuller, *Drifting among Rivers and Lakes: Southern Song Dynasty Poetry and the Problem of Literary History*, Cambridge (Massachusetts) and London: Harvard University Press, 2013, pp. 60-61.

③ Michael A. Fuller, *Drifting among Rivers and Lakes: Southern Song Dynasty Poetry and the Problem of Literary History*, Cambridge (Massachusetts) and London: Harvard University Press, 2013, p. 61.

而进行创造性变形（creative transformation），如《王充道送水仙花五十支欣然会心为之作咏》一诗大量使用典故（如《洛神赋》《招魂》《李延年歌》《江畔独步寻花其绝句》《缚鸡行》）：

《王充道送水仙花五十支欣然会心为之作咏》
Wang Chongdao Sent Fifty Stems of Narcissus. I was Delighted and Wrote his this Poem.
凌波仙子生尘袜，Traversing the waves, the immortal of dusty slippers,
水上轻盈步微月。On the water gracefully treads the faint moon.
是谁招此断肠魂？Who summoned this heart-wrenching soul,
种作寒花寄愁绝。Planted as a cold flower imbued with utter sorrow?
含香体素欲倾城，Holding fragrance, its form pure white, it is about to topple a city.
山矾是弟梅是兄。The mountain alum is its younger brother, the plum is its older.
坐对真成被花恼，Sitting facing it, I truly become perturbed by the flower;
出门一笑大江横。Going out the gate, I give one laugh: the great river flows on.①

也正因为如此，诗人"拒绝了传统文体的机械再现（rote performance）"②，尾句"出门一笑大江横"也体现出山谷诗结尾的基本模式，从记事写物转向主体之"意"（intention）的呈现，"兴寄高远"源于文本传统（textual tradition）。"兴寄"的领悟需要"'精博'的阅读，而非对外在世界的体验（experience in the world）"③，黄庭坚的这种诗学观念来源

---

① 黄庭坚撰，任渊等注，刘尚荣校点：《黄庭坚诗集注》，中华书局2003年版，第546页。英译见 Michael A. Fuller, *Drifting among Rivers and Lakes: Southern Song Dynasty Poetry and the Problem of Literary History*, Cambridge (Massachusetts) and London: Harvard University Press, 2013, pp. 68-69。

② Michael A. Fuller, *Drifting among Rivers and Lakes: Southern Song Dynasty Poetry and the Problem of Literary History*, Cambridge (Massachusetts) and London: Harvard University Press, 2013, p. 69.

③ Michael A. Fuller, *Drifting among Rivers and Lakes: Southern Song Dynasty Poetry and the Problem of Literary History*, Cambridge (Massachusetts) and London: Harvard University Press, 2013, p. 73.

于他更推崇前人之作而非来自现象领域的偶然经验（chance experience in the phenomenal），即艾朗诺所言"他强调'学问'、熟悉诗歌传统是培养诗艺的关键"或"阅读是提高诗人技艺的关键"①，当然艾朗诺更进一步指出，这或许与黄庭坚时代书籍印刷普及有直接关联，即"书籍比过去任何时候都更容易获得，所以黄庭坚才建议雄心勃勃的年轻诗人研读它们，以磨炼自己的创作技艺"②。

与此同时，黄庭坚所谓"意"并非中性的，而是具有道德属性。黄庭坚关于"意"的复杂性及如何化用于诗歌创作中，提出了"夺胎换骨"说，③ 傅君劢进一步指出，"'夺胎换骨'是浑然无迹的（spontaneous），尤其是一种对前代诗人所提供的意向性语言（the language of intentionality provided by the earlier poets）的美学建构"④。关于如何有效阐释前人诗歌，黄庭坚认为，文本的意义非不证自明的，而是需要"恰切的解释程序"（appropriate interpretive procedures），获得意义途径需包括三个方面，即文本的解读（textual understanding）、文本的产生环境（external circumstances）、内在反应（inner responses）。

陈师道作诗以黄庭坚为宗，陈师道在熙宁、元丰年间无法参加科举，随着反改革派在元祐年间的崛起，陈师道逐渐为苏轼、黄庭坚举荐其为官。与黄庭坚一样，陈师道也师法杜甫，但陈师道聚焦于杜诗风格的包容性（catholicity of style）及重视直觉审美体验。诸多陈师道诗歌都体现出心物相遇而为诗的特性，如《登快哉亭》（Climbing Joyous Pavilion）便是一个典型例子：

> 城与清江曲，The city wall curves with the clear river,
> 泉流乱石间。The springhead flows out amidst chaotic boulders.

---

① ［美］孙康宜、宇文所安主编：《剑桥中国文学史》，刘倩等译，生活·读书·新知三联书店2013年版，第473页。

② ［美］孙康宜、宇文所安主编：《剑桥中国文学史》，刘倩等译，生活·读书·新知三联书店2013年版，第475页。

③ 关于"夺胎换骨"的提出者学界尚有争议，学界一直认为系黄庭坚提出，但周裕锴《惠洪与换骨夺胎法》一文认为此说归属于惠洪，本人不拟介入这一争议，而是根据傅君劢所论，暂列入黄庭坚名下，傅君劢将"夺胎"译为"snatching the embryo"，"换骨"译为"changing the bones"。

④ Michael A. Fuller, *Drifting among Rivers and Lakes: Southern Song Dynasty Poetry and the Problem of Literary History*, Cambridge (Massachusetts) and London: Harvard University Press, 2013, p.79.

夕阳初隐地，When dust first darkens the land,
暮霭已依山。Sunset mists already rest on the mountains.
度鸟欲何向，Birds crossing over: where do they head?
奔云亦自闲。The dashing clouds also are leisurely.
登临兴不尽，The inspiration in climbing and standing (here) has not exhaust itself,
稚子故须还。But my children (are waiting), so I must go home. ①

该诗没有刻意使用典故，也无晦涩的语言，为我们展开了一幅动态的山水画面，但又以自然、自发、平静的方式显现出来，尾联转入诗人活动并从中发现了自己的位置。陈师道诗风的简洁、浅近及融入世界的方式，并不能掩盖其自我意识与修辞考究，如《别三子》一诗系大量生活语言片段的集合，并不乏对前人语言的借用，还使用了散文化句法，诗歌的意义也飘忽不定，而第十一、十二句对杜诗的借用亦显示了大师文本（master text）的诱惑。

洪朋、洪刍、洪炎是黄庭坚的坚定追随者，并与黄庭坚形成了江西诗派社交网的中心（the center of the social networks）。更为重要的是，洪氏兄弟与徐俯、韩驹在徽宗与高宗早期文化政治巨变时期的交往"反映了逐渐形成的重要社会—文化—文学网"（key social-cultural-literay networks），并使朝廷逐步接受"江西风格"（Jiangxi style）。南宋初年，洪氏兄弟与徐俯、韩驹发展了一种排斥黄庭坚快速向内转的诗歌风格，他们的诗歌主张反映了对黄庭坚作诗方法持谨慎态度，"这种新的立场成为重要的江西诗学的反面（counter-position to 'Jiangxi poetics'）"②。洪氏兄弟的早期诗歌或许最能体现江西诗派的风格，洪刍《次韵和元礼》是一首掉书袋的诗歌（a very bookish poem），尤其是使用一些生僻典故与突转（sharp turns）手法。该诗大量使用典故，并将文本世界纳入诗歌框架并表达出来，这无疑是对黄庭坚诗歌风格的承袭，即"诗歌中的审美想象

---

① 《全宋诗》英译见 Michael A. Fuller, *Drifting among Rivers and Lakes: Southern Song Dynasty Poetry and the Problem of Literary History*, Cambridge (Massachusetts) and London: Harvard University Press, 2013, p. 99。

② Michael A. Fuller, *Drifting among Rivers and Lakes: Southern Song Dynasty Poetry and the Problem of Literary History*, Cambridge (Massachusetts) and London: Harvard University Press, 2013, p. 108.

沿袭了黄庭坚将文本作为意义轨迹的作诗特征，这代表了当时南宋人所认知的江西风格的重要方面"①。洪朋的《题胡潜风雨山水图》（Written on Hu Qian's painting of a Landscape of Wind and Rain）体现了江西诗派的另一种风格：

> 胡生好山水，Master Hu is good at (painting) mountains and rivers.
> 烟雨山更好。In misty rain the mountains are yet better.
> 鸿雁书远空，The swans and geese inscribe the distant void;
> 马牛风塞草。Horses and oxen breeze the frontier grasses. ②

用字新奇，且意义晦涩，尤其是"马牛风塞草"一句，虽然所引典故源自《尚书》《左传》，但其意艰深隐晦。江西诗派的第三大特征是多作拗体，除黄庭坚外，其他追随者也擅作拗体。如洪朋《晚登秋屏阁作示杜氏兄弟》之"富贵功名付公等，嗟予老矣负平生"，破坏惯常的诗歌韵律，走入"声调拗峭"之途。徐俯被认为是一个颇有原则的官员，这一特点也同时适用于其诗歌和诗学中。在黄庭坚去世以后，徐俯成为江西诗派的中坚人物。徐俯早期诗学关注"目力所及"，意高于材料剪裁，徐俯的"意"实际上是一种"内在道德倾向"（internal moral disposition），这种道德倾向的培养有赖于学习儒家经典。徐俯以意为主"或许是其塑造人们所认知的'江西风格'方面最重要的贡献"③。徐俯现存34首诗歌，《春游胡》由自然转入人世，没有特别的义旨与道德内蕴，但却呈现了一幅"目力所及"之景。韩驹在江西诗派的地位难以界定，甚至其是否真正归属于江西诗派也存在疑问，不过现代学者基本认为他是"早期江西诗派和南宋早期诗歌的一座桥梁"④。韩驹注重诗歌雕琢与修改、整

---

① Michael A. Fuller, *Drifting among Rivers and Lakes: Southern Song Dynasty Poetry and the Problem of Literary History*, Cambridge (Massachusetts) and London: Harvard University Press, 2013, p. 110.

② 《全宋诗》英译见 Michael A. Fuller, *Drifting among Rivers and Lakes: Southern Song Dynasty Poetry and the Problem of Literary History*, Cambridge (Massachusetts) and London: Harvard University Press, 2013, p. 111。

③ Michael A. Fuller, *Drifting among Rivers and Lakes: Southern Song Dynasty Poetry and the Problem of Literary History*, Cambridge (Massachusetts) and London: Harvard University Press, 2013, p. 117.

④ Michael A. Fuller, *Drifting among Rivers and Lakes: Southern Song Dynasty Poetry and the Problem of Literary History*, Cambridge (Massachusetts) and London: Harvard University Press, 2013, p. 119.

体连贯性，关于文学传统方面与黄庭坚有所不同，反对使用生僻的典故，而且认为易懂高于伦理基础，如《夜泊宁陵》（Mooring for the Night at Ningling）：

汴水日驰三百里，The Bian Canal's waters rush 300 li in a day；
扁舟东下更开帆。The skiff, going east downstream, adds sail.
旦辞杞国风微北，At dawn leaving the realm of Qi, the wind was slightly northward.
夜泊宁陵月正南。At night, mooring at Ningling, the moon is directly south.
老树挟霜鸣窣窣，Old trees, holding frost on their limbs, coldly rustle.
寒花垂露落毵毵。Cold flowers, hanging dewdrops, fall gently.
茫然不悟身何处，Dazed, I do not realize where I am；
水色天光共蔚蓝。The color of the water and the gleam of the sky both are deep azure.[1]

该诗结构清晰，传递出一种疏远意识。该诗非典型的江西诗风，而是对其价值观的变形。总而言之，虽然这些人总体上构建了江西诗派原初的共同特征，但实则各具特色。

南宋时期，关注人类心性在诗歌方面走向两途：一是以诗歌表现人与外物相遇时的互动。如叶梦得所谓"诗本触物寓兴""缘情体物"便可视为心物互动，实则"提供了另外一种向内转的形式"（a different form of inwardness）[2]，这与黄庭坚及其他江西诗派从现象世界撤退进入文本和悟（an inner "awakening"）不同，叶梦得倡导情景猝然相遇和技法精熟。王铚更倾向于直接观察（"人情物态"）而非取法前人文本（前人遗意）。张元干提供了一共重视外在实体世界（"造化窟中"）的例子，他

---

[1] 《全宋诗》英译见 Michael A. Fuller, *Drifting among Rivers and Lakes: Southern Song Dynasty Poetry and the Problem of Literary History*, Cambridge (Massachusetts) and London: Harvard University Press, 2013, pp. 121-122。

[2] Michael A. Fuller, *Drifting among Rivers and Lakes: Southern Song Dynasty Poetry and the Problem of Literary History*, Cambridge (Massachusetts) and London: Harvard University Press, 2013, p. 142。

借用吕本中"活法"说,但意义却完全不同,"张元干以之来描述一种自然创造(spontaneous creativity)并从文本自我意识(textual self-consciousness)的束缚中解脱出来的形式"①。周孚又试图回到吕本中的文本传统中,反对自然创造(如类似张元干所谓"活法"),但在黄庭坚的基础上又融入新质。二是以诗歌准确表现内心道德结构(the moral structure of the mind)。如周紫芝就从外在世界转入内心领域。张戒在《岁寒堂诗话》中也极为关注诗人之"志"与从"景"到"意"的运动,张戒所言人的内在生活相当广泛且包括人类普遍情感,他直接从物转向意,同时强调语言的重要性。杨时的学生张九成则从语言转向"求于内",语言作为再现的中介并无优越性,张九成开始走向朱熹的理论取向,强调"达理"重于阅读,但不废技巧与文本传统。

陆游、杨万里一方面沿袭黄庭坚、陈师道、吕本中、陈与义界定的诗歌技法,但又试着突破想象力、内向性、审美体验的狭隘与束缚。

陆游和杨万里似乎都发出了到经验世界中获取作诗资源的主张,都反映了深层的学术基础与参与世界的不同方式。杨万里1188年在《江湖集序》中言明了悔其少作的原因乃师法江西派,这一举动可视为他对江西诗派美学限制(aesthetic constrains)的不满,而转向捕捉经验模式(modes of experience)。在《荆溪集序》中,杨万里言明了包括《江湖集》在内的师法对象:陈师道的五律、王安石的七律、晚唐律诗,他熔不同风格、技法于一炉去限制、简化早期从江西诗派获得的掉书袋的诗歌创作方法,并逐渐形成了"诚斋体"的特征。陈师道的诗歌以平实而真挚见长,如《夜雨泊新淦》描写离家的孤独,也体现出这种简单、平静,第三联尤其显示出其诗平实、感情真挚,杨万里的《负丞零陵更尽,而代者未至。家君携老幼先归,追送出城,正值泥雨,万感骤集》是学习陈师道的典型例子,语言简单(甚至口语化)、直接:

《负丞零陵更尽,而代者未至。家君携老幼先归,追送出城,正值泥雨,万感骤集》

I have finished my term as aide in Lingling but my replacement has

---

① Michael A. Fuller, *Drifting among Rivers and Lakes: Southern Song Dynasty Poetry and the Problem of Literary History*, Cambridge (Massachusetts) and London: Harvard University Press, 2013, pp. 144–145.

not yet arrived. My father leads the young and old to return before me. I follow them out past the city wall to see them off and encounter mud and rain. Ten thousand feelings gather in a rush.

吾父先归吾未可，My father returns first; I cannot yet.

吾母已行犹顾我。My mother, already going, still looks back at me.

儿女喜归未解悲，The children, happy to return, do not yet understand sorrow.

我愁安得似儿痴。How can my grief get to be like their simplicity?

墙头人看不须羡，People watching from the wall need not envy.

居者那知行者叹！How can those resident know of the sighs of travelers?

昨日幸晴今又雨，Yesterday luckily it cleared; today it rains again.

天公管得行人苦？Does the Lord of Heaven concern himself with the travails of travelers?

吾母病肺生怯寒，My mother has a lung ailment and greatly fears cold.

晚风鸣屋正无端。The afternoon wind just now sings on the rooftops to no end.

人家养子要作官，A household raising sons wants them to become officials;

吾亲此行谁使然？My parents, this journey: who made it so?[1]

但它"不仅是一首书写体验的诗歌，而且是一首非常个人化的诗歌，无任何官方价值观，呈现的情感也并非诗歌传统中惯常的材料"[2]。而诗中对真实存在情感的抒发，很明显是对张戒要求再现所有人类体验诗学观的吸纳。杨万里将陈师道诗歌平实、个人化的风格发展为一种更为鲜明、更具包容性的诗歌风格，这种诗歌风格还可以看到张戒、杜甫的影子。《人日诘朝从昌英叔出谒》便体现出这种包容性特点，杨万里从陈师道那

---

[1] 杨万里撰，辛更儒笺校：《杨万里全集笺校》，中华书局2007年版，第35页。英译见 Michael A. Fuller, *Drifting among Rivers and Lakes: Southern Song Dynasty Poetry and the Problem of Literary History*, Cambridge (Massachusetts) and London: Harvard University Press, 2013, pp. 192–193.

[2] Michael A. Fuller, *Drifting among Rivers and Lakes: Southern Song Dynasty Poetry and the Problem of Literary History*, Cambridge (Massachusetts) and London: Harvard University Press, 2013, p. 193.

里获得灵感，但是通过捕捉瞬间内在生活（inner life）来构建更为复杂的诗歌结构。

杨万里的七言律诗的语言看似简单，实则多有借用、用语考究，这无疑可以看出王安石的影响，如王安石的《夜直》与杨万里的《过百家渡四绝句》（其四）均用复沓手法，在《自值夏小溪泛舟出大江》中所用的复沓更为复杂。在《江湖集》中杨万里建立起了自己的模式，他将隐含作者（implied author）置于更为显著的位置，并运用拟人化（anthropomorphism）手法将外物带入人类活动（如《小雨》中的"似妒诗人山入眼，千峰故隔一帘珠"）。杨万里《江湖集》亦不乏对荆公诗的借鉴，不局限于描绘外物的物理细节，而是侧重被感知的山水，如《夏夜追凉》中的"凉"便是一种审美感知而非清晰的事实（clear fact）。诗人对外物的敏捷反应，《荆溪集》中的《桧径晓步》《寒雀》便是典型例子，两首诗模式（pattern）相同，前两行诗都以叙事手法展开画面，第三句建立起"意"（disposition），两首诗的技法和视角都很相似，这可以视为《江湖集》后期的某种延续，并在常州时期达到顶点。

在常州时期杨万里开始使用"兴"，即"一个某种外在世界意象所触动的瞬间"[1]，在北宋晚期和南宋早期的诗学讨论中，将"兴"理解为一种超越自我界限、激发写作的方式极为常见，黄庭坚、叶梦得等人均有论及。兴将现象世界引入人类世界，可以看作是"人类体验参与更大、稳定、可理解的意义秩序"[2]。对杨万里来说，"（心物）相遇的瞬间超越了他的控制，灵感激发的诗歌是这种相遇的一部分"[3]。在《荆溪集》及其后漫长的诗歌创作过程中，杨万里将心物相遇瞬间融入一个更为明确的框架，这便是"诚斋体"，这源自对陈师道、王安石及晚唐诗人的学习，还有来自黄庭坚、苏轼及其他诗人的影子。

杜迈可认同吉川幸次郎的看法，陆游从学曾几期间，他既学习黄庭坚诗歌在日常生活细节中获取诗材，还学习集句、"换骨"、对仗、押韵等作诗之法。在后期，陆游对江西诗派盲目追求技法持反对态度，如他在

---

[1] Michael A. Fuller, *Drifting among Rivers and Lakes: Southern Song Dynasty Poetry and the Problem of Literary History*, Cambridge (Massachusetts) and London: Harvard University Press, 2013, p.206.

[2] Michael A. Fuller, *Drifting among Rivers and Lakes: Southern Song Dynasty Poetry and the Problem of Literary History*, Cambridge (Massachusetts) and London: Harvard University Press, 2013, p.208.

[3] Michael A. Fuller, *Drifting among Rivers and Lakes: Southern Song Dynasty Poetry and the Problem of Literary History*, Cambridge (Massachusetts) and London: Harvard University Press, 2013, p.208.

《答郑虞任检法见赠》中直言"文章要须到屈宋,万仞青霄下鸾凤。区区圆美非绝伦,弹丸之评方误人","陆游再一次提倡诗歌应具有个性、抒情性及题材的广泛性"①。

除了受到江西诗派的影响,在同代诗人中,梅尧臣也对陆游有一定影响。陆游曾在七十八岁时阅读梅尧臣诗歌,并为梅尧臣诗集作序,赞其为宋初最好的诗人,甚至高于苏轼,甚至将梅尧臣诗歌的地位比为欧阳修之文。陆游还曾模仿梅诗,并对梅诗的用语颇为赞赏。陆游七十九岁时所作《读宛陵先生诗》赞美梅尧臣诗歌的自然与平淡,称赞梅尧臣为李杜之后最好的诗人,后四句写梅尧臣的诗歌技巧,即于"锻链"中出"平淡",这是对梅尧臣成熟诗风的概括,而"平生解牛手,余刃独恢恢"提出创造的真谛是"无艺术的艺术"(artless art)。其同年所作《秋思》(其四)在用词方面也近似梅尧臣,这自然是陆游追求"如水淡"美学风格的体现。

施吉瑞在《石湖:范成大诗歌研究》②一书中认为,在范成大最终真正掌握诗歌写作技巧之前,他一直在努力寻找师法对象,这一点尤其在其早期诗歌中可以明显看出,陶潜、鲍照、李白、白居易、王建、李贺等都成为他的学习与模仿对象,如《行路难》("赠君以丹棘忘忧之草")明显模仿鲍照的乐府诗;《夜宴曲》《神弦》则颇有李贺诗歌辞藻华丽之风。此外,范成大诗歌中的不少意象明显有学习李白歌行体的影子。总之,"这些早期模仿作品给我们的印象是,范成大尚未形成一个比较明确的学习方向"③。

但范成大不仅学习六朝与唐代诗歌,宋代诗人也是其效法对象,尤其受江西诗派的影响最为显著。施吉瑞也注意到杨万里早期诗作受到江西诗派的影响,正如杨万里在《诚斋〈荆溪集〉序》中所言其早期学江西诗派的经历,而后来的诗歌则直言对黄庭坚、陈师道的不满,这与陆游文学观念的演进极为相似。陆游虽曾学《诗经》与陶潜,但从学曾几无疑对他早期诗歌的影响更大,陆游亦曾删除早期受曾几直接影响的所有作品。

---

① Michael S. Duke, *Lu You*, Boston: G. K. Hall & Co. 1977, p. 44.
② J. D. Schmid, *Stone Lake: The Poetry of Fan Chengda (1126-1193)*, Cambridge/ New York: Cambridge University Press, 1992.
③ J. D. Schmid, *Stone Lake: The Poetry of Fan Chengda (1126-1193)*, Cambridge/ New York: Cambridge University Press, 1992, p. 25.

杜迈可《陆游》一书也提及陆游早期诗歌学江西诗派的经历①。杨万里一生都十分推崇黄庭坚，尤其对黄庭坚诗歌中丰富的典故与擅于化用前人诗句相当赞赏，还引用了黄庭坚的著名诗论"以故为新"与"夺胎换骨"。而范成大与黄庭坚的复杂关系与杨万里、陆游有相似之处，范成大诗歌用典是黄庭坚诗歌的回声，"黄庭坚用典的精神超越用典本身，这对范成大及南宋其他诗人来说极为重要"，②同时，范成大的诗歌风格与江西诗派也有相似性。如包括《初夏》等早期诗歌明显与"陈与义最成熟作品在精神与风格方面的高度相似"③（a close resemblance in spirit and style）：

《初夏》（其一）（Early summer）
清晨出郭更登台，Early in the morning, I have the city and climb the terraces,
不见余春只么回。But nothing's left of spring and I might as well go home.
桑叶露枝蚕向老，The mulberry branches are stripped clean and the silkworms are aging;
菜花成荚蝶犹来。Vegtables' flowers have become pods, but butterflies still come!④

施吉瑞认为，二者均颇具王维与孟浩然诗歌之风，且他们都擅于处理动与静，虽然范成大早期诗歌不如陈与义诗歌那般精细，却有宋代院体花鸟画的工整细致。总体来看，范成大早期诗歌可以被视为陈与义诗歌的回声（ehocs），二人都宗杜甫，而范成大超越唐音则无疑是受到陈与义的影响，尤其体现在他擅于以精微笔法描摹自然。关于范成大模仿江西诗派的诗作，施吉瑞认为，其《次韵温伯雨凉感怀》大量使用典故，且来自韩

---

① Michael S. Duke, *Lu You*, Boston: G. K. Hall & Co. 1977, p. 37.
② J. D. Schmid, *Stone Lake: The Poetry of Fan Chengda (1126-1193)*, Cambridge/ New York: Cambridge University Press, 1992, p. 37.
③ J. D. Schmid, *Stone Lake: The Poetry of Fan Chengda (1126-1193)*, Cambridge/ New York: Cambridge University Press, 1992, p. 25.
④ 范成大：《范石湖集》，上海古籍出版社1981年版，第11页。英译见 J. D. Schmid, *Stone Lake: The Poetry of Fan Chengda (1126-1193)*, Cambridge/ New York: Cambridge University Press, 1992, p. 25。

愈、杜甫等深受黄庭坚尊崇的诗人，无疑是沿袭黄庭坚的诗歌路数，诗人对官宦生活的不满与回归故园也与黄庭坚的诗歌在主题上有相似之处；《次韵杨同年秘监见寄二首》（其一）虽然未使用繁多的典故，但极富智趣，这类诗歌缺乏率真的抒情，也被后世文学史家忽视，其诗名也源于超越江西诗派并形成自己特有风格。

具体来说，范成大诗歌中的智趣（wit）、用字（diction）、句法（syntax）、修辞（figures of speech）、拟人谬化（the pathetic fallacy）、自然的艺术与艺术的自然（the art of nature and the nature of art）均与江西诗派的影响有关。在北宋诗歌（尤其是苏轼、黄庭坚诗歌）充满智性的时代环境下，范成大自然也继承了黄庭坚等北宋大家这一诗歌风格，其《江上》"是对唐代离愁书写的一个机智的回应"，[①] 而且"他的智慧与由佛家思想引发的乐观主义有联系"[②]。黄庭坚与范成大均重"诗眼"或炼字，如山谷喜用"粲"，而范成大善用"卷""挽"，范成大的用字极富想象力与原创性，如《胥口》一诗中的"放""粘"：

扁舟拍浪信西东，My small boat slaps against the waves, going east or west as it wishes;
何处孤帆万里风。Where will this thousand-mile wind carry my lone sial now?
一雨快晴云放树，As soon as the weather clears, the trees are liberated from the mist;
两山中断水粘空。Tow mountains split apart before me and the river's water is glued to the sky![③]

同时，黄庭坚句法"奇崛"，而范成大早期的律诗于此多有继承，且是有意模仿，其《立春日郊行》中的"麴尘欲暗垂垂柳，醅面初明浅浅

[①] J. D. Schmid, *Stone Lake: The Poetry of Fan Chengda (1126-1193)*, Cambridge/ New York: Cambridge University Press, 1992, p. 42.

[②] J. D. Schmid, *Stone Lake: The Poetry of Fan Chengda (1126-1193)*, Cambridge/ New York: Cambridge University Press, 1992, p. 43.

[③] 范成大：《范石湖集》，上海古籍出版社1981年版，第35页。英译见 J. D. Schmid, *Stone Lake: The Poetry of Fan Chengda (1126-1193)*, Cambridge/ New York: Cambridge University Press, 1992, p. 44。

波",每一句皆用隐喻。即便在其"典型的"晚期作品中,虽然江西句法(Jiangxi syntax)已经消弭,但他依然运用纯粹的江西模式(Jiangxi mode)写作。黄庭坚诗歌尚"奇",尤其是使用明喻与隐喻,这是宋代诗人重新审视世界使诗歌活力再现的重要表现,范成大早期诗歌也多表现琐碎(minor happenings)日常生活(如疾病、睡眠等),但常大量使用隐喻或其他比喻辞格,这"显示出他极力模仿黄庭坚的智趣"。① 范成大继承了韩愈将人的情感赋予花的做法,但其早期诗歌以一种更否定的方式(in a more negative way)使用拟人谬化,如《江上》中的"天色无情淡",《岭上红梅》中的"花不能言客无语,日暮清愁相对生",都显示出一种在诗人与鲜花之间更富同情的关系。但此后他倾向于以更积极的态度(in a more positive light)看待自然的人化特点(nature's personal qualities),并成为显示其智性的手段,如《大风》用神话资源将自然力量人格化:

飓母从来海若家,Madame Typhoon, venerable scion of Ocean's Clan,
青天白地忽飞沙。You send sand flying through the blue sky and over the land.
烦将残暑驱除尽,We beg you to rid us of this late summer heat-
只莫颠狂损稻花。But please don't get too wild and hurt the rice paddy's blossoms.②

施吉瑞注意到,范成大运用拟人谬化较之南宋之前的诗人明显不同,尤其表现在自然物更广,富有智慧、风趣的调侃,而且范式拟人谬化还直接影响杨万里,如杨万里的诗歌《舟过安仁五首》("初受遥山献画图")。黄庭坚的题画诗经常涉及自然与艺术的模糊关系,如《题郑防画夹》(其一)打破了自然与艺术的界限。范成大在这一方面虽然延续黄庭坚,但更为复杂,如《夏夜》模仿性突出,《雨凉二首呈宗伟》(其二)"片云催雨雨催诗"中的"催"意在说明自然之力催生诗歌。在后期这一

---

① J. D. Schmid, *Stone Lake: The Poetry of Fan Chengda (1126-1193)*, Cambridge/ New York: Cambridge University Press, 1992, p. 50.
② 范成大:《范石湖集》,上海古籍出版社 1981 年版,第 301 页。英译见 J. D. Schmid, *Stone Lake: The Poetry of Fan Chengda (1126-1193)*, Cambridge/ New York: Cambridge University Press, 1992, p. 52。

特点更加纯熟,《八月二十二日寓直玉堂,雨后顿凉》中的"将此工夫报答凉"未说明作者的诗才,而是意在酬答自然,这与黄庭坚将拟人谬化常用于题画诗显然不同,"范成大诗歌最具吸引力的特征,是将自然的外在世界与艺术的内在世界混融（the close fusion of the external world of nature with the internal world of art）"①,即兼容人工与自然（artificial and natural）,其方式是通过丰富华美的辞藻（decorative language）使自然更具艺术性（make nature more artistic）,比如常使用表达色彩绚丽的词语,甚至运用通感创造更为复杂的效果,形成了范成大成熟诗歌的典型特征。总而言之,"范成大诗歌技艺的几乎每一个维度都是他对于黄庭坚和其他北宋作家（比如苏轼）回应的产物,通过考察范成大对江西风格的效法,我们可以提供一个令人满意的关于范氏成熟诗歌风格主要特征的描述"②,他转变了江西传统与北宋拟人传统,且避免江西诗派密集用典和炼字、句法的极端化,因此,施吉瑞赞同纪昀所谓范成大的诗歌是江西诗派与独特人格（unique personality）妥协的产物。

---

① J. D. Schmid, *Stone Lake: The Poetry of Fan Chengda (1126-1193)*, Cambridge/ New York: Cambridge University Press, 1992, p. 56.

② J. D. Schmid, *Stone Lake: The Poetry of Fan Chengda (1126-1193)*, Cambridge/ New York: Cambridge University Press, 1992, p. 59.

第五章

北美汉学界论宋诗与政治

宋诗的政论性被认为是"宋调"的典型特征之一。北美汉学界对宋诗与政治关系的研究，时有标新立异、另辟蹊径之论，令人耳目一新。这些研究，或着意挖掘诗歌之政治寓意，或注重分析诗歌的创作语境，不乏精当之论，对国内研究有一定的补益与启示作用。

第一节 以诗论政作为宋诗特质

美国学者莲达在博士学位论文《士大夫、乡绅、诗人：10—11世纪中国诗歌在士人文化中的角色》中提出，在中国传统中，诗歌从根本上讲反映了文人集团（the literati group）与帝国权力（imperial power）之间的关系，或者说"在整个中国文学史上，诗歌在某种意义上，是最能反映统治者与臣民关系的艺术形式"[1]。唐宋转型时期的政治演变与文化政策影响了精英阶层的社会地位与自我意识（sense of self-identity），早期宋诗在某种程度上也与王朝建立这一历史语境密切相关，"因为早期宋代文学思想受政治制度的显著影响"。具体地说，"宋代第一代统治者与精英、文人间的联系，统治者为精英与文人在王朝建立中所设立的位置，以及文人对帝国政策的反映，都对诗歌创作有深刻影响"[2]。当然，此时的宫廷诗多歌颂新王朝君臣和谐、团结，且与唐初宫廷诗题材狭隘、语言与意象贫乏不同，宋初宫廷诗题材更丰富，影响更广泛。

---

[1] Linda D'Argenio, "Bureaucrats, Gentlemen, Poets: The Role of Poetry in the Literati Culture of Tenth-Eleventh Century China (960-1022)", diss., Columbia University, 2003, p. 41.

[2] Linda D'Argenio, "Bureaucrats, Gentlemen, Poets: The Role of Poetry in the Literati Culture of Tenth-Eleventh Century China (960-1022)", diss., Columbia University, 2003, p. 3.

在这种情况下，诗歌显然不再承担简单的审美功能，而是"作为调剂君臣关系的宫廷社交活动，而且宫廷内的诗歌还成为衡量官员与帝国权力之间关系质量的艺术形式"①，诗歌创作的自由度取决于帝王对诗歌所设置的限制。宫廷内的诗歌创作与个人声望、文化修养相关联，他们常在宴饮、庆典等场合进行诗歌创作，帝王经常设置主题或韵律，由大臣进行应制文学创作，这些诗歌常"歌颂王朝统治下的政治清明、天下太平与文化功绩"②，如徐铉《纳后夕侍宴》一诗赞美君臣和谐及文化盛况：

天上轩星正，	Up in the skies lofty stars perpendicular
云间湛露垂。	The clouds open, clear dew drops.
礼容过渭水，	The ceremonials have crossed the Wei River,
宴喜胜瑶池。	The joy of the party surpasses the Jade Pond.
彩雾笼花烛，	Multicolored mist encircles the painted candles,
升龙肃羽仪。	A soaring dragon leads with its wings.
君臣欢乐日，	Lord and ministers enjoy a day of merriment,
文物盛明时。	Culture flourishes in a brilliant age.
帘卷银河转，	Curtains roll up, the silvery river winds
香凝玉漏迟。	Fragrance condenses, the jade clepsydra slows down.
华封倾祝意，	The border officer from Hua congratulatory wishes
觞酒与声诗。	Wine in the vessels and the sound of poetry. ③

同为所作徐铉的《又三绝》（"汉主承乾帝道光"）一诗，则借汉武帝柏梁赋诗典故颂皇家婚庆；而王禹偁《寿宁节祝圣寿》（其七、其九）则侧重盛赞百姓安居乐业，是对台阁诗歌题材的拓展；王著《禁林宴会之什》、毕士安《禁林宴会之什》及苏易简《赠翰林学士宋公白》称颂和谐的君臣之谊源于统治者团结文士与对儒家价值观的认同。莲达意识到，

---

① Linda D'Argenio, "Bureaucrats, Gentlemen, Poets: The Role of Poetry in the Literati Culture of Tenth-Eleventh Century China (960-1022)", diss., Columbia University, 2003, p. 47.

② Linda D'Argenio, "Bureaucrats, Gentlemen, Poets: The Role of Poetry in the Literati Culture of Tenth-Eleventh Century China (960-1022)", diss., Columbia University, 2003, pp. 53-54.

③ 北京大学古文献研究所：《全宋诗》（第一册），北京大学出版社1991年版，第110页。英译见 Linda D'Argenio, "Bureaucrats, Gentlemen, Poets: The Role of Poetry in the Literati Culture of Tenth-Eleventh Century China (960-1022)", diss., Columbia University, 2003, p. 54。

在宋初的宫廷诗歌创作中，文人的身份意识较之唐代有所削弱。此外，莲达还指出，宋初宫廷之外诗歌创作的兴盛与印刷术的普及（主要是官刻）及诗歌被纳入科举取士的考察范围有关。

莲达还讨论了《西昆酬唱集》中的咏物诗与当时政治环境之关系。她认为，与其他咏物诗经常承担教育与道德功能相同，《西昆酬唱集》中的"咏史诗"经常被赋予大量的政治信息及对宋王朝的批评，也就是说，这些诗歌"以一种相对安全的方式传递对帝国政策的批评"①。西昆诗人的咏史诗主要有两类：一类以秦始皇、汉武帝、唐玄宗等君王为题材；另一类则以某一特定历史时期或历史事件为题材。王仲荦以先代帝王为题材的诗歌意在批判真宗时期的政策，莲达对此极为赞同。如她认为杨亿的《汉武》可以为之佐证：

蓬莱银阙浪漫漫，At Penglai, by the silver palace, boundless waves,
弱水回风欲到难。Dangerous waters and whirlwinds make the approach hard.
光照竹宫劳夜拜，A ray shines on the Bamboo Palace where at night [one] labors at prayer,
露泫金掌费朝餐。Dew abundant in the golden palms: a costly breakfast.
力通青海求龙种，His strength crosses the Qinghai Lake looking for the Longzhong,
死讳文成食马肝。To conceal Wen Cheng's death [the emperor said that] he ate horse liver.
待诏先生齿编贝，The official in waiting has teeth like ranged shells,
那教索米向长安。He should not be made to seek for livelihood in Chang'an.②

诗中所塑造的汉武帝形象，源于《史记》与《汉书》，该帝王形象是伟大与轻信的结合体。类似情况还有钱惟演、刘筠的同名作，诗中的

---

① Linda D'Argenio, "Bureaucrats, Gentlemen, Poets: The Role of Poetry in the Literati Culture of Tenth-Eleventh Century China (960-1022)", diss., Columbia University, 2003, p.141.
② 杨亿编，王仲荦注：《西昆酬唱集注》，中华书局1980年版，第42—43页。英译见 Linda D'Argenio, "Bureaucrats, Gentlemen, Poets: The Role of Poetry in the Literati Culture of Tenth-Eleventh Century China (960-1022)", diss., Columbia University, 2003, pp.143-144。

"立候东溟邀鹤驾,穷兵西极待龙媒"(钱惟演)、"秦桥未就已沉波"(刘筠)也是如此。莲达一方面赞同王仲荦所谓西昆体诗歌意在借古讽今,即反对宋真宗的泰山封禅与浪费民财,但另一方面又对王仲荦将诗歌直接指向宋代统治者的具体政治行为或事件表示怀疑。如果回到具体语境,杨亿及其同道的诗歌可能与其编撰《册府元龟》有关,即"咏史诗是一种编撰者个人对正在编撰事件发表评论的方式",[①] 也就是说:

> 杨亿及其同道也许已经把诗歌写作视作他们对历史的个人性评判,表达他们对某些历史事件的立场,其间可能暗含对宋代统治者的警示性声明。这种阐释,去除针对皇帝的直接批评,并未减少诗歌的政治性意味。在某种程度上,这些诗歌可以视作他们编撰工作的延伸。杨亿及其同道在诗歌写作中其实已经使自己承担了历史学家的权利和义务,即评价历史,并让人们以史为镜。[②]

关于这类咏史诗暗含政治意味的其他原因,莲达认为还与党争有关,尤其是王钦若与寇准不和,而杨亿属寇准一派,且王钦若通道家礼仪与学术,并深得太宗、真宗信任,直接影响朝廷的宗教政策(religious policy)与信仰体系(system of beliefs),这些都是咏史诗创作的语境。因此,"在这样的语境中,诸如以汉武帝、唐玄宗、秦始皇为题材的诗歌,看起来较少对任何具体事件的含蓄批评,而是作家以此表达对道家集团(指王钦若及其拥护者——引者注)影响帝王与宫廷的忧虑"[③]。换言之,莲达对王仲荦将这些咏史诗与具体历史事件直接联系在一起的做法并不完全认同,而是强调考察此类诗歌的创作情境,以及诗人的思想情感。

此外,美国斯坦福大学教授艾朗诺在《剑桥中国文学史》中提出,梅尧臣的诗歌以"平淡"见长,但"他最负盛名的诗歌中,有好几首作品表现的是农民的艰辛,以及他经行乡村时目睹的乡村生活的其他方面。

---

① Linda D'Argenio, "Bureaucrats, Gentlemen, Poets: The Role of Poetry in the Literati Culture of Tenth-Eleventh Century China (960-1022)", diss., Columbia University, 2003, pp. 150-151.

② Linda D'Argenio, "Bureaucrats, Gentlemen, Poets: The Role of Poetry in the Literati Culture of Tenth-Eleventh Century China (960-1022)", diss., Columbia University, 2003, p. 151.

③ Linda D'Argenio, "Bureaucrats, Gentlemen, Poets: The Role of Poetry in the Literati Culture of Tenth-Eleventh Century China (960-1022)", diss., Columbia University, 2003, p. 154.

在这类诗歌中，梅尧臣虽然没有直接指斥地方官员的残酷治理，但也直言不讳地批评他们对其治下普通百姓的疾苦漠不关心"，① 甚至不少诗作直接谈论军事、政治事件，抒发其不满之情。欧阳修的诗歌则避免个人化表达，甚有以诗歌表达社会评论、社会意识，如《初食车螯》：

累累盘中蛤， Piled high, the clams on the plate,
来自海之涯。 They've come from the edge of the sea.
坐客初未识， At first the assembled guests did not know what they were,
食之先叹嗟。 Then, tasting them, exclaimed with delight.
五代昔乖隔， During the five Dynasties the empire was divided,
九州如剖瓜。 The Nine Provinces were like a melon sliced up.
东南限淮海， The southeast stopped at the Huai river,
邈不通夷华。 It had no contact with the central plains.
于时北州人， At taht time, people in the northern regions,
食食陋莫加。 Lived on food and drink unspeakably coarse.
鸡豚为异味， Chicken and pork were their "unusual dished",
贵贱无等差。 Rich and poor all ate the same meals.
自从圣人出， But once our sage founder appeared
天下为一家。 All under heaven was unified as one.
南产错交广， Southern products came equally from Jiao and Guang
西珍富邛巴。 Western delicacies were plentiful from Qiong and Ba.
水载每连舳， Goods transported over water arrived in strings of boats,
陆输动盈车。 Land shipment were brought in overflowing carts.
溪潜细毛发， Fresh-water streams yielded fish with delicate whiskers,
海怪雄须牙。 The ocean sent powerful sea creatures with spines or teeth.
岂惟贵公侯， It was not just high-placed dukes and lords,
间巷饱鱼虾。 People in narrow lanes also gorged on seafood.

---

① ［美］孙康宜、宇文所安主编：《剑桥中国文学史》，刘倩等译，生活·读书·新知三联书店2013年版，第437页。

此蛤今始至，But these clams appeared in the capital only recently,
其来何晚邪。Why, I wonder, did they get here so late?
……①

艾朗诺认为，该诗第十三行中的"圣人"指的正是宋代开国皇帝宋太祖。

在艾朗诺看来，王安石继承了前代以议论入诗的创作风格，长于在诗中发表政治见解。他认为，"王安石早期诗歌最突出的特征，便是其对社会问题的触及"②，王安石作于1040—1050年的诗歌，非常关注农民生活，进行政治批评，如《促织》，还对诸多政治问题进了深入、复杂的思考，如《省兵》讨论了朝廷激烈辩论的军队供养问题，还提出了相应的改革方案：

有客语省兵，Someone here says we must reduce the number of soldiers,
兵省非所先。I say to do this straight away should not be our first step.
方今将不择，Today our generals are not properly chosen,
独以兵乘边。It is with the size of our armies that we guard our borders.
前攻已破散，If the first line of assault is defeated in an attack,
后距方完坚。The troops behind them remain strong and intact.
以众亢彼寡，By sending our larger numbers against the smaller enemy,
虽危犹幸全。We prevail even when caught in a crisis.
将既非其才，Our generals are of insufficient talent,
议又不得专。Their strategies are second-guessed by subordinates.
兵少败孰继，If troops are reduced, there will be no reinforcement in

---

① 欧阳修：《欧阳修全集》，中华书局2001年版，第98页。英译见 Kang-I Sun Chang and Steohen Owen eds, *The Cambridge History of Chinese History*, Cambridge, New York, Melbourne, Madrid, Cape Town, Singapore, São Paulo, Delhi, Dubai, Tokyo, 2010, p. 403。
② [美]孙康宜、宇文所安主编：《剑桥中国文学史》，刘倩等译，生活·读书·新知三联书店2013年版，第450页。

case of a defeat,

胡来饮秦川。The barbarians will advance to drink from the Qin river.

万一虽不尔, If you say this reasoning is incorrect,

省兵当何缘。Then by that criteria would you have us reduce the troops?

骄惰习已久, Our soldiers are accustomed to being arrogant and lazy,

去归岂能田。Send them home: do you think they will farm the land?

不田亦不桑, Not farming nor producing silk either,

衣食犹兵然。Their need for food and clothing will be the same as active troops.

省兵岂无时, The right time will come to reduce the number of soldiers,

施置有后前。But it must be done in the proper sequence of steps.
……①

王安石以诗歌表达奏议类文体所擅长的政治见解。步入中年以后，尤其是在担任政府要职与担任改革领袖期间，他的诗歌"依然多由那些极易与他的公共生活、政治观念联系在一起的诗歌组成"②，如名作《明妃曲》便别有深意，尤其是"君不见，长门咫尺闭阿娇，人生失意无南北"，在艾朗诺看来其"政治意涵显而易见，如果皇帝不听从臣子的建议，即使身处朝堂，也无异于被贬逐他方"③。在 1070 年，王安石的改革遭遇保守派的猛烈攻击，因此，诗歌也成为王安石回击政敌抨击的重要手段，如反对派将他视为商鞅，他亦作《商鞅》诗赞美商鞅的守信与执行力，这无疑是为己辩护，而《众人》一诗更可视为其改革决心的誓言。当然随着时局的变化，王安石远离朝廷则意味着"作为诗人的王安石的

---

① 王安石：《临川先生文集》，中华书局 1959 年版，第 177 页。英译见 Kang-I Sun Chang and Steohen Owen eds, *The Cambridge History of Chinese History*, Cambridge, New York, Melbourne, Madrid, Cape Town, Singapore, São Paulo, Delhi, Dubai, Tokyo, 2010, p.403。

② ［美］孙康宜、宇文所安主编：《剑桥中国文学史》，刘倩等译，生活·读书·新知三联书店 2013 年版，第 453 页。

③ ［美］孙康宜、宇文所安主编：《剑桥中国文学史》，刘倩等译，生活·读书·新知三联书店 2013 年版，第 454 页。

活动，无论在哪种意义上，都不再取决于他作为政治领袖的身份"①，换言之，伴随官宦生涯的结束，其诗歌的政治色彩也随之消弭。

与之相关的是苏轼对王安石新法的态度，也在其文学创作（包括诗歌写作）中或隐或显表露出来，且屡结硕果，不能不说是宦海不幸诗歌之幸，尤其是在因反对新法被贬至外省为官之后更是如此：

> 在外省为官的这些年间，苏轼将自己耳闻目睹的农民生活的艰难困苦归咎于朝廷实施的误入歧途的变法。但他不再上书抗议，显然是因为他觉得徒劳无用。他开始在个人写作中抨击"新法"，既有散文，也有诗歌。他将很多这类作品寄给朋友，或是因为朋友索文（如撰写室铭），或只是出于共赏其文的愉悦。他谈及"新法"时总是语带讥讽地谈及掌控这个国家的"圣明统治"。这类观察，散见于他的各种写作中。有时候，这类观察还生硬地闯入手边主题，苏轼似乎无法克制自己对于改革喋喋不休的敌意。②

简言之，苏轼将诗文创作视为反对新法的重要媒介，当然这也成为政敌攻讦的依据，"乌台诗案"便是最为有名的文字狱（后文专论"乌台诗案"）。

北宋覆亡是民族主义空前高涨，使得爱国诗歌成为南宋诗歌的重要一脉，他们或反思灭亡原因，或对入侵者表达愤恨，或希冀收复失地。林顺夫（Shuen-fu Lin）在《剑桥中国文学史》中也提到，曾几、陈与义、杨万里、陆游、范成大、刘克庄、张元干、叶梦得、李清照等人的诗作也表现爱国热情及对精英政治的批评，如李清照的《浯溪中兴颂诗和张文潜》及《夏日绝句》，前者影射徽钦二帝，后者暗刺南宋苟安。

对宋代以诗言政进行细致深入探讨的还有美国学者姜斐德，其著作《宋代诗画中的政治隐情》（*Poetry and Painting in Song China: The Subtle Art of Dissent*）具体分析了几个相当典型的例子，其中包括苏轼与王诜关于《烟江叠嶂图》的诗歌唱和，黄庭坚《松风阁》、惠洪《潇湘八景》、

---

① [美]孙康宜、宇文所安主编：《剑桥中国文学史》，刘倩等译，生活·读书·新知三联书店2013年版，第458页。
② [美]孙康宜、宇文所安主编：《剑桥中国文学史》，刘倩等译，生活·读书·新知三联书店2013年版，第462页。

胡铨《潇湘夜雨》。

姜斐德认为，苏轼和王诜借助诗歌讨论艺术问题，更为重要的是，他们试图在诗中以相对安全的做法寄托政治寓意：

> 他们从杜诗中不仅发现了有关乱世的敏锐思想，而且也发现了适用于北宋朝廷以及他们的毁谤者的尖刻批评。……故意为之隐晦表明作者深知直接（或者是谨慎）批评的危险性，而这种危险性并未阻止诗人们表达他们的思想，他们只是寻求可以规避祸患的方式。①

苏王二人虽曾因诗致祸，但他们依然关心时局，且依然试图通过诗歌来表达其政治观点，故借杜诗之韵与主题来言政。体现在二人常在诗句中指责朝廷或者政敌，如王诜《奉和子瞻内翰见赠长韵》中的首句"帝子相从玉斗边，洞箫忽断散非烟"，"是对熙宁年间所发生事件的隐喻性总结。由于反对新政的举动不再被容忍，一个接一个的士大夫被逐出朝廷"②；"苍颜华发何所遣，聊将戏墨忘余年"以看似轻松的口吻讥嘲新政。苏轼《王晋卿作〈烟江叠嶂图〉，仆赋诗十四韵，晋卿和之，语特奇丽。因复次韵，不独纪其诗画之美，亦为道其出处契阔之故，而终之以不忘在莒之戒，亦朋友忠爱之义也》之"惟有马埓编金泉"与"渥洼故自千里足"，也是"苏轼用这种非同寻常的解读来指责当时朝中的小人，他们空踞高位，腐朽无能，使真正的贤才得不到任用"③。当然，其中也有诗作表达对政治的失望，以及隐退的打算。如王诜《子瞻再和前篇，非唯格韵高绝，而语意郑重，相与甚厚，因复用韵答谢之》，在姜斐德看来，"尽管苏轼或公开或隐讳地带有怒气，王诜的则较为温和。或许王诜打算以此来安慰苏轼，表示自己尽管对时事失望，但仍安于天命。王诜不再提及朝廷仕途，而是代之以道家的意象和寓言，他以此暗示自己期望从错综复杂的宫廷生活中隐退"④。

与此同时，姜斐德还指出，黄庭坚的《松风阁》与惠洪的《潇湘八景》诗都与北宋政治有关。一方面，对黄庭坚而言，"如果不存在党争和

---

① ［美］姜斐德：《宋代诗画中的政治隐情》，中华书局2009年版，第130页。
② ［美］姜斐德：《宋代诗画中的政治隐情》，中华书局2009年版，第117页。
③ ［美］姜斐德：《宋代诗画中的政治隐情》，中华书局2009年版，第122页。
④ ［美］姜斐德：《宋代诗画中的政治隐情》，中华书局2009年版，第125页。

政治迫害的危险，如果描述农民疾苦或质疑朝廷政策不会招致惩罚，那么黄庭坚的诗风未必会变得如此深奥晦涩"，① 这为揭示山谷诗风产生的外在因素提供了某种可能性，其《松风阁》之"斧斤所赦今参天"所"使用的动词提示了明显的寓意，此处被赦免的动词也表示朝廷的大赦、减刑或宽恕。他可能在回忆元丰二年（1079）乌台诗案中苏轼从死刑中获得赦免"。另一方面，惠洪出入尘俗，其人其诗独树一帜，姜斐德认为其《潇湘八景》诗中可能有政治隐喻，尤其是《山市晴岚》"用独特的'柘冈'之名，位于'西路'边、繁花和春风，隐射惠洪此诗与王诗（指王安石《柘冈》一诗——引者注）的关系。在惠洪生命的后二十五年里，他写此诗的时候，适逢新法卷土重来，元祐党人的著作被禁。隐射王安石的诗需要警觉，谨慎行事尤其必要"②。此外，胡铨作为主战派，力主抗金，后遭贬谪、流放，《题自画潇湘夜雨图》"一片潇湘落笔端，骚人千古带愁看。不堪秋著枫林港，雨阔烟深夜钓寒"等诗句也"在黯淡和秋意之中暗示了不公正的流放，以及对可悲诗句的深切悲哀"③。

柯霖《北宋中期诗歌的社会流通——气与文人的修身》④ 一书设专章《作为社会与政治批评的诗歌》（Poetry as Political and Social Criticism），探讨北宋中期诗歌的政治功能问题。柯霖认为，北宋诗人对诗歌的社会政治功能有清醒的意识，但那些社会政治主题诗歌更关涉个人问题与非政治内容，且质疑前人对北宋诗歌"载道"功能的估计，即"直接的政治与社会批评不是北宋时期诗歌的最重要的功能"，⑤ 北宋诗人写作诗歌的目的还在于交换意见、增进联系与情感释放。且此时诗人的诗歌理论、批评也显示出他们并未突出诗歌的政治功能，而是以之缓解情感压力，他们极少公开或直接地表达其政治观点。如他认为梅尧臣《范饶州坐中客语食河豚鱼》虽然有不少批评家（如刘若愚）将该诗与当时的政治斗争相联系，但柯霖却认为梅尧臣此时被贬且作为范仲淹的座上宾，不可能批评东道主的党派主义，梅尧臣意在"以较为琐碎的日常生活主题，表达心中深深

---

① ［美］姜斐德：《宋代诗画中的政治隐情》，中华书局2009年版，第134页。
② ［美］姜斐德：《宋代诗画中的政治隐情》，中华书局2009年版，第177页。
③ ［美］姜斐德：《宋代诗画中的政治隐情》，中华书局2009年版，第188页。
④ Colin S. C. Hawes, *The Social Circulation of Poetry in the Mid-Northern Song: Emotional Energy and Literati Self-Cultivation*, Albany, N. Y.: State University of New York Press, 2005.
⑤ Colin S. C. Hawes, *The Social Circulation of Poetry in the Mid-Northern Song: Emotional Energy and Literati Self-Cultivation*, Albany, N. Y.: State University of New York Press, 2005, p. 12.

的挫败感"①。梅尧臣《聚蚊》及欧阳修《和圣俞聚蚊》均讽刺贪婪的收税官对下层人民的剥削,但欧阳修的后期诗歌很难被简单归入政治寓言,如《憎蚊》("扰扰万类殊,可憎非一族")"表达了欧阳修个人的挫败感,即一小撮邪恶势力破坏他的生活,通过写作将挫败转化为苦笑"②,传统的政治诗歌通过描写普通百姓的困苦生活,说服朝廷或官员更公正的统治,但欧阳修试图通过该诗来缓解个人沮丧,且该诗仅在朋友之间传阅。此外,柯霖还认为欧阳修《答梅圣俞大雨见寄》("夕云若颓山,夜雨如洪渠")大部分内容都聚焦自我所处困境而非普通百姓,与政治事件并无直接关联,并不符合传统政治诗歌的模式。当然"尽管这些诗并非必然与政治相关,它们只在朋友圈里传播,但有时会被政敌当作攻击的靶子,诬陷他们谤讪朝廷"③。

但柯霖也注意到,在北宋特殊的政治环境中,政敌常在诗歌中寻找对帝王不敬的证据,从而污蔑诗人。如 1036 年蔡襄《四贤一不肖》,将年轻的改革者与古代贤才相提并论,指责无耻的弹劾者。而在 1044 年,蔡襄的政敌就以该诗为据指斥其结党,范仲淹也因此被贬。由此可见,北宋中期,诗歌与政治间确有密切联系,写诗对朝廷官员来说颇具危险性,且这种危险难以预知,因为诗歌写作的语境不予考虑,故易被误读;但是诗歌本身并不足以作为定罪证据,它们往往与具体的犯罪行为相伴,换言之,诗歌本身并不是政治事件的导火索,但却很可能被作为政治犯罪的外围证据。诗人创作并非政治行为,而是分享个人情感的方式,诗歌被误解纯属政治原因,不能证明诗人将诗歌创作视为一种政治武器。简言之,"北宋诗人创作诗歌的主要目的,是通过诗歌唱和行为加强社会团结,即便是最琐碎与漫不经心的题材也能实现这一目的"④。

此外,傅君劢认为,江西诗派诞生于北宋晚期改革派与保守派激烈、复杂的斗争中,在政治斗争中远离朝廷的政治精英逐渐在地方形成宗派,

---

① Colin S. C. Hawes, *The Social Circulation of Poetry in the Mid-Northern Song: Emotional Energy and Literati Self-Cultivation*, Albany, N.Y.: State University of New York Press, 2005, p. 19.
② Colin S. C. Hawes, *The Social Circulation of Poetry in the Mid-Northern Song: Emotional Energy and Literati Self-Cultivation*, Albany, N.Y.: State University of New York Press, 2005, p. 20.
③ Colin S. C. Hawes, *The Social Circulation of Poetry in the Mid-Northern Song: Emotional Energy and Literati Self-Cultivation*, Albany, N.Y.: State University of New York Press, 2005, p. 25.
④ Colin S. C. Hawes, *The Social Circulation of Poetry in the Mid-Northern Song: Emotional Energy and Literati Self-Cultivation*, Albany, N.Y.: State University of New York Press, 2005, p. 30.

如黄庭坚家族在江西便具有相当影响，日益强大的地方宗派逐渐形成"成熟的哲学、伦理与美学价值观"①。黄庭坚晚年强调伦理在写作过程中的中心地位，写作由此不仅是一种道德行为，还是具有备忘录意义。傅君劢认为，写诗与重视诗歌的道德价值或许貌似一种对朝廷政策的无力反抗，因为新党曾将诗歌移除科举考试。江西诗派的诗歌创作崇尚苏轼、黄庭坚，并与杨时、吕希哲展开哲学论辩，江西诗派形成了独立于朝廷的集体文人精神（communal literati ethos）。傅君劢进一步推断，"南宋早期的人们关注江西诗派的部分原因在于，它展示了一种与蔡京和徽宗朝廷价值观相对的反主流文化模式（countercultural model）"。

第二节 宋代诗歌的贬谪书写

美国蒙大拿大学（The University of Montana）郑文君在《诗歌、政治、哲学：作为东坡之"人"的苏轼》②一文中通过解读《初到黄州》与《东坡八首》，剖析苏轼被贬黄州五年间的自我成长历程，如何从精神的"无根"走向自我认同。

郑文君认为，被贬黄州期间，苏轼被迫远离政治，这促使他重新审视政治的意义，如 1080 年春苏轼所作《初到黄州》体现他当时的思考：

自笑平生为口忙，I laugh at myself, busied all my life on account of my mouth；

老来事业转荒唐。The older I get, the more preposterous in what I pursue.

长江绕郭知鱼美，Where the long river rounds the city wall, I know the fish will be good,

好竹连山觉笋香。Fine bamboo covers the hills—I can detect the fragrance of the shoots.

逐客不妨员外置，It doesn't hurt an exile to be posted as a supernu-

---

① Michael A. Fuller, *Drifting among Rivers and Lakes: Southern Song Dynasty Poetry and the Problem of Literary History*, Cambridge (Massachusetts) and London: Harvard University Press, 2013, p. 89.

② Alice W. Cheang, "Poetry, Politics, Philosophy: Su Shih as The Man of The Eastern Slope", *Harvard Journal of Asiatic Studies*, Vol. 53, No. 2 (1993), pp. 325-387.

merary,

诗人例作水曹郎。Nor is it unprecedented for a poet to serve as a Water Bureau clerk.

只惭无补丝毫事，Only I am ashamed not to be a single of use,

尚费官家压酒囊。While still troubling the government to press out wine sacks for me. ①

郑文君将此诗定义为一首"自我界定"（self-definition）之诗，或更精确地说，是"自我发现"（self-discovery）之诗，苏轼反思了被贬黄州这一政治失败对他的意义。不同寻常的是，该诗讨论了他已经做了什么和他将要做什么，也可视为他向朝廷所作的声明。郑文君认为，苏轼在诗中的谦卑姿态让人疑窦丛生，他对贬谪的感激也取得了完全相反的效果。总体来看，该诗"轻松、随意的口吻，并未改变所言内容的严肃性，而这正是该诗成功的关键"②。

郑文君提出，被贬黄州之后，苏轼很快被一种误置（displacement）与被排斥感包围，或称"身份失落感"（the loss of identity），他不得不寻找新身份。如《寓居定惠院之东，杂花满山，有海棠一株，土人不知贵也》（"江城地瘴蕃草木，只有名花苦幽独"）一诗，塑造了一个具有美德的流放诗人形象。该诗表面上是对海棠的描摹，但从"寓言式阐释"层面来看，诗中的"佳人在空谷"指向苏轼的贬谪与流放；"先生食饱无一事，散步逍遥自扪腹"则虚构了一个生活满足与情感自得的艺术形象，具有戏剧性的艺术人格。总体来看，如果将该诗与《卜算子·黄州定慧院寓居作》结合考察，我们可以发现，二者均体现出"一种强烈的无根意识"（the loss of a stable sense），且其中体现出的自我"实质上是不稳定、不成熟、模棱两可的"③。故此，苏轼急于构建寻找一个安定、有根的精神世界，并以新身份安顿自己，《东坡八首》便体现出这种努力。

---

① 张志烈、马德富、周裕锴主编：《苏轼全集校注》，河北人民出版社2010年版，第2150页。英译见 Alice W. Cheang, "Poetry, Politics, Philosophy: Su Shih as The Man of The Eastern Slope", *Harvard Journal of Asiatic Studies*, Vol. 53, No. 2 (1993), pp. 326-327。

② Alice W. Cheang, "Poetry, Politics, Philosophy: Su Shih as The Man of The Eastern Slope", *Harvard Journal of Asiatic Studies*, Vol. 53, No. 2 (1993), p. 336.

③ Alice W. Cheang, "Poetry, Politics, Philosophy: Su Shih as The Man of The Eastern Slope", *Harvard Journal of Asiatic Studies*, Vol. 53, No. 2 (1993), p. 352.

郑文君首先注意到，《东坡八首·序》与陶潜《归去来兮辞·并序》有明显不同，陶渊明自愿脱离仕途返归田园，而苏轼则是由于生存需要被迫从事农事活动，通过开荒种地以苦为乐，以此获得精神慰藉。《东坡八首》是"诗人从一个疏离的自我（an estranged self）到命运与世界调和的自我"[①]。其与苏轼此前诗歌均不相同，它们"建基于一个牢固的现实世界，可视之为宋代模式，力图表现诗人沉思的问题。宋诗的真实正在于从描摹外物发展到书写精神的内在成长"[②]。如《东坡八首》（其一）并未以陶潜式眼光来审视世界：

废垒无人顾，An abandoned fort with no one to tend it,
颓垣满蓬蒿。Its tumbled walls all overgrown;
谁能捐筋力，Who's there to lend his strength? —
岁晚不偿劳。Whom year's end will not recompense.
独有孤旅人，Only this lonely wanderer,
天穷无所逃。Impoverished by heaven, with no escape.
端来拾瓦砾，Straight away he picks up the rubble,
岁旱土不膏。In a year of drought, when the soil is thin;
崎岖草棘中，Up and down, in thickets of weeds,
欲刮一寸毛。He hopes to scrape an inch of down.
喟然释耒叹，I let go the plough and sign aloud;
我廪何时高。"When will my store of grain pile up?"[③]

郑文君认为，该诗类似于六朝时期诗人面对断壁残垣所进行的哀叹。"无人顾""无所逃"是一种痛苦的自嘲，荒废的田园与被贬诗人之间具有相似的被弃遭遇，无人的荒原与无处可去之诗人也形成某种偶合；"端来拾瓦砾，岁旱土不膏"，诗人特意使用缺乏诗意的语言与意象来呈现一

---

① Alice W. Cheang, "Poetry, Politics, Philosophy: Su Shih as The Man of The Eastern Slope", *Harvard Journal of Asiatic Studies*, Vol. 53, No. 2 (1993), p. 363.
② Alice W. Cheang, "Poetry, Politics, Philosophy: Su Shih as The Man of The Eastern Slope", *Harvard Journal of Asiatic Studies*, Vol. 53, No. 2 (1993), p. 363.
③ 张志烈、马德富、周裕锴主编：《苏轼全集校注》，河北人民出版社2010年版，第2242页。英译见 Alice W. Cheang, "Poetry, Politics, Philosophy: Su Shih as The Man of The Eastern Slope", *Harvard Journal of Asiatic Studies*, Vol. 53, No. 2 (1993), p. 356。

片未被文明触及的蛮荒之地,体现诗人自我怀疑与自我劝勉(self-exhortation);尾句"我廪何时高"具有模糊性,这种模糊性形成于无望的现实与诗人的战斗欲望。总而言之,"诗人等同于诗中的艺术面具"①,苏轼拥有东坡这块荒地意味着其对成为农夫身份的认同,也表示苏轼已然接受其难以逃避的命运。

如果说其一描摹了荒原景象,其二则为此地重新命名("荒田"):

荒田虽浪莽,	Though waste fields have run wild again,
高庳各有适。	High and low each have what they are suited for:
下隰种秔稌,	Low-lying wetland for planning rice,
东原莳枣栗。	The incline to the east, jujubes and chestnuts.
江南有蜀士,	South of the river lives a man from Shu,
桑果已许乞。	Who's already granted my request for mulberry seeds.
好竹不难栽,	Fine bamboo is not hard to grow,
但恐鞭横逸。	The only fear is its running rampant.
仍须卜佳处,	What's needed now is to divine an auspicious spot,
规以安我室。	Where I may take measurements for setting up my house.
家僮烧枯草,	The boy who was burning off the withered grass,
走报暗井出。	Runs to say that a hidden well is found.
一饱未敢期,	A full stomach I daren't yet anticipate,
瓢饮已可必。	But already I'm sure of a ladleful of drink.②

东坡已不再是"废垒""颓垣",而仅仅是荒田。其一的尾句"我廪何时高",在本诗中已经有了答案,只是不是物质充足,而是精神满足。从其一到其二可以视作诗人从疏离到接受(from alienation to acceptance),从"孤旅人"到颜回之乐这一儒家理想精神世界,即"用微笑拥抱苦难"。

---

① Alice W. Cheang, "Poetry, Politics, Philosophy: Su Shih as The Man of The Eastern Slope", *Harvard Journal of Asiatic Studies*, Vol. 53, No. 2 (1993), p. 359.
② 张志烈、马德富、周裕锴主编:《苏轼全集校注》,河北人民出版社 2010 年版,第 2245 页。英译见 Alice W. Cheang, "Poetry, Politics, Philosophy: Su Shih as The Man of The Eastern Slope", *Harvard Journal of Asiatic Studies*, Vol. 53, No. 2 (1993), p. 359。

如果其一、其二写诗人顺应（resignation）贬谪生活，那么，其三（"自昔有微泉，来从远岭背"）则是重生（regeneration），且诗人的视野也开始拓展。诗人已经实现与贬谪之地环境的和解（rapprochement），"一个被贬之人，一片陌生土地上的陌生人，转变为田园隐士形象"①，即一个内心已经获得宁静的人。苏轼也由此开始思念家乡四川，其四（"种稻清明前，乐事我能数"）的主体部分描写了大量"乐事"，田园生活的和谐场景已然呈现出来，"这是一个非常理想的图景，它重构了苏轼记忆中的家乡画面，并希冀这种画面重现"②，而这是苏轼离朝之后长久的梦想。由此，《东坡八首》前四首形成一个"开启→闭合"模式，每首诗的结尾既是总结，也是对此后的期许。

其五（"良农惜地力，幸此十年荒"）表明，苏轼已经完全投入劳作与收获的喜悦中，诗人也自称为"良农"，生命的"哀歌"已转变为农夫生活的颂歌。郑文君认为，"如果说陶渊明并未将自己视为真正意义上的'田父'的话，那么，苏轼的诗歌则颠覆了陶潜所建构的模式"③。农夫关于种地的建议在陶渊明那里只得到一个礼貌的回应，但苏轼是发自内心的谦卑与感激，其一中的"孤旅人"在此已经在"给予与收获、付出与回报的人际关系模式中，重新寻找到了属于自己的位置"④。其六（"种枣期可剥，种松期可斫"）超越季节框架，开始思考十年或者更长时间的景象，诗歌的后六句充满光影与色彩的意象，该诗"以极为现实的意图开始，却以纯粹喜悦的幻象作结"⑤。如果说前五首是以特定的评论作结，那"其六"的结尾则不再提及衣食问题，诗歌的蕴含从对"饱"的渴望转向于"乐"的追求。

其七（"潘子久不调，沽酒江南村"）、其八（"马生本穷士，从我二十年"）均书写诗人在东坡与当地人结下的友谊。郑文君认为这两首

---

① Alice W. Cheang, "Poetry, Politics, Philosophy: Su Shih as The Man of The Eastern Slope", *Harvard Journal of Asiatic Studies*, Vol. 53, No. 2 (1993), p. 366.
② Alice W. Cheang, "Poetry, Politics, Philosophy: Su Shih as The Man of The Eastern Slope", *Harvard Journal of Asiatic Studies*, Vol. 53, No. 2 (1993), p. 368.
③ Alice W. Cheang, "Poetry, Politics, Philosophy: Su Shih as The Man of The Eastern Slope", *Harvard Journal of Asiatic Studies*, Vol. 53, No. 2 (1993), p. 372.
④ Alice W. Cheang, "Poetry, Politics, Philosophy: Su Shih as The Man of The Eastern Slope", *Harvard Journal of Asiatic Studies*, Vol. 53, No. 2 (1993), p. 372.
⑤ Alice W. Cheang, "Poetry, Politics, Philosophy: Su Shih as The Man of The Eastern Slope", *Harvard Journal of Asiatic Studies*, Vol. 53, No. 2 (1993), p. 375.

诗均为"自我"的真实呈现。其七为我们呈现了诗人与潘子、郭生、古生之间的友谊，分别是患难中的友谊、宁静田园生活中的友谊与君子之交。在郑文君眼里，"其八"是《东坡八首》最佳之作：

马生本穷士，Master Ma has always been a poor man—
从我二十年。And my friend these twenty years;
日夜望我贵，Say and night hoping for my success,
求分买山钱。That he might beg of me the money to buy a burial plot in the hills.
我今反累君，Now, instead, I have become a burden to you,
借耕辍兹田。A borrowed plough stopping in these fields.
刮毛龟背上，Scraping the down off a tortoise's back—
何时得成毡。When ever would we get a thickness of felt?
可怜马生痴，Pity Master Ma in his folly—
至今夸我贤。Even now he brags about my worth!
众笑终不悔，To the end not regretting. though the mob laughs;
施一当获千。Giving once shall get back a thousandfold. ①

诗人用亲密口吻表达对这位给予其最大帮助之人马生的感激与尊重，苏轼也从对未来虚幻的思考（"虚"）转入在东坡生活这一现实（"实"），但是所有他想获得"实"的努力都可能终归徒劳无功（"刮毛龟背上，何时得成毡"），也与《东坡八首》（其一）中的"欲刮一寸毛"相呼应。苏轼面对的困难依旧没有变化，变化的诗人的人生境界，即"苏轼没有改变或改善他的艰辛处境，但他已经以一种新的方式去面对"②。紧张的焦虑已然转变为自我调侃，诗人已经战胜困难，不是真正克服物质上的困窘，而是在精神方面实现了超越。困境中感受点滴的满足、愉悦，苏轼正走在类似颜回的路上，快乐并非建立于"实"，而是在

---

① 张志烈、马德富、周裕锴主编：《苏轼全集校注》，河北人民出版社2010年版，第2256页。英译见 Alice W. Cheang, "Poetry, Politics, Philosophy: Su Shih as The Man of The Eastern Slope", *Harvard Journal of Asiatic Studies*, Vol. 53, No. 2 (1993), pp. 380-381.

② Alice W. Cheang, "Poetry, Politics, Philosophy: Su Shih as The Man of The Eastern Slope", *Harvard Journal of Asiatic Studies*, Vol. 53, No. 2 (1993), p. 383.

自我之中。"苏轼躬耕东坡的收获乃其自我。"①

总而言之,《东坡八首》的世界包括以下三个世界：一是作为农夫的苏轼；二是作为农夫与诗人的苏轼；三是作为东坡之人的苏轼（"贤人"）。前二者是通往"作为东坡之人的苏轼"的基础，这也是一个寻求"安"的自我的过程。从其六开始，诗人的关注点从外在客观世界转入内在主观世界，"安"被"乐"取代。《东坡八首》语言平实，但却代表了一种全新的、重要的诗歌实验，"组成一个具有连续性的自我证明的过程，在此过程中，诗人为其理想和他想要成为的自我命名，通过一系列诗歌写作他实现了这一理想"②。

已故西华盛顿大学（Western Washingto University）唐凯琳教授在博士学位论文《"贬"与"归"：苏轼贬谪诗研究》中，对苏轼屡次贬放及其文学回应有细致论析，还设置专章"流放中的'归'"（themes of return for the exile）深入探究苏轼"和陶诗"与其自我认同之间的联系。唐凯琳在全面梳理屈原、贾谊、韩愈、柳宗元等前代诗人所构建的贬谪文学传统的基础上，指出苏轼并未在他们当中寻找效仿者，而是将陶渊明作为学习对象。苏轼不仅在精神上追慕陶潜，还创作了大量和陶诗，而且"一旦厘清苏轼的和陶动因，对和陶诗的分析将清晰展示苏轼如何形塑他的'回归'（return）概念"③。苏轼在大量诗歌中塑造了一个自愿离朝的自我形象，这与其被迫离开朝廷的事实并不一致，苏轼的艺术化处理实际上是其建立的一种人格面具（persona）。如苏轼将被迫躬耕东坡的经历与陶渊明主动远离尘俗从事农耕相提并论，凸显"自愿性的类似"（semblance of voluntariness），显露出苏轼对陶渊明的高度认同。一方面推崇陶渊明的文学成就，另一方面追慕陶渊明的精神境界。因此，苏轼选择和陶有艺术与人生价值的双重原因：

> 很显然，崇拜陶诗风格并非苏轼和陶的唯一原因。效仿陶潜的行

---

① Alice W. Cheang, "Poetry, Politics, Philosophy: Su Shih as The Man of The Eastern Slope", *Harvard Journal of Asiatic Studies*, Vol. 53, No. 2 (1993), p. 385.
② Alice W. Cheang, "Poetry, Politics, Philosophy: Su Shih as The Man of The Eastern Slope", *Harvard Journal of Asiatic Studies*, Vol. 53, No. 2 (1993), p. 387.
③ Kathleen M. Tomlonovic, "Poetry of Exile and Return: A Study of Su Shi (1037-1101)", Ph. D. diss., University of Washington, 1989, pp. 356-357.

为与态度是苏轼选择和陶的重要因素。①

具体而言,陶诗的主题、风格与意象对苏轼颇具吸引力,风格上,陶渊明诗歌世界中的生活是简单、自足的,而非贫苦、艰辛的,意象上,书、琴、酒、菊花等彰显隐士生活。苏轼将陶渊明诗歌的主题、意象、语词运用于创作,如《归去来集字》(其六)"携琴已寻壑,载酒复经丘"中的"琴""酒"意象,苏轼不但将陶诗的语词嵌入其诗作,而且还模仿陶渊明诗歌"质而实绮,癯而实腴"的美学风格(王宇根也认为,诗歌风格与美学是苏轼学习陶渊明的重要原因②),在精神世界与陶渊明保持一致。当然,苏诗和陶诗也有独特之处,如《和陶九日闲居并引》体现了平静和满足,而无陶诗中对时光流逝的焦虑及战胜困难的决心。总的来说,苏轼总是试图在和陶诗中和陶渊明保持一致性。

在和陶诗的主题方面,唐凯琳认为,苏轼和陶诗的主题可以一言以蔽之;即"归",因为"苏轼发现陶渊明身上最具吸引力之处,可以浓缩为一个词——'归'",唯有"归"与陶渊明联系最为紧密,代表陶渊明厌弃官场,回归简单生活,不向世俗妥协。③ 因此,"归"也成为和陶诗的高频字。在《和陶归园田居》(其一)中,苏轼赞美简单生活的愉悦,虽其基本生活需求尚未得以满足,但在颜回、周公、伯夷、叔齐那里寻找到精神归宿,表明苏轼试图塑造自己的高洁品性,丰富了诗歌意蕴;在《和陶归园田居》(其二)中,与陶渊明相同,苏轼将自己与动植物的自由与闲适对举;《和陶归园田居》(其三)显示苏轼已经将闲适与拒绝官场生活的人联系在一起,苏轼"把陶渊明作为榜样,强调闲适与自由的价值"④;在《和陶游斜川》中,苏轼更是直接表明其贬谪如同隐逸,诗中没有不安,而是凝神于闲适,一切返归自然。唐凯琳指出:苏轼和陶渊明试图从焦虑中得到解脱,但二者并不完全相同,这源于苏轼作品中的道

---

① Kathleen M. Tomlonovic, "Poetry of Exile and Return: A Study of Su Shi (1037-1101)", Ph. D. diss., University of Washington, 1989, p. 371.
② 王宇根:《万卷:黄庭坚和北宋晚期诗学中的阅读与写作》,生活·读书·新知三联书店2015年版,第126页。
③ Kathleen M. Tomlonovic, "Poetry of Exile and Return: A Study of Su Shi (1037-1101)", Ph. D. diss., University of Washington, 1989, p. 376.
④ Kathleen M. Tomlonovic, "Poetry of Exile and Return: A Study of Su Shi (1037-1101)", Ph. D. diss., University of Washington, 1989, p. 380.

佛影响在陶渊明那里并未出现。

在人生境界方面，苏轼将陶渊明建构成效法的榜样，也将自己置于贫士之列，尤其是将历史上具有美德贫士典范作为榜样。在《和陶贫士七首》（其一）（其三）（其五）中，苏轼将陶渊明建构成一个可供效仿的典范。且极力超越与陶渊明的时空距离，建构另一个自我——陶渊明，成为其回归的基石，因为"在苏轼眼中，陶渊明比拥有地位和财富的古人更高贵"。[1] 在苏轼看来，贫穷并不必然意味着精神匮乏，与陶渊明一样，苏轼也在前代高洁之士那里寻找皈依。而在《和陶贫士七首》（其七）中，苏轼希望家人（主要是孩子）也能像他那样，在贫士那里寻求的认同中获得慰藉。

当然，苏轼和陶诗塑造的精神偶像不限于陶渊明，葛洪也位于其间。他曾在诗中言及葛洪及其隐居之地——罗浮山。苏轼提出，在贬谪生活中，修道当学葛洪，作诗当仿渊明。在《和陶读山海经》（十三首）中，虽然苏轼提及《抱朴子》，但最终依然回到"归"这一主题，而且深化了"归"的内蕴。对此，唐凯琳总结如下：

> 苏轼和陶诗中的"归"既指从朝廷走向归隐，也包括隐逸生活中的自我修养。通过把自己置于陶渊明与葛洪之列，苏轼丰富和发展了惯常意义上"归"的内涵。[2]

唐凯琳以"归"为核心把握苏轼"和陶诗"意蕴，切中肯綮不乏深刻之论（Alienation and Reconciliation of a Chinese Poet: the Huang-Choll Exile of Sushih）。此外，威斯康星大学（University of Wisconsin-Madison）斯坦利·金斯伯格博士在《中国诗人之"疏离"与"和解"：苏轼的黄州贬放》第五章"农夫与诗人"中讨论了苏轼黄州贬放期间的精神之旅。金斯伯格认为，苏轼被贬黄州、远离朝廷之时，他对自己的贬官身份有明确意识，因其与白居易的贬谪经历有相似之处，故自取东坡之名。苏轼对自己未来的不确定性表现在《东坡八首》之中，金斯伯格通过对其一、

---

[1] Kathleen M. Tomlonovic, "Poetry of Exile and Return: A Study of Su Shi (1037-1101)", Ph. D. diss., University of Washington, 1989, p. 384.
[2] Kathleen M. Tomlonovic, "Poetry of Exile and Return: A Study of Su Shi (1037-1101)", Ph. D. diss., University of Washington, 1989, pp. 390-391.

其三、其五的分析发现，苏轼在此间投入大量精力在农事上，对朝廷事务的关注减少，且追慕有"古今隐逸诗人之宗"美誉的陶渊明。"在黄州时期，苏轼第一次自觉地将陶渊明诗歌吸纳入自己的诗歌中"，而且"陶渊明的道德观也被强烈地植入苏轼的历史和文学意识中"[①]，在此后的和陶诗中，苏轼表现出对陶渊明的强烈认同。

总体而言，"对苏轼来说，无论是白居易还是陶渊明，他们不仅仅是诗艺高超的诗人，还是高洁人品的化身"[②]。白居易促使苏轼从个人失败的负罪感中解脱出来，陶渊明则为苏轼树立了道德榜样与隐逸典范。陶渊明纵情诗酒的农夫形象对苏轼有很强的吸引力，此外，陶渊明既归隐山林又心系朝廷的思想境界，则为苏轼树立了儒家道德典范。金斯伯格还对苏轼学陶、白及其影响作了如下论断：

> 苏轼对陶渊明、白居易的效仿，经历了从偶然到有意为之的过程。这给苏轼提供了一条从社会与政治错位困境中解放出来相对容易的路径：如果陶、白因为坚守原则而遭受苦难，但却受人尊崇，那么苏轼的处理方式也将同样被后人辨明。[③]

普林斯顿大学杨治宜博士也谈及苏轼在困境中对陶渊明的追慕，即是说，苏轼有意将自己纳入陶渊明与白居易所建构的传统中，试图找到精神依据，也可为后世树立典范。她认为这是一种自我认同与自我说服的结果，她说：

> 为了给他的自我认同辩护，苏轼将"归"重新定义为向内心率真状态的回归，而这一状态是不受外界境遇影响的。陶潜的挂冠因此被视为天性流露的表现——苏轼认为他放逐的原因也一样，是他不屈个性所必然导致的。以此而论，他们不仅都"回归"到与大自然共处的率真生活状态，而且他们得以"回归"的原因也只有外在差异，

[①] Stanley Ginsberg, "Alienation and Reconciliation of a Chinese Poet: the Huang-Chou Exile of Su Shih", Ph. D. diss., University of Wisconsin, 1974, p. 154.

[②] Stanley Ginsberg, "Alienation and Reconciliation of a Chinese Poet: the Huang-Chou Exile of Su Shih", Ph. D. diss., University of Wisconsin, 1974, pp. 165–166.

[③] Stanley Ginsberg, "Alienation and Reconciliation of a Chinese Poet: the Huang-Chou Exile of Su Shih", Ph. D. diss., University of Wisconsin, 1974, p. 166.

而实则都是举止率真"刚拙"的结果。①

可见,苏轼将自己的贬谪与陶渊明的归隐田园对举,实际上是试图为自己回归自然率真生活状态寻求精神依托。杨治宜认为苏轼和陶的另一层深意在于,为自己生活的蛮荒环境树立文明对应物,并寻找到表达政治异议的模式,这一看法确有新意。

苏轼晚年效法陶潜,仍然是践行其"平淡"诗学(风格极简主义)的体现,当然"苏轼效法的动力并非仅是陶潜诗歌的文学价值,而且同样(如果不是主要)也是他对陶潜诗歌人格的仰慕与认同"②,尤其是他们共同的"刚拙"之性。苏轼和陶渊明既为其人生寻找到精神标杆,也具有重大的文学史意义,即"通过和陶诗,苏轼开创了中国诗歌的一门亚文类:'追和'"③。当然这并不是说苏轼之前的诗人没有追和行为,而是未上升至身份认同的高度,前人酬唱多为交谊之后的诗歌唱和,苏轼和陶渊明显然不同,是一种跨时空的尚友古人,具有界定楷模(role model)意义,当然也"弥补了他文学交游圈的疏离,安慰了他的孤寂"④。

由于时局与政治身份,苏轼并未对陶渊明进行儒家式定位,并认为其与陶渊明均为不合时宜者,且各自的回归都是本性的自然结果,《和陶怨诗示庞邓》与《和陶贫士七首》(其二)均指明苏轼与陶渊明的出仕与归隐都与生活需求和自然本性使然。在《和陶止酒》中,苏轼既论及自己的艰难处境,也流露出对脱离政治樊笼的倾向,尤其是引用《论语》典故"为己"之说"也许掩藏了苏轼政治思想里的一个深刻变化,即他不再信仰绝对皇权。相反,士人即便出仕,也应当在公共生活之外拥有自己的私人空间(private sphere)"⑤。而从《凤翔八观·秦穆公墓》到《和陶咏三良》体现出苏轼价值观的变化,即"苏轼对'三良'的态度转变表

---

① 杨治宜:《"自然"之辩:苏轼的有限与不朽》,生活·读书·新知三联书店 2018 年版,第 193 页。
② 杨治宜:《"自然"之辩:苏轼的有限与不朽》,生活·读书·新知三联书店 2018 年版,第 196 页。
③ 杨治宜:《"自然"之辩:苏轼的有限与不朽》,生活·读书·新知三联书店 2018 年版,第 198 页。
④ 杨治宜:《"自然"之辩:苏轼的有限与不朽》,生活·读书·新知三联书店 2018 年版,第 200 页。
⑤ 杨治宜:《"自然"之辩:苏轼的有限与不朽》,生活·读书·新知三联书店 2018 年版,第 222 页。

明他的关注重点从绝对忠诚转向个人的生命价值"①。

苏轼还重塑了将"桃花源"视为"道教洞天"的阐释传统，在《和桃花源并引》中，苏轼认为"'桃花源'事实上是一个内在福地的隐喻，只有绝对静止的心灵可以抵达"，②简言之，就是自然、自由、自在的生活境界。与此同时，苏轼还反对刻意归隐，而是个人内心的自然归宿。杨治宜承续吉川幸次郎所言，强调回归本然对苏轼的"治疗性意义"，如果说《和陶还旧居》苏轼表达了无法归乡的现实与忧愁，那么《和陶东方有一士》促使其进一步认清自我，《和陶归去来兮辞》则阐述其回归之旅的自在境界与道家内涵。

总而言之，苏轼构建的陶渊明形象实则是一种自我投射，即"它代表了苏轼所追寻的独立自主的自我、能够自由选择生命的道路、超越现实生活或存在意义上的焦虑。总而言之，苏轼把陶潜的形象提升成了崇拜和神话，而通过戴上他所建构的这个陶潜的面具，他对自己的命运行使了一种想象的权力，并在迫害、困窘与绝望等困难之上寻找自由"。③

白睿伟的硕士学位论文《苏轼"和陶诗"研究》则直接以苏轼"和陶诗"为考察对象，作者首先较为全面分析了陶渊明诗歌的核心概念与主题，并进行了阶段划分与解读。白睿伟指出，苏轼创作和陶诗与陶诗创作背景截然不同，苏轼《和陶归园田居》中的"农作"与《和陶饮酒》中的"酒"都是苏轼在经历连续政治灾难与个人磨难之后，所进行的情感协调和哲学沉思。在《东坡八首》《和陶归园田居》《和陶归去来兮辞》阐释方面，作者认为，三者均非全部关于农事，而更多是关于生命的"伟大回归"（即最终的家——死亡）的沉思。苏轼不同人生阶段诗歌中的"归"的内涵并不相同，惠州时所作《和陶归园田居》中的"归"指向回归田园生活，琼州时的"归"则系梦想回归朝廷与回归死亡；《和陶归园田居并引》（1095）营构了田园生活的自然（spontaneity）、自在（ease）、闲适（tranquility）氛围，但是诗歌中却显示出苏轼极力希望从艰难的贬谪生活中获取"闲"，诗歌字面意义与贬谪处境之间形成某种张

---

① 杨治宜：《"自然"之辩：苏轼的有限与不朽》，生活·读书·新知三联书店 2018 年版，第 227 页。
② 杨治宜：《"自然"之辩：苏轼的有限与不朽》，生活·读书·新知三联书店 2018 年版，第 235 页。
③ 杨治宜：《"自然"之辩：苏轼的有限与不朽》，生活·读书·新知三联书店 2018 年版，第 250 页。

力（tension），这种张力也意味着苏轼贬谪生活从未能远离"焦虑"，在琼州时期（1098）的《和陶归去来兮辞》对"闲"的向往已经完全陷于绝望。《和陶饮酒二十首》中，"远离朝廷和服务朝廷不是完全对立的，前者是脱离后者的避难所"，① 酒也被诗人当作对抗危险的护身符（a safeguard against peril），酒还可以让诗人获得自由感，"酒被视为一种解脱（disentanglement）、'归家'的召唤（awaking to 'the road home'）与作为漂泊者的提示（a realization that ha has been a traveler without a destination）"②。白睿伟从个人经历（尤其是在经历政治灾难之后）对比角度指出，苏轼和陶渊明在处理相同历史体裁时表现出个人深层价值观（deepest personal values）巨大的差异（dramatically different），如果说陶渊明关注疏广功成身退的话，那么，苏轼在《和陶咏二疏》中更关注其作为忠臣的典范，而且苏轼关注二疏作为道的践行者，从道家之"道"转移到成己（conduct oneself）之"道"，根本原因在于苏轼试图将二疏与诗人自比。苏轼在《和陶咏三良》中强烈批评三良的无谓牺牲，是一种"轻于鸿毛的死亡"（a very "light" death），较之死亡而言，苏轼更赞同忍辱负重，继续进谏与批评时政，苏轼判断良臣的标准即是否对朝廷更有益（greater benefit to the state）。苏轼在《和陶咏荆轲》中延续了这一理念，他进一步指出，军事行动如果未能带来胜利便只能引来一声叹息。

第三节 得罪于诗：拨开"乌台诗案"的政治迷雾

蔡涵墨《1079年的诗歌与政治：乌台诗案》③ 是研究乌台诗案的专文。在此文中，作者认为，乌台诗案不仅是研究苏轼生平的重要材料，同时还是探讨"中世纪文学迫害（literary persecution）的典型案例"④，换言之，是关于文学表达（literary expression）与政治忠诚（political loyalty）、修辞模式（rhetorical patterns）与阐释策略（hermeneutic

---

① Benjamin Barclay Ridgway, "A Study of Su Shih's "He-T'ao-shih" 和陶诗（Matching-T'ao-poems）", Thesis., The University of Minnesota, 1999, p. 53.

② Benjamin Barclay Ridgway, "A Study of Su Shih's "He-T'ao-shih" 和陶诗（Matching-T'ao-poems）", Thesis., The University of Minnesota, 1999, p. 58.

③ Charles Hartman, "Poetry and Politics in 1079: The Crow Terrace Poetry Case of Su Shih", Chinese Literature: Essays, Articles, Reviews, Vol. 12, Dec., 1990, pp. 15-44.

④ Charles Hartman, "Poetry and Politics in 1079: The Crow Terrace Poetry Case of Su Shih", Chinese Literature: Essays, Articles, Reviews, Vol. 12, Dec., 1990, p. 17.

strategies）的探讨。受乌台诗案牵连的人（如王诜、黄庭坚），都与苏轼有文学来往，苏诗的广为传播（如刊刻、手抄）及对新法的抨击也成为重要的立案证据，当然，"作为一个政治案件，乌台诗案可以被视为以王安石为首的改革派与以司马光为首的保守党之间斗争"① 的产物。

蔡涵墨指出，"乌台诗案提供了一个绝佳机会探讨北宋时期政治诗歌写作与阅读的政治环境（literary atmosphere）"②，而界定这一环境的关键在于修辞结构（rhetorical structures）。苏轼的《山村五绝》具有明显的挑衅性，苏轼被贬也与诗中细节所含政治含义有关，其二、其三、其四都聚焦于新法使山村生活更为艰难；而《和刘道原见寄》中以汲黯、良马、独鹤等喻体赞扬刘恕、抨击政敌之意也十分明显；《送曾子固倅越得燕字》在赞扬曾巩德行的同时，也满含对政敌的鄙夷；《往富阳新城，李节推先行三日，留风水洞见待》与《风水洞二首和李节推》也暗含苏轼对当政者的不满，如《风水洞二首和李节推》（其二）：

山前乳水隔尘凡，The milk-white water from the mountain cuts us off from the dusty world,

山上仙风舞桧杉。The transcendent winds on the mountain top make dance the juniper and pines.

细细龙鳞生乱石，Delicate and fine the dragon scales emerge from the jumbled rocks,

团团羊角转空岩。in swirls the winds blow around the empty crags.

冯夷窟宅非梁栋，The underground chamber of P'ing-i has no beams and pillars,

御寇车舆谢辔衔。the chariot of Lieh-tzu dose without harness or reins.

世事渐艰吾欲去，As the affairs of the world become increasingly more difficult, I want to depart,

永随二子脱讥谗。and forever follow those two masters and so avoid

---

① Charles Hartman, "Poetry and Politics in 1079: The Crow Terrace Poetry Case of Su Shih", *Chinese Literature: Essays, Articles, Reviews*, Vol. 12, Dec., 1990, p. 21.
② Charles Hartman, "Poetry and Politics in 1079: The Crow Terrace Poetry Case of Su Shih", *Chinese Literature: Essays, Articles, Reviews*, Vol. 12, Dec., 1990, p. 22.

*ridicule and slander.*①

与此同时,《司马君实独乐园》更是被视为苏轼支持司马光重掌朝政的重要证据;《和述古冬日牡丹四首》(其一)中写牡丹在反常季节开花也是政治环境恶劣的隐喻,即"花卉反季绽放(牡丹冬天开放)作为丑恶政治行为的表征(a token of nefarious political activity)";②《八月十五看潮五绝》之"东海若知明主意,应教斥卤变桑田"更是直接被舒亶视为"指斥乘舆";《书韩干牧马图》尾联"王良挟策飞上天,何必俯首服短辕"亦是苏轼不满党争的明例。"《乌台诗案》最重要的价值之一是作为宋代的文化史档案(a document of cultural history),其确证了传统儒家忠臣形象的力量,且对形塑宋代政治与艺术话语具有反作用(dissent to shape Sung political and artistic discourse)。"③

蔡涵墨还进一步指出,实际上,除乌台诗案以外,文字狱贯穿苏轼一生,"苏轼所陷入的类似问题或许可以被视为一条贯穿其政治生涯始终的中心线索"④。而检视乌台诗案也应考虑到整个北宋政权特性的转变(the changing nature of Northern Sung),因此,"乌台诗案不仅应被视作苏轼人生(也是北宋文人)的转折点(a turning point)"⑤。

王宇根《诗歌作为社会批评方式的局限性:重审"乌台诗案"》一文探讨"乌台诗案"所关涉苏轼诗歌应该且能够被如何阐释的问题,使我们更好地理解"既有的诗歌解读规则与当时社会政治、学术之间的相互作用,尤其是诗歌作为一种合法非直接社会批评的手段,是如何体现在此案中"⑥。作者的目标在于讨论传统的诗学观念如何在生死攸关的审判

---

① 张志烈、马德富、周裕锴主编:《苏轼全集校注》,河北人民出版社2010年版,第854页。英译见 Charles Hartman, "Poetry and Politics in 1079: The Crow Terrace Poetry Case of Su Shih", *Chinese Literature: Essays, Articles, Reviews*, Vol. 12, Dec., 1990, pp. 28-29。
② Charles Hartman, "Poetry and Politics in 1079: The Crow Terrace Poetry Case of Su Shih", *Chinese Literature: Essays, Articles, Reviews*, Vol. 12, Dec., 1990, p. 32.
③ Charles Hartman, "Poetry and Politics in 1079: The Crow Terrace Poetry Case of Su Shih", *Chinese Literature: Essays, Articles, Reviews*, Vol. 12, Dec., 1990, p. 35.
④ Charles Hartman, "Poetry and Politics in 1079: The Crow Terrace Poetry Case of Su Shih", *Chinese Literature: Essays, Articles, Reviews*, Vol. 12, Dec., 1990, p. 35.
⑤ Charles Hartman, "Poetry and Politics in 1079: The Crow Terrace Poetry Case of Su Shih", *Chinese Literature: Essays, Articles, Reviews*, Vol. 12, Dec., 1990, p. 44.
⑥ Yugen Wang, "The Limits of Poetry as Means of Social Criticism: The 1079 Literary Inquisition Against Su Shi Revisited", *Journal of Song-Yuan Studies*, No. 41 (2011), p. 30.

中实现微妙的博弈与折中，以及在更广泛的文学与文化语境下，这种博弈的变化与发展趋势。我们认为，王宇根的本意在于揭橥"乌台诗案"是如何改变中国文学阐释传统，即重新定义文学进行社会政治批评的边界与限度。他从宏观与微观相结合对此进行解读，宏观层面指的是当时及此后文学与学术领域对此案的反思、评价，微观层面则指的是案件审查的内在机制。

首先，王宇根从黄庭坚《古诗二首上子瞻》（其一）入手，引出中国古诗的咏物传统：

江梅有佳实，The river plum bears fine fruit;
托根桃李场。it lodged its roots in the garden of regular peaches and plums.
桃李终不言，The regular peaches and plums in the end did not speak a word;
朝露借恩光。it nevertheless availed itself of the morning dew and favoring sunshine.
孤芳忌皎洁，Envied was its solitary fragrance together with its brightness;
冰雪空自香。pure as ice and snow, it gave off its scent in vain.
古来和鼎实，Since ancient times a harmonizing ingredient in the ritual tripod,
此物升庙廊。this plant has ascended to the halls of the ancestral temples.
岁月坐成晚，Time passed quickly and all of a sudden the year was already late;
烟雨青已黄。in the misty rains, its fruits have turned from green to yellow.
得升桃李盘，Having been elevated to the plates for regular peaches and plums,
以远初见尝。they were for the first time, because of their distance, being tasted.
终然不可口，In the end, they proved to be unpleasant to the palate,

掷置官道傍。and were discarded on the broad roadside.
但使本根在，So long as the original roots are intact,
弃捐果何伤。what harm, indeed, can this abandonment bring to it?①

王宇根认为，该诗旨在言明奋斗与被弃、壮志未酬、价值与才华未获欣赏。如果采取"寓言式"解读（allegorical interpretation），诗中的"江梅"指类似苏轼被嫉妒的天才，"桃李"指嫉妒的小人，"朝露恩光"指帝王的赏识，"掷置""弃捐"指有才之人被弃置，"本根"指道德上正直、忠诚。王宇根指出，如果结合随同该诗寄给苏轼的信（"作古风诗二章，赋诸从者"），黄庭坚在诗中表明渴望被理解与认同，以及对苏轼的欣赏。

为了回应黄庭坚，苏轼作诗《次韵黄鲁直见赠古风二首》，并在随诗的信中表明对黄庭坚的欣赏，且赞美其诗歌"托物引类，真得古诗人之风"，其人"观其文以求其为人，必轻外物而自重者，今之君子莫能用也"。王宇根认为，这意味着苏轼依然遵循咏物诗的阐释规则，当然，苏轼批评君子不被重用，并从诗歌隐喻传统跃入当下历史政治，且语言大胆、意象生动地以隐喻手法描绘了一个残酷的现实世界，即"嘉谷"被"稂莠"控制，"飞蚊"飞舞叫嚷：

嘉谷卧风雨，The fine crops lay in rain and winds,
稂莠登我场。while the henbanes and darnels ascended to my garden.
陈前漫方丈，The ground was overwhelmed by their rampaging presence;
玉食惨无光。all fine foods lost their shiny brightness.
大哉天宇间，Big indeed is between heaven and earth:
美恶更臭香。Beauty and ugliness, stink and fragrance come and go by turns.
君看五六月，Look at the fifth and sixth months, Sir:
飞蚊殷回廊。Flying mosquitoes were buzzing around winding corri-

---

① 黄庭坚撰，任渊等注，刘尚荣校点：《黄庭坚诗集注》，中华书局2003年版，第47—48页。英译见 Yugen Wang, "The Limits of Poetry as Means of Social Criticism: The 1079 Literary Inquisition Against Su Shi Revisited", *Journal of Song-Yuan Studies*, No. 41 (2011), pp. 30-31.

兹时不少假，	Time passed quickly without halting its pace;
俯仰霜叶黄。	in an instant the frosty leaves had turned yellow.
期君蟠桃枝，	I hope you, Sir, will be the peaches of immortality,
千岁终一尝。	being finally tasted in a thousand years.
顾我如苦李，	Looking back at myself, a bitter plum indeed I am,
全生依路傍。	preserving my life on the roadside.
纷纷不足愠；	Not worth it to be angered by all this buzzing and bustling;
悄悄徒自伤。	quietly I grieve of myself, all in vain.①

诗中运用了隐喻性的语言，但如果排除苏轼突然进入当下历史政治的趋势，他的行文与用语还是较好保持在诗歌写作与阐释规则内。一年之后，针对苏轼的文学审判极大改变了这一看似平常且毫无问题的苏黄唱和，也就把苏轼的不少诗歌放入国家政治与审判的聚光灯下，在案件中被特别审查的是这一概念，即"诗歌写作作为一种非直接评判与批评社会的合法手段"②。与之相关的还有如"托物引类""古诗人之风"等诗学观念的重审。

苏轼被指控诽谤新法及"指斥乘舆"，其证据除1079年4月的《谢表》以外，还有不少诗歌，如舒亶指出其"赢得儿童语音好，一年强半在城中""读书万卷不读律，致君尧舜知无术""东海若知明主意，应教斥卤变桑田""岂是闻韶解忘味，迩来三月食无盐"等诗句"无一不以讥谤为主"。王宇根认为，舒亶将这些诗句从诗歌文本中抽离，将诗歌写作视为攻击新法政策的行为，且采取先提出一朝廷政策，然后直接以苏诗诗句为"诽谤"证据，"将诗歌创作与政策批评之间的中间地带完全、武断地弃之不顾"③。而苏轼反抗与辩护则采取"引诗、解释诗意、交代写作

---

① 张志烈、马德富、周裕锴主编：《苏轼全集校注》，河北人民出版社2010年版，第1773页。英译见 Yugen Wang, "The Limits of Poetry as Means of Social Criticism: The 1079 Literary Inquisition Against Su Shi Revisited", *Journal of Song-Yuan Studies*, No. 41 (2011), pp. 34-35.

② Yugen Wang, "The Limits of Poetry as Means of Social Criticism: The 1079 Literary Inquisition Against Su Shi Revisited", *Journal of Song-Yuan Studies*, No. 41 (2011), p. 35.

③ Yugen Wang, "The Limits of Poetry as Means of Social Criticism: The 1079 Literary Inquisition Against Su Shi Revisited", *Journal of Song-Yuan Studies*, No. 41 (2011), p. 37.

情形"策略,其意在提供"中间地带"。王宇根认为,总体来看,苏轼"极有策略地阐明其作者身份,以及明确规定作为一个读者的作用,即一个遵守规则的读者应该遵守既定的阐释标准和原则"①,如苏轼解释《山村》(其二)强调其时所处的政治与政策语境,尤其是解释了"孔子闻韶"的典故,并解释其作诗意图乃"讥讽盐法太急"。但诗歌的实际意义、典故与写作情形即"意"(intention)和"以"(by)之间的中间地带均被控方有意忽视甚至消除。苏轼从否认到逐步配合,最终承认《山村五绝》包含了一些批评内容,否认其他诗作中的政治批评意味,但前文所言《次韵黄鲁直见赠古风二首》及随诗附信则击垮了苏轼最后一道心理防线。苏轼以诗歌写作传统为己辩护:

> 苏轼从未真正认同控方的指控,他认为这些诗歌都是在已经为人们所接受的诗歌表达界限内完成的,并不包括任何冒犯性内容。毕竟控方对诗歌的解读并不符合诗歌文本的内在逻辑与结构,而是有特定政治关注;毕竟不同于《山村五绝》,该诗并无直接或间接指向任何特定当下政治事件或政策,更何况诗歌中"君子"与"小人"对举是在文化与文学传统中既定的、合法的主题。换言之,苏轼极力辩护的是自从中国文学传统伊始就已经建立和受到尊重的一条线,虽然在大多数情况下这条线是默认且不言自明的,但一个人很容易将诗歌写作与其他语言呈现方式区别开来。②

"乌台诗案"之后,苏轼对此案反思透露出其反抗的依据。1088年再遭弹劾之时,苏轼明确表示其对乌台诗案的态度,其辩护理由一则是"遇事即言"乃得神宗令,二则将古老的诗歌原则"寓物托讽"作为最为重要的理由。因此,坚持"寓物托讽"诗学原则的信念是苏轼在审判前期沉默反抗的重要原因,而控方正是试图否定这一诗学原则的有效性及与该案的相关性。而在十二年之后的《杭州召还乞郡状》,苏轼再提乌台诗案,即"构造飞语,酝酿百端,必欲致臣于死……"苏轼在京城至杭州

---

① Yugen Wang, "The Limits of Poetry as Means of Social Criticism: The 1079 Literary Inquisition Against Su Shi Revisited", *Journal of Song-Yuan Studies*, No. 41 (2011), p. 38.
② Yugen Wang, "The Limits of Poetry as Means of Social Criticism: The 1079 Literary Inquisition Against Su Shi Revisited", *Journal of Song-Yuan Studies*, No. 41 (2011), p. 42.

途中所作《陈季常所蓄朱陈村嫁娶图二首》(其二)("我是朱陈旧使君，劝农曾入杏花村")，表明苏轼在内心深处根本不承认审判的合理性。

苏轼的支持者与营救者都在不同程度以"寓物托讽"这一诗学原则为武器为苏轼辩护。苏辙《为兄轼下狱上书》中有"遇物托兴"一语，且在《亡兄子瞻墓志铭》中提出"缘诗人之义，托事以讽，庶几有补于国"；张方平在为苏轼辩护的过程中，也提及诗人所承担的社会批评角色，即所谓"诗人之作，其甚者以至指斥当世之事"；程颐的弟子杨时作为控辩双方之外的代表，提出"诗尚谲谏"，而"东坡诗只是讥诮朝廷，殊无温柔敦厚之笃"，他承认"寓物托讽"的有效性，但苏轼超越了"谲谏"的界限，属"诽谤"之列，不符合"温柔敦厚"的标准。苏辙、张方平、杨时均坚持"寓物托讽"，此意味着这一诗学规则依旧具有"巨大的活力和适应能力"(tremendous vitality and resilience)[1]。

苏轼在从扬州归朝时（即1085年）所作《归宜兴，留题竹西寺三首》(其三)，也被贾易作为诽谤之证据：

> 此生也觉都无事，Already, I feel that the remaining years of my life will be without events;
> 今岁仍逢大有年。This year, again, we are going to have a great harvest.
> 山寺归来闻好语，Returning from a visit to a temple in the mountains, I have heard good words;
> 野花啼鸟亦欣然。Even wild flowers and the singing birds are filled with joy. [2]

由于该诗主题与情感都较为普通，不太容易引人注意，但贾易认为该诗有对先帝不敬的嫌疑，与乌台诗案一样，他试图将隐喻性的诗句与恶意联系起来，贾易利用神宗去世的语境来阐释该诗，而苏轼则在辩护过程中为该诗提供了一个完全不同的写作语境，即与百姓一样"讴歌"新帝继

---

[1] Yugen Wang, "The Limits of Poetry as Means of Social Criticism: The 1079 Literary Inquisition Against Su Shi Revisited", *Journal of Song-Yuan Studies*, No. 41 (2011), p. 52.

[2] 张志烈、马德富、周裕锴主编：《苏轼全集校注》，河北人民出版社2010年版，第2834页。英译见 Yugen Wang, "The Limits of Poetry as Means of Social Criticism: The 1079 Literary Inquisition Against Su Shi Revisited", *Journal of Song-Yuan Studies*, No. 41 (2011), p. 58.

位。苏轼与贾易交锋的结点在于"好语"的具体所指。与乌台诗案相比,苏轼的立场更为坚定、策略更明确,且其成功依赖于其所提供的诗歌语境,因为"过去的教训已经教会苏轼,在政治高压环境下,诗歌阐释的有效性,不仅取决于诗歌按照文学规则应该如何被理解,更有赖于当时的政治环境"①。

总而言之,王宇根认为,通过乌台诗案我们可以发现,"诗歌作为社会批评的合法工具这一传统儒家诗学原则,不仅在乌台诗案的审判过程中,而且在此后更大的文学和学术文化语境中,依然具有很大影响力"②,但问题的核心在于这一原则是否应该运用于特定的司法与政治案件中。控方试图直接将诗歌作为违法证据,而非隐喻阐释模式,但辩方却极力将其控制在"寓物托讽"模式中,斗争的结果是二者的妥协、平衡。更进一步讲,虽然个人因素无可忽视,但残酷的政治斗争也应重点考察,且北宋晚期变幻的政治环境也重塑了这一关键术语。王宇根再次强调,乌台诗案的审判结果表明:

> 虽然古老的儒家诗学原则仍然发挥其影响力,但这一原则的边界也被重新置于突出位置,这一观念不但深深植入了苏轼的精神世界里,也植入了当时学者、诗人的集体性思维与记忆中。苏轼是否逾越这一边界并非问题的核心,问题的实质是这一中心事件强化了人们的界限意识,并为此后文人提供了不可忽视的参照。③

简言之,乌台诗案成为北宋晚期文学与文化语境急剧变化的一个标本(specimen)。

综上,北美汉学界充分意识到宋朝政治环境与诗歌创作之间的紧密关联,细致深入开掘宋诗所论之政的具体内涵,探讨宋诗中的贬谪书写,拨开"乌台诗案"的迷雾,剖析文学表达与政治忠诚、修辞模式、阐释策略等重要命题。北美学者注意到宋诗政论性所产生的社会历史语境以及作

---

① Yugen Wang, "The Limits of Poetry as Means of Social Criticism: The 1079 Literary Inquisition Against Su Shi Revisited", *Journal of Song-Yuan Studies*, No. 41 (2011), p. 61.
② Yugen Wang, "The Limits of Poetry as Means of Social Criticism: The 1079 Literary Inquisition Against Su Shi Revisited", *Journal of Song-Yuan Studies*, No. 41 (2011), p. 62.
③ Yugen Wang, "The Limits of Poetry as Means of Social Criticism: The 1079 Literary Inquisition Against Su Shi Revisited", *Journal of Song-Yuan Studies*, No. 41 (2011), p. 63.

者身份意识的改变。正是由于宋代特殊的政治环境，宋代文人身份意识减弱而士人意识增强，宋诗政治功能得以凸显，饱含丰富的政治信息，形成宋诗鲜明的政治性，从而与唐诗区别开来，当然，尽管也有学者提出宋诗政治性并不突出，诗人的诗歌创作缓解压力的用意更为明显，但也关注到宋诗与政治之间的密切关联，看到宋诗虽不是政治事件的催化剂，但容易作为政治犯罪之证据。总之，北美汉学界从宽广的社会历史语境及其文人身份意识变化等视角分析宋诗与政治之关系，且通过细致的文本解读揭示宋诗的政治蕴含，体现出他者独特的研究理路与价值判断，不乏精当之论，可为国内学界提供参考。

第六章

北美汉学界论宋诗与佛禅、道学

佛与道在宋代无所不在，尤其在精英文学中随处可见，北美汉美界对此予以了详细的探讨。艾朗诺在《剑桥中国文学史》中指出三方面的体现：一是诗僧队伍的人数众多，如九僧、智圆、重显、佛印、道谦、惠洪等，特别是以惠洪为首的"文字禅"运动，使文人佛禅联系得更加紧密；二是诗僧与文人交往十分密切；三是"佛教思想对诗歌本身、对文学思想产生较大影响"①，这是最为重要的。如果说欧阳修对佛教的态度充满矛盾的话，那么，在王安石、苏轼、黄庭坚等诗人那里，对佛教的倾心就变得无须遮掩，他们与僧侣交游，熟读佛典，且"在自己的文学创作中广泛借用佛教的语言与思想"②。苏轼甚至戏称自己前世是六祖慧能。在具体的诗歌创作实践中，除佛教主题、术语或指涉佛教典籍外，诗歌结构或整体倾向也可能受到佛教的影响，如苏轼在《送参寥师》一诗中讨论佛教与书法、诗歌之关系，既对韩愈在《送高闲上人序》中的观念表示怀疑，还在诗中表达其诗学观念与哲学追求，尤其是"苏轼对'淡泊'（与'平淡'同义）的追求，提醒我们思考宋代审美趣味中的佛教维度，或至少是这种审美趣味与佛家修道理想的兼容性"③。艾朗诺还指出：禅宗的诸多理念与诗学更是有相通之理：

> 在一个更高的层面上，在禅宗的开悟与诗人的灵感或洞见之间，

---

① [美]孙康宜、宇文所安主编：《剑桥中国文学史》，刘倩等译，生活·读书·新知三联书店2013年版，第477页。
② [美]孙康宜、宇文所安主编：《剑桥中国文学史》，刘倩等译，生活·读书·新知三联书店2013年版，第479页。
③ [美]孙康宜、宇文所安主编：《剑桥中国文学史》，刘倩等译，生活·读书·新知三联书店2013年版，第481页。

在获得宗教顿悟之前必须度过艰苦修行期与取得文学成就之前必须经历学徒期之间，在禅宗宗派与诗歌流派之间，可以进行平行类比。①

艾朗诺认为，在王安石退隐江宁时期，其诗歌主题、基调发生了显著的变化，诗中不但佛教因素增加，与僧侣的唱和及追和前代诗僧之作也出现：

> 他的诗歌更个人化、更内省，基调与主题常见佛教的因素。正是在这一时期，王安石撰写了几部佛经评注，与同住在钟山的僧人们酬唱频繁，还作有一些和拟唐代僧人寒山、拾得诗歌的诗作。②

此外，尽管施吉瑞、管佩达等都认为，探寻中国诗人与佛道关系的确切证据是一件非常困难的事情，但他们都认为这种影响是无所不在的。施吉瑞还认为，诗话及"以诗论文"（literary critical poems）的出现为我们讨论佛禅与诗人之关联提供了清晰的图景（clear picture），"最为重要的是，禅宗深刻影响了宋代知识阶层的学术与艺术生活，并且成为中国文化中最佳艺术品的触媒"③。以上都提醒我们注意宋代文人审美趣味中的佛禅维度。

第一节 管佩达论苏诗与佛禅

日本的宋诗研究专家吉川幸次郎曾指出：宋代诗人试图超越痛苦，而唐代诗人则不，唐人的诗充满了痛苦，甚至如杜甫这样试图从痛苦中超越的诗人，都抒发了"一生的哀愁"。④ 管佩达较为赞同吉川幸次郎的观点，认为唐代诗人沉浸于失望，倾向于感受（felling）苦难，感受痛苦，这比

---

① ［美］孙康宜、宇文所安主编：《剑桥中国文学史》，刘倩等译，生活·读书·新知三联书店2013年版，第481页。
② ［美］孙康宜、宇文所安主编：《剑桥中国文学史》，刘倩等译，生活·读书·新知三联书店2013年版，第456页。
③ J. D. Schmidt, "Ch'an, Illusion, and Sudden Enlightenment in the Poetry of Yang Wan-li", T'oung Pao, Second Series, Vol. 60, Livr. 4/5 (1974), p. 231.
④ Kojiro Yoshikawa, "An Introduction to Sung Poetry", trans by Burton Watson, Cambridge: Haruard University Press, 1976. p. 29.

较宗教化；宋代诗人则更倾向于接受失望、认识（knowing）到苦难的不可避免，并试图找到方法、理由实现超越，寻求快乐，故更哲学化，从"感受痛苦"到"超越痛苦"，这种态度的转变折射出儒家更积极、理想、乐观的人生哲学（philosophy of life）。管佩达还指出，"事实是，苏轼与同时代其他文人不同，虽然他一直追随儒家价值，但又对道佛十分着迷，这表明他从未彻底解决宗教与哲学之间的张力或相互影响"①。即是说，苏轼的文学创作融合了"感受痛苦"与"超越痛苦"两种理路，二者的差异构成了作品内在的巨大张力。管佩达还注意到，苏轼经常从道家、佛家借用语言、思想来表达诗歌体验，这些体验是儒家术语无法恰当或充分表达的，因此，他的借用具有明显的选择性，这也是苏轼诗歌的独特之处。苏轼从未成为一名"正统的"佛教徒，但他对佛教一直有强烈的兴趣与探索意愿，这与欧阳修、周敦颐表面谴责而私下信奉佛教完全不同。虽然他早期对佛教有微词，但最终走向折中调和与开放包容。而且他对佛教的兴趣并非源于纯粹学术，而是一种审美②。当然，苏轼与僧侣的长期、密切交往，这给了他学术启发、精神慰藉与诗歌灵感。施吉瑞也认为，"作为北宋最重要的诗人，苏轼受佛教思想的深刻影响"③。

管佩达认为，苏轼的诗歌与诗学受到人格、哲学、社会处境、地理位置、抽象审美观念的综合影响。苏轼出生于佛教（峨眉山）、道教（青城山）都极为盛行的蜀地，其母程氏是其接受佛学的启蒙者，从小受道家思想的濡染（如受张易简的影响较多），其祖父去世前后，苏轼、苏辙兄弟在道佛思想的接受方面有明显增强，而入成都与惟简、惟度师徒的会面则提升了苏轼讲故事（storytelling）、酿酒（wine-making）、品茗（tea connoisseurship）与诗歌创作（poetry-writing）方面的能力，还常去寺庙观察琢磨绘画与雕塑。在凤翔为官期间，苏轼撰文批评佛教中的迷信及以金钱换取僧侣资格的社会现象，与对老庄兴趣强烈的文同相识，此时，所受佛道影响为其后来仕途遇挫提供了精神慰藉。

在杭州期间，苏轼的诗歌不仅关注个人失望与挫折，还将触角延伸至

---

① Beata Grant, "Buddhism and Taoism in the Poetry of Su Shi (1036–1101)", diss., Stanford University, 1987, pp. 24–25.

② Beata Grant, "Buddhism and Taoism in the Poetry of Su Shi (1036–1101)", diss., Stanford University, 1987, p. 31.

③ J. D. Schmidt, "Ch'an, Illusion, and Sudden Enlightenment in the Poetry of Yang Wan-li", *T'oung Pao*, Second Series, Vol. 60, Livr. 4/5 (1974), p. 231.

普通百姓的遭遇，当然，佛寺、道观也可慰其心，苏轼还与大量僧侣交往，这些僧侣都"符合他的学术、审美与道德理想"①。苏轼与僧侣的诗歌酬唱使其体会到僧侣以"出世"之姿行"入世"之实，这对苏轼参与世界的方式无疑有直接影响。苏轼虽然与僧侣交游广泛，但仅有少数有名者，如辩才融合三教的努力为苏轼树立了范本；慧辩似乎为公务繁忙的苏轼带来了安宁、放松，且他与辩才一样能兼容"入世"与"出世"；精通儒禅且有文学才华的契嵩为苏轼仰慕，契嵩的辩论才华很可能影响了苏轼；梵臻、慧勤、清顺、可久等均以他们各自的品性、才华、学识为苏轼所倾；苏轼的智慧与幽默感与佛印关系密切，林语堂视佛印为苏轼的"精神导师"。总而言之，苏轼在杭州期间，"充满智慧、博学与修养僧侣的陪伴"② 给予他慰藉与启悟。如果说初到杭州期间，佛教（一定程度上包括道教）激发了苏轼的美学和学术兴趣，那么，与僧侣朋友的交游则使苏轼的佛禅思想全面发展并融入个人哲学之中。美国汉学家贺巧治（George Hatch）评价苏轼在密州期间的随缘自适可以看出道家思想的影子，就在这期间，苏轼开始关注时空的相对性。"也正是在此期间，佛道思想开始为他的人生与艺术转变提供更为深刻的形而上基础"③，如苏轼大量使用梦境叙述，无疑与佛家的空（emptiness）及道家的相对观念（relativity）有关。

在徐州期间，苏轼与参寥和尚相遇，二人相见恨晚，成为一生的挚友，参寥的品性与诗学观为苏轼所赏。在黄州时期，苏轼不仅花费了大量时间到安国寺烧香、祈祷与沉思，并开始探索佛教文本。苏轼陷入禅的无言与诗歌表达之间存在的矛盾，他在诗歌中思考不朽、时空、历史等问题，也表达他对佛道思想的理解。同时，苏轼"在黄州期间的所有诗歌反映出一种对日常世界的关注与兴趣，这种出世将他重新拉回到对个人化、现象化问题的关注"④，而使用"东坡居士"这一称呼有着浓厚的佛

---

① Beata Grant, "Buddhism and Taoism in the Poetry of Su Shi (1036–1101)", diss., Stanford University, 1987, p. 83.
② Beata Grant, "Buddhism and Taoism in the Poetry of Su Shi (1036–1101)", diss., Stanford University, 1987, p. 94.
③ Beata Grant, "Buddhism and Taoism in the Poetry of Su Shi (1036–1101)", diss., Stanford University, 1987, pp. 97–98.
④ Beata Grant, "Buddhism and Taoism in the Poetry of Su Shi (1036–1101)", diss., Stanford University, 1987, p. 110.

教意味，其有意与官场、俗世保持一定距离。1084年苏轼曾访庐山东林寺，并写作了献给广慧禅师的诗歌。第二次入杭州期间，苏轼拜访了不少僧侣（如辩才），并写有大量诗文。被贬惠州期间，苏轼再次深入研读、评论佛道典籍，创作并结集佛教诗歌——《禅喜集》，开始修炼内丹，还结识了来自罗浮山的道士——郑道安及另一位道士——吴子野。苏轼被贬儋州期间的作品"或许不能被视为他最伟大的作品，但却有一种心理的平静和对生命短暂的认同"①。在苏轼健康急剧恶化之时，维琳寄偈给苏轼，苏轼回复了可能是其生命中最后一首诗。

管佩达提出，苏轼诗歌中的大量典故直接或间接来自《楞伽经》，《楞伽经》的语言与思想对苏轼的文学观念产生了深刻影响。与此同时，苏轼还曾阅读过张方平赠送的复印本《楞严经》，由苏轼晚年诗歌《次韵子由浴罢》可知，这或许是苏轼所读的最后一本佛经。或许由于该经的散文化特点与丰富的意象，"苏轼大量引用《楞严经》，是由于《楞严经》拥有丰富的语言和形而上思想资源"②。苏轼的学术思想和审美的受益最大的当属《华严经》，管佩达说"苏轼诗歌充满来自《华严经》的典故、意象和词汇"③。苏轼受到《华严经》散文化风格、描述性语言及隐喻的影响，还吸纳了《华严经》的精神内核。此外，苏轼还相当熟悉《维摩诘经》，并在诸多层面受其启发。作为长时间以来文人最青睐的经书，《维摩诘经》为文人世界树立了一个优雅、博学、开明的形象典范。苏轼所重乃维摩诘如何对待疾病、死亡的超然的态度，苏轼创作了大量关于唐代及之前的维摩诘画像与雕塑的诗歌，诗中多流露出对生命的思考，如生命的转瞬即逝，同时，《维摩诘经》中的语言悖论也直接影响苏轼的语言观。此外，苏轼也曾阅读、评论、运用《莲华经》《金刚经》《金光明经》与《六祖坛经》。此外，管佩达发现，苏轼经常沉浸于《景德传灯录》中的故事与典故，并将之融汇在诗歌创作之中。

在苏轼反映佛教绘画、雕塑的诗歌中，他将哲学与审美、描绘与沉思相融合，与偈遵循传统的宗教模式不同，他在诗歌中则运用了多种自我表

---

① Beata Grant, "Buddhism and Taoism in the Poetry of Su Shi (1036-1101)", diss., Stanford University, 1987, p. 127.

② Beata Grant, "Buddhism and Taoism in the Poetry of Su Shi (1036-1101)", diss., Stanford University, 1987, p. 46.

③ Beat Grant, "Buddhism and Taoism in the Poetry of Su Shi (1036-1101):, diss., Stanford University, 1987, p. 46.

达的方式，但偈与诗歌创作都明显受到佛教艺术品的触发。苏轼早期诗歌表明他对《老子》《庄子》及佛教教义、故事、传说和著名佛教人物都相当熟悉，只是偶尔表现出调侃（ironic）或超然态度（detached attitude）。如苏轼作于凤翔期间的《维摩像唐杨惠之塑在天柱寺》，虽不能称为佳作，但表现出明显的超然态度。苏轼在前四句引用了《庄子》中的典故，且将庄子与维摩诘的生死观进行比较，体现出苏轼的超然倾向。苏轼被维摩像及其潜藏的真理所吸引，但苏轼并未沉溺其间，显示出苏轼对佛的矛盾（ambivalence）心态，但佛家思想毫无疑问成为一种可能的选择，这在苏轼居杭州期间与僧侣的交往可以看出，而苏辙的《和子瞻凤翔八观八首其四杨惠之塑维摩像》则更为深刻，苏辙批评谢灵运缺乏对佛家教义的理解。苏轼诗歌的兼融性（integration）即将典故、隐喻、情感表达、哲理、幽默等自然有机结合，颇有庄子散文之风，这或许与佛道的兴趣有关。与西方浪漫派诗歌相似，苏轼亦不乏以自然景物表达哲理思考的诗歌，这些诗歌几乎都是对话性口吻（an almost conversation tone）。有人指出苏轼对佛教的理解较为粗浅（与王维相比），但管佩达认为这并不准确，因为这是不同的诗学（或哲学）品格与风格的差异。

　　苏轼的偈（如《成都大悲阁记》）虽然含有很多佛理或教义，但并不枯燥，序言的第二段有明显的佛家与哲学语境，这与苏轼的艺术创造性观念密切相关。在管佩达看来，这是体现苏轼思想发展历程中真正具有流畅性的诗歌，因为"实现了在语言与思想上的非同寻常的融合"[1]。苏轼有大量诗歌提及佛教（尤其是禅宗）的基本教义——无心（No-mind），这为人面对生命困境进行创造性表达（full creative expression）提供了可能性。千手观音之所以能做到无惑（No-doubt），也正源于无心。这首诗深得高僧惠洪的赞美。在苏轼生命的最后岁月，苏轼写作不了不少四行偈去接近佛家，它们充满直觉性，而较少智性，这意味着他对禅兴趣的加深与对禅宗文本（如《景德传灯录》）的深入了解。佛教四行偈的结尾具有开放性（open-ended）与言外之意（flavor beyond words），苏轼创作的大量四行偈多受十八罗汉的绘画与塑像（如贯休的罗汉像）的启发，并形成具有规律性的结构：第一句描绘罗汉的姿势、手持物，第二句展开其象征意义，第三句经常提出具有悖论性、公案性的陈述，第四句则具有未

---

[1] Beat Grant, "Buddhism and Taoism in the Poetry of Su Shi (1036—1101)", diss., Stanford University, 1987, p.146.

完成性与开放性,《第一宾度罗跋罗堕尊者》《第二迦诺迦代蹉尊者》《第五诺句罗尊者》均是如此。在《石恪画维摩颂》中,运用了动词"观",诗人讨论了《庄子》经常谈及的时空相对性。

《记所见开元寺吴道子画佛灭度以答子由》一诗少见哲学典故,苏轼用力之处在描摹画作及吴道子的高超画技,诗歌开篇借用庄子"真人"指向《景德传灯录》中关于维摩诘的传说。诗中的"月亮"是一个非常重要且常见的佛教象征,龙树菩萨为了展示佛教精义将自己变成一轮满月。苏轼亦经常在诗中使用月亮意象,"苏轼似乎已经在具体的意象及形而上概念之间取得了更大的融合"[①]。在《王维吴道子画》中,苏轼第一个提出王维"诗中有画,画中有诗","清""敦"在苏轼描述他崇拜的和尚及佛门弟子的诗歌与画作中反复出现,"祇园弟子尽鹤骨,心如死灰不复温"无疑出自《庄子·齐物论》。王维之画由局部见整体的特点,既是一个重要的佛教观念,又对中国艺术理论的发展产生了重大影响。苏轼对王维的推崇事实上存在一定矛盾之处,即在"审美评价的客观性与他认同的某种人格"[②]之间存在的龃龉。

人格化的力量(personified force,造物者)虽然早在《庄子》文本中已经出现,但苏轼是最早将它们纳入诗歌中的诗人之一,如《次韵吴传正枯木歌》有类似"天公""造物"之语,该诗主题多重与叠加,在管佩达看来,该诗或表现了苏轼对艺术局限性的认识,或是一种厌世情绪。另一首受吴道子关于地狱绘画启发所作的《地狱变相偈》极富创造力,该诗虽然缺乏抒情的优雅,但从佛教角度切入是苏轼创造性的结晶,诗歌中的思想与意象可以在《华严经》第二十章找到概念性确证(definitive confirmation),如《六观堂老人草书诗》在评价了性的草书时使用了大量佛教观念与意象(如象、梦幻、无根、非无、泡影、灭、真吾等)。

主客合一(the union of subject and object)是苏轼诗歌的重要特征,如在《高邮陈直躬处士画雁》一诗中,"有时可视意象可以激发精神自由的渴望"[③];《吴子野将出家赠以扇山枕屏》也源自宗教(道、佛)的可

[①] Beat Grant, "Buddhism and Taoism in the Poetry of Su Shi (1036-1101)", diss., Stanford University, 1987, p.164.

[②] Beat Grant, "Buddhism and Taoism in the Poetry of Su Shi (1036-1101)", diss., Stanford University, 1987, p.170.

[③] Beat Grant, "Buddhism and Taoism in the Poetry of Su Shi (1036-1101)", diss., Stanford University, 1987, p.185.

视意象（山、雾、竹）的激发，这些意象的选择与苏轼的气质、意愿、兴趣契合，并符合其自我表达的需要。可以说，管佩达敏锐地观察到苏轼早期对佛教的兴趣主要体现在他对佛教艺术的兴趣，这为他在此后更深入涉及诗歌与哲学奠定了基础。

诗歌体验与宗教（尤其是禅宗）体验相似，都试图去呈现难以言说的内在心理感受，道家经典也充满语言的悖论（the paradox of language）。作为一位对道佛都有相当兴趣的诗人，苏轼试图解决言与不言之间存在的自然张力或悖论（natural tension or paradox）是一件情理之中的事情。佛教语汇与表达对苏诗的影响或许不是最重要的，更关键的是，佛教强调的开悟与其诗歌的自然（spontaneity）以及由此形成的风格相当类似。关于苏轼是否开悟，管佩达以《赠东林总长老》为例说明，我们应该以诗人的标准而不是潜修者（mystic）的标准去看待这一事实，诗歌尾句"他日如何举似人"意味着"诗人的基本使命应聚焦于将无形之物有形化（translate the ineffable into the tangible），并能与他人分享"①。因此，我们应从审美角度而非纯粹形而上角度（a purely metaphysical angle）看待苏轼及其创作。苏轼早期对语言局限性的质疑是以一种相对戏谑、温和的嘲弄（mocking）表现出来的，这种嘲弄建基于庄子而非佛教文本，典型地体现在《石苍舒醉墨堂》一诗中，开篇似乎未涉及艺术，书法以自然为美，这与其早期的诗歌艺术理想一致，诗中的突转艺术又常被认为与庄子散文之风早期禅宗大师的公案有清晰的关联。不止于此，管佩达指出："在苏轼其他诗歌中，我们同样可以看到对书写艺术的嘲弄（引申来说，即书法）"②，如《答孔周翰求书与诗》体现了语言的幻灭（disillusion with words）与当时的政治气候（political climate）导致了牢狱之灾与流亡之苦。在苏轼的后期作品中，苏轼对语言的有限性（引申来说，即为诗歌）表现出更强的质疑，"这种质疑与他对佛道思想的探索密切相关"③。

管佩达注意到，"苏轼很多关于禅或诗歌悖论的诗作，肇端于与僧侣朋友的交游，这些僧侣试图解决自身的冲突，他们既保持作为方外之人的

---

① Beat Grant, "Buddhism and Taoism in the Poetry of Su Shi (1036–1101)", diss., Stanford University, 1987, p. 194.

② Beat Grant, "Buddhism and Taoism in the Poetry of Su Shi (1036–1101)", diss., Stanford University, 1987, p. 199.

③ Beat Grant, "Buddhism and Taoism in the Poetry of Su Shi (1036–1101)", diss., Stanford University, 1987, p. 201.

超脱，同时又是一个好诗人"①。"忘言"（forgetting words）为庄子或佛教僧侣所推崇，苏轼对此十分倾慕，但又会因为自己难以做到陷入失望之中，在《秀州报本禅院乡僧文长老方丈》中，苏轼认为僧人已"得鱼"故可"忘筌"，也无须作诗，但东坡作为一位精通诗艺之人则依然须依赖其他方式（指写诗）去解决言意冲突。在苏轼晚年，他对陶渊明的人格与诗才更加认可，也走向了无言之言（saying by not-saying），他对"筌"的痴迷典型体现在《登州海市》中，海市蜃楼奇观与诗歌终将幻灭，但都属伟大的"创造"（glorious "inventions"）。同样，《喜书》一诗亦体现了佛家视语言为幻象及"不二"（non-duality，类似庄子的相对论）论，这"打破了时空的界限以及神圣与世俗、尘世与超越、愚蠢与智慧、艺术家与潜修者"②，苏轼试图寻找到解决政治与个人、世俗与宗教之间张力的办法，这种努力在其作于1074年的《僧惠勤初罢僧职》中有清晰的体现，苏轼在面对出世与入世之间的矛盾时，寻找到的解决方式是艺术。这在苏轼很多诗中得以延续，如《次韵徐仲车》《是日宿水陆寺寄北山清顺僧二首》（其二）。苏轼试图彻底远离写作并未成功，反而造就了语言创造力（linguistic creativity）的喷发，这种创造性来源于佛家。与此同时，"如果欧阳修看到了贫穷和困难的价值，那么，苏轼则更进一步看到了精神贫穷（一种虚己、空）的价值"③。空（emptiness）在苏轼那里已不再是一个纯粹的美学观念，而是一个基本的宗教观念，《次韵仲殊雪中游西湖二首》（其一）中僧人的无言与陶潜的"欲辨已忘言"完全相同。

在苏诗中我们可以发现，苏轼崇拜那些既远离俗世又有高超诗艺的僧侣，并开始思考佛家精神中的超然与宁静是写作好诗的基础与前提，参寥这位看似完全融合审美与宗教的僧人，他的人格及与苏轼的友谊影响苏轼的思考，《次韵僧潜见赠》可以见出苏轼与参寥之间的友谊奠基于情感的深度（a depth of feeling）或牢固的情感之线（the firm thread of emotion），"很明显，参寥既给了苏轼很多启迪，但与此同时，他又让苏轼意识到自

---

① Beat Grant, "Buddhism and Taoism in the Poetry of Su Shi (1036–1101)", diss., Stanford University, 1987, p. 201.
② Beat Grant, "Buddhism and Taoism in the Poetry of Su Shi (1036–1101)", diss., Stanford University, 1987, p. 208.
③ Beat Grant, "Buddhism and Taoism in the Poetry of Su Shi (1036–1101)", diss., Stanford University, 1987, p. 214.

己作为诗人的诸多局限"①。《再和潜师》既言明了苏轼与参寥之间的友谊，对参寥及其诗歌的崇拜与追慕，但苏轼也认识到自身的局限性，清晰地看到了在参寥身上所呈现的"空"所具有的个人与审美的潜在力量。《送参寥师》展现了苏轼更直接地处理佛教与诗歌之间关联的努力，施吉瑞更准确指出是"佛教的禅修体验与诗歌创作之间的密切关联"②，尤其是空、静、万象统一都来源于佛家。他所言的无住（non-lodging）是一个既关乎宗教体验又连接语言的概念，这在作于1078年的《百步洪》表现得更生动，诗中的"无住""同样提供了一种解决在艺术与宗教、此世与彼世之间的显著悖论的方式"③。此外，在《游惠山》《次韵参寥寄少游》《琴诗》（很可能受《楞严经》启发）中，苏轼也试图解决出世与入世之间的矛盾，如在《琴诗》中，苏轼或许已经意识到佛教经文所言，但他的文学天才、创造性表达的深层需要以及儒家道家信仰使他无法进一步探索经文中的深层含义，但苏轼终无法逃离这种悖论，而是经常以诙谐且令人困惑而不是否定的方式运用这种悖论，这在《闻辩才法师复归上天竺，以诗戏问》一诗中体现得较为明显，而在《次韵定慧钦长老见寄》中，苏轼试图确证静（quiescence）、空（emptiness）、无言（wordlessness）。

管佩达在《苏轼诗歌中的佛与道》④中指出，苏轼人生的大部分时间都远离朝廷或遭贬放，这成为诸多批评家将之与佛道相联系的事实依据，她试图"揭示苏轼如何创造性及在诸多方面具有独特性地运用看似明显抵牾的三家思想之间的张力"⑤。同时，苏轼对佛道的探讨，也是从一个艺术家和创作者而不是哲学家或修行者角度出发，所以，他关注其用（use）而不是"玩弄"（play）哲学宗教思想与语言。在苏轼关于绘画与诗歌创作的艺术思想与艺术理想中，佛道的影响清晰可见。管佩达认为，

---

① Beat Grant, "Buddhism and Taoism in the Poetry of Su Shi (1036-1101)", diss., Stanford University, 1987, p. 223.
② J. D. Schmidt, "Ch'an, Illusion, and Sudden Enlightenment in the Poetry of Yang Wan-li", T'oung Pao, Second Series, Vol. 60, Livr. 4/5 (1974), p. 231.
③ Beat Grant, "Buddhism and Taoism in the Poetry of Su Shi (1036-1101)", diss., Stanford University, 1987, p. 239.
④ Beata Grant, "Buddhism and Taoism in the Poetry of Su Shi (1036-1101)", diss., Stanford University, 1987.
⑤ Beata Grant, "Buddhism and Taoism in the Poetry of Su Shi (1036-1101)", diss., Stanford University, 1987, p. 4.

与王维、杜甫不同，苏轼诗歌中较少"禅趣"[她认为与查理·穆勒（Charles Moeller）所说的"religiousness resonance"相近]，但"毫无疑问，苏轼非常明确地运用了佛家、道家语言和意象入诗"，而且这些诗歌并不单调、枯燥，这是因为"他的很多'宗教'诗歌充溢着非同寻常的个性化且自我表达的韵味，这使得其能超越纯粹的说教"①。苏轼还在此类诗歌中讨论一些永恒的问题，如时空、死亡与不朽。

　　管佩达首先将苏轼所作诗歌与唐代诗人张志和的《渔歌子·西塞山前白鹭飞》（作者误认为是一首诗歌）进行对比，讨论二者与佛道时空观的联系，"苏轼很多著名诗歌也表达类似形而上的淡泊"，②其《西塞风雨》与张词相比，有着明显的主题变异（variation on the theme），最重要的变形（transformation）体现在空间方面，在张词中时空都是静止不变的。苏轼的"无家何处归"不仅是对贬谪的哀叹，而且是没有用"家"来看待风雨，从而形成流动、动态的时空。"蓑衣"在张志和词中仅为渔夫的衣物，而在苏轼则从宇宙视角（cosmic perspective）审视之，蓑衣亦随之化身为宇宙自身（heaven themselves），"这种源自想象力且具有形而上特征的诗学飞跃，这种飞跃之所以可能，是通过把自我从固定时空观中解放出来的结果，这是苏轼最好诗歌的典型特征"③。苏轼的这种诗学飞跃无疑源自道佛世界观的体现，其中极具想象力的时空观也可以看到佛道思想与意象的影子。《庄子·秋水》中"差数"（the law of difference）作为一种流动视角，"对苏轼而言，不仅提供了一种哲学慰藉（a philosophical consolation），也是一种重要的诗学可能（poetic possibilities）"④。佛家（如《华严经》三十卷）则提供了更大的宇宙无限性（时空），苏轼写给僧侣及道士的诗歌多体现了佛家的宇宙观。《赠月长老》虽典故众多，我们再一次看到了用来描述宇宙的斗笠意象，虽然英国汉学家阿瑟·韦利（Arthur Waley）批评苏轼是一个"掉书袋诗人"

---

① Beata Grant, "Buddhism and Taoism in the Poetry of Su Shi (1036–1101)", diss., Stanford University, 1987, p. 13.
② Beata Grant, "Buddhism and Taoism in the Poetry of Su Shi (1036–1101)", diss., Stanford University, 1987, p. 248.
③ Beata Grant, "Buddhism and Taoism in the Poetry of Su Shi (1036–1101)", diss., Stanford University, 1987, p. 249.
④ Beata Grant, "Buddhism and Taoism in the Poetry of Su Shi (1036–1101)", diss., Stanford University, 1987, p. 252.

（patchwork poet），但苏轼已经运用得浑然无迹。但由此诗可以看出，苏轼已经意识到佛家的冥想是超脱苦难、羁绊与时空的方式。当然道家的沉思与"吹呴呼吸"也是一种超越边界的方式，苏轼在《送蹇道士归庐山》运用了大量来自《庄子》《老子》中的典故，羡慕僧道友人的"天游"便可以超越时空之界限。苏轼还经常将思归与不归并置，《蜀僧明操思归龙丘子书壁》打破了朋友与家、理想与现实之间的距离。陷入时空泥淖潜藏在苏轼（尤其是早期）很多诗歌中，《送小本禅师赴法云》表明，诗人对道家神仙或佛教僧人充满羡慕之情，因为他们通过精神修炼似乎已经超越时空的局限。纳巨大的时空于诗歌中是苏轼的特点，他经常将天地万物容于一人或以一人之眼看宇宙，这可以看作是佛道思想中的相对性与依存的回响。《和蒋发运》中的"楼""船"可以被视为冥想中的寂、空隐喻，"醉墨"则明显是"以大入小"（bring this vastness into the personal sphere）。苏轼还有很多诗歌运用类似技巧，它们都具有佛家形而上意味，如《月夜与客饮酒杏花下》《九月十五日观月听琴西湖一首示坐客》《送佛面杖与罗浮长老》。"以大入小"或"小中见大"的技法可以在苏轼很多诗歌中见到，《和人假山》本系自然山水的缩略，诗中的"童子戏"可以追溯至《莲华经》。《次韵王晋卿惠花栽栽所寓张退傅第中》亦是通过艺术想象"以大入小"，在超然、生动的对世界之美的冥想中凝滞时空。《参寥上人初得智果院会者十六人分韵赋诗轼得》作为众多受参寥激发诗歌中的一首，苏轼怀疑参寥并未彻底斩断与世界和家的联系，也会有思乡之情（即诗中"亦有怀归心"）。诗尾则展示了诗人试图通过诗歌来实现对世界的审美化拥有（"一眼吞江湖，万象涵古今"），通过诗人的想象从时空局限中解脱，从而拥有自然之美，这是佛道思想的结合。《迁居临皋亭》表明诗人为政治变化所困，还为时空变化所囿，诗中的"风轮"可能指向佛家的生死轮回，也使诗人可以获得暂时性超越，人的内在空间（inner space）由此亦实现了对外在空间（external space）的涵容，心（the mind）创造、超越、控制万物显然源自佛道。《过大庾岭》中的"仙人抚我顶，结发授长生"来自《庄子》，不断改变居所呈现的是时间的非永恒性（impermanence）与空间上的无根（root instability）。《过淮》中的"吾生如寄耳，初不择所适"、《和陶拟古》"吾生如寄耳，何者为吾庐"及《和王晋卿》"吾生如寄耳，何者为祸福。不如两相忘，昨梦那可逐"，都论及了时空的不断变化。苏轼还有很多诗歌的抒情主人公并非贬放之人，而是羁旅之人，除偶尔的思乡与倦旅之外，依然可以获得愉悦和灵感。"苏轼将人生中的诸多改变置于全部人生的巨大语境中，他也将它们置于一个更大的宇宙语境中，将自己的生命与过去、现在的圣人、神仙联系起来，将'一个'与'所有'放入永无止境的时间之流中，由此打破了过去、现在的时间界限。"① 的确，苏轼的《次王定国韵书丹元子宁极斋》《次韵王晋卿惠花栽栽所寓张退傅第中一首》《别东武流杯》便是如此。

此外，杨治宜指出，自唐以来僧人与士大夫交游日多，僧诗的审美属性与文学地位日显，但诗歌境界狭隘，风格单一，苏轼《赠诗僧道通》一诗中的"语带烟霞从古少，气含蔬笋到公无"便表现出对僧诗风格的某种不满。但苏轼对诗僧和僧诗的态度充满矛盾性，他一方面与僧侣交往频繁，另一方面又从士大夫的审美标准衡量僧诗。与此同时，苏轼又从诗歌是僧人悟道法门的角度为僧人作诗辩护，在《送参寥师》中有"诗法不相妨"，艺术修行还是"慧"的表征。苏轼以诗为悟道法门源于诗歌不依赖于物质性手段的特性及读诗的类宗教体验性：

> 诗歌以其非物质性与其他艺术有别。他挑战了日常语言的构词法和通常的意象联想习惯，用模式化的语言来更新我们对世界的体验，用不寻常的意象来表达不可言传者。读诗的体验因此具有直击本质的直接性，类似于公案、偈子等手段传言的五言之法。②

简言之，苏轼不但深谙作诗的宗教意义，还对文学鉴赏的类宗教体验性也有体认。

第二节 傅君劢、施吉瑞论宋诗与佛禅

傅君劢在《漂泊江湖：南宋诗歌与文学史问题》中讨论了佛教与南宋诗歌及诗学关系问题。僧侣在北宋晚期和南宋早期日渐活跃，宗教组织

---

① Beata Grant, "Buddhism and Taoism in the Poetry of Su Shi (1036-1101)". diss., Stanford University, 1987, p.291.
② 杨治宜：《"自然"之辩：苏轼的有限与不朽》，生活・读书・新知三联书店2018年版，第74页。

增多，教义辩论更为频繁。诗学讨论中的"悟""法"多从禅学类比而来，黄庭坚、吕本中均有不少诗学术语借自佛教。佛教辩论、语言观、哲学观（如无我）等逐步也被引入文人共同心理，也就是说"佛教的核心教义（central tenets）、文本（texts）、概念系统（conceptual system）、宗教仪式（religious practices）与分析技巧（analytic techniques）成为文人文化的一部分"①。佛教的关注点也逐渐与大众心理保持一致，精英读者也开始从佛教中汲取养分（尤其是深刻反思与讨论问题的新维度）。在此基础上，"佛教分析感知（perception）、知识（knowledge）、欲望（desire）、自我（selfhood）的文本，成为文人进行反思的重要资源"②，这在苏轼、黄庭坚及江西诗人那里显得尤为突出，但佛教概念经由文人之手加工，其内涵依然有所变化（如"实相"）。

在黄庭坚及北宋晚期的诗学讨论中，佛教的影响无所不在，如黄庭坚经常使用佛教术语进行美学判断（如评论书法、绘画、诗歌）。傅君劢还注意到，佛教术语与北宋晚期、南宋早期的诗学出现了多样化（manifold）趋势，如佛教之"悟"与文论中的"悟"的异质性。当文人与僧侣交往之后，佛教的反文本立场逐渐被弱化，文字记录的重要性得以提升，文字禅也更重视"活句"，但文字禅的"活句"与吕本中诗论的"活法"说并不相同，吕本中意在反对机械照搬，而"活句"旨在文字之外，这也体现了美学、世俗世界与宗教世界的区别。严羽或许是一个特例，他将禅学理念引入反道学立场，在诗学中引入"活句"论，并加入"理"（coherence）的因素，在某种程度上具有把诗歌从道学中解放出来的意义。

加拿大汉学家施吉瑞在《杨万里诗歌中的禅、幻象与顿悟》一文中论及诗与禅之间的内在关联，他认为，如果说禅宗对苏轼的影响已经很明确，那么，在他的后学韩驹《赠赵伯鱼》一诗中则正式提出学诗与"学禅"的相似性；吴可《学诗》也阐明了诗歌创作过程与禅悟之间的相似性；杨万里则以禅的开悟概念（concept of enlightenment）作为隐喻来描述

---

① Michael A. Fuller, *Drifting among Rivers and Lakes: Southern Song Dynasty Poetry and the Problem of Literary History*, Cambridge (Massachusetts) and London: Harvard University Press, 2013, p. 158.

② Michael A. Fuller, *Drifting among Rivers and Lakes: Southern Song Dynasty Poetry and the Problem of Literary History*, Cambridge (Massachusetts) and London: Harvard University Press, 2013, p. 158.

诗歌创作过程，而且佛教的基本观念还深刻影响了他的诗歌创作。同时，他诗歌中的口语化与同时代禅宗写作中的语言也非常相似，如他在《夏夜玩月》一诗中表达了对佛教中现实与幻象（reality versus illusion）观念的理解。杨万里不但对现象的短暂性有特殊兴趣，而且也不是第一个对此感兴趣的宋代诗人，但他很可能是最成功地描摹这种现象的诗人，如《秋日早起》中的"散作飞电走"与《梅花数枝，篸两小瓷瓶。雪寒一夜，二瓶冻裂，剥出二水精瓶，梅花在焉，盖冰结而为此也》中的"瓶子化作'亡是公'"，"杨万里易逝之物的兴趣，促使他去探寻瞬间之美"①。中国与印度文化中常用泡影（bubble）来表示存在的短暂性，杨万里的《水呕二首》（尤其是第二首中的"骊珠浮没只俄然"）中，泡影不仅是短暂存在的象征，而且是宇宙秘密的象征，更为重要的是，"通过将短暂变为永恒的象征，杨万里超越了幻象与现实之间的二元性"②。杨万里对短暂之物有特殊的兴趣，如《湖天暮景五首》（其一）中的日落（"寸寸低来忽全没"），《过新开湖五首》（其一）中渔夫忽化为雁（"化为独雁立横芦"）。人从现实与幻象的混融中突然清醒类似顿悟，杨万里《披仙阁上酴醾二首》（其一）中的"酴醾蝴蝶浑无辨，飞去方知不是花"、《晓行望云山》"霁天欲晓未明间，满目奇峰总可观。却有一峰忽然长，方知不动是真山"均是从物物浑然中突然辨明其中一物。杨万里这类诗歌的突转（sudden changes），与"大多数中国诗以细致观察、从首至尾的逻辑连贯见长不同，杨万里没有遵循传统的诗歌实践"③。杨万里经常在诗歌末尾打破他创造的幻象，如《稚子弄冰》中的"忽作玻璃碎地声"与《舟人吹笛》的"中流忽有一大鱼，跳破玻璃丈来许"。比从梦境中唤回现实更甚的是，他将作者放在一个安静角落突然发出爆炸（delivers a blow）震惊读者，"如果将杨万里的幽默全部归结于禅或其他思想流派的影响是徒劳的，但我们可以在禅影响他的文学理论和诗歌创作

---

① J. D. Schmidt, "Ch'an, Illusion, and Sudden Enlightenment in the Poetry of Yang Wan-li", *T'oung Pao*, Second Series, Vol. 60, Livr. 4/5 (1974), p. 263.
② J. D. Schmidt, "Ch'an, Illusion, and Sudden Enlightenment in the Poetry of Yang Wan-li", *T'oung Pao*, Second Series, Vol. 60, Livr. 4/5 (1974), p. 264.
③ J. D. Schmidt, "Ch'an, Illusion, and Sudden Enlightenment in the Poetry of Yang Wan-li", *T'oung Pao*, Second Series, Vol. 60, Livr. 4/5 (1974), p. 266.

之语境下，更好地理解他的幽默感"①，这可以视为他诗歌的"顿悟"效果。突转技巧是杨万里幽默诗歌的典型特征，如《檄风伯》（1181）运用了在中国诗歌中极为少见的将自然之物拟人化，另一首关于风的幽默诗歌则是《夜闻风声》（1178），杨万里"诗歌的幽默技巧与佛教诗歌甚至宋代禅宗文本具有相似性"②。宋代以后的诗歌批评家对这种幽默不甚赞赏，视之为插科打诨，但诸如《宋诗钞》的编者对此就相当认同。

施吉瑞《石湖：范成大诗歌研究》一书认为，虽然宋代堪称后佛教时代（post-Buddhist period），但佛教在此时知识分子的精神世界中仍然扮演主要角色，尤其是《景德传灯录》《碧岩录》对宋代学人的影响较大。王安石与苏轼的诗歌都曾受到佛教世界观的影响，范成大的生活与创作均与佛教有着紧密关联。"与同时代的其他诗人相比，佛教似乎更强烈地影响了范成大，所以如果不理解其人生中的主要哲学，也就无法理解他的诗歌。"③ 从其早期诗歌当中可见，参禅打坐也成为其生活的一部分，尤其是在范成大1177年51岁时朝拜峨眉山之后直到去世，佛教诗歌在数量和质量方面都有极大提升，甚至诗集的每一章都有很多诗歌直接指向佛教思想。更为重要的是，与宋代其他作家相比，范成大的佛教思想学术性成分削弱，虔诚与信仰的因素更多，如《岁旱，邑人祷第五罗汉得雨，乐先生有诗，次韵》中的"神力悲愿俱无穷"。终其一生，范成大对宗教神迹（religious miracles）颇为着迷，佛教也是他战胜疾病、走出逆境的信仰支撑。范成大著有大量偈颂诗，可谓其"精神历程的重要记录"（a significant record of his spiritual development）④，这在南宋诗人中相当罕见，如他在1185年的《十月二十六日三偈》有不少语汇来自印度佛经：

声闻与色尘，The disciples of Buddha and our defiled bodies,
普以妙香薰。Are pervaded by the same marvelous fragrance.

---

① J. D. Schmidt, "Ch'an, Illusion, and Sudden Enlightenment in the Poetry of Yang Wan-li", *T'oung Pao*, Second Series, Vol. 60, Livr. 4/5 (1974), p. 263.

② J. D. Schmidt, "Ch'an, Illusion, and Sudden Enlightenment in the Poetry of Yang Wan-li", *T'oung Pao*, Second Series, Vol. 60, Livr. 4/5 (1974), p. 272.

③ J. D. Schmidt, *Stone Lake: The Poetry of Fan Chengda (1126-1193)*, Cambridge/New York: Cambridge University Press, 1992, p. 62.

④ J. D. Schmidt, *Stone Lake: The Poetry of Fan Chengda (1126-1193)*, Cambridge/New York: Cambridge University Press, 1992, p. 65.

昔汝来迷我，	In the past, it came here to lead my astray,
今吾却戏君。	But now I'm going to fool it myself!

有个安心法，	A method to calm your mind dose exist,
无时不可行。	And everyone should practice it without respite.
只将今日事，	Just busy yourself with today's concerns,
随分了今生。	And finish your life, as it was fated.

窗外尘尘事，	Outside my window lie the world's dust-defiled affairs,
窗中梦梦身。	Inside my window, my body exists in a dream.
既知身是梦，	Now that I know that my body is a dream,
一任事如尘。	I can dismiss the world for the defilement that it is.①

在范成大的偈颂中，睡眠与疾病是常见的书写对象，且"在文学生涯的早期，范成大开始将睡眠与佛教徒的超脱尘世（特别是超脱官场）相联系"。② 在这些诗歌中，范成大发展了一种由陶潜开创的将"闲"与俗世的对比。还未至中年，范成大就已经建立起了睡眠世界与佛教信仰间的联系，如《诺惺庵枕上》用佛教术语来解释醒睡之间的模糊，此类诗歌比偈颂更受欢迎。在石湖流传下来的诗歌中，疾病主题也相当常见，且他已经觉察到疾病与睡眠间的紧密联系（close connection），如《病中夜坐呈致远》（After I sit up sick at night I show this to Tang Zhiyuan）：

似雾如烟夜气浮，	Like fog, like smoke, the night's vapors swirl around me;
鹤鸣惊睡起搔头。	A stork's cry scares away my dreams; I sit up and scratch my head.
含风竹影淡留月，	Shadows of wind-tossed bamboos faintly retain the moonlight;

---

① 范成大：《范石湖集》，上海古籍出版社1981年版，第358—359页。英译见 J. D. Schmidt, *Stone Lake: The Poetry of Fan Chengda (1126-1193)*, Cambridge/ New York: Cambridge University Press, 1992, pp. 64-65.

② J. D. Schmidt, *Stone Lake: The Poetry of Fan Chengda (1126-1193)*, Cambridge/ New York: Cambridge University Press, 1992, p. 66.

著雨蛩声深怨秋。Chants of rain-soaked crickets complain bitterly of the autumn.

万事心空痴已惯，Mind empty of the world's affairs, I grow accustomed to my dullness,

百骸岁晚病相投。The year grows late for my body, assailed by disease on all sides.

便当采药西山去，Of course, I should walk to the West Hills and gather medicinal herbs.

脚力蹒跚怕远游。But my gait is halting, and I fear the long journey。①

这类写作直接灵感来源于释迦牟尼的老、病、死体验。总之，"范成大将睡眠与疾病作比，意在表现物质世界的幻象本质"②，只是后来他转向强调睡眠与疾病的积极意义。如《春晚卧病，故事都废，闻西门种柳已成，而燕宫海棠亦烂漫矣》一诗，将病房不仅视为短暂人生的象征，而且作为冥想之处。施吉瑞认为，范成大此类诗歌最具吸引力之处，在于它们超越了哲学与宗教，而且还以此作为其感知外在世界的媒介。如《自晨至午，起居饮食皆以墙外人物之声为节，戏书四绝》认为，闲居加强了诗人对世界的感知。这是对黄庭坚诗歌"内省性""合乎逻辑的发展与完善"③，范成大的诗歌创作冲破江西诗歌的藩篱，指向人类体验的内核。

第三节 傅君劢论宋诗与道学

道学（或曰理学）作为有宋一代的思想主潮，影响到宋代文化的各个层面，文学自然也不例外。简言之，宋代文学的基本风貌在很大程度上

---

① 范成大：《范石湖集》，上海古籍出版社1981年版，第40页。英译见 J. D. Schmidt, *Stone Lake: The Poetry of Fan Chengda (1126–1193)*, Cambridge/ New York: Cambridge University Press, 1992, pp. 66-67.

② J. D. Schmidt, *Stone Lake: The Poetry of Fan Chengda (1126–1193)*, Cambridge/ New York: Cambridge University Press, 1992, p. 66.

③ J. D. Schmidt, *Stone Lake: The Poetry of Fan Chengda (1126–1193)*, Cambridge/ New York: Cambridge University Press, 1992, p. 68.

受道学的直接影响，许总在《理学与中国文学》中指出：

> 作为中国古代思想文化结构与内涵的一大转折与新变，理学对总体社会思潮及具体意识形态的演进嬗变皆有重要的影响及支配作用。这种影响，在文学艺术领域表现得尤为复杂，各种文学艺术本体类对理学或感契而承受，或撞击而交织，虽程度不同，方式各异，却皆显然由此而铸定其本质特性与形态风貌。①

换言之，自理学诞生以降，中国古代诸种文学艺术形态都在不同程度上受到道学的影响。他还指出，由于宋代文人往往集文人与学者于一身，宋诗也以说理为主要特征，故"作为宋代儒学核心体现的理学也就与宋代诗歌的发展产生紧密的联系"。② 欧美汉学界关于道学与宋诗研究最为突出者当为傅君劢，其所撰《剑桥中国文学史》南宋部分的线索之一便是谈论这一问题，而在其《漂泊江湖：南宋诗歌与文学史问题》一书中，也不乏论及道学与诗歌交互关系之处。总体来看，他坚持"道学需要诗歌"（Daoxue in a word, needed poetry），"诗歌需要道学"（poetry also needed Daoxue）③。他还将南宋时期道学与文学的互动分为三个阶段，分别是初期（约1127—1200年，与道学相关诗人如陆游、杨万里）、过渡时期（约1200—1232年，与道学相关诗人如永嘉四灵、江湖诗人）、晚期（1232—1280年，与道学相关诗人如刘克庄、文天祥）。④

具体说来，傅君劢认为，杨万里与陆游属道学社群（community），且"道学的内转，为陆游和杨万里修正江西诗风提供了哲学基础"。⑤ 杨万里有相当深厚的道学渊源，他深受张浚的影响，而张浚是道学大师张栻之

---

① 许总：《理学与中国文学》，百花洲文艺出版社1999年版，内容提要。
② 许总：《理学与中国文学》，百花洲文艺出版社1999年版，第127页。
③ Michael A. Fuller, *Drifting among Rivers and Lakes: Southern Song Dynasty Poetry and the Problem of Literary History*, Cambridge (Massachusetts) and London: Harvard University Press, 2013, p. 32.
④ [美] 孙康宜、宇文所安主编：《剑桥中国文学史》，刘倩等译，生活·读书·新知三联书店2013年版，第534页。
⑤ [美] 孙康宜、宇文所安主编：《剑桥中国文学史》，刘倩等译，生活·读书·新知三联书店2013年版，第539页。

父，且他"将诗歌实践、诗歌理论与知识系统化这三者合而为一"。① 他以经验世界为诗歌材料，即"诗歌是人与世界的亲密接触"，② 其《晚寒题水仙花并湖山三首》（其三）便与早期道学思想家有关。陆游与道学主要人物联系的紧密程度不及杨万里，但他"发现若要写出磅礴有力的诗歌，必须放眼万象表里"，③ 其"天机云锦用在我，剪裁妙处非刀尺"表明"陆游凭借内源来审视经验，黄庭坚与道学诸人都曾反复致力于此"④，而《示儿》中的"汝果欲学诗，功夫在诗外"则"强烈呼应了当时道学对'自得'的重视"⑤。包恢的理解源自道学话语，其与戴复古讨论文学的诗歌均是道学用语，如戴复古"诗文虽两途，理义归乎一。风骚凡几变，晚唐诸子出。本朝师古学，六经为世用。诸公相羽翼，文章还正统"，尤其是其《论诗十绝》更是"表明道学已经改变了使用此语的思想体系"⑥。到南宋末期，刘克庄在诗学上为诗歌辩护，并在道学中寻找到位置：

> 他将道学所谓的道德醇正和难知难识之"性"，与作家擅于体察世界暗蕴之"纹"的专长结合起来。诗歌所描写的并不是世界本身之"纹"，而总是经过道德观照后的人类应物之文。这种自我之诗，在道学的内在意义世界中为艺术找到了一个位置。⑦

文天祥在年轻时期对道学有浓厚兴趣，其《别弟赴新昌》中的"十载从游久，诸公讲切精。天渊分理欲，内外一知行"，符合道学的核心理

---

① ［美］孙康宜、宇文所安主编：《剑桥中国文学史》，刘倩等译，生活·读书·新知三联书店2013年版，第535页。
② ［美］孙康宜、宇文所安主编：《剑桥中国文学史》，刘倩等译，生活·读书·新知三联书店2013年版，第535页。
③ ［美］孙康宜、宇文所安主编：《剑桥中国文学史》，刘倩等译，生活·读书·新知三联书店2013年版，第537页。
④ ［美］孙康宜、宇文所安主编：《剑桥中国文学史》，刘倩等译，生活·读书·新知三联书店2013年版，第537页。
⑤ ［美］孙康宜、宇文所安主编：《剑桥中国文学史》，刘倩等译，生活·读书·新知三联书店2013年版，第538页。
⑥ ［美］孙康宜、宇文所安主编：《剑桥中国文学史》，刘倩等译，生活·读书·新知三联书店2013年版，第544页。
⑦ ［美］孙康宜、宇文所安主编：《剑桥中国文学史》，刘倩等译，生活·读书·新知三联书店2013年版，第548页。

念，且"在文天祥看来，诗歌表达的是《中庸》所言之'性'的作用"，[1] 这一理念在其诗作中得以贯彻，如其《金陵驿二首》（其一）与其浸淫道学有关。总体而言，南宋晚期的诗歌，"尽管其形式、修辞、题材纷繁多样，却源于两宋之际的文化内转，即转向意义的内在性。这是道学思想最核心的艺术遗产"[2]。

---

[1] ［美］孙康宜、宇文所安主编：《剑桥中国文学史》，刘倩等译，生活·读书·新知三联书店2013年版，第549页。

[2] ［美］孙康宜、宇文所安主编：《剑桥中国文学史》，刘倩等译，生活·读书·新知三联书店2013年版，第550页。

余 论

北美汉学界的宋诗研究历史悠久、成果丰硕、视野独具、方法新颖，在此，我们试图从强调还原历史文化语境、擅长中西比较、注重跨学科考察、极为擅长文本细读四个方面总结、归纳其研究特色。

一是强调还原历史文化语境。受文学文化研究的影响，北美汉学界考察宋诗不再局限于文学本身，而是试图从哲学背景、社会政治、经济状况、法律制度等方面进行综合考察。

如艾朗诺将苏轼诗学思想与其书画等艺术、政治、哲学思想的相通性，将苏诗置于政治、哲学领域的文化语境中进行辨析，挖掘其诗歌创新性的政治、哲学背景，以政治、哲学思想论证艺术创新，同时也以诗歌创新意识佐证苏轼政治、哲学思想，从而把诗歌、政治、哲学等领域予以会通互证，诗歌特质也得以凸显。艾朗诺曾阐明他作为一个中国文化的"外人"，受到北美跨学科研究风气之影响，常进行"文化大背景"的考察。他说："作为文化的外来者，由外向内观察中国诗词，或者任何形式的文化表现，自然就要把这些现象放在一个更为宽泛的文化背景中来考虑从而能更好地理解其因果关系。"[1] 如在阐述苏轼诗歌"谐谑"手法（playful verse）时，艾朗诺将苏轼的哲学思想中的"人生如寄"（lodging without dwelling）、"无思"（no-mind）、"无我"（no-self）以及政治思想中的"无私为民"（selfless, unselfish）等融通起来，提出"谐谑"与苏轼哲学、政治思想相通。正是由于苏轼将个体生命在宇宙中的存在视作短暂"寄寓"而非永恒"定居"，消解牢固的"自我"意识，所以他能与现世保持一种"超然"（detachment）。这种"超然"体现在诗歌创作中，

---

[1] ［美］艾朗诺：《北美宋金元文学研究》，蒋树勇译，载张海惠主编《北美中国学——研究概述与文献资源》，中华书局2010年版，第624页。

即形成特有的"谐谑"手法与宇宙空间视角。他常常能跳出狭隘视域与所处困境,用戏谑打趣的笔调与广阔的宇宙视角来审视自身,把自己置于茫茫宇宙与历史长河之中,从而既缓解了身处困境的痛苦,又保持了不屈斗争的精神意志。此外,1964 年,安德鲁·李·马奇(Andrew Lee March)在博士学位论文《山水与苏轼思想》[*Landscape in the Thought of Su Shi (1036-1101)*]中也考察了苏轼诗歌谐谑手法运用与其政治、哲学思想之间的相通性。

二是擅长中西比较。既体现在以西方理论阐释宋诗,还体现在将宋诗与西方某一文类进行直接对比。

如傅君劢《漂泊江湖:南宋诗歌与文学史问题》一书建立在大量借用西方理论基础上,尤其是康德美学(主要是《判断力批判》中的相关理论,如美的无目的的合目的性[purposiveness without a purpose])、布尔迪厄文化生产场域理论(the field of culture production)、福柯知识秩序以及模仿说。他指出,高宗时期诗话、序跋、书信、诗歌中关于北宋晚期诗歌的讨论,常转向关于诗歌的角色、技法、个人才能、意、直觉体验以及诗歌的道德地位。"在这些文本中所揭示的诗歌和诗学世界,是我们在中国南宋更大文化转型(larger cultural shift of Southern Song China)语境中追溯文学价值演变的真正起点。"[①] 傅君劢运用布尔迪厄文化生产场域理论来探讨诗学话语领域的结构(the structure of the field of poetic discourse),而且认为"在南宋早期地方文化机构、印刷、文本传播所构建的'知识场域',相当于布尔迪厄所言十七世纪晚清的西欧"[②]。南宋早期,文人阶层用各种隐性手段挑战朝廷文化,地方文化精英发现了一种新的社会运动模式(a new model for social action)和社会资本形式(a form of social capital)。靖康之变后,朝廷机构与文人精英放弃王安石及其追随者所建立的知识体系,声誉日隆和复杂的道学为更多人接受、信奉及发展。江西诗派诗论中关于文本传统(textual tradition)、自我的道德结构(the moral structure of the self)、直觉(intuitions)等相关论述为讨论南宋

[①] Michael A. Fuller, *Drifting among Rivers and Lakes: Southern Song Dynasty Poetry and the Problem of Literary History*, Cambridge (Massachusetts) and London: Harvard University Press, 2013, p. 125.

[②] Michael A. Fuller, *Drifting among Rivers and Lakes: Southern Song Dynasty Poetry and the Problem of Literary History*, Cambridge (Massachusetts) and London: Harvard University Press, 2013, p. 126.

早期的文化场域结构提供了一个具体物。吕本中聚焦于文本传统所提供的丰富资源（即"诗卷熟读"），他还要诗人"涵养吾气"。傅君劢认为，"'涵养吾气'是道学的重要组成部分，吕本中极有可能已经将道德与有效写作相联系，而这正是朱熹不断强调的命题"①，但是吕本中依然全力集中于文本阅读层面。蔡绦更进一步"强调用语的历史作为意义的关键"，②如蔡绦提出，诗歌的深层意义有赖于对"用事"的理解。诸多诗话的作者分析了诗句在早期文本中的来源，而不顾及诗人的想象力，如吴曾《能改斋漫录》中有大量实例，他注杜诗多言及其典故的来源，但却因此遮蔽了杜诗构筑的美学意境而陷入文本宇宙（textual universe）。类似吴增的诗歌诠释可以将前代文化资本变形为一种新的文化资本形式，并获得对诗歌的权威分析。张表臣《珊瑚钩诗话》极为强调文学"有所本"（textual antecedents），如他认为韩愈《南山诗》类杜甫《北征》、《进学解》同扬雄《解嘲》、《醉翁亭记》类《阿房宫赋》等，"张表臣在文本传统中寻找资源，与认为诗歌根植于人类心灵的评论家相比形成鲜明对比"③。

杜迈可在《陆游》一书中则用尼采的理论来探讨陆游的精神冲突：

> 用尼采的惯用术语来说，儒家热衷于公务事务意在获取功名但却经常失败，这便是其阿波罗面具（Apollonian persona），而追求个人与肉体享乐，即狩猎、饮酒、狎妓，而这便是酒神本能（Dionysian instinct）。④

此外，齐皎瀚还将梅尧臣《悼亡三首》（其一）中的"终当与同穴"及《悲书》中的"同穴诗可诵"表达夫妻合葬之语，英国诗人亨利·金

---

① Michael A. Fuller, *Drifting among Rivers and Lakes: Southern Song Dynasty Poetry and the Problem of Literary History*, Cambridge (Massachusetts) and London: Harvard University Press, 2013, p.132.

② Michael A. Fuller, *Drifting among Rivers and Lakes: Southern Song Dynasty Poetry and the Problem of Literary History*, Cambridge (Massachusetts) and London: Harvard University Press, 2013, p.134.

③ Michael A. Fuller, *Drifting among Rivers and Lakes: Southern Song Dynasty Poetry and the Problem of Literary History*, Cambridge (Massachusetts) and London: Harvard University Press, 2013, p.139.

④ Michael S. Duke, *Lu You*, Boston: G. K. Hall & Co. 1977, p.20.

(Henry King)《亡妻的葬礼》(Exequy on His Wife)一诗的末尾"在那里等我,我终将与你在九泉相聚"也有类似表达,二者不同之处在于亨利·金将妻子比作太阳,是一种非中国化的表达。

三是注重跨学科考察。探索诗歌与园林、书法、绘画之间的联系,或进行比较对勘。如姜斐德在《宋代诗画中的政治隐情》一书中指出,宋代文士的山水画创作必须借助诗歌的力量:

> 在宋代,诗歌与士大夫的生活息息相关。当士大夫以山水画这种静默的媒介表达自我时,他要借助于大家共有的对文学的知识和体验。诗歌的功用、喻意和隔套注入一并影响了绘画艺术。[①]

换言之,由于诗歌艺术的普遍性及对文人世界的深刻影响,使其成为绘画的重要凭借,甚至以文学作为绘画的背景与基础,如苏轼在《王晋卿作〈烟江叠嶂图〉,仆赋诗十四韵,晋卿和之,语特奇丽。因复次韵,不独纪其诗画之美,亦为道其出处契阔之故,而终之以不忘在莒之戒,亦朋友忠爱之义也》中有"风流文采磨不尽"一语,在姜斐德看来,"苏轼宣称绘画所有的情感动机与诗歌相关。绘画与诗歌的关系就在于,一个文人画家并非描绘自然的山水,而是以他的文学知识(第15—16句)[②]为背景勾勒意象"。而之所以追求'画中有诗'的美学境界,其缘由可能保持绘画的精英文化身份有关,"苏轼和他的友人不无骄傲地宣称,他们是'画中有诗'。在绘画中,他们使用了与文学创作基本相同的方式处理图像,并同样以含蓄为美。与他们在诗中所追求的相似,他们有意使绘画具有一个尚未入门的观众不能尽窥的深长意味"[③]。这即是说,宋代文人以诗入画意在提高绘画艺术的欣赏门槛,使绘画这门视觉艺术保持其"阳春白雪"的地位,也拒斥其成为"下里巴人",是文化精英维护其文化话语权的体现。

连达则试图考察诗歌与散文之间的联系,她将王禹偁的诗歌创作与古文理想关联起来,认为其诗歌在很大程度上也是对其古文理想的践行,作为宋代古文运动的先锋(the avantgarde),王禹偁发展了文表现作家心性

---

① [美]姜斐德:《宋代诗画中的政治隐情》,中华书局2009年版,第41页。
② 即诗中"画山何必山中人,田歌自古非知田"。
③ [美]姜斐德:《宋代诗画中的政治隐情》,中华书局2009年版,第48页。

与道的功能这一理论，文必须传"道"这一政治与社会任务，且传递作家的情感与思想，与之紧密相关的是，表述的简练及对时代的情感反应是王禹偁诗歌的主要因素。王禹偁不但延续韩愈"不平则鸣"说，还认同其古文必须洞察古人之精神这一观念，而非模仿前人语词。王氏诗歌与唐代古文运动之间的关联，使其与宋初其他仿白体诗人区别开来，如其社会批评诗歌并非效仿新乐府的形式，而是承接新乐府哲学（New Yuefu philosophy）。在莲达看来，这是王禹偁士人精神的体现。国内学界似乎极少言明王禹偁古文思想与其诗学之联系，莲达将二者合而观之有其合理性与创新性。

四是极为擅长文本细读。北美汉学界的宋诗研究学者大量使用文本细读法分析诗歌文本，艾朗诺、唐凯琳、傅君劢、彭深川、杨立宇、何大江、郑文君等无一例外，尤其是郑文君。其发表《诗歌、政治、哲学：作为东坡之"人"的苏轼》一文，既将西方的文本细读发挥到极致，同时又极为注重诗中典故的文化阐释，可谓集中西方注重文本阐释之长的传统，对于异域读者接受无疑大有裨益。其对《东坡八首》之间语言关联、结构体系的分析可以见出极为明显的新批评影子。何大江也主要运用文本细读法研究苏轼诗歌的思想内核，他在博士学位论文《苏轼：价值多元论与"以文为诗"》中明确阐明自己的研究方法，即在文本细读的基础上灵活融合社会历史批评方法、比较法等进行研究。他说："在研究中对苏轼及相关诗人诗作进行'文本细读'。细致研读诗作，在中国自古有之。西方也讲究这一点，但'细读'一词往往与'新批评'相连，该批评流派通过自身一套规则解读文本，有不少创见。但后来这个流派被学界批评，认为其仅仅局限于美学范围而忽视了社会与思想因素，所以被冷落了。"[①] 从中可以得知，何大江认为在"文本细读"时也要充分考虑社会、历史因素，才能更好发挥"细读"的阐释能力。在阐明诗歌特有的艺术形式、技巧的同时，也开掘诗歌的社会、历史、文化意蕴，因为诗歌文体的特殊性，要求研究者更仔细、谨慎地研读文本本身。因此，何大江在充分关注苏轼诗歌文本的内在特性时，也将诗歌置于更宽广的社会历史语境中加以分析。尤其是将苏轼诗歌的思想与其他朝代诗人诗作进行对勘分析，将其置于中国思想发展史的大背景下进行审视，特别是与唐朝伟大诗

[①] He Dajiang, "Su Shi: Pluralisitic View of Values and Making Poetry Out of Prose", Ph. D. diss., The Ohio State University, 1997, pp. 21-22.

人进行比较，会发现诸多有趣的承继现象。苏轼诗歌在某种程度上可以视作与唐朝诗人的思想对话与美学对话。通过辨析对话，能廓清苏轼诗歌自身的语言、结构、修辞等特色，从而更好地理解苏轼呈现世界的特有方式。北美学者往往灵活运用文本细读法与其他研究手段，充分发挥中西批评方法之长，以集中力量解决他们所关注的诗学问题，值得借鉴。

总之，北美汉学界的宋诗研究虽起步较晚，但在各种因素的共同促动下快速发展，仍取得了较为丰硕的成果，在研究视角、学术话语、方法理路方面都有可资借鉴之处。其既为我们提供了本民族文学跨文化传播的实例，有助于我们认识中华文化的国际影响，也为我们开启了中国古典文学研究的新思路、扩大了中国文学批评史的治学视野。当然，对其在跨文化批评中所出现的误读误释也应保持清醒与警惕，在吸纳他们的学术养分时应保持"介入"姿态反思其存在的问题，以"平等对话"①的原则参与国际学术对话，从而推进中外文化交流。与此同时，我们也需反观自身问题，立足于中国学术建设的立场，积极寻求突破与创新。

---

① 曹顺庆：《中国文论话语及中西文论对话》，《浙江大学学报》（人文社会科学版）2008年第1期。

附　　录

学者译名表

英文名	中文名
Alfreda Murck	姜斐德
Alice W. Cheang	郑文君
Andrew Lee March	马尔奇
Andrew Lo	卢庆斌
Anne M. Birrell	白安妮
Beata Grant	管佩达
Benjamin Barclay Ridgway	白睿伟
Bor-Hua Wang	王博华
Charles Hartman	蔡涵墨
Colin Hawes	柯霖
Curtis Dean Smith	史国兴
Dajiang He	何大江
David Jason Palumbo-Liu	刘大卫
David R. McCraw	麦大伟
Stanley Ginsberg	斯坦利·金斯伯格
Graham Sanders	孙广仁
Haun Saussy	苏源熙
Hilde De Weerdt	魏希德
James J. Y. Liu	刘若愚
Jonathan Chaves	齐皎瀚
J. D. Schmidt	施吉瑞

续表

英文名	中文名
Jonathan Pease	彭深川
James M. Hargett	何瞻
Kang-I Sun Chang	孙康宜
Kathleen M. Tomlonovic	唐凯琳
Linda D'Argenio	莲达
Long Xu	许龙
Michael Anthony Fuller	傅君劢
Michael Duke	杜迈可
Pauline Yu	余宝琳
Peter Bol	包弼德
Richard B. Mather	马瑞
Richard John Lynn	林理彰
Robert E. Hegel	何谷理
Ronald C. Egan	艾朗诺
Shih-hsiang Chen	陈世骧
Stuart H. Sargent	萨进德
Shunfu Lin	林顺夫
Victor H. Mair	梅维恒
Vincent Yang	杨立宇
Wai-Lim Yip	叶威廉
Wai Lun Tam	谭伟伦
William H. Nienhauser	倪豪士
William Martin	丁韪良
Wilt L. Idema	伊维德
Xiaoshan Yang	杨晓山
Xiyan Bi	毕熙燕
Yugen Wang	王宇根
Yuh Liouyi	余丽仪
Zhiyi Yang	杨治宜

参考文献

(一) 英文文献

1. 英文专著

Bi, Xiyan, *Creativity and Convention in Su Shi's Literary Thought*, New York: Edwin Mellen Press, 2003.

Bol, Peter, *This Culture of Ours: Intellectual Transitions in T'ang and Sung China*, Standford: Standford University Press, 1992.

Chaves, Jonathan, *Mei Yao Chen and the Development of Early Sung Poetry*, New York and London: Columbia University Press, 1976.

Duke, Michael S., *Lu You*, Boston: G. K. Hall & Co. 1977.

Egan, Ronald C., *Word, Image, and Deed in the Life of Su Shi*, Cambridge, Mass: Harvard University Press, 1994.

Egan, Ronald C., *The Literary Works of Ou-yang Hsiu (1007–1072)*, Cambridge University Press, 1984. Paperback edition, 2009.

Fuller, Michael A., *The Road to East Slope: The Development of Su Shi's Poetic Voice*, Stanford: Stanford University Press, 1990.

——. *Drifting among Rivers and Lakes: Southern Song Dynasty Poetry and the Problem of Literary History*, Cambridge (Massachusetts) and London: Harvard University Press, 2013.

Grant, Beata, *Mount Lu Revisited—Buddhism in the Life and Writings of Su Shih*, Hawaii: University of Hawaii Press, 1994.

Hawes, Colin S. C., *The Social Circulation of Poetry in the Mid-Northern Song: Emotional Energy and Literati Self-Cultivation*, Albany, N. Y.: State University of New York Press, 2005.

Idema, Wilt L. & Grant, Beata, *The Red Brush: Writing Women of Im-*

perial China, Cambridge MA: Harvard University Asia Center. 2004.

Sun, Kang-i Chang & Owen, Stephen, *The Cambridge History of Chinese Literature*, New York: Cambridge University Press, 2010.

Liu, James T. C., *Reform in Sung China: Wang An-shih (1021-1086) and His New Policies*, Cambridge: Harvard University Press, 1959.

——. *Ou-yang Hsiu: An Eleventh-century Neo-Confucianist*, Stanford: Stanford Univ. Press, 1967.

Liu, James J. Y., *The Art of Chinese Poetry*, Chicago: Univ. Of Chicago Press, 1962.

——. *Chinese Theories of Literature*, Chicago: Univ. of Chicago Press, 1975.

Murck, Alfreda, *Poetry and Painting in Song China The Subtle Art of Dissent*, Harvard University Asia Center, 2000.

Mair, Victor H., ed., *The Columbia History of Chinese Literature*, New York: Columbia University Press, 2001.

Palumbo-Liu, David Jason, *The Poetics of Appropriation: The Literary Theory and Practice of Huang Tingjian*, Stanford Calif.: Stanford University Press, 1993.

Venuti, Lawrence, *Rethinking Translation: Discourse, Subjectivity, Ideology*, London & New York: Routledge, 1992.

Starn, Randolph, *Contrary Commonwealth: The Theme of Exile in Medieval and Renaissance Italy*, Berkeley: University of California Press, 1982.

Saugent, Stuart, *The Poetry of He Zhu (1052-1125): Genres, Contexts, and Creativity*, Leiden&Boston: Brill Press, 2007.

Schmid J. D., *Stone Lake: The Poetry of Fan Chengda (1126-1193)*, Cambridge/New York: Cambridge University Press, 1992.

Shunqing Cao, *The Variation Theory of Comparative Literature*, Berlin: Springer Publishing Company, 2016.

Wang, Yugen, *Ten Thousand Scrolls: Reading and Writing in the Poetics of Huang Tingjian and the Late Northern Song*, Cambridge, MA: Harvard University Asia Center, 2011.

Yang, Vincent, *Nature and Self: A Study of the Poetry of Su Dongpo with Comparison to the Poetry of William Wordsworth*, New York: Peter Lang, 1989.

Yang, Xiaoshan, *Metamorphosis of the Private Sphere: Gardens and Objects in Tang-Song Poetry*, Cambridge (Massachusetts): Harvard University Asia Center, 2003.

2. 期刊论文

Birrell, Anne M., "The Book Review of *The Literary Works of Ou-yang Hsiu (1007-1072)*", *Journal of the Royal Asiatic Society of Great Britain and Ireland*, No. 2 (1985), p. 238.

Chaves, Jonathan, "Not the Way of Poetry: The Poetic of Experience in the Sung Dynasty", *Chinese Literature: Essays, Articles, Reviews (CLEAR)*, Vol. 4, No. 2 (Jul., 1982), pp. 199-212.

Cheang, Alice W., "Poetry, Politics, Philosophy: Su Shih as The Man of The Eastern Slope", *Harvard Journal of Asiatic Studies*, Vol. 53. No. 2 (Dec., 1993), pp. 325-387.

——. "Poetry and Transformation: Su Shih's Mirage", *Harvard Journal of Asiatic Studies*, Vol. 58. No. 1 (Jun., 1998), pp. 147-182.

Carus, Paul A., "Chinese Poet's Contemplation of Life", *The Monist*, Vol. 27, No. 1 (1917), pp. 128-136.

Egan, Ronald C., "Su Shih's Notes as a Historical and Literary Source", *Harvard Journal of Asiatic Studies*, Vol. 50, No. 2 (Dec., 1990), pp. 561-588.

—— "Poems on Painting: Su Shih and Huang T'ing-chien", *Harvard Journal of Asiatic Studies*, 43.2 (1983). pp. 413-451.

Fuller, Michael A. "Aesthetics and Meaning in Experience: A Theoretical Perspective on Zhu Xi's Revision of Song Dynasty Views of Poetry", *Harvard Journal of Asiatic Studies*, Vol. 65, No. 2 (2005), pp. 311-355.

Hargett, James M., "Boulder Lake Poems: Fan Chengda's (1126-1193) Rural Year in Suzhou Revisited", *Chinese Literature: Essay, Articles, Reviews (CLEAR)*, Vol. 10, No. 1/2 (Jul., 1988), pp. 109-131.

Hartman, Charles. "Poetry and Politics in 1079: The Crow Terrace Poetry Case of Su Shih", *Chinese Literature: Essays, Articles, Reviews* Vol. 12

(Dec., 1990), pp. 15-44.

—— "Clearing the Apertures and getting in Tune: The Hainan Exile of Su Shi (1037-1101)", *Society for Song, Yuan, and Conquest Dynasty Studies*, No. 30 (2000), pp. 141-167.

—— "The Tang Poet Du Fu and the Song Dynasty Literati", *Chinese Literature: Essays, Articles, Reviews (CLEAR)*, Vol. 30 (Dec., 2008), pp. 43-74.

Hargett, James M., "Some Preliminary Remarks on the Travel Records of the Song Dynasty (960-1279)", *Chinese Literature: Essays, Articles, Reviews* 7. 1-2 (July, 1987), pp. 67-93.

Hawes, Colin, "Fowl and Bestial? A Defense of Ouyang Xiu's Poems on White Creatures", *Journal of Sung-Yuan Studies* Vol. 28, (1998), pp. 23-53).

Hawes, Colin, "Mundane Transcendence: Dealing with the Everyday in the Poetry of Ouyang Xiu (1007-1072)", *Chinese Literature: Essays, Articles, Reviews (CLEAR)* Vol. 21, (1999), p. 99-129.

—— "Meaning beyond Words: Games and Poems in the Northern Song", *Harvard Journal of Asiatic Studies*, Vol. 60, No. 2 (2000), pp. 355-383.

Jay. Jennifer W., "The Book Review of *Ten Thousand Scrolls: Reading and Writing in the Poetics of Huang Tingjian and the Late Northern Song*", *China Review International*, Vol. 20, No. 3/4 (2013), p. 389

Knoblock, John, "The Book Review of *Tung-P'o: Selections from a Sung Dynasty Poet*", *Journal of Asian Studies*. Vol. 26. No. 1 (Nov 1, 1966), p. 112.

Liu, Bo, "Deciphering the Cold Sparrow: Political Criticism in Song Poetry and Paiting", *Art Orientalis*, Vol. 40 (2011), pp. 108-140.

Lynn, Richard John, "The Book Review of *Mei Yao Chen and the Development of Early Sung Poetry*", *The Journal of Asian Studies*, Vol. 36, No. 3, (1977). pp. 551-554.

March, Andrew, "Self and Landscape in Su Shih", *Journal of the American Oriental Society* Vol. 86. No. 4 (Dec. 15. 1966), pp. 377-396.

McNair, Amy, "Su Shih's Copy of the Letter on the Controversy over Seating Protocol", *Archives of Asian Art* 43 (1990), pp. 38-48.

Pease, Jonathan, "Contour Plowing on East Slope: A New Reading of Su Shi", *Journal of the American Oriental Society*, Vol. 112, No. 3 (Jul. -Sep.,

1992), pp. 470-477.

Smith, Curtis Dean, "A New Reading of Su Shi's 'Poem of the Broken Lute'", *Journal of Song-Yuan, and Conquest Dynasty Studies*, No. 28 (1998), pp. 37-60.

Schmidt, J. D., "*Ch'an, Illusion, and Sudden Enlightenment in the Poetry of Yang Wan-li*", T'oung Pao, Second Series, Vol. 60, Livr. 4/5 (1974), pp. 230-281.

Sargent, Stuart H., "Colophons in Countermotion: Poems by Su Shih and Huang T'ing-chien on Paintings", *Harvard Journal of Asiatic Studies*, Vol. 52, No. 1 (Jun., 1992), pp. 263-302.

——. "Can Latecomers Get There First? Sung Poets and T'ang Poetry", *Chinese Literature: Essays, Articles, Reviews (CLEAR)*, Vol. 4, No. 2 (1982), pp. 165-198.

——. "Huang T'ing-chien's 'Incense of Awereness': Poems of Exchange Poems of Enlightenment", *Journal of the American Oriental Society*, Vol. 121, No. 1 (Jan.-Mar., 2001), pp. 60-71.

Wang, Yugen, "The Xikun Experiment: Imitation and the Making of the New Poetic Style in the Early Northern Song", *Journal of Chinese Literature and Culture*, Vol. 5, No. 1 (2018), pp. 95-118.

——. "The Limits of Poetry as Means of Social Criticism: The 1079 Literary Inquisition Against Su Shi Revisited", *Journal of Song-Yuan Studies*, No. 41 (2011), pp. 29-65.

Yang, Xiaoshan, "Wang Anshi's 'Mingfei qu' and the Poetics of Disagreement", *Chinese Literature: Essays, Articles, Reviews (CLEAR)*, Vol. 29 (2007), pp. 55-84.

3. 学位论文

Bolick, Neil Eugene, "The Genre of Philosophical and Religious Poetry and Intellectual Expression in the Southern Sung", Ph. D. diss., Indiana University, 1994.

Cheang, Alice Wen-Chuen, "The Way and the Self in the Poetry of Su Shih (1037-1101)", Ph. D. diss., Harvard University, 1991.

D'Argenio, Linda, "Bureaucrats, Gentlemen, Poets: The Role of Poetry in the Literati Culture of Tenth-Eleventh Century China (960-1022)", Ph. D. diss., Collumbia University, 2003.

Fuller, Michael Anthony, "The Poetry of Su Shi (1037-1101)", Ph. D. diss., Yale University, 1983.

Grant, Beata, "Buddhism and Taoism in the poetry of Su Shi (1036-1101)", Ph. D. diss., Stanford University, 1987.

Ginsberg, Stanley M, "Alienation and Reconciliation of a Chinese Poet: The Huang-chou Exile of Su Shih", Ph. D. diss., University of Wisconsin, 1974.

Grant, Beata, "Buddhism and Taoism in the Poetry of Su Shi (1036-1101)", Ph. D. diss., Stanford Universtiy, 1987.

He, Dajiang, "Su Shi: Pluralistic View of Values and Making Poetry Out of Prose", Ph. D. diss., The Ohio State University, 1997.

March, Andrew, "Landscape in the thought of Su Shih", Ph. D. diss., University of Washington, 1964.

McCraw, David R., "The Poetry of Chen Yuyi (1090-1139)", Ph. D. diss., Stanford University, 1986.

Palumbo-Liu, David Jason, "Signing the Palimpsest: Huang Tingjian (1045-1105) and the Poetics of Appropriation", Ph. D. diss., The University of California, Berkeley, 1988.

Pease, Jonathan Otis, "From the Wellsweep to the Shallow Skiff: Life and Poetry of Wang Anshi (1021-1086)", Ph. D. diss., University of Washington, 1986.

Ridgway, Benjamin Barclay, "A Study of Su Shih's "He-T'ao-shih" 和陶诗 (Matching-T'ao-poems)", Thesis, The University of Minnesota, 1999.

Rudolph, Deborah Marie, "Literary Innovation and Aesthetic Tradition in Travel Writing of the Southern Sung: A Study of Fan Ch'eng-ta's Wu ch'uan Lu", Ph. D. diss., The University of California, Berkeley, 1996.

Tiang, Seng-yong, "Huang T'ing-chien (1045-1105) and the Use of Tradition", Ph. D. diss., The University of Washington, 1976.

Tomlonovic, Kathleen M., "Poetry of Exile and Return: A Study of Su Shi (1037-1101)", Ph, D. diss., University of Western Washington, 1989.

Wai Lun Tam, "The Life and Thought of a Chinese Buddhist Monk

ZhiYuan (976-1022)", Ph. D. diss. , McMaster University, 1996.

Workman, Michael Edwards, "Huang Ting-chien: His Ancestry and Family Background as Documented in his Writing and Other Sung Works", Ph. D. diss. , Indiana University, 1982.

Wang, Yugen, "Poetry in Print Culture: Texts, Reading Strategy, and Compositional Poetics in Huang Tingjian (1045-1105) and the Late Northern Song", Ph. D. diss. , Harvard University, 2005.

Xu, Long, "Su Shi Major Creative and Critical Insights and Theories", Ph. D. diss. , University of Nebraska-Lincoln, 1986.

(二) 中文文献

1. 中文书籍

北京大学古文献研究所:《全宋诗》,北京大学出版社1991年版。

曹顺庆:《比较文学论》,四川教育出版社2002年版。

曹顺庆:《中西比较诗学》(修订版),中国人民大学出版社2010年版。

程千帆、吴新雷:《两宋文学史》,上海古籍出版社1991年版。

陈植锷:《北宋文化史述论》,中国社会科学出版社1992年版。

陈湘琳:《欧阳修的文学与情感世界》,复旦大学出版社2012年版。

顾伟列:《20世纪中国古代文学国外传播与研究》,华东师范大学出版社2011年版。

缪钺等:《宋诗鉴赏词典》,上海辞书出版社1987年版。

缪钺:《诗词散论》,北京大学出版社2018年版。

侯体健:《士人身份与南宋诗文研究》,复旦大学出版社2019年版。

侯体健:《刘克庄的文学世界:晚宋文学生态的一种考察》,复旦大学出版社2019年版。

黄鸣奋:《英语世界中国古典文学之传播》,学林出版社1997年版。

胡云翼:《宋诗研究》,商务印书馆1993年版。

韩军:《跨语际语境下的中国诗学研究》,华中师范大学出版社2009年版。

[日]吉川幸次郎:《中国诗史》,章培恒等译,复旦大学出版社2001年版。

[美]刘子健:《中国转向内在:两宋之际的文化内向》,赵冬梅译,

江苏人民出版社2002年版。

［美］刘子健：《欧阳修的治学与从政》，新文丰出版公司1963年版。

［美］拉里·萨默瓦、［美］理查德·波特：《跨文化传播》，［美］闵惠泉等译，中国人民大学出版社2004年版。

李贵：《中唐至北宋的典范选择与诗歌因革》，复旦大学出版社2019年版。

莫砺锋：《江西诗派研究》，齐鲁书社1986年版。

莫砺锋：《古典诗学的文化观照》，中华书局2005年版。

欧阳修：《欧阳修全集》，中华书局2001年版。

钱锺书：《宋诗选注》，人民文学出版社1989年版。

钱仲联：《剑南诗稿校注》，上海古籍出版社1985年版。

沈松勤：《北宋文人与党争：中国士大夫群体研究之一》，人民出版社1998年版。

脱脱等：《宋史》，中华书局1977年版。

王晓路：《西方汉学界的中国文论研究》，巴蜀书社2003年版。

王水照编：《宋代文学通论》，河南大学出版社1997年版。

［美］卫三畏：《中国总论》，陈俱译，陈绛校，上海古籍出版社2005年版。

吴原元：《隔绝对峙时期的美国中国学（1949—1972）》，上海辞书出版社2008年版。

吴伏生：《汉学视域——中西比较诗学要籍六讲》，学苑出版社2000年版。

万燚：《美国汉学界的苏轼研究》，中国社会科学出版社2018年版。

夏康达、王晓平主编：《二十世纪国外中国文学研究》，天津人民出版社2000年版。

熊文华：《美国汉学史》，学苑出版社2015年版。

杨亿编：《西昆酬唱集注》，王仲荦注，中华书局1980年版。

叶维廉：《中国诗学》（修订版），人民文学出版社2006年版。

朱刚：《唐宋古文运动与士大夫文学》，复旦大学出版社2013年版。

周裕锴：《中国禅宗与诗歌》，上海人民出版社1992年版。

周裕锴：《宋代诗学通论》，巴蜀书社1997年版。

周裕锴：《文字禅与宋代诗学》，复旦大学出版社2017年版。

周发祥:《西方文论与中国文学》,江苏教育出版社1997年版。

中国宋代文学学会编:《国际宋代文化研讨会论文集》,四川大学出版社1991年版。

张毅:《宋代文学思想史》,中华书局1995年版。

张毅:《潇洒与敬畏——中国士人的处世心态》,岳麓书社1995年版。

张志烈、马德富、周裕锴主编:《苏轼全集校注》,河北人民出版社2010年版。

2. 中文文章

程千帆:《韩愈以文为诗说》,《古代文学理论丛刊》1979年第一辑。

程千帆:《学诗愚得》,《武汉大学学报》(哲学社会科学版)1994年第1期。

曹顺庆:《中国文论话语及中西文论对话》,《浙江大学学报》(人文社会科学版)2008年第1期。

曹顺庆:《跨文明比较文学研究——比较文学学科理论的转折与建构》,《中国比较文学》2003年第1期。

曹顺庆、张德明:《跨文明研究:21世纪中国比较文学的理论与实践》,《外国文学研究》2003年第5期。

顾钧:《美国汉学的历史分期与研究现状》,《国外社会科学》2011年第2期。

胡燕春:《新批评派与美国汉学界的中国文学研究》,《福建师范大学学报》(哲学社会科学版)2009年第2期。

韩经太:《论宋诗谐趣》,《中国社会科学》1993年第5期。

韩经太:《杨万里出入理学的文学思想》,《社会科学战线》1996年第2期。

吕肖奂:《钱锺书的陆游诗歌研究述略——文学本位研究的范例与启示》,《四川大学学报》(哲学社会科学版)2006年第6期。

李定广:《论"晚唐体"》,《文学遗产》2006年第3期。

林岩:《晚年陆游的相居身份与自我意识——兼及南宋"退居型士大夫"的提出》,《华南师范大学学报》(社会科学版)2016年第1期。

马德富:《苏诗以意胜》,《文学评论》1989年第2期。

马德富:《苏轼诗歌的哲理思辨倾向》,《乐山师范学院学报》2013

年第 9 期。

马德富：《北宋诗歌革新的再认识》，《成都大学学报》（社会科学版）1986 年第 1 期。

莫砺锋、程杰：《新时期中国大陆宋诗研究述评》，《阴山学刊》2000 年第 2 期。

莫砺锋：《宋诗三论》，《广西师范大学学报》2005 年第 3 期。

莫砺锋：《陆游诗中的生命意识》，《江海学刊》2003 年第 5 期。

莫砺锋：《黄庭坚"夺胎换骨"辨》，《中国社会科学》1983 年第 5 期。

莫砺锋：《再论"夺胎换骨"说的首创者——与周裕锴兄商榷》，《文学遗产》2003 年第 6 期。

莫砺锋：《论杨万里诗风的转变过程》，《求索》2001 年第 4 期。

莫砺锋、陶文鹏、程杰：《回顾、评价与展望——关于本世纪宋诗研究的谈话》，《文学遗产》1998 年第 5 期。

莫砺锋：《论纪批苏诗的特点与得失》，《中国韵文学刊》2006 年第 4 期。

沈松勤：《杨万里"诚斋体"新解》，《文学遗产》2006 年第 3 期。

肖瑞峰、彭庭松：《百年来杨万里研究述评》，《文学评论》2006 年第 4 期。

许总：《论南宋理学极盛与宋诗中兴的关联》，《社会科学战线》2000 年第 6 期。

吴正岚：《宋代诗歌章法理论与"起承转合"的形成》，《南京大学学报》（哲学、人文科学、社会科学版）2003 年第 2 期。

王兆鹏：《建构灵性的自然——杨万里"诚斋体"别解》，《文学遗产》1992 年第 6 期。

万燚：《弥纶群言，而言精一理：论艾朗诺的苏轼研究》，《中外文化与文论》第 24 辑。

万燚：《英语世界苏轼研究综述》，《国际汉学》2014 年第 26 辑。

万燚：《英语世界苏轼贬谪心态研究》，《汉学研究》2016 年秋冬卷（总第 21 集）。

万燚：《艾朗诺的宋代文学研究析论》，《汉学研究》2018 年春夏卷（总第 24 集）。

万燚:《美国汉学家管佩达论苏诗与佛道关系》,《汉学研究》2020年秋冬卷(总第29集)。

万燚:《中美"苏学"学术话语与理论视角比较研究》,《英语研究》2017年第1期。

万燚:《北美汉学界宋诗研究百年综述》,《燕山大学学报》(哲学社会科学版)2020年第4期。

乐黛云:《文化差异与文化误读》,《中国文化研究》1994年第4期。

袁行霈:《和陶诗及其文化意蕴》,《中国社会科学》2003年第6期。

杨理论、骆晓倩:《宋代士大夫的自我意识与身份认同:从苏轼诗歌说开去》,《西南大学学报》(社会科学版)2018年第3期。

张毅:《宋人心仪唐诗句法现象分析》,《文学遗产》2013年第1期。

周裕锴:《苏轼黄庭坚诗歌理论之比较》,《文学评论》1983年第4期。

周裕锴:《江西诗派风格论》,《文学遗产》1987年第2期。

周裕锴:《中国古典诗歌的三种审美范型》,《学术月刊》1989年第9期。

周裕锴:《梦幻与真如——苏、黄的禅悦倾向与其诗歌意象之关系》,《文学遗产》2001年第3期。

周裕锴:《风景即诗与观者入画——关于宋人对待自然、艺术与自我之关系的讨论》,《文学遗产》2008年第1期。

周裕锴:《诗中有画:六根互用与出位之思——略论〈楞严经〉对宋人审美观念的影响》,《四川大学学报》(哲学社会科学版)2005年第4期。

周裕锴、孙烈鹏、吴娅:《20世纪宋诗研究综评》,《阴山学刊》2000年第3期。

周裕锴:《苏轼的佛禅因缘与般若智慧》,《中华文化论坛》2017年第3期。

周来祥、仪平策:《论宋代审美文化的双重模态》,《文学遗产》1990年第2期。

张海鸥:《宋诗"晚唐体"辨》,《中山大学学报》(社会科学版)2003年第3期。

朱刚:《论苏辙晚年诗》,《文学遗产》2005年第3期。

朱刚：《"日常化"的意义及其局限——以欧阳修为中心》，《文学遗产》2013年第2期。

朱刚：《从类编诗集看宋诗题材》，《文学遗产》1995年第5期。

朱刚：《"诗史"观念与苏轼的诗题》，《四川大学学报》（哲学社会科学版）2020年第1期。

朱刚：《从"先忧后乐"到"箪食瓢饮"——北宋士大夫心态之转变》，《文学遗产》2009年第2期。

后　记

　　与宋诗研究的结缘，始于在攻读博士学位时曹师顺庆先生的点拨。他语重心长地说："在海外汉学研究领域，宋诗是还未被开垦的沃土，非常值得深究。四川大学有悠久而深厚的宋代文学研究传统，名家辈出，是你研究海外宋诗的坚强后盾，你去尝试一下吧。"在曹师的鼓励下，我留意搜集这方面的资料，发现正如曹师所言，海外汉学研究成果丰硕，但探讨宋诗的并不太多。宋诗在中国普通读者乃至学界的受青睐程度也不及唐诗，周裕锴先生在《宋代诗学通论》"引言"中就曾论及："除了少数专业研究者外，宋诗在现代普通读者，甚至某些专治古典文学的学者眼中，简直就是寒伧的老学究。"与国内学界对宇文所安、高友功、梅祖麟、弗莱彻、克莱默-宾等研究唐诗的汉学家的关注度相比，施吉瑞、彭深川、管佩达、傅君劢、萨进德、何瞻等研究宋诗的汉学家们所受关注度较低。虽也有少数综论性著述涉及，比如黄鸣奋先生《英语世界中国古典文学之传播》第四章"英语世界中国古典诗歌之传播"，但仅在第四节"五代至清朝诗歌之传播"中列举部分代表性著述，其篇幅与数量远不如第三节"唐代诗歌之传播"。当然此也与海外关注唐诗与宋诗的程度有关。

　　在深入研读英语世界对宋诗的研究文献后，我欣喜发现，不但有一些名校教授执着耕耘于此，而且研究方法独树一帜，视角令人耳目一新。汉学家们大多出于自身学术兴趣，聚焦问题展开探讨。有些甚至是终其一生研讨宋诗，更有痴迷者倾注极大热情向英语世界传播宋诗，比如美国华盛顿大学唐凯琳女士，在世时尽心竭力向英语读者引介苏轼，构建苏诗的英文数据库，临终前还慷慨捐资设立苏轼研究基金，资助中国学者从事苏学。这让我在钦佩与敬重之余，又顿生强烈的使命感和责任感。具有如此高尚人格的国外学者，尚且不遗余力传播中国文学与文化，作为中国学人，更应有一份学术担当，在中外宋诗研究领域搭建一座沟通之桥，引介"他山之石"，同时保持清醒的"介入"姿态，以"平等对话"的原则展开学术交流，积极思考创新与突破之道。

在阅读了程千帆、莫砺锋、张志烈、马德富、王水照、周裕锴、朱刚、韩经太等国内宋诗研究大家的著作之后，我越发清晰地认识到此研究的价值，虽然自己的教育背景并非是从事此研究的最佳人选，但我坚信热爱与勤奋的力量，因此决心迎接挑战，为中西文学与文化交流尽一份微薄之力。在疲惫之时，会浮现程千帆先生《学诗愚得》中的一句话："要对古典诗歌进行阅读、欣赏和批评，就必须不断地提高自己对具体作品的感受力，而提高这种感受力的主要方法之一，便是学习创作。诗来自感，作诗必须对外物有独特的感受，评诗也要对作品有其独特的感受，单靠理性思维，不但无法作诗，也难以对诗有真知灼见。"于是也慢慢尝试涂鸦小诗，体会宋人创作的酸甜苦辣，希冀能加深对宋诗的理解。在读到极富智趣、机趣的诗歌时，常常会想起周裕锴先生对宋诗之美的赞叹："正是宋诗人的诗性智慧，促成了宋诗品格的诞生。最好的例证是，欧阳修、梅尧臣、王安石、苏轼、黄庭坚、陈师道、吕本中、陆游、杨万里、刘克庄等人，既是两宋诗坛的领袖，又是天才的诗歌理论家。"周先生所言"诗性智慧""宋诗品格""诗坛的领袖""天才的诗歌理论家"，深深吸引着我不断前行，探索宋诗"风景这边独好"的奥秘。

因所搜集的资料较多，囿于时间，我先择取苏轼做了个案分析，同时也缩小了研究者的地域范围，以《美国汉学界的苏轼研究》一书完成博士阶段的研究。毕业后，我坚持阅读整理相关文献，同时继续了解国内学界的宋诗研究动态，断断续续、零零散散，持续了七年之久，终于完成《北美汉学界的宋诗研究》。其间的艰辛"如鱼饮水，冷暖自知"，饱尝在英语文献与宋诗之间穿行的甘苦，但仍然留下颇多遗憾。我深知，唯有对宋诗本身以及国内宋诗研究著述进行更加深入的研读，对汉学家的研究进行更加透辟的剖析与评述，方能成为一名优秀的中西诗学对话者。留下的遗憾，希望能在以后的著述中弥补。

本书的付梓，得益于诸多前辈的帮助和支持，我铭记于心！感谢四川大学杰出教授曹师顺庆先生的谆谆教导！感谢北京语言大学阎纯德教授的全力支持！还要由衷感谢中国苏轼研究学会会长、中国宋代文学研究学会副会长周裕锴先生的热忱鼓励！前辈学者们潜心修习、严谨求实的治学精神令人敬仰。感谢四川轻化工大学领导、同人的关心，特别感谢爱人的倾情相伴与倾力相助！此书是爱与奋斗的结晶。本书的面世也离不开中国社会科学出版社编辑的辛勤劳动，在此诚挚感谢！本书还获得国家社科基金一般项目"欧美学界中国文学史书写话语建构研究"（19BWW017）的资助，在此也一并感谢！

万 燚

壬寅年孟夏